Berlin Werwolf

Rainer Stenzenberger

BERLIN WERWOLF

BLUTSBRÜDER

berlin edition im
be.bra verlag

Mehr Informationen unter www.facebook.com/BerlinWerwolf

Originalausgabe

Bibliografische Information der Deutschen Nationalbibliothek
Die Deutsche Nationalbibliothek verzeichnet diese Publikation in der Deutschen Nationalbibliografie; detaillierte bibliografische Daten sind im Internet über http://dnb.d-nb.de abrufbar.

KulturBrauerei Haus 2
Schönhauser Allee 37, 10435 Berlin
post@bebraverlag.de
Lektorat: Marijke Topp, Berlin
Umschlag: Ansichtssache, Berlin
Satzbild: Friedrich, Berlin
Schrift: Garamond 10/12
Druck und Bindung: FINIDR, Ceský Tesín
ISBN 978-3-8148-0195-7

www.bebraverlag.de

Tag 14, Sonntag, 4.15 Uhr

Eine angebrochene Packung Camel und ein Zippo.
Das sind die beiden Dinge, die mir mein bester Freund zum Sterben überlassen hat. Außerdem war Pierre so entgegenkommend, die Kette an meinem rechten Arm zu lösen. Und so liege ich hier in diesem feuchten Kellerloch und kann mir schön ein paar Zigaretten durch die Lunge ziehen. Verdammt, schmeckt das gut.
Wenn nur nicht diese lästigen Schmerzen wären. Aber drei silberne Kugeln im Rücken steckt auch der härteste Werwolf nicht weg. Zwei trafen mich in der Nähe des Schulterblatts, eine davon muss in die Lunge geraten sein. Auf meiner Zunge fühle ich einen blutigen Belag, der vom Geschmack des Tabaks ein wenig überdeckt wird. Ein Grund mehr für die Zigaretten. Die dritte Kugel bohrte sich neben einem Lendenwirbel in einen Nerv. Jedenfalls nehme ich das an, da ich mein linkes Bein zwar sehe, aber nicht fühle. Ein gut gewachsenes, gerades Bein, für das ich ebenso häufig Komplimente erhalten habe wie für seinen Bruder auf der anderen Seite. Den spüre ich zwar noch, aber auch er beschließt soeben, einzuschlafen.
Ich ziehe mich über den Beton, um das Licht der Nacht einzufangen, aber ich schaffe nur einen dreiviertel Meter, bis die gespannte Kette mich stoppt. Der Dunst meiner Camel streicht über die Sichel des Mondes. Er blickt mich durch das vergitterte Fenster an. In der Ferne höre ich das Rattern der S-Bahn und das sonore Brummen eines abfahrenden Doppeldeckerbusses. Vertraute Geräusche meiner Stadt. Schade, dass ich diesen Moment mit niemandem teilen kann. Mit meiner Liebsten zum Beispiel. Aber Pierre hat die Stahltür fest zugezogen und abgeschlossen. Sicher ist sicher.
Ein Scharren ganz in meiner Nähe schreckt mich auf. Hier gibt's doch hoffentlich keine Ratten. Ich hasse die Biester!
Das Geräusch kommt aus der Ecke gegenüber, die im Schatten des Mondlichts liegt. Meine Augen fokussieren diesen Bereich und passen sich schließlich der Dunkelheit an. Dort liegt ein Mensch.
Ich muss blind gewesen sein, warum habe ich ihn nicht bemerkt? Trotz der Dunkelheit hätte mir dieser amorphe Haufen auffallen müssen.
Mit drei Kugeln im Rücken dem Ende entgegenzudämmern, dürfte als Erklärung vor Gericht Bestand haben, entschuldige ich mich

selbst. Ächzend versuche ich, meine Position so zu verändern, dass ich meinen Zellengenossen besser erkennen kann.
Er stöhnt, scheint Schmerzen zu haben.
»Hey Kumpel, geht's dir gut?«, frage ich, erhalte aber keine Antwort.
Er bewegt sich in Zeitlupe in meine Richtung. In sein erbarmungswürdiges Stöhnen mischt sich der metallische Klang der Kette, die ihn fesselt. Dann wird es wieder still. Was zur Hölle ist das hier? Eine Abstellkammer für schwerverletzte Gefangene?
Uns trennen drei bis vier Meter, ich kann dem armen Teufel leider nicht helfen, der sich im Schlaf in den Lichtkegel gerollt hat.
In weniger als einem Wimpernschlag krabbeln mir tausend kleine Käfer die Wirbelsäule nach oben. Noch bevor mein Gehirn irgendeinen Impuls verarbeiten kann, schlägt mein Instinkt Alarm. Wäre ich eine Katze und noch dazu eine ohne drei Kugeln im Rücken, würde ich jetzt einen Buckel machen und fauchen. Das verkrustete Blut, das sich von seiner Stirn ausgehend über das gesamte Gesicht verteilt, konnte nicht verhindern, dass ich ihn mit jeder Faser erkenne. Ich rutsche zurück an die Wand, ohne den Blick von ihm zu lassen.
Ich wollte die letzten Stunden nicht allein sein, richtig. Aber ich wollte sie verflucht nochmal nicht mit meinem Henker verbringen!
Er pennt. Darauf lassen die regelmäßigen Atemzüge schließen.
Schlaf dich in den Tod. Solltest du wieder aufwachen, mache ich dich fertig! Irgendwie. Wenn ich es so lange noch schaffe …
Mühsam fummle ich eine Zigarette aus der Packung und zünde sie an. Meine Lippen bringen noch genügend Kraft auf, um die leckere Camel zu halten. Da ich gerade nichts Besseres zu tun habe, nutze ich die Gelegenheit, um meine Geschichte zu erzählen. Keine Sorge, ich werde nicht mit dem ersten Kuss beginnen oder mit meinen spannendsten Urlaubserlebnissen langweilen. Ich werde zwei aufregende Wochen Revue passieren lassen. Vierzehn Tage aus dem Leben eines Lupus in Berlin.
Da mich mein bester Freund in diesem Verlies einschloss, gebührt ihm das Privileg, die Geschichte mit ihm zu beginnen. Genauer gesagt ist es gar nicht meine Geschichte, sondern die unseres Quartetts. Vier Loser, die sich nicht unterkriegen lassen und ein großes Ding planten, das ihr Schicksal werden sollte.

DAS QUARTETT

Pierre, besser bekannt als »Der Dude«

Der Fleisch gewordene Müßiggang und die Berliner Antwort auf den großen Lebowski. Pierres Kleiderschrank besteht vor allem aus Bademänteln. Besucht man den Dude vor 15 Uhr, wird er dir oder mir oder ihr im Bademantel gegenübertreten. Oder im Morgenmantel an Sonn- und Feiertagen. Ergänzt wird sein Look durch ein Paar Filzlatschen, in denen man problemlos einen jungen Hund verstecken könnte. Pierre besteht darauf, gefühlte sechsundachtzig zu sein, und an guten Tagen nimmt man ihm das auch ab. Seine Mutter, die ihm ab und an ein paar Scheine zusteckt, behauptet allerdings steif und fest, er sei achtundzwanzig Jahre alt.
Der Dude wuchs in einem Kreuzköllner Kiez der härteren Sorte auf. Ab und zu wurde die Wohnung seiner Familie sogar von Männern betreten, die einer ehrlichen Arbeit nachgingen: Postboten, Gerichtsvollzieher oder Polizisten, die freundliche Worte mit seinem Vater wechselten, ihn zuweilen mitnahmen und einige Monate später wieder zurückbrachten. Als lernwilliges Kind seiner Eltern schlug er die Laufbahn eines Nachwuchsganoven mit Spezialgebiet Trickbetrug ein.
Eine seiner ersten Nummern zog er als Sechzehnjähriger gemeinsam mit einem jüngeren Freund namens Zecke aus der achten Klasse ab. Die beiden suchten ein Seniorenwohnheim auf, in dem sie an einem Nachmittag neunundzwanzigmal ein und dieselbe Kaninchenfelldecke gegen Rheuma vertickten. Das wärmende Teil bestand übrigens nicht aus dem Bauchfell argentinischer Pampa-Kaninchen, sondern aus der haarigen Haut Reinickendorfer Meerschweinchen.
Die Aktion war typisch für den Dude. Gewitzte Ideen, die meist nur schmales Geld bringen. Seit einigen Jahren hat er sich auf das Knacken echter und virtueller Schlösser verlegt, was nichts daran ändern konnte, dass er stets pleite ist.
Im großen Brockhaus findet man unter »lässig« sein Foto. Doch auch der Dude hat eine Schwachstelle und die heißt Lena.
Seit Jahren schmachtet er die Schwester eines seiner besten Freunde an. Genauer gesagt seit der Zeit, als beide noch glücklich mit Zahn-

spangen ihre Turnbeutel durch die Gegend trugen. Nachdem Pierres Freund ihm einmal klar gemacht hat, dass die Schwester verbotenes Terrain ist, traut sich der Dude nicht mehr wirklich an sie heran. Seitdem war er auf geschätzten dreihundertfünfzig Partys, die sie auch besuchte, und spülte sich seine Sehnsucht mit unzähligen White Russians aus den Rippen.
Da »die Schwester« eher auf dem Pfad erfolgreicher Anwälte und Tennisspieler wandelt, rechnet sich der Dude keinerlei Chancen mehr aus, obwohl ich ihn immer wieder anpiekse. Aber hey, kann sich jemand den Dude mit Collegeslippers und einem Aktenkoffer vorstellen? Eher würde die Erde stillstehen.

Josch

Nur Gott weiß, welcher Dämon den zweiunddreißigjährigen Illustrator Josch aus der Pfalz nach Berlin getrieben hat. Noch immer quengelt der kräftige Sitzriese herum, wie schön es doch an der Pfrimm war. Er kaut dir in fünf Minuten mehr Ohren ab als in einer Fledermaushöhle Platz haben und wenn er abends ins Bett kriecht und sein Gehirn bereits auf Standby geschaltet ist, plappert sein Mäulchen noch einige Minuten vor sich hin, bis es ihm von Svenjas flacher Hand geschlossen wird. Svenja ist seine patente Frau und einen Kopf größer als Josch. Sie hat sich dem begnadeten Possenreißer schon in der Pfalz an den Hals geworfen – laut Josch zu Beginn lediglich eine Fickbeziehung, die sich inzwischen zu einer sehr guten Fickbeziehung weiterentwickelt hat.
Josch leidet unter einer skurrilen Variante des Tourette-Syndroms, dem Morbus Verbalis Pfalzus. Genauer gesagt leiden vor allem seine Mitmenschen, wenn er zum Beispiel an der Wursttheke wie ein Maschinengewehr pfälzische Schimpfwörter abfeuert. Seinem Mund entfleucht nicht nur Beleidigendes. Josch ist eine lebende Pointenmaschine und – der Blitz soll mich beim Scheißen treffen, wenn ich lüge – der komischste Gesprächspartner, den man sich denken kann. Kein Dialekt, keine Stimmlage, die er nicht perfekt kopieren kann. Mein Favorit: Wenn er im schnarrenden Führeridiom Bier bestellt. Last but not least besitzt Josch das extrem nützliche Talent, Dokumente vom Testament bis zur Geburtsurkunde fälschen zu können.

Das ermöglichte uns manchen Stadionbesuch und einige Konzerte inklusive Backstagepartys. Jeder von uns besitzt darüber hinaus verschiedene Einserabschlüsse von exotischen Universitäten. Mein persönlicher Favorit ist das Diplom in Semiotik der Universität Astana in Kasachstan.

Der empfindsame Josch muss stets für seine Arbeit gelobt werden, sonst hagelt es Kraftausdrücke.

Kreativ, quirlig, beleidigend: Das ist Josch.

Matte

Sein Äußeres korrespondiert mit dem schillernden Vornamen Martin. Aschgraue Hosen abgestimmt mit steingrauen Pullis und anthrazitfarbenen Sakkos. Die Zigarette gehört zu seinem Gesicht wie die bananengelben Zähne. Früher muss der Mittvierziger gut ausgesehen haben. Als er noch ein erfolgreicher Musikmanager war. Aus dieser Zeit stammt auch sein Spitzname »Matte« – wallendes Haupthaar war in der Branche ein Muss.

Eines Tages landete Matte einen Coup mit einer Rapperin und hatte ein großes Plattenlabel am Start, um aus dem Mädel einen bundesweiten Star zu machen. Doch der Vorverkauf für die geplante Tournee lief mies und Matte, der das Kleingedruckte nicht genau genug gelesen hatte, saß auf einem gewaltigen Berg an Kreditschulden. In seiner Verzweiflung unterschlug er den Vorschuss der Plattenfirma und setzte sich mit der Kohle nach Indien ab. Was natürlich keine Lösung war und ihn nach seiner Rückkehr direkt von der Passkontrolle am Flughafen für achtzehn Monate in den Moabiter Knast brachte. Dann folgte eine Reihe von Schicksalsschlägen innerhalb seiner Familie, die ihn visuell um einige Jahre altern und seine Seele verdunkeln ließen. Matte kann Partys durch seine pure Erscheinung, gewürzt mit einigen existenzialistisch zerstörerischen Bemerkungen, in weniger als zehn Minuten sprengen. Er ist das schwarze Loch jeder guten Laune, kennt aber das Showbiz wie kein Zweiter.

Seit seiner Pechsträhne sucht Matte verstärkt die Freundschaft zu den Göttern des Hochprozentigen. Sehr viel mehr, als ihm gut tut.

Auf eine bestimmte Sorte Frau wirkt Matte anziehend: Sie ist leicht übergewichtig, dunkel gekleidet, mit einem dröhnenden Lachen ge-

segnet und mit einer ansehnlichen Sammlung an Messern unter dem Bett ausgestattet. Er scheint es den Frauen eine Zeitlang ordentlich zu besorgen, bis er irgendwann die Lust verliert. Die Beziehung zu seinen getrennt von ihm lebenden Kindern reicht Matte in puncto Verantwortung und Verpflichtung vollkommen aus, ansonsten lebt er wie viele Großstädter am liebsten ohne feste Bindung.
Matte wurde vom Schicksal schon einige Male auf die Bretter geschickt, steht aber immer wieder auf.

Benzin und Blut – das bin ich: Gerolf von Sarnau

... oder für Freunde einfach Gero. Der Name Gerolf stammt aus dem Norden Europas wie mein Vater Raghnar. Mein Vater lebt seit seiner Geburt in Norwegen und traf irgendwann in den Sechzigern die hübsche deutsche Vogelkundlerin Anne, die ein Forschungsprojekt auf den Lofoten durchführte. Meine Mutter, logo. Ich wuchs in einer rauen Umgebung auf, in der die meisten Menschen, die ich traf, irgendwie zur weitverzweigten Sippe meines Vaters gehörten. Düstere, ungemein kräftige und stets bärtige Burschen, schweigsame und schöne Frauen, wenig Licht in windumtosten Gemäuern voll salzhaltiger Luft – all das verbinde ich mit unseren Familientreffen. Das klingt malerisch, wenn man auf Gothic Chic und bleiche Haut steht, aber meiner lebenslustigen und aus Berlin stammenden Mutter schlug diese Umgebung trotz großer Liebe zu meinem Vater immer mehr aufs Gemüt. Eines Tages packte sie ihre Sachen, verabschiedete sich tränenreich und reiste mit ihrem Teenager-Sohn zurück nach Berlin. Für mich bedeutete dieser Umzug einen doppelten Aufbruch. Ich steckte bis zu den Knien in der Pubertät, was in meinem speziellen Fall noch krassere Veränderungen bedeutete als bei »normalen« Teenagern. Mir wuchsen nämlich plötzlich nicht nur Achselhaare. Außerdem kam ich in eine große, bunte Stadt, die in jedem Mietshaus mehr Bewohner einpferchte als auf unserer gesamten Insel lebten. Ich lernte die Sprache in Windeseile, auch dank eines Freundes, den ich in der Schule kennenlernte. Ein blasser Junge mit flattrigem Haar namens Martin: Matte.
Er brachte mir das Rauchen und Trinken bei, ich haute ihn dafür immer wieder aus Problemen heraus, die er mit den Araberjungs aus

der Nachbarschaft hatte. Meine Kraft und Wendigkeit sprachen sich bald herum und verschafften uns den nötigen Respekt. Während Matte den leiblichen Genüssen frönte, entwickelte ich eine Schwäche für Maschinen und Motoren. Es folgten Mofas, Motorräder und bald das erste Auto. Was ich aus Norwegen nicht kannte, faszinierte mich und ist bis heute meine größte Leidenschaft: Möglichst dicke Schlitten, Muscle Cars. Was im Übrigen auch ein Grund ist, weshalb ich mich in Kreuzberg so wohl fühle. Hier sind die schluffigen Latte Macchiato-Trinker und Liegeradfahrer noch in der Minderheit, thanks to the Türken und Araber, die mit aufgemotzten Limousinen der Marken Mercedes und BMW die Oranienstraße entlangbrettern.
Ich war kaum erwachsen, als meine Mutter wieder zurück an den Polarkreis zog. Mein Vater leidet unter Depressionen und sie wollte ihn damit nicht allein lassen. Gerade bei einem Mann wie ihm sind düstere Stimmungen besonders bedrohlich. Etwa zweimal im Jahr besuche ich die beiden, genieße die Gesellschaft meiner Eltern und die raue Natur. Doch leben möchte ich in dieser Einsamkeit nicht mehr.
Übernächsten Monat werde ich vierzig. Zeit, Bilanz zu ziehen. Vom Taxifahrer bis zum Fotografen habe ich schon viel versucht, aber selten lange durchgehalten. Mit zwei Ausnahmen: Beim Bund verbrachte ich acht Jahre als Einzelkämpfer bei den Fernspähern und lernte allerhand Nützliches über Waffen. Da ich nach meiner Militärzeit einen körperlich herausfordernden Job suchte, arbeitete ich einige Jahre als Stuntman bei verschiedenen Filmproduktionen in Berlin. Dass ich dabei einige Autos zu Schrott fahren durfte, war ein angenehmer Nebeneffekt.
Während meiner Zeit als Stuntman hinterließ mir einer meiner norwegischen Onkels ein kleines Vermögen, das ich an der Börse vergrößerte. Von den Erträgen konnte ich mir mit dem 68er Mustang Fastback zuerst meinen Traumwagen zulegen und anschließend einige Jahre gut leben. Alles, was mit Zocken zu tun hat, liegt mir, ob Börse oder Casino. Aber irgendwann konnte ich die Kohle nicht mehr so schnell vermehren, wie sie durch meinen durstigen Boliden und meinen aufwändigen Lebensstil verbraucht wurde. An diesem Punkt bin ich gerade.

Warum nicht fleißig und regelmäßig arbeiten wie andere auch? Das liegt am tieferen Wesen meiner Herkunft, die zu diesem unsteten Lebenswandel geführt hat. Jungs, denen bei Vollmond Haare auf dem Handrücken wachsen und die anschließend auf Jagd gehen, sind für einen Nine-to-Five-Job nur bedingt geeignet. Wir suchen uns andere Wege.

Tag 1, Montag, 14.00 Uhr

»Schon wieder wurde ein Schlecker überfallen«, liest Matte aus dem Tagesspiegel vor, während uns mein Wagen über die Skalitzer Straße aus Kreuzberg herausführt. »Das sechste Mal in sieben Tagen.«

Josch, der neben Matte auf der Rückbank sitzt, schiebt die Augenbrauen zu einem kleinen Dach zusammen.

»Wieso Schlecker? Die Pienzer haben bestimmt nix in der Kasse. Was verdient man schon mit Shampoos und Damenbinden?« Nachdenklich kaut er auf seinem Brillenbügel. Sein kleiner Denkapparat beginnt zu orgeln.

Während Pierre am Radio herumfummelt, schnippe ich meine Kippe aus dem Fenster und verfehle nur knapp die Pluderhose einer Radfahrerin.

»Die haben immer nur eine einzige Angestellte. Leichter geht's nicht«, brummelt Pierre. Matte nickt und nebelt den Fonds mit seiner Gauloise ein.

Der Mustang schubst auf der Fahrt zum Mehringdamm einen aufgeregten Smartfahrer vom Typ Prenzlberger Kulturglatze in die Abbiegespur, bis er an der Kreuzung Yorckstraße bei roter Ampel halten muss. Schon bewegen sich die Scheibenputzer vom Grünstreifen in der Mitte geschmeidig zu den vorderen Wagen. Normalerweise bin ich allergisch gegen diese Art Dienstleistung, aber die Russenpunks vor Curry 36 sind weniger aufdringlich als ihre Roma-Kollegen entlang der Skalitzer, das schätze ich. Mein Favorit ist der »Kinderschreck«, der selbst bei tropischen Temperaturen immer mit der Kapuze seiner Kutte über dem mächtigen Schädel arbeitet. Aus seinen Nasenflügeln wachsen implantierte, schwarze Kunststoffhörner und natürlich ist er bis über die Augenbrauen tätowiert. Aber er versteht sein Handwerk, der Wischer saust durch die Luft und bevor die Ampel auf Grün schaltet, glänzt die Scheibe des Mustangs wie ein frisch polierter Pavianarsch. Zwei Zigaretten aus meiner Camel-Schachtel wechseln den Besitzer.

»Schau dir nur die Schlange an!«, nölt Josch mit Blick auf den wie immer überfüllten Imbissstand. Curry 36, eine in Bratfett gemeißelte Berliner Institution.

Als wir aussteigen, blickt Pierre auf Joschs Hosenboden und grinst.

»Hast du in einem Ketchup-Fleck gesessen oder nur deine Tage?«
Josch verrenkt seinen Kopf und zieht den hinteren Teil der Hose ins Sichtfeld. Er rollt mit den Augen.
»Was issen des fern vedammdes G'schiss? Isch wärr verrickt! Das hab ich mir auf deiner Rückbank geholt, Gero!«
Er rubbelt an dem Fleck und reibt ihn damit tiefer in den Stoff.
Das sind Blutflecken, denke ich und erinnere mich in einzelnen Schnappschüssen an letzte Nacht, auch wegen der zwei tiefen Risse in meiner Brust. In einem steckt noch ein abgebrochener Fingernagel, wie ich durch mein Hemd erfühle. Ich verscheuche den Gedanken an die Geschehnisse wie ein lästiges Insekt. Josch rhabarbert immer noch und reibt hektisch auf seiner befleckten Hose herum, als wir bereits in der Schlange stehen und ich mich mit der zentralen Frage beschäftige: Mit gedünsteten Zwiebeln und Paprikapulver oder die ultrascharfen Körner und dafür 'ne doppelte Pommes? Während ich grüble, stehe ich IHR gegenüber.
Kennt noch jemand »Sister King Kong«, das uralte Lied von Udo Lindenberg? Sister King Kong, Arme wie Keulen, Beine wie Säulen! Diese Wurstbudenbedienung vereint eine furchterregende Physis mit einem Mundwerk, das selbst für hartgesottene Berliner schwer zu toppen ist. Sie nutzt die kleinste Schwäche, jedes Zögern aus und flugs wird man zum Gespött des gesamten Standes, so unvermeidlich wie das Herunterlassen der Hosen bei der Musterung und ebenso lustfördernd.
Trotz guter Vorsätze begehe ich den klassischen Fehler des sich Überschätzenden: Ich sehe ihr bei der Bestellung in die Augen. Das Böse paralysiert mich und ich vergesse meinen Bestelltext. Normalerweise knalle ich in unter 0,3 Sekunden ein »Eine CurryohnescharfmitgedünstetenZwiebelnplusPommesweiß!« heraus.
»Eine äh, Curry …«
… sie greift zum kleinen Schälchen, wartet in Lauerstellung …
»… scharf mit Zwiebeln … gedünsteten!«
… keinen Wimpernschlag später steht auch schon das gefüllte Schälchen vor mir …
»… äh, und Pommes mit Mayo!«
Sie bleibt stehen. Für drei lange, niemals enden wollende Sekunden. Die Zeit scheint an der gesamten Bude einzufrieren, nicht weniger

als 25 Augenpaare richten sich nur auf mich, als wäre ich die arme Blondine, die am Pfahl steht, bevor der Riesenaffe zuschlägt. Niemand sagt etwas, meine Freunde blicken auf ihre Füße (Josch), zupfen sich am Kragen (Pierre) oder inhalieren ihre Gauloises (Matte). Sister King Kong füllt die Wurst und die Zwiebeln unter einem unmenschlichen Stöhnen, das tief aus ihrer phänomenalen Brust kommt, in das mittlere Schälchen, weil NUR DORT Platz für Pommes UND Wurst ist.

»Wenn ick so arbeijten würde wie ihr bestellt!«

Die milde Reaktion enttäuscht die Gaffer, die sich wieder konzentriert ihrer Hauptbeschäftigung widmen: dem Vertilgen von Würsten, Buletten und Pommes. Bier rinnt durch Kehlen, Zwiebeln machen es sich in Mägen gemütlich.

Wir suchen einen abgelegenen Tisch, um uns ungestört zu unterhalten. Nach dem Akt der Nahrungsaufnahme, versteht sich. Wie ein Rudel ausgehungerter Schakale verputzen wir unsere Currywürste ohne großes Gerede. Danach wird das Bier vernichtet. Der obligatorische Rülpser leitet das Gespräch ein.

Seit Wochen hat sich in unsere hochseriösen Gespräche um Fußball, Filme und Fußball wie ein bösartiger Virus ein sehr lästiges und dringendes Problem eingeschlichen: Unsere dramatische, finanzielle Ebbe. Pierre besitzt inzwischen keine Bank- oder Kreditkarte mehr, Mattes Schulden erklimmen demnächst den sechsstelligen Gipfel, ich verticke bereits Teile meiner Wohnungseinrichtung auf eBay. Nur bei Sparbrötchen Josch sieht es nicht ganz so düster aus.

Die Diskussion zu legalen Alternativen haben wir letzte Woche abgeschlossen. Das bringt kurzfristig einfach zu wenig ein.

Pierre wirft den Hut in den Ring.

»Wen nehmen wir aus?«

Matte schlägt Rolf Eden vor. Der Playboy mit der Gesichtshaut eines abgenutzten Pferdesattels ist in Berlin so bekannt wie, na, Rolf Eden eben. Der Mann ist bescheiden und zurückhaltend wie Lothar Matthäus, nur etwa fünfzigmal so alt.

»In der B.Z. habe ich gelesen, dass das Mädel, das ihm die letzte Nummer verschafft, zwohundertfünfzig Mille von ihm bekommt. Er muss beim Sex draufgehen, dann wird ausgezahlt. Steht angeblich im Testament. Geld muss er also haben«, meint Matte.

»Wäre es dann nicht klüger, uns ein Mädel zu besorgen, das die Sache für uns erledigt?«, wirft Josch ein.
»Kannst du vergessen, Josch. Das ist doch nur eine verzweifelte PR-Aktion, damit irgend so eine Vanessa aus Bielefeld mit dem Methusalem überhaupt in die Kiste steigt. Da bekomme ich das Kotzen!«, erwidert Pierre.
Nach weiteren zehn Minuten Diskussion verwerfen wir die Idee, bei Eden einzubrechen. Pierre besitzt zwar das Know-how für Schlösser aller Art, doch im schlimmsten Fall finden wir in seiner Villa nur ein paar Uhren und etwas Schmuck, tragen dafür aber das Risiko, geschnappt zu werden.
»Yildiray!«, lautet Mattes nächster Vorschlag.
Yildiray Öztürk. Der bekannteste, verschlagenste, gewalttätigste, aber auch charismatischste Buchmacher in Kreuzberg. Nach unserer groben Schätzung setzt er täglich etwa halb so viel Geld um wie die Bundesbank. Er hat vier Töchter und neun Söhne in die Welt gesetzt. Letztere umschwirren ihn wie ein bösartiger Hornissenschwarm, keiner der Jungs ist unbewaffnet und drei von ihnen belegen die ersten Plätze bei den Berliner Kickboxmeisterschaften. Klarer Fall: Genau unsere Liga. Wenn da nicht Suna wäre, Kreuzbergs türkische Antwort auf Aphrodite und Emma Peel. Schon lange pflegen wir ein geheimes Techtelmechtel. Aber wie sollen wir unsere Beziehung jemals offen ausleben angesichts dieser Armada aus kickboxenden Brüdern? Und aus diesem einen Problem soll ich jetzt zwei machen, indem ich meinen Schwiegervater in spe auch noch ausraube?
Pierre drückt meine Schulter.
»Hey, woran denkst du, alter Mann? Wir waren bei Yildiray!«
Bevor ich antworten kann, fuchtelt Josch mit den Armen und regt sich auf.
»Ich muss, glaube ich, morgen in den Urlaub fahren. Oder ich werde krank. Oder ich melde mich für ein halbes Jahr auf eine Bohrinsel ab. Ihr wollt euch mit Yildiray anlegen? Sein ehr Dummbeidel vollkomme wahnsinnisch gewodde?« Ein Nacktmull in einer Schlangengrube könnte nicht ängstlicher dreinblicken als Josch in dieser Sekunde.
»Wir hauen da nicht irgendwelche Rentner übers Ohr. Das sind Gangster!«

»Keiner hat behauptet, dass das ein Spaziergang wird«, antwortet Pierre. Matte nickt und senkt seine Stimme in Richtung Josch.
»Mir steht das Wasser bis zum Hals. Wir diskutieren das jetzt schon einige Tage und alles, was ich von dir höre, sind Einwände. Hast du einen besseren Vorschlag? Dann raus damit!«
»Ich bin dabei, wenn wir was drehen. Was Normales! Das ist viel zu riskant! Die sind bestimmt bewaffnet. Wie viel Erfahrung haben wir denn mit einem Überfall?«
Matte tippt Josch an die Schulter.
»Könntest du das noch ein wenig lauter brüllen? Ich glaube, die Touris da hinten haben das Wort Überfall nicht verstanden.«
Pierre greift Joschs Einwand auf: »Mindestens zwei von uns können mit Knarren umgehen. Und wir haben ja wohl die Eier, das durchzuziehen, oder? Gero, sag doch auch mal was!«
Suna wird mir die Hölle auf Erden bereiten, wenn sie das herausbekommt. Aber soll ich jetzt wie ein Mädchen herumzicken und es den Jungs ausreden?
Ich räuspere mich.
»Die Idee ist erste Sahne. Klar, das Risiko ist verdammt hoch, aber wenn wir das durchziehen, werden wir sauber belohnt. Wir müssen den Plan nur noch etwas ausarbeiten.«
»Welchen Plan?« Joschs Euphorie steckt noch immer im Minusbereich.
Pierre knufft Josch.
»Denk mal daran, was wir mit der Kohle anstellen. Du kannst dir die Schuhe mit den Sprungfedern kaufen, Gero tuned seinen Schlitten, ich baue uns ein Heimkino und Matte … was machst du mit dem Schotter?«
»Keine Ahnung. Nutten und Koks? Mir fällt schon was ein.«
»Na, bitte. Und wie machen wir das mit dem Plan, Gero?«
»Das besprechen wir nach alter Tradition beim Bowling.«
»Word!«, ruft Matte und hebt seine Bierflasche.
Pierre und ich tun es ihm gleich, schließlich auch Josch. Wir stoßen an und trinken den Rest auf Ex aus.
Josch hat seine Sorgen gegen Vorfreude ausgetauscht und hüpft in der Gegend herum, denkt bereits an die Sprungfederschuhe. Als er wieder vor mir steht, fällt ihm etwas auf.

»Sag mal, Gero, was hast'n da?«
Er greift an die kleine Beule unter meinem Shirt und zieht zwischen den Knopflöchern den rot lackierten Fingernagel hervor. Als er erkennt, worum es sich handelt, ändert sich seine Gesichtsfarbe.
Mein Mustang blubbert noch drei Minuten in Lauerstellung am Straßenrand, bis Josch endlich die letzten Reste seines Magens dem Berliner Bordstein anvertraut.
Yildiray also.
Deine Zeit läuft ab, Dicker!

Tag 2, Dienstag, 11.30 Uhr

Ich bin tot. Mausetot. Am Ende. Verreckt im Kreuzberger Untergrund.
Nur mein Gehör scheint noch zu funktionieren. Kein Wunder bei dem Bombenalarm, der Leichen weckt. Fliegen die Tommys wieder über Berlin? Und woher kommt dieser Geschmack nach faulem Pfützenwasser in meinem Mund?
Ich schmatze wie ein alter Mann, der sich auf den morgendlichen Stuhlgang freut, und öffne die Augen. Quälend lang brauchen meine bleischweren Lider, bis sie sich öffnen. Es ist scheißfrüh, ich habe einen derben Kater und weiß nicht, wo und vor allem wer ich bin.
Da drüben liegt ein Mann auf einer Matratze und schnarcht sich die Seele aus dem Leib. Neben ihm blinkt eine Höllenmaschine, die 10.23 Uhr anzeigt und den Fliegeralarm von sich gibt. Ich krieche unter Qualen zum Radiowecker und reiße am Kabel. Eine Ecke der Steckdose und ein Brocken Putz kommen mit aus der Wand.
Ich scanne den Raum. Meine Augen melden an das noch schläfrige Gehirn: Vier leere Pizzaschachteln, ein halbes Dutzend Whisky- und Wodkaflaschen, Socken all over, Wäscheberge, die sich annähern und in der Mitte klumpen, gebrauchte und ungebrauchte Unterhosen, zwei überquellende Aschenbecher, ein gigantischer Stapel Micky Maus-Hefte, zwei Pads für die Xbox, zahllose zerknüllte Päckchen Zigaretten, drei leere Wasserkästen in der Ecke, die als Fundament für den Fernseher dienen, dessen Ständer mit Spielen, Büchern, afrikanischen Reliquien und leeren Actionfigur-Packungen beladen unter der Last in die Knie gegangen ist.
Am Fußende von Pierres Matratze sehe ich einen Essensrest, der mit beachtlicher Geschwindigkeit vor mir flieht. Dieser Faszination kann ich mich jedoch nicht länger hingeben, weil der feine Geruch, der über dieser Butze liegt, dazu führen wird, dass ich demnächst das Bewusstsein verliere.
Ich öffne das Fenster. Diese unnachahmliche Mischung aus Berliner Smog, Gehupe und fernen Tatütatas bringt mich fast zum Weinen – vor Glück. Ich lebe noch. Wir haben nur gebechert. Ich bin Gero und befinde mich in Pierres Wohnung.
Guten Morgen, Berlin!

Tag 2, Dienstag, 14.00 Uhr

Neun Rühreier später sitzen Pierre und ich sonnenbebrillt im Mustang. »Wir sind gestern im ›Würgeengel‹ versumpft«, berichtet mir Pierre. »Du hast 'nem Typ ordentlich auf die Fresse gegeben«, äußert er lakonisch, während er ein Feuerzeug aus der Mittelkonsole fischt.

»Du machst Witze, Dude!«, krächze ich und versuche, mich zu erinnern.

»Nope. Du bekamst diesen schrägen Blick, hast geknurrt und schon gab's auf die Glocke.«

»Ist was Schlimmeres passiert?«

»Mit dem Typ? Glaube nicht, aber so genau weiß ich das nicht mehr. Ich hatte einen im Tee. Du musst übrigens von hinten an den Kotti ranfahren, die Skalitzer ist gesperrt.«

Ich versuche, mein Gedächtnis zu aktivieren, aber kein einziges Blitzlicht einer Erinnerung dringt in mein Bewusstsein, als der Mustang am Kotti vorbeikreuzt. Kurz darauf parken wir vor Yildirays Wettbüro. Genauer gesagt: vor der Zentrale des Dicken. Er betreibt noch drei Buden hier in Kreuzberg und je zwei in Neukölln und dem Wedding. Ich schnippe während des Aussteigens Sammy eine 2-Euro-Münze zu, die er geschickt fängt. Sammy ist ein zehnjähriger Nepalese, von dem außer mir kaum jemand weiß, wo er wohnt, wie alt er ist und was man sonst gerne über Kinder wissen würde. Er passt auf meinen Schlitten auf als wäre er der heilige Gral und wann und wo auch immer ich in die Kreuzberger Schluchten eintauche – spätestens, wenn ich aussteige, lehnt Sammy an einem Laternenpfahl und macht mir den Parkwächter.

Wir haben uns dafür entschieden, den Laden heute gründlich zu inspizieren. Ich habe zwar das Wettbüro früher einige Male besucht und kenne möglicherweise noch einige Zocker, aber bei meinen Aufenthalten habe ich nicht auf für uns wichtige Einzelheiten wie Türen, Schlösser und natürlich Safes geachtet. Eine exakte Ortskenntnis ist aber Voraussetzung, wenn wir den Dicken ausrauben und dann noch ein paar Tage leben wollen. Wer es sich mit Yildiray verscherzt, landet früher oder später am Dönerspieß. Alles muss so smooth ablaufen, dass kein Verdacht auf uns fällt.

Da vier Typen mit blasser Haut auffallen würden, bleiben Matte und Josch im wenige Meter entfernten Café Übersee und warten dort auf unseren Bericht inklusive der Handybilder. Am Eingang steht Osman, einer der unzähligen Cousins dritten oder vierten Grades. So groß wie ein Haus und so viel Gel im Haar, dass man meinen 8-Zylinder damit ölen könnte. Er ändert seine Atmung nicht einmal, als wir an ihm vorbei ins Wettbüro huschen wollen, doch sein Arm rauscht mit erstaunlicher Geschwindigkeit vor unsere Gesichter. Man könnte eine Abrissbirne dranhängen und Osman würde keine Miene verziehen.

»Parole?«

Pierre stöhnt.

»Osman, geh mir aus der Sonne!«

»Parole?«, grunzt der fröhlich.

Pierre stopft ihm einen Zehner in die Brusttasche, wir können durch. Osman treibt dieses Spielchen aus purer Willkür, denn natürlich müssen die Hardcore-Wetter keinen Eintritt zahlen, schließlich soll das Wettbüro viele Seelen anlocken und auspressen. Aber die Gelegenheitszocker und Neugierigen sind für Osman willkommene Opfer, um sein Taschengeld aufzubessern.

Eine Bahnhofshalle wirkt wie ein gemütliches Omi-Wohnzimmer gegen Yildirays Wettbüro. Die Farbe des grauen Linoleumbodens ist unter den zahllosen Quittungen und Wettscheinen kaum noch auszumachen, im Raum hängt ein beißender Geruch aus Putzmitteln und Nikotin, auf den Tischen purzeln leere Pappbecher durcheinander und die gesamte Bude ächzt vor Zockern, die nur zwei Gemütszustände kennen: Höchste Erregung und tiefste Depression. An den Wänden kleben verbeulte Röhrenmonitore, die Sportereignisse aus aller Welt zeigen, vom Sumoringen bis zum Baumstammwerfen.

Tatsächlich sehe ich einige Bekannte von früheren Besuchen: Rudi, den ehemaligen DDR-Grenzer, dem sein Schäferhund einen Arm nicht nur abgebissen, sondern auch aufgegessen hat, so zumindest geht die Legende; Olga, Ex-Puffmutter aus Odessa mit einer Stimme und ähnlichem Bartwuchs wie Ivan Rebroff; Sanjay, genialer, indischer Programmierer, der leider jeden verdienten Euro in Yildirays Wetten versenkt … Ich nicke Tarkan, Murat und Elvir zu, mit denen ich mir schon einige Ampelrennen geliefert und mich dabei be-

reichert habe. Zu viel Kraft, zu viel Zeit, sie haben zu viel von allem, außer Jobs und Geld. Das ist so ähnlich wie bei uns. Sie sind bis über die Ohren verschuldet, aber um ihre aufgemotzten 3er BMW zu behalten, erledigen sie heikle Kurierdienste für Yildiray.
Die drei Türkenboys unterhalten sich über den Aufmacher der B.Z.: »Die Bestie hat wieder zugeschlagen! Grausiger Fund am Landwehrkanal!« Sie prahlen mit ihren Butterflymessern und Teleskopschlägern. So wollen sie den Schlitzer erledigen, wenn er sich hier im Kiez blicken lässt. Hmmmkay.
An der Stirnseite trennt ein Tresen die Zocker von den Kassierern, hier wechseln die Scheine den Besitzer. An der Wand dahinter befindet sich der Safe und davor sitzt ER: Wie ein überlebensgroßer Buddha thront der Pate vom Kottbusser Tor hinter einem Eichenschreibtisch, den man als Flugzeugträger nutzen könnte. Yildirays Hosen werden durch zwei riesige Spanngurte gehalten, die sich über seine massigen Schultern erstrecken. Früher sagte man »Hosenträger« dazu, aber mit diesen speziell für ihn angefertigten Teilen könnte man einen Sattelschlepper aus dem Graben ziehen. In seinem Gebiss wurde mehr Gold verbaut als beim Dach der neuen Berliner Synagoge. Seine Augenlider sind stets halb geschlossen, wovon man sich aber nicht täuschen lassen sollte. Dem alten Fuchs entgeht nichts. Er hat mehr Kiezpaten überlebt als jeder andere in dieser Stadt.
Yildiray lässt sich von seinen Söhnen bequatschen und von seinen Töchtern bedienen, die ihm Tee servieren und Schweißperlen von der fleischigen Stirn tupfen. Die Kerle tragen ausgebeulte Jacken, was auf eine Ausrüstung mit italienischer (Beretta) und deutscher (Walter) Zimmerflak schließen lässt. Erst jetzt bemerke ich, wer ihm den Tee reicht – die unvergleichliche Suna. Sie trägt wie immer einen Mix aus Orient und Moderne, in diesem Fall ein kurzes, klassisches Kleid in ihrer Lieblingsfarbe Lila, eine schwarze, leichte Weste, die sich an ihren Oberkörper schmiegt wie ein junges Kätzchen, sowie hohe Sandalen, die mir ein paar hübsche Zehen präsentieren, an denen ich gerne nuckeln würde.
Sie geht mit ihrem Vater liebevoll um. Im Vorbeigehen streichelt sie spielerisch seine Wange, zupft an seinem pfannkuchengroßen Ohrläppchen und setzt sich auf seinen Schoß. Kaum zu fassen, aber ich sehe den Koloss sogar lächeln. Er entblößt seine Zähne und mich

erinnert der Anblick an einen Schwertwal aus einer Tierdoku auf Discovery, kurz bevor er die Robbe über den Wellenkamm wirft und in zwei Teile beißt. Ich kann mir nicht helfen, aber ich finde das Bild der beiden rührend. Vater und Tochter in gelöster Stimmung. Ich wünschte, ich würde meine Eltern häufiger sehen. Was gibt es Wichtigeres als Familie?

Umso riskanter ist unser Plan für mich. Ich werde mir nicht nur den gefährlichsten Clanchef Kreuzbergs zum Feind machen, sondern mich auch mit meinem Schwiegervater in spe anlegen. Riesenidee. Suna darf das nie erfahren!

Sie steht jetzt wieder auf, um Tee nachzuschenken, und fast beiläufig schenkt sie mir einen Blick, der meinen Puls beschleunigt. Ich starre wohl einen Moment zu lange in ihre Richtung.

Yildiray blickt erst sie, dann mich an. Seine kleinen, kalten Augen ruhen fest auf mir. Meine Körpertemperatur steigt, als mir Pierre auf die Schulter klopft und ins Ohr flüstert:

»Vier Kameras, eine Stahltür nach hinten. Mindestens zwei der Typen sind immer im Raum hinter dem Tresen. Beide haben Knarren. Dort steht vermutlich der Safe. Und ob Yildiray diesen Raum jemals verlässt, weiß ich nicht. Den bringt doch nur noch die Feuerwehr mit einem Kran da raus. Ohne Artillerie hauen wir hier in' Sack.«

»Der Safe interessiert mich nicht, wir schnappen uns …«, antworte ich fast in Zeitlupe, denn Suna bewegt sich jetzt durch das Wettbüro. Es fällt mir schwer, sie nicht mit großen Augen anzuglotzen und laut zu hecheln. Diese Mischung aus Anmut und fröhlichem Sexappeal ist wie gemacht für meines Vaters Sohn. Pierre rempelt mich an und flüstert.

»Nicht so auffällig, Mann. Deine Zunge hängt bis auf den Brustkorb.«

Suna trägt ein Tablett mit Teegläsern durch den Raum und läuft an mir vorbei, ohne mich zu beachten. Ein Wettschein trudelt unter dem Tablett zu Boden. Mit dem süßen Duft ihres Haares in der Nase hebe ich den Schein auf, dabei saugt sich mein Blick an ihre Fesseln. Ich will verdammt sein, aber das sind die schönsten Beine, die der Herr je in die Welt gesetzt hat. Schlank, aber nicht zu dünn, und mit dieser perfekten, leichten Rundung gesegnet, wie ich sie an Frauen mag.

Pierre knufft mich erneut und ahmt ein Hecheln nach.
Ich schaue mir den Wettschein genauer an und bemerke eine Notiz auf der Rückseite: »Heute Nacht um elf an der Brücke Paul-Lincke-Ufer!«
Scheiße, das geht nicht! Heute Nacht ist Vollmond!

Tag 2, Dienstag, 19.00 Uhr

Mein Wagen kreuzt über den Parkplatz bei Reichelt und parkt mehr oder weniger selbstständig ein. Im verranzten Wohnmobil neben uns kläfft so 'ne kleine, verfilzte Ratte, die wohl ein Hund sein soll, am geschlossenen Seitenfenster. Pierre und ich schmeißen uns an die Scheibe und bellen wie die Berserker. Die wuschelige Ratte flüchtet in den Fußraum.

Wir wollen rasch noch ein paar Steaks, Zigaretten, Getränke und Bounty besorgen, Letzteres für den Süßschnabel Josch und seine sich langsam abzeichnende Plautze. Er beschließt, sich die Beine zu vertreten, was bedeutet, dass er sich einen Busch sucht, in dem er eine Stange Wasser abstellen kann. Sein schäumender Strahl hat schon ganze Hecken im Stadtpark entlaubt, er ist eben ein Stoffwechselmonster. Pierre begleitet mich in den Supermarkt.

Als wir uns an der Fleischtheke anstellen, spüre ich den ersten Schmerz in meiner rechten Hand. Verdammt, ich habe die Zeit ganz aus dem Blick verloren und sehe nervös erst auf meine Uhr und anschließend durch das Panoramafenster nach draußen. Es dämmert bereits.

Glühende Lava presst sich durch meine Adern. Ich könnte den Laden zusammenschreien, habe das Gefühl, meine Hand müsste jeden Moment platzen. Die Fingernägel fühlen sich an, als hätte jemand glühende Dornen unter sie geschoben.

In der Reihe vor uns stehen noch zwei Kunden. Eine ältere, unentschlossen wirkende Dame und ein Hüne in den Vierzigern mit fettigen Haaren, Schnellfickerhosen und Adiletten. Die Dame kann sich nicht entscheiden, ob sie lieber Kasseler oder Weißwürste kaufen soll, und bittet den Fleischermeister um eine sachkundige Einschätzung.

»Ich krieg die Motten!«, raunt uns Fettkopf zu. Nicht nur sein schlechter Atem, auch sein penetranter Körpergeruch dringt in meine empfindliche Nase und setzt sich dort fest wie ranziger Belag in einer Pfanne.

Die alte Dame nimmt weder Weißwürste noch Kasseler, sondern entscheidet sich für ein kleines Schnitzel. Als sie die Packung entgegennimmt, prüft sie den Preis und diskutiert freundlich mit dem

Fleischermeister über die Entwicklung der Lebensmittelpreise seit der Wiedervereinigung.
»Die haben einfach zu viel Zeit. Ab ins Altersheim, Fernseher an und gut is', sage ich immer«, erklärt uns Fettkopf. Fehlenden Widerspruch interpretiert er als Zustimmung und legt nach.
»Hab ich mit meiner Mutter auch gemacht. Da sind die wenigstens unter sich.«
Er kommt näher, als müsse er uns ein Geheimnis verraten, und flüstert: »Zuhause sitzen die doch nur auf ihrem Ersparten ...«
Seine Ausführungen werden vom Fleischermeister unterbrochen, der nach seinen Wünschen fragt. Während Fettkopf bestellt, wird Pierre mit nervösem Blick auf mich immer unruhiger. Schließlich kommen wir an die Reihe und ich quetsche gerade noch heraus, was wir kaufen möchten, nämlich zwei Kilo Rindersteak. Der Fleischermeister prüft seine Auslage und fragt, ob's auch ein bisschen mehr sein dürfte, das schöne Stück Hüftsteak käme auf gut fünf Pfund.
Jetzt bekomme ich aber nicht mehr als ein heiseres Stöhnen aus meiner Kehle und beiße mir vor Schmerz in den Unterarm. Pierre übernimmt die Konversation mit dem Fleischer, der mich leicht besorgt aus den Augenwinkeln beobachtet.
»Scheiße, ich hab den vollen Mond gesehen. Du auch, stimmt's?«, flüstert mir Pierre zu – der einzige Mensch außer meiner Familie auf diesem gottverdammten Planeten, der mein Geheimnis kennt. Abgesehen von meinen Opfern natürlich. Pierre ist nervöser als ein englischer Fußballer am Elfmeterpunkt.
»Das wird wohl nichts mehr mit dem Grillen, stimmt's?«, fragt er mich.
Ich schüttle den Kopf.
Das Steak wandert in den Einkaufswagen, der weitgehend leer bleibt, denn wir verzichten angesichts meines Zustands auf größere Einkäufe, stellen nur rasch im Vorbeigehen einige Sixpacks Bier und Wasser hinein und bewegen uns dann im Eiltempo zu den Kassen. Der ganze Bereich davor ist überfüllt wie an den Tagen vor Weihnachten. Vielleicht haben einige Kassiererinnen Urlaub, sind krank oder sonst wie abwesend, jedenfalls staut es sich zurück bis zu den Tiefkühltruhen. Pierre fragt mich irgendwas, das ich nicht verstehe, weil meine Ohren rauschen. Er berührt mich an der Schulter und

zeigt auf die noch geschlossene Kasse 9, in der bereits eine junge, mollige Frau Platz genommen hat und ihr Wechselgeld einfüllt.
Wir bleiben nicht die Einzigen, die das bemerken. Einige Reihen weiter, etwa auf Höhe von Kasse 14, befindet sich ein alter Mann in der Schlange, der in einem elektrischen Roller sitzt, dessen Farbe unter all den Aufklebern von Campingplätzen und Fußballvereinen kaum noch zu erkennen ist. In einem kleinen Korb vor dem Lenker liegen mehrere Flaschen Pils, im Heck des Gefährts steckt eine Deutschlandfahne. Der weißbärtige, alte Kerl hat sich eine Pfeife zwischen die Zähne geklemmt, trägt ein Holzfällerhemd, Hosenträger und eine uralte Jeans.
Er sieht zu Kasse 9, wir auch. Dann treffen sich unsere Blicke, als befänden wir uns auf der staubigen Hauptstraße von Dogde City, Oklahoma 1889.
High Noon.
Der alte Revolverheld zieht zuerst.
Grimmig gibt er Gas, was in diesem Fall langsames Gleiten bedeutet. Pierre rast mit dem Einkaufswagen los, semmelt dabei fast ein Kind mit einer Haribo-Tüte um, drängt den Rentner auf dem Roller gerade noch rechtzeitig ab und schafft es vor ihm an die Kasse.
Da sind wir allerdings nicht die Ersten. Von uns unbemerkt wechselte Fettkopf von der Schlange nebenan und beglückt unsere Kassiererin mit seinen Lebensweisheiten. Ich könnte ausrasten. Weil mir alles weh tut. Weil dieser Typ vor mir stinkt. Weil ich gleich platzen werde, aus jeder Pore und jeder Ader.
Fettkopf berichtet der Kassiererin – das Namensschild weist sie als Mandy Kosslick aus – von seinen fünf Krebserkrankungen in den letzten drei Jahren. Jedes Geschwür wird ausführlich beschrieben, während Mandy seine Fertiggerichte über den Scanner jagt.
»Aber ich bin jeden Morgen froh, dass ich noch lebe!«, beendet Fettkopf seinen Monolog.
»Besser isses«, antwortet Mandy ohne aufzusehen.
Pierre blickt mich zweifelnd an, während sich meine Sinne schärfen und tausend Höllenhunde durch die Venen jagen. Ich schließe die Augen und folge ihm. Langsam verliere ich die Farbsichtigkeit. Es wird nicht mehr lange dauern und die zunehmenden Grautöne werden in ein dunkles Rot übergehen.

Mein Handy vibriert. Eine MMS läuft ein. Suna. Nur ein kleiner Ausschnitt ihres Mundes, genauer: wie ihre makellosen Vorderzähne sanft in die volle Unterlippe beißen. Purer Sex mit der Überschrift: »Vergiss es nicht!« Aber: Falscher Zeitpunkt, Baby! Wenn sich dieses Bild in mein Gehirn brennt, während ich mich verwandle, gibt es eine Katastrophe!
Ich schließe die Augen und merke, wie mein Instinkt die Kommandozentrale übernimmt. In letzter Sekunde kommt mir eine Idee. Ich schnüffle an Fettkopf und nehme seinen Geruch auf.

Wir werfen uns in den Mustang, diesmal rutscht Pierre auf den Fahrersitz.
»Mann, du siehst aber Scheiße aus!«, kräht Josch aus dem Fonds.
Pierre erzählt etwas von Krämpfen, die ich hätte, setzt den nölenden Josch am S-Bahnhof Tempelhof ab und rast dann weiter zum Flughafengebäude. Vor einiger Zeit haben wir dort in den Katakomben einen Lagerraum angemietet und dem Verwalter etwas von geheimen SM-Partys erzählt, was die mit Silber überzogenen Ketten erklären sollte. Einen Fuffi später stellte er keine Fragen mehr. Dieser Raum ist in Vollmondnächten eine Lebensversicherung. Für die anderen. Außerdem ist er sehr gut isoliert, was zwei Fliegen mit einer Klappe schlägt. Niemand hört mein erbarmungswürdiges Jaulen und Heulen und umgekehrt werden meine Ohren verschont. In jenen Nächten pegeln sich meine ohnehin hochempfindlichen Sinne auf ein fast schon unerträgliches Maximum ein. Ich kann Gespräche aus geschlossenen Räumen belauschen. Vom Haus gegenüber. Das ist nützlich, kann aber auch zur Plage werden. Information Overload.
Kurz bevor wir die Schranke am Flughafen erreichen, stoppt Pierre den Wagen. Seufzend donnert er seinen Kopf auf das Lenkrad.
»Ich hab den Schlüssel vergessen!« Selten habe ich ihn so bleich gesehen wie jetzt.
»Ob ich den Verwalter anrufen soll …?«, fragt er und schluckt, als er mir ins Gesicht blickt. Zu spät.
Meine Muskeln wachsen, mein Kiefer streckt sich, mein Körper will aus seinem engen Gefängnis ausbrechen und sich zu voller Pracht erheben. Meine Zunge schwillt an. Reden geht jetzt nicht mehr. Mein Gehirn wird gleich auf Standby schalten.

Beeil dich, Pierre. Mach, dass du fortkommst.
Er öffnet die Fahrertür.
»Hier steht der Wagen gut. Die Schlüssel nehme ich mal mit und wir sehen uns besser morgen!«
Er knallt die Tür zu und macht einen Schuh, wie wir hier sagen. Es entspricht unserer Abmachung: Was auch immer passiert, er soll nicht versuchen, mir in die Quere zu kommen, wenn es so weit ist. Nichts ist unnötiger, als das Blut eines guten Freundes zu trinken.
Ich kippe aus dem Wagen, krieche über den Beton. Verdammt, tut das weh. Der Vollmond richtet sein Licht auf den Mustang.
Mein innerer Dämon bricht mir sämtliche Knochen, um Verlängerungsstücke in die Lücken zu stopfen. Danach schneidet er meine Muskeln auf und webt stärkere, tierische Fasern ein. Meine Adern quellen zu reißenden Flüssen, immer wieder unterbrochen von Stromschnellen, an denen Adrenalin aufschäumt, von meinem ochsenstarken Herzen durch den sich aufbäumenden Leib gepumpt.
Der Begriff Schmerz beschreibt diesen Prozess nur mangelhaft. Es gibt eben keine Verwandlung light. Manchmal hilft es, zu schreien.

Recke Schnauze nach oben. Nase nimmt Witterung auf. Hab sie!
Wollust. Zorn.
Hetze durch Berlin. Berlin in der Nacht. Springe. Hauswand zu Hauswand. Leicht, ganz leicht. Klettere. Hetze. Springe. Flug über Steine. Muskeln sind stark! Bin ich schon lange unterwegs? Minuten? Stunden? Weiß nicht. Ist auch egal. Hab Geruch in Nase. Leitet mich durch Stadt.
Zunge trocknet aus. So was. Verlangt nach Blut! Ja! Schneller, immer schneller, dann … bin … ich da. Will jaulen. Vor Freude! Aber besser nicht. Setze zum Sprung an.
Es blickt mich an. Ein Augenpaar. Erstaunen. Entsetzen.

Tag 3, Mittwoch, 6.00 Uhr

Einer der gravierendsten Nachteile meines Daseins macht sich morgens um sechs bemerkbar. Während sich Normalos ihren Hintern noch immer zwischen Daunen und einer Federkernmatratze wärmen, wache ich auf dreckigem Beton auf, dessen gemeine Kälte in mir ein leichtes Opfer findet.

Ich bin nackt, da friert es sich besser.

Erbärmlich schlotternd kann ich meine verkrampften Glieder kaum aus der Embryonalstellung lösen, in der ich mich befinde. Über mir sehe ich Schließfächer. Zitternd stehe ich auf. Mein Kreislauf begrüßt mich mit einem kleinen Blackout, aber eine Schließfachtür bietet mir Halt. Ich höre eine schnarrende Durchsage vom Bahnsteig einen Stock höher.

Guten Morgen, Bahnhof Zoo!

Ohne unbescheiden sein zu wollen, behaupte ich kühn, ein recht harter Kerl zu sein. Aber wenn ich eins nicht ausstehen und noch weniger ertragen kann, sind das kalte Füße. Mein geschundener, verdreckter und nackter Körper beschäftigt mich daher weniger als der Gedanke, irgendeiner armen Sau flott die Schuhe abzunehmen.

Kalte Füße, taube Ohren, Belag auf der Zunge: immer dasselbe am Morgen danach. Meine Gehörgänge fühlen sich an, als hätte man sie einem Death Metal-Konzert ausgesetzt. Gestern noch überempfindlich, heute wie abgestorben.

Vorsichtig bewege ich mich nach draußen, bis ich sie gefunden habe: die Bahnhofsmission. Penner zu bestehlen, könnte als niederträchtig angesehen werden, aber ich tröste mein Gewissen mit der Ausrede, dass ich mir die Schuhe nur leihen werde. Als ich mich mit dem Blick auf den Eingang gerichtet hinter der Mülltonne verstecke, komme ich mir fast vor wie Robin Hoods Vertrauter im Sherwood Forest, kurz vor einer Attacke aus dem Hinterhalt. Gleich erscheint der Sheriff von Nottingham!

Mein Sheriff wankt mit einer beträchtlichen Anzahl an Plastiktüten aus der Bahnhofsmission und rotzt erst mal einen ordentlichen Flatschen auf den Boden. Er trägt ausgelatschte Slippers und obenrum einen undefinierbaren Flokati, der im früheren Leben vermutlich eine Pelzjacke war.

Drei Sekunden später hechte ich mit der Eleganz einer Hirschkuh aus meinem Versteck und pelle ihm die Jacke vom Leib. Ich habe vergleichsweise leichtes Spiel, der Sheriff stinkt wie eine Schnapsfabrik. Eine Sechsjährige mit Schulranzen wäre ein härterer Gegner. Der Kampf um die Schuhe wird schon verbissener geführt, aber mein berühmter Beinsteller bringt ihn auf die Schultern. Als ich die Slippers schon an den Füßen habe, werfe ich einen Blick auf die Zehen des Sheriffs. Ich erspare mir die Beschreibung, aber das dortige Ökosystem bringt mich für einen Moment zum Würgen. Eine kurze Abwägung der Alternativen Fußpilz versus Frostbeulen beseitigt meine Zweifel, die Latschen bleiben dran. Im Gehen drehe ich mich noch einmal um und sehe den maulenden und mit seinem Schicksal hadernden Sheriff im Schneidersitz zwischen seinen Plastiktüten. Oh, Mann.

»Kumpel, ich mach das wieder gut, ich versprech's dir.« Er wirft mir eine Lambrusco-Pulle nach, die mich knapp verfehlt.

Die U-Bahn ist ziemlich leer. Ein halbnackter Typ mit Pelzjacke fällt in dieser Stadt nicht weiter auf. Trotzdem fühle ich mich erheblich underdressed und ziehe mir die Jacke so gut es geht über das Gemächt.

Während die Bahn Richtung Kreuzberg rattert, schließe ich für einige Momente die Augen und versuche nachzudenken, was gestern Nacht passiert ist. Doch mehr als ein schemenhaftes Bild stellt sich nicht ein. Irgendwas im Wasser oder am Wasser.

Kurze Zeit später stehe ich vor dem Monstrum, das auch meine Wohnhöhle beherbergt, das berühmte Brückengebäude am Kottbusser Tor. Es handelt sich bei diesem bogenförmigen Koloss um nichts weniger als den Todesstern von Kreuzberg. Seine Balkone sind mit mehr Satellitenschüsseln gespickt als das Mission Control Center der NASA in Houston. Hier werden in einem Jahr mehr Verbrechen verübt als in Schleswig-Holstein in den Fünfzigern, Sechzigern und Siebzigern zusammen. Alle Gänge werden mit Videokameras überwacht, was aber nichts daran ändert, dass ein einfacher Gang zur Mülltonne mit dem Verlust der Strickjacke enden kann – wenn es gut läuft.

Ich wohne im Westteil, ganz oben. Mir gefällt die Aussicht. Und ich habe gute Schlösser, also was soll's?

Ich klopfe an meine Tür – Pierre öffnet von innen. Guter Mann. Wie immer, wenn er mich nicht mehr rechtzeitig einschließen konnte, erwartet er mich am Morgen nach einer Vollmondnacht in meiner Wohnung. In seiner Hand wippt eine Bratpfanne.
»Das ist ja eine freundliche Begrüßung!«, knurre ich. Er grinst mich breit an.
»Geile Klamotten. Warst du auf 'nem Tuntenball?«
»Ha. Ha.«
»Ich wollte mir gerade ein paar Rühreier machen. Magst du auch welche?«
Als ich nickend meine Bude betrete, wirft er mir mein Handy zu.
»Das Ding summt wie ein Bienenkorb.«
Ich blicke auf das Display – achtzehn neue Nachrichten! Darunter mehr als ein Dutzend von einem mir unbekannten Absender. Die letzte Nachricht lautet: »Du bist tot, Alter!« Ich scrolle durch und entdecke eine SMS von Suna, die mich fragt, ob ich zu ihr stehen würde, egal, was käme.
Eine Morddrohung und tiefenpsychologische Fragen noch bevor ich die erste Tasse Kaffee zu mir genommen habe. Genau der Start in den Tag, den ich liebe. Besser, ich dusche erst mal, während Küchenfee Pierre ein paar Rühreier mit Speck zaubert.
Als ich mich dem Badezimmer nähere, klingelt es an der Tür. Ich drehe um und drücke auf den Türsummer, doch das Klopfen signalisiert mir den Besucher schon an der Wohnungstür. Da ich keine Lust habe, in diesem Aufzug die Tür zu öffnen, blicke ich durch den Spion, wo mich eine Nahaufnahme von Suna begrüßt.
»Ich höre dich. Mach auf!«
Ihre Stimme klingt brüchig und nicht so fordernd wie sonst. Auch wenn es mir nicht angenehm ist, öffne ich die Tür.
Sunas rote und geschwollene Augen lassen auf vergossene Tränen schließen. Vom linken Augenwinkel bis zur Schläfe zieht sich außerdem ein rotblauer, kräftiger Bluterguss. An ihren schlanken Armen hängen zwei gut gefüllte Reisetaschen. Sie trägt Klamotten, als wollte sie auf Reisen gehen, Jeans, Sportschuhe, Pulli, so sehe ich sie selten. Aber ihr oder mein Dresscode interessieren mich im Moment weniger als ihr blaues Auge.
»Askim …!«, würgt sie regelrecht heraus.

»Was ist denn los?« Ich trete zur Seite und mache den Weg in die Wohnung frei. Sie steht noch immer im Hausflur.
»Es tut mir leid, dass ich dich gestern Abend versetzt habe!« Sie schnieft, stellt die Taschen ab und zieht ein zerknülltes Taschentuch aus der Jeans.

Richtig, wir waren verabredet, wie mir gerade dämmert. Aber dass ich nicht dort war, weiß sie ja nicht. Ich schnappe mir die beiden Taschen, gehe damit in die Wohnung.
»Jetzt komm doch erst mal rein.« Sie folgt mir und erzählt, während sie sich laut die Nase putzt. In meinem Flur umarmt sie mich.
»Es kam was dazwischen, sorry!«
»Das ist doch jetzt egal. Aber wo hast du das blaue Auge her?« Ich nehme ihr Kinn in die Hand und drehe das Veilchen ins Licht.
»Das ist ja das, was dazwischen kam.« Sie macht sich von mir los, geht mit mir ins Wohnzimmer. Durch die bessere Beleuchtung wird ihr mein Outfit in seiner abstrusen Pracht bewusst.
»Wie siehst du überhaupt aus?«
Ich halte rasch beide Hände vor den kleinen Werwolf.
»Erzähle ich später. Aber jetzt will ich wissen, was los war und woher du das Veilchen hast. Und guten Morgen erst mal!«, spitze ich die Lippen zu einem Begrüßungskuss, den sie nicht annimmt. Sie blickt aus dem Panoramafenster Richtung Kotti und dreht sich wieder zu mir.
»Das war eine ernst gemeinte Frage, Askim! Du siehst … entsetzlich aus! Wieso sind deine Hände voller Blut? Und was soll diese Aufmachung? Du siehst aus wie ein Penner!«
Ich bin heute Morgen durch die halbe Stadt gefahren, aber erst jetzt fällt mir das getrocknete Blut an meinen Händen auf. Kein schöner Anblick. Ebenso wie die Tatsache, dass ich nach wie vor nichts trage außer einer alten Pelzjacke und einem Paar Schuhe, deren Farbe sich mit der der Pelzjacke beißt. Und die ist leider so kurz, dass es untenrum ein wenig zieht. Pierre kommt aus der Küche und nickt Suna zu, die ihn sofort anfährt.
»Kannst du mir das erklären? Was habt ihr hier am Laufen?«
Der Dude hebt abwehrend die Hände: »Hey hey hey! WIR haben hier nichts am Laufen. Magst auch was frühstücken?« Suna nickt, ohne den Blick von mir zu nehmen.

Ich versuche, sie abzulenken. »Ist 'ne lange Geschichte, in deren Mittelpunkt eine Ochsenschwanzsuppe steht, daher das Blut. Ich mag jetzt aber nicht länger halbnackt wie ein Idiot rumstehen und brauche erst mal eine Dusche. Danach will ich verdammt nochmal wissen, wo das Veilchen herkommt!«

Suna plumpst in einen Sessel. Pierre serviert einen Teller mit gut riechenden Rühreiern, an die sich etwas Speck herangekuschelt hat. Sie wartet nicht lange und beginnt, zu essen. Mir knurrt der Magen. Mit vollem Mund blickt sie mich an.

»Schatz?«, fragt sie. Wenn Suna »Schatz« sagt, läuten meine Alarmglocken.

»Du liebst mich doch, oder?«

Aufgrund meiner blutverschmierten Hände verkneife ich mir den Impuls, ihr Gesicht in beide Hände zu nehmen. Stattdessen setze ich ein breites Lächeln auf, das angesichts der vorangegangenen Nacht, meines Kaffeedurstes und meines körperlichen Zustandes schon mal besser war. Sie blickt mich an wie ein Beaglewelpe, der in den Sommerferien an einer Raststätte angebunden wurde. Ich atme tief aus.

»Warum fragst du, Liebling? Natürlich tu ich das. Hat die Frage was mit gestern Abend zu tun? Und woher kommt das da?« Ich zeige wieder auf ihr Veilchen.

»Ach, das war nur Prince!«

Der hässlichste und gleichzeitig muskulöseste Fleischklumpen von Hund, den die Welt je gesehen hat, heißt Prince und ist der Köter von Yildiray. Ich habe keine Ahnung, welcher Rasse er entstammt, und manchmal frage ich mich, ob es sich überhaupt um einen Hund handelt. Das Biest ist so groß, dass man es satteln und mit ihm Helms Klamm erobern könnte. Er bewacht das Wettbüro Tag und Nacht und ist vernarrt in Suna.

Pierre unterbricht unser Gespräch und reicht mir meine ausgebeulte Jogginghose, einen Traum in Ballonseide, den ich anziehe.

»Prince?«, frage ich nach.

»Ja! Beim Schmusen hat er mich angestupst.«

»Ich glaub dir kein Wort!«

Ich kürze die folgende Konversation ab. Doch es war so, nein, war es nicht, doch, nein, doch, nein – bis sie stockend mit der Sprache rausrückt. Ihre Brüder sind ihr auf die Schliche gekommen: dass sie in

einen Deutschen verknallt ist, sich mit ihm trifft und dann der ganze Scheiß mit der Ehre und der Familie und so. Und natürlich das heikle Thema Jungfräulichkeit.
Am Ende knallte ihr Murat ordentlich eine vor die Schläfe, was Suna damit beantwortete, ihm die Gabel in die Hand zu rammen und mit zwei rasch gepackten Taschen abzuhauen. Alles ganz easy peasy, kommt in den besten Familien vor – nicht aber, dass sie mit ’nem Deutschen abhängt, obwohl sie doch irgendeinem Knaben aus dem erweiterten Familienkreis versprochen wurde, der in seinen Dater schon fest den Hochzeitstermin mit der JUNGFRAU Suna eingetragen hat. Einem Knaben aus der Türkei, damit das sperrige Jungfohlen endlich mal zur Ruhe kommt. Jetzt suchen sie Suna, um sie a) zum Frauenarzt zu schleppen, damit der ihre Jungfräulichkeit überprüft, b) sie danach in die Türkei zu schaffen, allerdings erst, nachdem sie c) mir eine Lektion verpasst haben, zum Beispiel Schuhe aus Beton für einen Spaziergang in der Spree.
Während sie isst, erzählt sie von ihrem Dilemma. Suna ist durch und durch ein Familienmensch und seit dem Tod ihrer Mutter wurde ihr Vater zwangsläufig noch wichtiger. Sein Wort besitzt größtes Gewicht für sie. Die Geschwister halten zusammen wie Pech und Schwefel. Doch bei aller Liebe zu ihren Brüdern und Schwestern möchte Suna selbst über ihr Leben entscheiden. Die Erkenntnis, dass sie im Leben noch mehr entdecken möchte als die vier Wände von Küche, Kinder- und Schlafzimmer im gemeinsamen Ehe-Heim, ist in den Schädeln ihrer Brüder noch nicht so richtig angekommen. Dabei hängt sie an ihren Brüdern, die Schutz und Stärke vermitteln, wenn es darauf ankommt.
In einer entsprechenden Situation lernten wir uns kennen. Suna saß mit ihrem Freund Uwe bei einem Hertha-Spiel in der Kurve, gemeinsam mit einer Menge prolliger Fans. Ich verfolgte das Spiel mit Pierre zwei Reihen schräg hinter ihr und bekam mit, wie die beiden von einer kleinen Gruppe Fans angemacht wurden, die direkt hinter ihnen saßen. Ein paar feiste Typen Ende zwanzig, bereits ordentlich mit heimischem Gerstensaft abgefüllt, grölten Suna und ihrem Begleiter ihre dummen Sprüche ins Ohr. Sprüche, die nicht besonders fein waren und sich vor allem um Sunas Optik und Herkunft drehten. Ihr Begleiter machte sich immer kleiner und tat so, als würde er den

Mist nicht hören. Suna gab den Typen ordentlich Contra, aber die wurden immer aufdringlicher und fingen schließlich an, sie zu begrapschen. Bis auf ein dünnes »Hey, was soll das?« trug ihr Begleiter nichts Wesentliches zur Situation bei.

Ich hasse respektloses Benehmen ungehobelter Arschlöcher, weshalb ich mich einmischte. Ein Wort gab das andere, schließlich schnappte ich mir den Anführer und irgendwie muss mein Ellenbogen gegen seine Nase geraten sein, die brach und blutete. Seine Kumpels wurden kleinlaut und verfolgten brav das Spiel, aber Pierre und ich wurden von Ordnern rausgeschmissen. Suna begleitete uns, um sich zu bedanken. Vier Monate ist das jetzt her, denke ich und nehme mir vor, bald wieder ins Stadion zu gehen. Schon allein wegen der guten Stimmung.

Suna verspeist die letzte Gabel Rühreier.

»Sie suchen mich bestimmt schon, dich natürlich auch. Aber sie wissen nicht, wo du wohnst.«

Sie blickt mich an, trinkt ein Glas Orangensaft aus und verputzt den letzten Toast. Ich habe ihren Appetit schon immer bewundert.

»Das war der letzte …«, meint Pierre. Suna wirkt erschrocken.

»Habe ich dir dein Frühstück weggegessen?«

Ich seufze. Pierre wirft mir eine Packung Zigaretten zu.

»Die machen auch satt.«

Mein knurrender Magen wird sich freuen. Suna gähnt und meint, sie werde sich noch ein wenig auf der Couch ausstrecken, als sie bemerkt, dass dort nur eine Matratze auf ein paar Weinkisten steht.

»Wo ist das Sofa?«

Ich räuspere mich.

»Der Mustang brauchte einen neuen Auspuff.«

»Und dafür hast du die Couch verkauft?«

Ich zucke mit den Schultern. Kopfschüttelnd legt sie sich auf die Matratze, zieht sich die Wolldecke über die Schultern und nickt in etwa zwölf Sekunden ein.

Pierre feixt. Wozu braucht man schon eine Couch? Ich pflege zwar mein Faible für Metall, aber auf einem Eisenträger liegt es sich etwas unbequem. Ansonsten findet man in meiner Bude eine Menge Eisen und Stahl. Düstere Plastiken an der Wand, der Decke, geschmiedete, geschweißte, bearbeitete Bleche und Skulpturen. Regale aus Metall.

Jalousien aus Metall. Tische, Stühle und so weiter. Manche finden das ungemütlich, aber ich steh drauf. Woher diese Vorliebe stammt, weiß ich allerdings selbst nicht.
Einmal betrat eine Bekannte von Matte meine Wohnung und meinte kreischend: »Hier ist Erfurt!«, was sich auf den Erfurter Schulkiller bezog. Nur, weil an meinen Wänden Schwerter hängen? Die Schreikrähe war der cuf-Typ, an den Matte normalerweise nicht gerät: chronically underfucked. So 'ne Biotussi, die immer alles ganz bewusst macht, von der Mülltrennung bis zum Wellnessurlaub in der Toskana. Diese enervierende Mischung, wie man sie am Prenzlberg findet, in einem der trendigen Cafés mit einem Apple und einer Bionade vor sich und von irgendeinem Projekt schwafelnd. Nachhaltig natürlich! Neben sich einen Schluffi mit ins Gesicht gekämmten Haaren, der seine Beine ganz eng übereinander geschlagen hat und einen Latte mit selbstverständlich viel Milch trinkt, passend zum Teint.
Dummerweise läuft's bei mir beruflich gerade etwas weniger smooth, weshalb ich mich von dem einen oder anderen Werk trennen musste. Oder halt auch mal von einer Couch. Dann bringe ich das Zeug zum Pfandleiher meines Vertrauens, dem ich das einige Wochen später meist gegen einen ordentlichen Aufschlag wieder abnehmen kann, wenn ich flüssig bin. Nur zwei Dinge sind sakrosankt: Mein Mustang und der gigantische Fernseher in meinem Wohnzimmer.

Das Abstoßende an Blut ist der Geruch. Besonders, wenn es nicht das eigene ist. Aber viel schlimmer noch: Als ich die ersten wirklich guten Minuten an diesem Morgen genieße und mir das Wasser ins Gesicht perlen lasse, merke ich, dass mir doch etwas Größeres zwischen den Zähnen steckt. Bis mir einfällt, dass ich noch nicht gefrühstückt habe! Ich spucke das Stück Fleisch aus und kann den Ekel kaum beschreiben. Mein Magen kann es und beschließt, sich zu entleeren. Dabei fällt mir ein, woher das Teil kommt, das nun gottlob in den Tiefen der Kanalisation verschwindet. Selbst unter der warmen Dusche bekomme ich eine Gänsehaut.
Der Dude sitzt mit einer Zigarette am Küchentisch und blickt in den kleinen Fernseher auf dem Kühlschrank. Vor ihm dampft eine Tasse Kaffee, die er wortlos in meine Richtung schiebt.

Frisch geduscht und angezogen sehe ich wieder aus wie ein Mensch und rieche auch so. Der Kaffee bewirkt Wunder. Meine Ohren gehen langsam auf, ich höre wieder normal, nicht mehr diese sirrend hohen Frequenzen. Ich beginne mich zu entspannen und zünde mir eine Camel an. Sitze rauchend mit meinem besten Kumpel in der Küche, meine Flamme schlummert ein paar Meter weiter und ich schaue »King of Queens«. Gott ist mein Freund.

Nach dem letzten Lacher der Sitcom will ich die Kiste ausschalten, als ein Laufband mit einer Pressekonferenz eingeblendet wird. Ich wechsle den Sender zu Phoenix und sehe tatsächlich die Live-Übertragung einer Pressekonferenz der Berliner Polizei. Die haben den weltbekanntesten Profiler und Jäger alles Paranormalen angeheuert, um den Morden auf die Spur zu kommen, die die Stadt verängstigen: Hercule de Fortesquieue.

Ich drehe die Lautstärke hoch und setze mich wieder hin. Scheint heute doch nicht mein Tag zu sein.

Tag 3, Mittwoch, 11.00 Uhr

Hercule de Fortesquieue. Ex-Bulle, Ex-Detektiv, inzwischen Bestsellerautor und im Auftrag des Vatikans unterwegs, um all das auszumerzen, was den grauen Eminenzen nicht gefällt.
In meiner weit verzweigten Familie ist er bekannt und gefürchtet. Zuletzt begegneten wir ihm vor einem Jahr, als er fünf Mitglieder unserer Sippe in Irland aufspürte.
Nachdem wir von Fortesquieues Ankunft in Irland erfahren hatten, eilten mein norwegischer Cousin Ansgar und ich nach Dublin. Wir trafen uns am Flughafen und redeten nicht viel, sondern machten uns sofort auf den Weg zum Villenvorort an der Küste. Wenn mein Cousin wenig spricht, darf man das als Warnzeichen verstehen. Die helle Seite seiner Medaille zeigt einen charismatischen, gutaussehenden und eloquenten Entertainer. Die dunkle dagegen einen äußerst gewaltbereiten und kaltblütigen Mann, selbst nach den großzügigen Maßstäben unserer Familie. Die Amerikaner bezeichnen diese Sorte Psychopathen gerne als loose cannon, für Ansgar wäre das allerdings zu wenig. Er verkörpert eine Cruise Missile mit defektem Navigationssystem.
In diesem Moment schien er mir genau der richtige Begleiter zu sein, um die Familie zu retten.
Wir kamen zwei Stunden zu spät.
In der Villengegend am Meer war offensichtlich etwas Schreckliches passiert. Gelbe Polizeibänder sperrten das Gebiet großräumig ab, die einbrechende Nacht wurde durch Blaulichter illuminiert und vor dem Haus standen Ambulanzen und Leichenwagen. Bilder, die man normalerweise nur aus dem Fernsehen kennt. Aber etwas brach mit den Klischees eines Tatorts und das waren die Priester. Nicht einer, nicht zwei, fast ein Dutzend liefen zwischen den Polizisten umher, besprachen sich leise und überwachten den Abtransport der Leichen. Im Abendrot wurden fünf Särge aus dem Mansion an der Steilküste getragen.
Ansgar und ich blickten uns grimmig an. Es brodelte in uns und nichts wünschten wir uns mehr, als das Blut dieser Priester zu trinken, vor allem aber Fortesquieues. Ein Signal von mir und Ansgar hätte sich durch eine Menge zerfetzter Leiber gepflügt. Doch angesichts des Polizeiaufgebots war das keine kluge Idee. Aber wie hatte

es der Franzose geschafft, alle zu töten? Auch wenn unser irischer Familienzweig eher in Frieden leben wollte, waren sie doch ausgestattet wie wir und im Fall des Falles tödliche Kampfmaschinen.
Nun lagen sie in Zinksärgen. Wir sahen ihre sterblichen Überreste nie wieder. Ein Onkel erzählte mir später, dass der Franzose seine Opfer immer zu den Eminenzen nach Rom schafft.
Ich erinnere mich gut an das, was in mir vorging, als ich Fortesquieue aus der Ferne beobachtete. So, als wäre es eben erst passiert.
Der unendliche Schmerz und der stechende Hass wurden von einem Gefühl überlagert, das ich so noch nicht kannte: Furcht. Die Art von Furcht, die auch das stärkste Tier empfindet, wenn es im Dschungel von einer Expedition gejagt wird. Ich fühlte diese Bedrohung nahezu physisch.
Genau das muss Fortesquieue damals auch gequält haben, drei Jahre zuvor. Denn das ist der entscheidende Teil der Geschichte, um den Antrieb des Franzosen zu begreifen: Wir haben ihn zu dem gemacht, was er ist.
Damals war er nur ein Topbulle aus Paris, der mit Frau und kleinem Kind Urlaub in Skandinavien machte. Wilde Natur sehen, zelten, Kanu fahren, sich die Mitternachtssonne ins Gesicht scheinen lassen, Nordlichter suchen.
Ein Wanderausflug auf den Lofoten führte zur Katastrophe. Ansgars Bruder Thure fiel die Gruppe eines Nachts an. Ein schwerer Verstoß gegen unseren Kodex – niemals greifen wir Unschuldige an. Niemals. Thure und Ansgar dagegen sind wie junge Hunde schwer zu bändigen, verletzen jede Tradition.
Fortesquieues Frau starb. Dem Franzosen wurden ein Unterarm und ein Unterschenkel abgerissen sowie ein Teil seiner Kopfhaut. Sein Kind konnte sich verstecken, musste das Entsetzliche mitansehen, erlitt aber keinen körperlichen Schaden. Dass der Franzose mit seinen schweren Verletzungen nicht verblutete, grenzte an ein Wunder – oder war es bereits eines? Fortesquieue und seine Tochter wurden von Wanderern gefunden, zuerst nach Oslo und später in eine katholische Spezialklinik nach Rom geflogen, wo er sich erstaunlich rasch von seinen tiefen Wunden erholte. War es der Hass, der seinem Leben Sinn gab? Die Zuneigung zu seiner Tochter? Der Glaube, dem er sich nun zuwandte? Vermutlich von allem etwas.

Ansgars Bruder wurde von uns verbannt. Seine Tat war unverzeihlich und niederträchtig, doch sie ließ sich nicht mehr ungeschehen machen.
Der Franzose war uns bald auf den Fersen. Als Bulle hatte er gelernt, wie man Täter aufspürt. Zuerst kam ein einzelner Werwolf in Frankreich dran, dann die Familie in Irland.
Ich werde sein Bild zwischen den Särgen in Dublin nie vergessen. Er schien unaufgeregt und benahm sich wie ein Großwildjäger, der die erlegten Tiere inspiziert und die Trophäen verteilt. Die Botschaft war eindeutig: Dieser Mann hat eine Mission und er wird nicht aufhören, sie zu Ende zu bringen – es sei denn, man stoppt ihn.
Fortesquieues äußere Erscheinung passte sich seiner inneren Läuterung und Wandlung an. Über seinem vernarbten und bleichen Gesicht wellt sich schlohweißes Haar auf den Schultern. Er trägt ausschließlich lange Mäntel, vermutlich zu dem Zweck, sein Arsenal an irdischen und überirdischen Waffen zu verbergen. Begegnet man ihm unterwegs, fällt der rasche, aber hölzerne Gang des dürren Hünen auf – was an seiner rechtsseitigen Beinprothese liegt. An seinem linken Unterarm befindet sich die zweite Prothese. Irgendwer aus meiner Familie behauptete, dass er im Ernstfall seine aufsteckbare Hand gegen ein brennendes Kreuz austausche, geschnitzt aus Latten unter dem Petersdom. Ich halte das zwar für ein Gerücht, aber ich würde es ihm zutrauen.
Auf alle Fälle ist mit dem Kerl nicht zu spaßen. Im Gegensatz zu den Damen und Herren Wachtmeistern, die sich bei der Pressekonferenz mit ihren Oberförsterjacken links und rechts neben ihn setzen, um ihn der Öffentlichkeit vorzustellen und den Grund seines Engagements zu erläutern. Man habe sich gezwungen gesehen, ungewöhnliche Wege zu beschreiten, weil die Ermittlungen nicht vorankämen. Diverse Indizien – genauer: ungewöhnliche Bissspuren – deuteten auf Phänomene hin, mit der die Polizei wenig Erfahrung habe. Man wolle sich nicht dem Vorwurf aussetzen rhabarber rhabarber …
Ich schalte ab. Ob Zufall oder Einbildung, aber als ich den AUS-Knopf drücke, blickt mir Fortesquieue direkt ins Gesicht. Meine Haare stellen sich auf. Pierre räuspert sich.
»Der Typ könnte ein Problem werden.«
Ich nicke.

»Besser, du verhältst dich etwas unauffällig in den nächsten Tagen«, meint er und steht auf. Dann blickt er mich für einige Sekunden an. Ich zucke mit den Schultern, dann schüttle ich den Kopf.
»Okay, vergiss es.« Er seufzt, ich grinse. Pierre muss noch was loswerden.
»Heute Abend Victoria Bar, oder? Dann bequatschen wir das mit Yildiray. Wir müssen unbedingt bald loslegen, ich bin total blank. Für die Bar muss ich sogar meinen Vater anpumpen.«
Viel mehr als die Kohle für ein paar Drinks habe ich auch nicht mehr. Ich überlege einen Moment und mir fallen meine Schallplatten aus dem Keller ein, Japan-Pressung, die könnten was wert sein. Da wird sich der Pfandleiher freuen!

Die Tür fällt ins Schloss, Pierre ist weg. Ich gehe zum provisorischen Bierkisten-Matratzen-Sofa, auf dem Suna schlummert. Sie liegt auf der Seite und bietet mir ihren geschwungenen Körper dar. Ich lege mich als Löffelchen dazu. Sie bewegt ihren Po gegen mein Becken und lächelt mit geschlossenen Augen. Ich rieche an ihrem wohlduftenden, schwarzen Haar. Reibe meinen Dreitagebart sanft an ihrem Gesicht. Am Ende ihrer Wangen, etwa unterhalb des Ohres, wachsen feine, gelockte Härchen, die man nur aus nächster Nähe erkennt. Ich liebe diese Stelle und meinte kürzlich zu ihr, dass sie dort aussehe wie ein kleines Äffchen. Ein Kompliment, das leider nicht entsprechend goutiert wurde.
»Ein Äffchen? Na, vielen Dank auch! Warum kein Kätzchen? Warum ein Äffchen?«
Kratzbürstig, straßenschlau und schön, das ist Suna. Ich habe noch nie eine Frau getroffen, die in ihrem Alter bereits so gewitzt war und eine derart starke Persönlichkeit besaß wie sie. Schon unser erstes Treffen nach der Sache im Stadion warf einige Klischees über Bord, die ich über türkische Frauen im Kopf hatte. Sie orderte zwei Weizenbiere und strahlte mich beim Zuprosten mit blitzenden Augen an. Ich hatte sie zwischen den Zähnen und sie mich am Haken, das merkten wir bereits nach einer Viertelstunde. Von Anfang an hatte ich das Gefühl, hier bei meiner anderen Hälfte einrasten zu können. Endlich einmal keine dieser verspannten, modernen Frauen meiner Generation, die mich nach kurzer Zeit langweilen, weil sie nur von

sich reden und aus jedem Scheiß ein großes Thema machen. Das Mann-Frau-Ding fluppt einfach ohne jede Anstrengung. Sie wünschte sich immer einen Kerl, der das machohafte ihrer Kultur verkörpert, ohne eine Frau zu unterdrücken. Und ich hatte selten so viel Spaß mit einer Frau wie mit ihr. Wenn ich über die Skalitzer brause, erfreut sie sich an meinem schnittigen Fahrstil. Streite ich mit irgendwelchen Typen am Spieltisch, stärkt sie mir den Rücken. Sie liebt es, dass ich mit den Jungs einen draufmache, weil Kerle so was tun. Suna ist wie eine Katze, die immer auf die Füße fällt. Die innere Stärke, die sie ausstrahlt, zieht mich an.

Nur heute ist sie verletzlich. Sie tut mir leid. Es ist ein gottverdammtes Dilemma, vor dem sie steht. Wir können nicht ohne einander, aber das bringt sie nur in Schwierigkeiten. Ich würde ihr gern den Stress mit ihrer Familie ersparen, aber was kann ich dagegen tun? Den Laden des Alten zu überfallen, ist bestimmt keine gute Methode.

Familie. Segen und Fluch, das wissen wir beide. Und wenn jemand Suna an diesem Punkt versteht, bin ich das. Die Bande des Blutes sind mir wichtiger als sonst irgendetwas. Da ticken wir im gleichen Rhythmus. Sie fragt mich auch stets nach meiner Familie, lässt Grüße ausrichten, wenn meine Mutter anruft, bedauert mich dafür, dass meine Liebsten so weit weg von mir leben.

Aber es ist nicht immer einfach mit ihr. Wie meinte sie kürzlich?

»Es ist nicht meine Aufgabe, dir das Leben leicht zu machen. Ich soll es dir schön machen! Du dagegen sollst es mir leicht UND schön machen. Denn du bist der Mann, askim!«

Ich hebe meinen Kopf und betrachte ihr Gesicht. Eine orientalische Prinzessin aus einem Disneyfilm würde ich genau so modellieren. Der dunkle Teint mit den wundervoll geschwungenen und nicht zu dünnen, schwarzen Augenbrauen; dunkelbraune Augen, in die man besser nicht zu lange blickt, und, das unterscheidet sie von den meisten Orientalinnen, eine Million Sommersprossen im Gesicht.

Mit meiner linken Hand fahre ich über ihr Gesicht und ihren Hals nach unten zu einer meiner bevorzugten Stellen. Gesellschaftlich wird die Bedeutung des Schlüsselbeins noch immer unterschätzt, aber ich begehe diesen Fehler nicht. Ich habe schon Verabredungen geschmissen, weil eine mir bis dahin als elegant erscheinende Frau

ein Kleid mit tiefem Ausschnitt trug und ich erkennen musste, dass sie unter dem Hals aussah wie ein frisch gepökelter Kalbsbraten – wo war das Schlüsselbein? Versteckt unter weichem Fleisch.
Doch Sunas Bogen ragt stolz hervor und weist den Weg nach Süden. Sachte schiebe ich eine Hand auf ihre Brust. Sie legt ihre Hand auf meine und schnurrt. Ich begreife das als Aufforderung, den Wagen zu starten, und drücke mich fester an sie. Sie grinst mit geschlossenen Augen und flüstert mir zu: »Fahr ihn wieder in die Garage, askim.«
Was spricht gegen Liebe auf ein paar Bierkisten? Verdammte Romantik! Ich brauche dringend wieder mein Sofa.

Tag 3, Mittwoch, 20.00 Uhr

Als ich erwache, ist die Sonne bereits untergegangen. Meine Süße schläft noch immer und ich schiebe mich lautlos von der Matratze. Ich schreibe Suna eine Nachricht und nehme den Aufzug in die Tiefgarage. Der Mustang residiert auf seinem Platz. Pierre hat den Wagen also gestern Abend zurückgebracht.

Da Matte aus Pankow kommt, werden wir ihn in der Bar treffen, die sich in Schöneberg befindet. Ergo muss ich zuerst Josch in Tempelhof, danach Pierre in Steglitz aufpflücken. Der Ponyexpress bringt mich über den Mehringdamm in Richtung Platz der Luftbrücke. Das zum Halbrund geschwungene Flughafengebäude gefällt mir auch beim fünfhundertsten Mal noch. Zu schade, dass von Tempelhof keine Maschinen mehr abheben. Als Teenager stand ich in der Einflugschneise nahe der Autobahn und blickte staunend auf die Bäuche der startenden und landenden Maschinen. Was andere nervt und zu Petitionen treibt, macht mich glücklich: Das Heulen der Turbinen, die ungezügelte Kraft von Kerosin, das durch einen engen Kanal gequetscht und dann gezündet wird. Hunderte Tonnen Stahl, die die Erdanziehungskraft überwinden. Heute begegnen mir an derselben Stelle iPod-bestöpselte Skater, die mit fünfundzwanzig Protektoren über ihren Gelenken aufs Gelände stolpern.

Am Platz der Luftbrücke halte ich in zweiter Reihe. Josch drückt auf den Türsummer, ich steige die Treppen nach oben und höre Gelärme. Der Schwall der pfälzischen Schimpfwörter wird lauter und als ich im zweiten Stock um die Ecke biege, sehe ich die beiden Streithähne vor mir.

»… missratene Brut, verfluchte …«, bellt Josch aus dem Türrahmen, genauer gesagt, die linke Hälfte seines nackten Oberkörpers, denn mehr sehe ich von ihm nicht, der Rest steht nicht sichtbar hinter der Tür. Es geht um die Kinder der Nachbarin, die es sich laut Josch fest vorgenommen haben, die Wohnung über ihm auseinanderzunehmen.

Die aus Brasilien stammende Nachbarin scheint solche Auseinandersetzungen gewöhnt zu sein. Sie provoziert den reizbaren Josch, stemmt eine Hand in die Hüfte und kommentiert seine Ausdrücke gestenreich mit der anderen Hand.

Während sich Josch ereifert, winkt er mir zur Begrüßung zu, was ich mit einem freundlichen Nicken bestätige, dann ergießt sich der nächste Schwall Beleidigungen über Frau Rio de Janeiro. Sie rollt mit den Augen und lässt Phrasen zum kinderfeindlichen Deutschland und schlimmen Spießertum ab. Da sich das Geplänkel möglicherweise noch länger hinzieht, setze ich mich auf eine Stufe und ziehe eine Camel aus der Packung. Die Lady fragt, ob sie auch eine haben könnte, was mich in einen Konflikt bringt. Solidarisch mit meinem Freund oder einer Raucherin? Bevor ich mich entscheiden kann, winkt sie ab und geht die Treppen nach unten. Der Streit scheint sie nicht mehr zu amüsieren. Josch ruft ihr etwas nach, das wie »Schnall!« klingt. Dabei tritt er aus der Tür, um mit seiner Beleidigung möglichst effektiv das Treppenhaus zu beschallen.
Josch ist nackt, bis auf einen Pinsel in der Hand und ausgelatschten Flip-Flops an den Füßen. Er bemerkt meinen erstaunten Blick.
»Was gibt's da zu glotzen? Sehe ich aus wie ein Pufflouis, oder was? Ich fühle mich beim Malen sonst so eingeengt.«
Dabei wollte ich nur bemerken, dass das Grün der Flip-Flops nicht zu seiner Augenfarbe passt. Aber mit Josch zu streiten, ist keine gute Idee.
Einige Wimpernschläge später sitzen wir im Wagen, der zielstrebig Kurs nach Steglitz nimmt, wo wir Pierre abholen. Mein Flugzeugträger pflügt über Haupt- und Rheinstraße durch Schöneberg, bis wir die rote Leuchtschrift unserer geliebten Stammbar erreichen.

Wir sind früh dran und die Bar ist noch schwach besucht, weshalb wir Plätze am langgestreckten Tresen ergattern. Unter den vielen Berliner Bars ist die Victoria Bar die schönste und stilvollste. Die Kombination aus älteren Gästen, lässigem Ambiente und exzellenten Drinks ist umwerfend. Meine Lieblingsbar verströmt aus jeder Ecke Tradition, verkörpert durch die dunkelbraune Einrichtung aus den Siebzigern und die etwas angejahrten, aber umso versierteren Barkeeper, die sich nicht wichtiger nehmen als ihre Gäste. Pierres und mein Lieblingsgimmick in diesem Laden ist das kleine, handgemalte Schildchen hinter der Bar: »Come on, just a sip for daddy!«
Der Dude hängt hier gern den Kenner raus und ordert irgendeinen Gin-Cocktail, Matte einen schottischen Whisky, Josch einen Cuba

Libre und ich einen New Yorker. Wir kommen rasch zur Sache und greifen das Gespräch von Curry 36 auf. Matte legt vor, wir lauschen.
»Wir müssen es übernächstes Wochenende durchziehen.«
Er kippt seinen Whisky in zwei großen Schlucken, bestellt den Nachfolger, nimmt einen Zug aus seiner Selbstgedrehten und schiebt die Begründung nach.
»Wenn ich ein Wettbüro hätte, würde ich mir schon jetzt die Hände reiben und viel Geld in meinem Tresor bunkern. Es wird das beste Wochenende aller Zeiten für einen türkischen Wettpaten! Am Samstag spielen die Bayern gegen Schalke, das ist das Topspiel der Bundesliga. Und jetzt der Knaller: Am selben Tag steigt das große Derby in Istanbul: Galatasaray gegen Fenerbahce! Beide haben noch Chancen auf die Meisterschaft, sind verfeindet bis aufs Blut und ihre Anhänger werden schon aus purem Patriotismus den halben Monatslohn setzen. Für das Wettbüro ist das wie Weihnachten und Ostern am selben Tag!«
Einer der Barkeeper beugt sich zu uns. Der Besitzer der Bar und mein persönlicher Favorit.
»Sind die Herren versorgt?«
Im Schein meines aufklappenden Zippos sieht man die Koteletten des Barkeepers, so dick und grau wie Stahlwolle, sowie eine Hornbrille, die man als Waffe einsetzen könnte. Seine Drinks sind unschlagbar. Ich deute auf die kleine Pfütze in meinem Glas und schon liegt der nächste New Yorker im Shaker.
Matte bestellt den dritten Whisky, obwohl der zweite noch am Leben ist. Nicht mehr lange allerdings. Pierre pfeift durch die Zähne und kommt auf das besondere Wochenende zurück. Wir diskutieren das WIE und kommen auf keine rasche Lösung. Yildirays Wettbüro ist gerade am Wochenende zum Bersten voll und unsere Erfahrung in Raubüberfällen beschränkt sich bislang auf Konsolenspiele.
»Manchmal ist der Laden leer, selbst am Wochenende«, bemerkt Josch. Wir horchen auf.
»Tja, darauf habt ihr Sportskanonen noch nicht geachtet, weil ihr immer nur Augen für die Fußballspiele habt, was? Aber der kleine Josch hat aufgepasst. Es gibt einen Tag, da ist es für einige Stunden sehr viel leerer.«

Gesichter wie Autos. Wir haben keine Ahnung, wovon er spricht.
»Beim Freitagsgebet, ihr Ungläubigen! Da gibt's dort drin nur eine Notbesetzung. Irgendein Nichtmoslem und dieser scheiß Drecksköter, sonst niemand.«
Durch diese erfreuliche Nachricht nimmt die Unterhaltung wieder Fahrt auf. Freitag ist zwar nicht Samstag, an dem deutlich mehr Kohle in der Kasse sein dürfte. Aber am Freitag scheint das Risiko geringer und vielleicht bunkert Yildiray schon einen Tag vor dem Super Saturday mehr Geld als sonst in der Kasse. Falls die Kohle aber in den Tresor wandert, müssen wir den öffnen können. Ich drehe mich zu Pierre, unserem Spezialisten für Türen und Schlösser.
»Dude, wie steht's mit deinem Know-how in puncto Safes?«
Er überlegt kurz und schürzt die Lippen. Ich blase Kringel in Richtung der Rumflaschen.
»Grundsätzlich machbar. Hängt aber vom Typ ab. So wie ihr euch das vielleicht vorstellt, Mission Impossible-mäßig mit 'nem Stethoskop, links am Rädchen drehen, rechts am Rädchen drehen, dann erklingt ein leises Bing und das Schätzchen klappt auf, das …«
»… wäre perfekt!«, fällt ihm Josch aufgeregt ins Wort.
»… ist Hollywood!«, fährt der Dude fort. »Vergiss es. Die neueren Safes arbeiten mit flüssigkeitsgelagerten Zahnrädern, da hörst du eher das Gras wachsen als irgendein Klicken.«
»Also keine Chance, das Ding aufzukriegen?«, frage ich.
»Mit einem Schneidbrenner und einem Bohrer schon.«
»Ich dachte, das grobe Handwerkern ist nicht dein Stil. Wann hast du denn das letzte Mal etwas aufgebohrt?«, hake ich nach.
»Na ja, da war die Sache mit Axel«, räuspert er sich.
Oh Mann, die Geschichte mit Axel. Josch wird neugierig und will wissen, worum es geht. Ich knuffe den Dude.
»Na los, erzähl's ihm! Nicht so bescheiden!«
»Okay, okay. Also hier die Kurzfassung. Axel und ich waren betrunken und kamen irgendwie auf die blödsinnige Idee, ins Pfarrhaus einzubrechen. Axels Mutter arbeitete dort, deshalb kannte er sich aus.«
»Ins Pfarrhaus?« Josch wundert sich. Pierre dreht sich zu ihm.
»Ja, ins Pfarrhaus! Jedenfalls wusste Axel, wo sich die Geldkassette, eine Taschenlampe und ein Bohrer befinden. Ich habe die Kassette

dann, so gut es in meinem Zustand ging, aufgebohrt. Direkt am Schloss, ein Kinderspiel.«
»Mal abgesehen davon, dass das eine schändliche Tat war …«, grinst Matte, »wie viel habt ihr denn erbeutet?«
»Genau ein Euro fünfzig.«
Wir grölen, Matte amüsiert sich besonders.
»Zwei Kerle brechen in ein Pfarrhaus ein und Gott sorgt dafür, dass nur einsfünfzig in der Kasse ist? Wie geil!«
»Was heißt hier Kerle? Wir waren in der neunten Klasse.«
Matte setzt nach.
»Ich dachte, du hättest einige Erfahrungen mit …«
»Einbrüchen? Ich war bestimmt in zwei Dutzend Wohnungen, über den Balkon oder mit 'ner Scheckkarte durch die Tür. Auch mal über die Hintertür in einer Tanke. Aber wir haben immer nur das genommen, was herumlag. Schmuck, Bargeld, so was. Rein und raus wie der Blitz, das war immer mein Stil.«
Ich nehme einen tiefen Schluck und ergreife das Wort: »Eine spannende und berührende Geschichte. Ich darf zusammenfassen. Deine Erfahrung als Safeknacker besteht im Aufbohren einer Geldkassette als Pickelgesicht, was im letzten Jahrtausend stattfand. Die David Copperfield-Sache mit einer eleganten Öffnung können wir vergessen. Aber mal unterstellt, du hättest das richtige Gerät, wie lange würde es deiner Meinung nach dauern, den Safe zu knacken?«
»Okay. Auch, wenn ich es selbst noch nicht gemacht habe, kenne ich mich aus mit dem Scheiß, das könnt ihr mir glauben. Mein Vater kann schweißen und ich habe ihm oft bei der Arbeit zugesehen. Wenn die Stahlplatte so dick ist, wie ich denke, und die Schlösser entsprechend gesichert sind, brauche ich mindestens eine Stunde.«
»Damit scheidet diese Methode auch aus. Wir haben nur das kleine Zeitfenster während des Freitagsgebets und außerdem springen da immer genug Fußgänger herum.«
»Wir könnten den Kassierer zwingen«, schlägt Pierre vor. Ich schüttle den Kopf.
»Und was, wenn er es nicht tut? In Ohnmacht fällt? Keiner in diesem Moment da ist, der die Kombination kennt? Wir dürfen uns nicht auf günstige Umstände verlassen, sondern müssen das Ding ganz flott aufbekommen. Hat jemand noch eine Idee?«

Matte hebt den Finger.
Er grinst, ballt eine Faust und öffnet sie mit einem leisen »Boom!«.
Jetzt beginnt mir die Sache richtig Spaß zu machen. Matte und ich können gut mit Schusswaffen von der Pistole bis zum Sturmgewehr umgehen, er noch dazu mit Sprengstoffen. Der Bund hat uns eben auch Nützliches fürs Leben beigebracht. Allerdings besitzen wir aktuell kein Munitionsdepot und von uns vieren nur einer eine Knarre, das bin ich mit meiner alten 45er und die will ich ganz bestimmt nicht für einen Überfall einsetzen.
»Du willst das Ding aufsprengen?«, fragt der Dude, dem ich ansehe, dass er die Idee ähnlich klasse findet wie ich. Nur Josch hat wohl Angst, dass er dabei gleich mit in die Luft gejagt wird.
»Ist das eine sichere Methode?«
Matte schüttelt den Kopf.
»Sicher bestimmt nicht, aber effektiv.«
Unsere Idee bekommt Struktur, wir müssen aber an einigen Punkten noch arbeiten. Zuerst einmal brauchen wir Waffen und Sprengstoff. Im Baumarkt dürfte das nicht so ohne Weiteres zu bekommen sein. Mir kommt ein Gedanke, den ich auch ausspreche: »Werner!« Das Mädchen für alles in unserem Haus, der Multi-Handwerker. Ob der so was weiß? Er war bei der Fremdenlegion und ist mit allen Knarren dieser Welt vertraut. Die Jungs nicken und eine ernsthafte Nervosität macht sich breit, gemischt mit Vorfreude auf etwas, das uns fordern wird. Josch möchte noch etwas Grundsätzliches klären.
»Jetzt mal ernsthaft, Leute. Reingehen, Menschen mit Waffen bedrohen, einen Safe sprengen, sich mit einem Gangsterboss anlegen, ist das nicht eine Nummer zu groß für uns?«
Drei Augenpaare blicken ihn verständnislos an. Er zuckt die Schultern.
»War ja nur 'ne Frage.«
Wir verteilen die Aufgaben. Ich bin für das Thema Waffen zuständig, Matte für Sprengstoffe. Es gibt wohl einen Kumpel aus seiner Bundeswehrzeit, der an das Zeug herankommen könnte. Josch kümmert sich um die Abwesenheitszeiten für das Freitagsgebet. Pierre beobachtet die Lieferung der Geldtransporter am Wochenende.
Wir stoßen an. Wer soll uns noch aufhalten?

Tag 3, Mittwoch, 23.30 Uhr

Drei Cocktailrunden später wollen meine New Yorker wieder ins Freie. Alter Schwede, eine Handvoll Tumbler guten Whiskys hinterlassen Wirkung beim Gang zur Toilette, ich muss mich hier und da festhalten. Auch ein erfahrener Seemann braucht eine Reling. Aus Versehen streife ich eine Handtasche von einem Barhocker, bücke mich schwankend nach ihr, komme wieder nach oben und blicke in ein Paar grüner Katzenaugen, eingerahmt von blonden Luxuswellen. Moment, die kenne ich …
»Groß, blond, blauäugig. Wenn das nicht der schlagkräftige Stuntman aus Kreuzberg ist. Gerolf von Sarnau, nicht wahr?«, wird mir mit warmer Stimme entgegengehaucht.

Ich erinnere mich genau. Anwältin, Ende vierzig, die meinen Prozessgegner Will Taiger vertrat, den größten Weiberhelden des deutschen Kinos, den ich in einer Actionkomödie doubelte. Als er nach meinem sechsten Fenstersturz noch immer etwas zu meckern hatte, platzte mir der Kragen, und es kam zu einem Wortgefecht, an dessen Ende er um ein neues Double bat. Worauf ich ihn mit den Worten »Mach's besser!« aus dem Fenster schubste, was zu einem Sturz aus acht Metern auf eine gut gepolsterte Matte führte, bei dem sich dieser untrainierte Amateur das Bein brach. Die Produktion verzögerte sich dadurch um Monate, es kam zu einem Prozess und zu meinem Rausschmiss.
»Wenn das nicht die Anwaltstrulla ist, die mich vor Gericht als unkontrollierbaren Brutalo dargestellt hat! Eva Tussikowsky, nicht wahr?«, kontere ich mit schwerer Zunge.
Wenn ich getrunken habe, fallen mir die besten Sprüche ein. Tussikowsky war geil, wa? Aus ihrem engen, langen und geschlitzten Kleid im Shanghai-Stil schiebt sich mir ein Bein in den Weg.
»Sie haben Recht! Das war sehr unangenehm für Sie. Aber Geschäft ist nun mal Geschäft. Kann ich das wieder gut machen?«
»Ja. Lutschen Sie an was Giftigem!«
Dummerweise gefällt mir das Bein, das sich gerade an meiner Lende zu schaffen macht. Es ist glatt, warm und gehört zu einer Frau, das sind drei gewichtige Gründe, um es zu mögen. Madame Langbein

befindet sich allerdings in Begleitung. Irgendein Fuzzi mit fluffigem Haar, bestimmt so 'ne Künstlerlusche aus Süddeutschland! Er mischt sich ein.
»Sagen Sie mal, wie reden Sie denn mit Eva?«
Der Typ hat mir gerade noch gefehlt. Ich ziehe an seinem Hemd, ängstliche Dackelaugen blicken mir entgegen.
»Junge! Du hast Sendepause, wenn Erwachsene reden. Nimm deinen Schwanz in die Hand und zähl bis hundert!«
Braunauge stottert irgendwas Uninteressantes und widmet sich danach wieder seiner Bionade, der Loser will keinen Streit. Eva steckt mir grinsend eine Visitenkarte zu. Jetzt muss ich aber rasch zur Keramik, sonst gibt's hier ein Unglück. Als ich an Eva vorbeigehe, schnappe ich ihr Parfum auf. Keine Ahnung, was es für eins ist, aber es riecht verdammt geil.
Ihr perlweißes Lächeln begleitet mich in Gedanken bis ans Pissoir. Als ich auf dem Rückweg wieder an Eva vorbeikomme, macht sie mit der Hand die »I call you«-Geste. Ja, ja, call my ass, bitch!
Die Jungs sind inzwischen zusammengerückt, die Bar ist jetzt voll bis unter die Dachkante. Josch steht zwischen den auf Hockern sitzenden Pierre und Matte und erläutert gerade, welche Vorteile man als kleiner Mann hat. Da alle reichlich getankt haben, verläuft die Konversation in Stadionlautstärke.
»Im Verhältnis zum Körper ist der Penis sehr viel größer!«, erklärt Josch.
Gegröle.
»Ihr glaabt's net, ihr Labbeduddl? Isch holen raus! Jetzt! Sofort!«
Er nestelt an seinem Hosenladen.
»Glei siehn ehr die Fleschpeitsch. Bassn uff!«
Wir stürzen uns auf ihn. So schön eine morgige Schlagzeile in der B.Z. auch wäre, wir möchten die Bar in Zukunft noch besuchen. Davon abgesehen hatte ich mich bereits heute Nachmittag von Joschs kühner Behauptung überzeugen können, als er mir nur in Flip-Flops gegenüber trat. Was soll ich sagen – der Mann hat Recht.
Die Jungs mahnen schließlich zum Aufbruch, was einzig dem Umstand geschuldet ist, dass keiner zum Spülen bleiben möchte. Einer ist abgebrannter als der andere. Wir entrollen und entknüllen alles, was wir an Scheinen in den Taschen haben, und legen sie auf einen

kleinen, traurigen Haufen. Es reicht gerade noch, um die Zeche mit einem ordentlichen Trinkgeld zu begleichen.
Matte wankt zu seinem Wagen, wir überqueren die Straße zum Mustang. Schon die wenigen Meter Frischluft bis zum Auto reichen, um wieder einen etwas klareren Kopf zu bekommen. Zumindest glaube ich das einige Sekunden lang, bis ich merke, was die Ursache für meinen plötzlich eintretenden Scharfsinn ist. Ich sehe den Schatten auf dem Boden und hebe den Kopf – der Mond strahlt uns an. Gestern war Vollmond, richtig. Die Tage davor oder danach sind nicht gerade ungefährlich. Spüre ich wirklich mehr Spannkraft in meinen Muskeln? Wieso schmerzt plötzlich mein Kiefer? Und wieso rieche ich ranziges Bratfett, wenn die nächste Wurstbude zwei Blocks entfernt steht?
Einbildung. Bestimmt. Oder der Alkohol.
Wir steigen ein, Josch quält sich auf die Rückbank, Pierre plumpst auf den Beifahrersitz. Ich sehe, wie Matte in seinem Audi ein paar Schlucke aus einem Flachmann nimmt und danach ebenso schlingernd wie rasant aus seiner Parklücke fährt. Ich winke ihm zu und setze zurück. Das nächtliche Berlin vor uns, gleiten wir über die Potsdamer, bis ich in der Ferne Blaulichter sehe. Eine Menge Blaulichter. Eine verdammte Polizeikontrolle!
Im günstigsten Fall bin ich meinen Führerschein für ein paar Monate los – im schlechtesten verwandle ich mich und fresse 'ne Menge Blei aus Polizisten-MPs. Während ich überlege, was zu tun ist, deutet Josch aufgeregt auf die vielen Blaulichter.
»Jede Wette, die sind mit Silberkugeln ausgerüstet.«
»Was erzählst du denn da?«, fragt Pierre schläfrig.
Er kann die Augen kaum noch aufhalten.
»Schau mal an, wie viele da stehen, die haben die Straße auf ganzer Breite abgesperrt. Das ist keine normale Kontrolle, die suchen jemanden. Und hast du nicht den verrückten Franzosen im Fernsehen gesehen, der war auf allen Kanälen? Son Durschdriwwener und Iwwerkandiddelder!«
»Der Spinner mit der Prothese? Keine Ahnung, was der Scheiß soll!«
Pierre mimt den Ahnungslosen, aber Josch lässt nicht locker.
»Das ist kein Spinner, sondern ein Jäger. Ich lese immer seinen Blog, das ist irre spannend! Er ist spezialisiert auf Vampire und Werwölfe.

Und die suchen hier einen Werwolf, jede Wette. Ein Werwolf tötet immer bei Vollmond. Hör mal, das wissen selbst kleine Mädchen.«
Beim Stichwort Vampire und kleine Mädchen erinnere ich mich an ein Gespräch von zwei Teenagern, das ich kürzlich am Nebentisch des Café Luzia mithören musste. Mit einem frisch erworbenen Vampir-Schmöker vor sich schnatterten die beiden Emo-Girls über ihre Vorstellungen vom Leben als Blutsauger. Natürlich müsste alles sehr stylish sein: als Wohnstätte dient ein altes Schloss mit schweren Vorhängen, gigantischen Kristalllüstern an der Decke und dicken Teppichen unter den güldenen Schnallenschuhen. Wie man es aus Hollywoodfilmen kennt. Der edle Hausherr ist etwas blass um die Nase, gleicht das aber mit eleganter Kleidung aus, trägt sein Rüschenhemd auf und geht nie ohne Cape aus dem Haus. Selbstverständlich leiden sämtliche Bewohner des Gemäuers entsetzlich unter ihrem tragischen Dasein, sehen dabei aber fantastisch aus.
Ich habe keine Ahnung, ob es Vampire gibt. Aber wenn ich unser Leben mit den romantischen Klischees über Vampire vergleiche, tut sich eine gewaltige Kluft auf. Wir sind keine vornehmen Schlossherren, sondern bissige Straßenköter, denen man besser aus dem Weg geht. Wie bei einem Rudel hungriger Wölfe kann es auch bei uns vorkommen, dass wir uns im Blutrausch gegenseitig anfallen.
Meine Gedanken werden von Pierres Stimme unterbrochen.
»Genau, kleine Mädchen, Josch. Die glauben an so einen Fantasystuss. Denkst du wirklich, dass ein riesiges Fellmonster in einer Stadt wie Berlin unerkannt bleibt?«
Josch schüttelt den Kopf.
»Okay, du hast Recht mit den kleinen Mädchen, die an große, böse Wölfe glauben. Das ist ein Mythos für Dappschädel ohne Ahnung von der Materie. Aber es gibt definitiv Lykanthropen.« Er senkt die Stimme. »Es gibt historisch sehr viele Belege. Nicht nur für einzelne Werwölfe, sondern für ganze Stämme. Vermutlich kommen sie aus dem Norden Europas.«
»Ly... was?«, fragt Pierre mit geheucheltem Interesse, was Josch weiter antreibt.
»Lykanthropen, manche sagen auch der Einfachheit halber Lykaner dazu. Im hohen Norden gab es im Mittelalter Krieger, die mit zwölf Mann ein gegnerisches Heer in die Flucht schlugen.«

»Vielleicht waren die einfach gut organisiert und ausgebildet. Wie die Spartaner!«
Obwohl mich die Unterhaltung interessiert, lege ich einen quietschenden U-Turn hin und brettere mit hoher Geschwindigkeit in die andere Richtung. Ich bemerke in den Augenwinkeln ein Blaulicht, das sich aus der Masse der anderen herausbewegt, schalte daraufhin alle Lichter am Mustang aus und rase in die Kurfürstenstraße, vorbei am Straßenstrich, der um diese Uhrzeit in vollem Gange ist. Die Jungs im Auto werden durchgeschüttelt, aber Josch hat sich jetzt in Form geredet und lässt sich nicht mehr vom Thema abbringen, obwohl ihn die Fliehkraft der Kurvenfahrt ans Fenster drückt.
»Die Spartaner waren Soldaten, die Berserker eher so was wie Tiermenschen. Also nicht im Aussehen, die hatten zwei Beine, zwei Arme und kein Fell oder eine Wolfsschnauze. Aber in ihrem Wesen verhielten sie sich wie Tiere, schienen fast unverwundbar mit irre ausgeprägten Muskeln und einer Entschlossenheit und Wildheit, die dem Gegner Furcht einflößte! Ich habe Berichte gelesen, da bekommst du Gänsehaut. Mit jeder Verletzung wurden sie stärker und fielen irgendwann in einen Blutrausch, bis kein Gegner mehr stand! Und sie kämpften ausschließlich, wenn die Sonne untergegangen war.«
»Interessant …«, lügt Pierre und spricht das Wort so gedehnt aus, dass eine Vierjährige erkennt, wie wenig interessant er das tatsächlich findet. Aber Josch ist euphorisch und möchte sein Fachwissen über Lykaner mit uns allen teilen, ob wir wollen oder nicht. Mein Problem ist weniger das Desinteresse, sondern die Befürchtung, ihm könnte ein Licht aufgehen. Denn was er erzählt, ist alles andere als Müll. Nur, dass wir voneinander nicht als Lykaner sprechen. Das klingt nach schwuchteligen Modewölfen im Gothic-Outfit auf Mittelaltermärkten.
Ich bin ein Lupus.
Jedenfalls hoffe ich, dass Josch die Puzzleteile nicht zusammenfügt. Mir war bis eben gar nicht klar, wie tief er in der Materie drinsteckt. Bei der kleinen Leseratte ist doch einiges hängengeblieben. Er redet weiter.
»In einer offenen Schlacht gab es gegen eine Horde Lykaner nur auf die Fresse. Die Furcht vor ihrer Kampfkraft war so groß, dass mit der Zeit niemand mehr gegen sie antreten wollte. Ganze Heere flüchte-

ten. Also hat man es mit Hinterhalten versucht, aber auch damit konnte man ihnen nicht beikommen. Die schienen einen siebten Sinn zu haben und ahnten immer im Voraus, was ihre Gegner vorhatten.«

»Siebter Sinn also?«, fragt Pierre mit schwerer Zunge zurück. Joschs Alkoholspiegel scheint sich dagegen verflüchtigt zu haben.

»Nicht nur das! Einige konnten fliegen. Manche waren unsterblich. Und andere konnten sich unsichtbar machen.«

Ich bin erleichtert, dass er nun den Pfad des Wissens verlassen hat, und konzentriere mich wieder mehr auf die Straße und die näher kommenden Bullen hinter uns. Pierre amüsiert sich über Joschs letzte Bemerkung.

»Unsichtbar?«

»Rede ich chinesisch? Ja, unsichtbar! Die konnten irre viel. Wenn ich mal einem begegnen würde …«

»… dann holst du ihn raus?«, grölt Pierre und reicht mir die Hand zur High Five. Ich schlage ein.

Im gelben Licht der Laternen stehen junge Rumäninnen in kniehohen Stiefeln und starren gelangweilt in die Nacht. Nur, wenn man direkt an ihnen vorbeifährt, knipsen sie für zwei Sekunden ihr Lächeln an und beugen sich nach vorn, um ihre Auslage zu präsentieren. Da sie auf der Straße stehen und die Fahrbahn verengen, kann ich nicht so schnell fahren, wie ich möchte. Das Blaulicht hinter uns wird größer.

»Lustig, du Scherzebennel. Für mich wäre es das Größte.«

Josch träumt vor sich hin. Pierre überlegt mühsam, der Gin entfaltet seine ganze Wirkung.

»Und wenn er dich dann zum Frühstück futtert?«

»Da passe ich schon auf. Ich habe so viel über die gelesen und würde einen Lykaner schon zehn Kilometer gegen den Wind erkennen. Und hier …«, er fummelt ein kleines Medaillon unter seinem Hemd hervor, »… habe ich ein Amulett gegen Tiermenschen. Das schützt mich.«

Ich weiß nicht, aus welchem Kaugummiautomaten er das Teil gezogen hat, aber er könnte einen Lupus auch mit Wattebäuschen bewerfen, das würde genauso gut helfen. Pierre gibt keine Ruhe und bohrt weiter.

»Wieso haben die nicht die Welt erobert, wenn sie so stark sind? Und warum steht davon nichts in den Geschichtsbüchern?«, fragt Pierre zurück.
Dude, kipp nicht noch Öl ins Feuer, bitte! Zu allem Überfluss haben wir ein ernsthaftes Problem hinter uns, das ich lösen muss. Ich nutze die kurze Denkpause von Josch, der sich Antworten überlegt.
»Könnt ihr mal aufhören zu quatschen? Wir werden verfolgt, ich muss mich konzentrieren!«
Die Bullenschüssel ist uns auf den Fersen und noch höchstens dreißig Meter entfernt. Die Polizisten fahren allerdings ohne Sirene, nur mit Blaulicht. Ich lasse das Seitenfenster runter und werfe meinen inzwischen leeren Geldbeutel auf die Straße.
Es funktioniert. Zwei Nutten mit langen Stiefeln sind schneller auf dem Asphalt als ein Bussard bei einem zermatschten Fuchs auf der Autobahn. Die Bullenschleuder muss scharf bremsen, um den Ladys auszuweichen, legt sich halb auf die Seite und kracht in einen parkenden Kleintransporter. Mission accomplished.
Der Dude schläft auf dem Sitz neben mir, als ich Josch in Tempelhof abliefere. Eine Viertelstunde später ist Pierre dran. Murrend quält er sich im Halbschlaf vom Sitz und schwankt zur Haustür.
Um in keine weitere Kontrolle mehr zu geraten, nehme ich noch einige Umwege über kleinere Straßen. Während ich mich Richtung Heimat in Bewegung setze und auf mein Bett freue, signalisiert mein Handy eine eingehende MMS. Bestimmt Suna! Au Backe, schon drei Uhr und ich habe sie den ganzen Abend allein gelassen, ohne sie anzurufen. Ich klappe mein Motorola auf, sehe einen unbekannten Absender und dann das Bild: Eva, die Blondine aus der Bar. Sie beult ihre Wange mit der Zunge aus und zwinkert mir zu. Darunter die Adresse in Friedrichshain und ihre Textnachricht: »ich greife deinen vorschlag auf und würde gerne etwas lutschen … bringst du mir ein nogger mit?«
Eigentlich macht's auch keinen Unterschied, ob man um drei oder um vier Uhr nach Hause kommt, nicht wahr? Suna schläft doch sowieso …
Ich biege auf die Skalitzer Straße Richtung Friedrichshain ab. Ein unter der Hochbahn sitzender Penner in einer alten und mit Orden behängten Uniformjacke grüßt mich mit einer Pulle Berliner Kindl.

Ich erwidere den Gruß militärisch und lege meine flache Hand an die Schläfe, denn diese bekannte Kiezgröße wird von allen nur »der General« genannt.
Nach einigen Metern stoppe ich abrupt, ein hinter mir fahrender Mercedes hupt und kann gerade noch vorbeiziehen.
Ich lasse die Scheibe runter, tanke etwas Frischluft und drehe um zu meiner Wohnung. Da ist mein Platz. Neben meiner Liebsten. Mach es richtig! Sei einmal kein Arschloch! Wieder passiere ich den General, erneut grüßen wir uns, diesmal steht er auf und nimmt stramme Haltung an, legt sich dabei die Pulle zackig an die Stirn. Ich rufe ein lautes »Rühren!« durch das offene Fenster.
Nach einigen Metern trete ich wieder auf die Bremse, verlangsame die Fahrt. Ich bin hellwach und es ist viel zu früh, um ins Bett zu gehen. Meine Lenden würden gerne einen Ausflug machen und melden diesen Wunsch mit einem heftigen Pochen an. Ich sehe mir nochmal Evas MMS an. Verflucht rote Lippen sind das.
Ich drehe am nächsten Durchlass und steuere Friedrichshain an. Als der General mich zum dritten Mal kommen sieht, lacht er sich scheckig.
»Daf koftet einen Fnapf!«, ruft er mir zu. Mit nur einem Zahn im Mund muss man bei der Aussprache Abstriche machen. Aber Offizier bleibt Offizier, weshalb ich nicke.
»Beim nächsten Mal, versprochen, Herr General!«, rufe ich ihm zu. Im Rückspiegel sehe ich ihn mit der Pulle winken.

Die Spree glitzert im Mondlicht, als ich die Oberbaumbrücke überquere und merke, wie steinhart sich meine Muskeln anfühlen. Meine Zunge reibt an den spitzer gewordenen Zähnen, mit denen ich nun locker eine Dose Soljanka öffnen könnte. Geht's jetzt los? Bitte nicht!
Ich stehe vor Evas Haus, sinke tief in den Sitz, schließe die Augen und denke an die traumhaft schöne Küste der Lofoten. Brecher, die schäumend gegen schwarze Felsen klatschen. Wale, die lässig im Fjord abhängen, bevor sie sich tonnenweise frischen Krill ins Maul schaufeln. Kreischende Möwen im Aufwind der Steilküste.
Wenn ich mich entspanne und es schaffe, mich gedanklich aus dem Jetzt zu verabschieden, dann kann ich den Prozess manchmal aufhal-

ten. Meine Zähne werden wieder stumpfer, mein Kiefer entspannt sich.

Als ich aussteige, rieche ich bereits ihr Parfum. Ich recke den Kopf nach oben. Aus der Dachgeschosswohnung gut zwanzig Meter über mir dringt Licht.

Ihre Wohnung repräsentiert denselben Stil, den Eva mit Aussehen und Kleidung verkörpert: Hier versammelt sich die Welt. Bin ich in ein kleines Völkerkundemuseum geraten? Afrikanische Masken, asiatische Figuren, südamerikanische Decken, orientalische Teppiche, die Frau hat ein Faible für Exotisches. Aus den Boxen dringt irgendeine Weltmusik.

Das Ambiente interessiert mich im Moment allerdings einen feuchten Schmutz. Viel spannender ist Evas Hauskleid oder was auch immer man zu einem halb transparenten, knöchellangen Fummel sagt, der mehr zeigt als er verbirgt. Und er präsentiert genau das Richtige: schlanke Beine, die um meine Hüfte gehören.

Sie bietet mir einen Drink an. Scheiße, ich hatte schon genug heute Abend, mir ist weder nach Getränken noch nach Konversation. Und das Nogger habe ich auch vergessen.

Bevor sie sich umdreht, werfe ich sie auf den Tisch und zerfetze den Fummel mit einem Griff.

»Endlich!«, faucht sie mir entgegen.

Tag 4, Donnerstag, 4.30 Uhr

Kurz vor halb fünf morgens stelle ich den Wagen in meiner Tiefgarage ab. Ich fühle mich wie unter den Bus gekommen und bemerke, dass mein Hemd am Rücken klebt. Schweiß? Ich greife über den Nacken auf meinen Rücken und ziehe eine feuchte Hand hervor. Sie ist rot.

Blut. Scheiße!

Ich rieche daran.

Meins.

Jetzt erinnere ich mich an Evas Nägel. Ich hätte mehr als diese länglichen Kratzer verdient. Eher ein paar Liter.

Schlechtes Gewissen? Eher Selbstekel. Ich fühle mich wie ein Zocker, der den Blick in den Spiegel meidet, weil er dem Kerl darin am liebsten in die Fresse hauen möchte. Nicht, weil er seine letzte Kohle verspielt hat. Sondern weil er weiß, dass er es wieder tun wird.

Mit bleischweren Lidern betrete ich meine Wohnung, schleudere die Cowboystiefel durch den Flur, gieße mir in der Küche ein Glas Wasser ein, stürze es in einem langen Schluck hinunter, wanke mit halb geschlossenen Augen ins Bad, entlasse die letzten New Yorker-Reste in die Toilette, stütze mich schläfrig aufs Waschbecken, öffne den Hahn, werfe mir zwei Hände Wasser ins Gesicht, reiße beim Versuch, mir das Gesicht abzutrocknen, den festgeklebten Handtuchhalter von der Wand und gehe leise fluchend zurück in den Flur, von dort die letzten Meter ins Schlafzimmer, wo ich mir Hose und Hemd vom Leib pelle, um mich neben meine warme und gut riechende Süße zu legen und sie leise um Verzeihung zu bitten. Ich gleite ins Bett und stöhne erleichtert auf, weil ich endlich am Ziel bin. Mein Arm greift nach Suna …

… ins Leere!

Ich taste das Bett ab. Nichts. Erschrocken stehe ich auf, schalte das Licht an, erst im Schlafzimmer, dann im Wohnzimmer. Auf dem Boden nahe der Eingangstür bemerke ich einen Zettel, den ich vorhin übersehen habe. Durch meinen Stiefelabdruck wurde die Schrift leicht verschmiert.

»Gero, es tut mir leid. Das mit uns passt einfach nicht, das ist mir heute klar geworden. Ich wünsche dir alles Gute. Suna«

Waswaswaswas soll denn das? Hat sie irgendwas mitgekriegt von dieser Tussi heute Abend? Wie kann das denn sein? Davon wusste doch niemand!
Ich fühle mich ertappt, schuldig, mies. Gleichzeitig mache ich mir Sorgen, denn die Nummer mit dem Zettel stinkt zum Himmel. Das passt nicht zu ihr. Suna hätte auf mich gewartet, um mir die Bratpfanne über den Scheitel zu ziehen, mich anzuschreien, mir eine Szene zu machen – um mich danach zu verlassen.
Oder hat ihr diese Anwaltstussi irgendwas gesteckt? Ob sie hier angerufen hat, nachdem ich von ihr aufgebrochen bin? Aber woher sollte sie von Suna wissen? Unwahrscheinlich.
Sunas Zettel muss einen anderen Grund haben. Wieso fällt ihr mitten in der Nacht ein, dass wir keine Zukunft haben?
Obwohl ich hundemüde bin, kann ich mich jetzt nicht ins Bett legen, wenn meine Süße irgendwo da draußen ist und mich mitten in der Nacht verlassen hat. Ich blicke auf die Uhr: 4.47 Uhr.
Als Erstes brauche ich einen Kaffee. Gähnend steige ich in Jeans, Cowboystiefel, Hemd und Lederjacke, schnappe mir die Autoschlüssel und sitze kurz darauf in meinem Schlitten. Der Mustang startet schnurrend und befördert mich anschließend in die noch immer pechschwarze Berliner Nacht. Der nächste McDonald's ist nur fünf Minuten entfernt, ich bestelle zwei große Kaffee am Drive-in. Den ersten trinke ich, während ich mich nach Neukölln aufmache, zu Yildirays Domizil in der Karl-Marx-Straße. Als ich am Hermannplatz abbiege, zünde ich mir eine Camel an.
Ob ich sie anrufen soll? Um fünf Uhr morgens? Scheiße, ja! Aber es springt nur ihre Mailbox an. Während ich wütend auf das Display blicke und ins Handy schreie, dass sie mich unbedingt zurückrufen soll und dass ich auf dem Weg zu ihr bin, achte ich für eine Sekunde nicht auf die Fahrbahn und erwische fast einen Straßenkehrer der BSR, der Laub zusammenfegt. Er schickt mir Flüche hinterher. In der Karl-Marx-Straße angekommen, steuere ich Yildirays Haus an.
Er residiert mit seinem Clan im obersten Stock. Dort brennt noch Licht. Unten vor der Straße stehen tatsächlich zwei Typen. Um diese Uhrzeit? Yildiray hat eben nicht nur Freunde, sondern auch Feinde. Da er sich in seiner Jugend fröhlich vermehrt hat, gibt es ausreichend Söhne oder Neffen, denen er als Bodyguards vertraut. Die beiden

Typen in Lederjacken und Sporthosen sehen nicht so aus, als würden sie viel Zeit in Fitnessstudios vergeuden, wie die Amateure, die nur ihre Muskeln aufpumpen. Diese Jungs hier findet man in Käfigen beim Ultimate Fighting. Durchtrainierte Athleten mit Schlägervisage und Fäusten, die die Kerben ihrer Opfer tragen.
Aber das ändert nichts an meiner Mission. Suna ist irgendwo da oben. Ich parke meinen Wagen direkt vor dem Haus im Halteverbot und ernte misstrauische Blicke, als ich aussteige.
»Kannst du Schilder lesen, Mann?«, ruft mir der Kleinere der beiden zu. Er ist nur ungefähr einen Meter fünfundneunzig groß und kommt mir langsam entgegen.
»Zigarette?« Ich versuche es zuerst mit der kumpeligen Methode und strecke meine geöffnete Camel-Packung in ihre Richtung.
»Mein Bruder hat dich was gefragt, du Arsch. Bist du taub?«, fragt Hüne Nummer zwo. Auf seinem baumstammdicken Hals hat er einen Kopf, den man mit etwas gutem Willen als menschlich ausmachen kann.
»Manchmal wär ich es gern, du nicht? Jetzt sperr mal deine Blumenkohlohren auf: Ich muss Suna sprechen. Ich weiß, dass sie zuhause ist. Und ich brauche dringend etwas von ihr.«
Das stimmt zwar nicht, aber die Wahrheit würde die Gehirne der beiden überfordern. Gorilla eins grinst zu Gorilla zwei.
»Ist der noch ganz dicht? Haust du ihm auf die Fresse oder soll ich?«
Vor meinem geistigen Auge laufen die möglichen Alternativen ab. Die beiden schlagen mich so zusammen, dass ich mein Frühstücksbrötchen für lange Zeit nur noch durch die Schnabeltasse einnehmen kann. Aus purer Langeweile und Spaß an der Brutalität. Warum leckt sich der Rüde die Eier? Weil er es kann. Warum falten die beiden andere zusammen? Eben.
Die zweite Alternative ist nicht viel besser. Ein Lupus verwandelt sich nicht nur bei Vollmond, sondern auch dann, wenn sein Adrenalin mit unglaublichem Druck durch die Adern fliegt. Wenn er böse gereizt wird. Voller Wut ist. Oder voller Angst. Alternative zwei wird mit zwei toten Brüdern von Suna enden.
Entspannt bleiben und sich fertigmachen lassen oder zwei Klumpen rohen Fleisches auf der Karl-Marx-Straße zurücklassen?

Die beiden tauschen Scheine aus, haben auf irgendwas gewettet. Vielleicht, wie viele Sekunden es dauert, bis mein Kopf auf den Straßenbeton aufprallt? Der Größere kommt federnden Schrittes näher, lässt noch einmal seine Knöchel knacken und freut sich auf das Hackfleisch, das er aus mir machen will. Dabei verrutscht seine Jacke und ich sehe eine Knarre in seinem Hosenbund. Plötzlich hält er inne, sein Gesichtsausdruck verändert sich, er blickt auf etwas, das sich hinter mir befinden muss. Ich drehe mich um und sehe in dieselbe Richtung. Langsam nähert sich ein grün-weißes Auto mit blauer Lampe – die Polizei, dein Freund und Helfer.

Die Chance muss ich nutzen.

»Ob denen deine Knarre gefällt? Jede Wette, dass du keinen Waffenschein für die Wumme hast! Und bestimmt biste nur auf Bewährung draußen und kannst dir keinen Stress leisten, richtig?«, raunze ich dem Schläger zu, der irgendwas murmelt, was sich nach »Halt bloß die Schnauze!« anhört.

»Besser, du hältst jetzt deine.«

Ich winke den Wagen der Polizisten heran, der unverzüglich an den Bordstein rollt.

»Morgen, die Herren!«, ruft ein dicklicher Polizist durch das offene Fenster.

Sein Kollege am Steuer mampft ein Hörnchen. »Allet klar bei Ihnen? Können wir irjendwie helfen?«

Ich lache erleichtert auf.

»Aber ja, Herr Kommissar. Meine beiden Freunde hier«, ich zeige auf King und Kong, »müssen unbedingt zum Kottbusser Tor, um die erste U-Bahn zur Markthalle zu bekommen, wo sie arbeiten. Ich wollte sie mitnehmen, aber mein Wagen streikt. Die verlieren ihren Job, wenn sie zu spät kommen. Das wäre doch Mist, auch im Namen der Integration! Könnten Sie vielleicht …?«

Die Mienen der beiden Schläger verdüstern sich, aber ihre kleinen Erbsen namens Gehirn arbeiten einfach zu langsam. Schon antwortet der Polizist.

»Na, jut – normalerweise machen wir det nich, sind ja keen Taxiunternehmen, wa? Aber bevor Se zu spät uff Arbeit kommen, drücken wir ma een Auge zu.« Er nickt den beiden zu.

»Kommse rin! Einsteigen, die Herren!«

Als Hulk und Hogan an mir vorbeigehen, fährt sich Hulk mit dem Zeigefinger über die Kehle, Hogan flüstert mir zu: »Du bist tot, Alter.«
Die Polizeikutsche fährt mit der neuen Ladung ab, die beiden Schläger blicken mir bitterböse durchs Heckfenster nach. Ich verzichte auf erniedrigende Gesten. Man sieht sich ja meist zweimal im Leben. Ich habe schätzungsweise fünfzehn bis zwanzig Minuten Zeit. Maximal zehn Minuten brauchen sie bis zum Kotti, zehn mit einem Taxi zurück.
Ich steige die Treppen hoch bis zum vierten Stock, als eine SMS eintrifft. »Gero, hab die Mailbox abgehört. Lass mich in Ruhe, bitte!«
Meine komplette Energie, mein Tatendrang weicht aus mir wie Luft aus einem alten Ballon. Sie nennt mich sonst nie Gero. Immer nur askim, Schatz oder sonst ein Kosename, bei dem mir das Herz aufgeht. Es sind die Kleinigkeiten im Leben, nicht wahr? Ich würde mich sogar von den zwei Brüdern verprügeln lassen, aber ich will nicht behandelt werden wie irgendein beschissener Klassenkamerad, mit dem man vor zehn Jahren Abitur gemacht hat. Ich hasse diese Förmlichkeiten!
Gestern Morgen kam sie noch zu mir, ist von zu Hause abgehauen, um bei mir zu sein, und jetzt bin ich nur noch Gero?
Ich bin niedergeschlagen. Außerdem ist es fast halb sechs morgens, zwei Schläger sind auf dem Weg hierher und ich habe seit gefühlten zweihundert Stunden nicht geschlafen.
Scheiße!
Als ich meinen Wagen durch das nächtliche Neukölln zurück in Richtung Kreuzberg fahre, zeigen sich erste hellblaue Streifen am Horizont. Der Charme der Karl-Marx-Straße winkt mir zum Abschied zu: Pfandleiher und Handyläden wechseln mit Handyläden und Pfandleihern ab. Die ersten Obdachlosen durchwühlen die Papierkörbe, eine alte Dame führt ihren hinkenden Dackel aus.
Ich erinnere mich an meinen zweiten Kaffee, der immerhin noch lauwarm ist und in der Mittelkonsole steht. An einer roten Ampel nehme ich den Becher in die Hand. Ein älterer Herr in durchaus gepflegter Kleidung stochert mit einem Kleiderbügel aus Draht im Abfalleimer unter der Ampel. Dabei redet er ununterbrochen. Ob mit seinem Kleiderbügel oder ob mit dem Abfall, kann ich nicht ausma-

chen. Er blickt unvermittelt zu mir, dann merke ich, worauf sich seine Aufmerksamkeit richtet. Ich lasse das Fenster herunter und schenke ihm den Kaffee. Er bedankt sich in irgendeiner slawischen Sprache und nimmt einen Schluck aus dem Becher. Ich fummle eine Zigarette aus der Packung und stecke sie mir zwischen die Lippen. Die Ampel wird grün, ich fahre los.

Zehn Minuten später bin ich in meiner Wohnung. Sie fühlt sich kalt an und damit meine ich nicht die Temperatur. Leer in der Seele lege ich mich in mein Bett und falle Sekunden später in den Schlaf.

Tag 4, Donnerstag, 10.00 Uhr

Gerädert krieche ich aus dem Bett, schlurfe in die Küche, fülle Kaffee in die Maschine und betrete anschließend das Bad.
Auch wenn es mir schwer fällt, drehe ich die Dusche auf eiskalt, um einen klaren Kopf für den Tag zu bekommen. Die Wirkung bleibt nicht aus. Hellwach stehe ich zwei Minuten später vor dem Spiegel und blicke einem Versager ins Gesicht.
Immerhin weht ein angenehmer Kaffeeduft durch die Wohnung, ein kleiner Trost. Ich schlinge mir ein Handtuch um die Hüften, weil ich den Kaffee auf dem Balkon trinken möchte und hin und wieder Nachbarn auf den anderen Balkonen genau dasselbe tun.
Als ich das Bad verlasse, empfängt mich Dunkelheit. Bevor ich begreife, wieso ich nichts mehr sehe, werden meine Arme nach hinten gerissen und ich kassiere einen schweren Hieb in den Magen. Mir bleibt die Luft weg und sie kommt auch nicht wieder, nachdem ich einen heftigen Schlag in die Niere und einen weiteren in die Leber empfange. Der Schmerz ist schier unbeschreiblich, ich habe das Gefühl, meine Organe zerreißen. Meine Beine knicken weg, ich gehe in die Knie und falle dann auf den Bauch. Ich spüre, wie mir ein Handtuch vom Gesicht genommen wird. Immerhin ist es nun nicht mehr schwarz um mich herum.
Keuchend versuche ich, etwas zu erkennen, und sehe aus dieser Perspektive vier Paar Sportschuhe. Teure Nikes und adidas, blitzblank wie aus dem Laden. Es scheint sich zu lohnen, Menschen in ihrer Wohnung zu überfallen.
Eigentlich möchte ich liegen bleiben, doch kräftige Arme greifen mir unter die Achseln und ziehen mich nach oben. Zwei Typen halten mich links und rechts fest, schräg vor mir steht wohl der Anführer der Gruppe, die ich alle vom Sehen kenne, denen ich aber keine Namen zuordnen kann. Sunas Brüder. Sie haben Suna wohl kürzlich bis zu meiner Tür verfolgt, als sie mich besuchte. Alle tragen das übliche Outfit von Kampfsportlern, sportive Hosen und eng sitzende Shirts, um das zu präsentieren, was man sich in vielen qualvollen Stunden erarbeitet hat. Durchaus gut aussehende, braun gebrannte Typen, mit denen man Spaß haben kann, Ärger aber vermeiden sollte. Eine Entscheidung, die in diesem Moment bereits gefallen ist.

Erschwerend kommt hinzu, dass drei von ihnen nasse, eingedrehte Handtücher in ihren Fäusten halten. Eine Methode, die ich während meiner Zeit beim Spähtrupp auch gelernt habe. Musst du jemand verhören und notfalls eine wichtige Information aus ihm herausprügeln, dann benutze ein nasses, zu einem Klumpen gedrehtes Handtuch – das schmerzt kaum weniger als ein Faustschlag, aber es bleiben keine blauen Beweisflecken zurück.

Die gute Nachricht dabei: Will jemand keine Hämatome hinterlassen, gibt es immer ein »Danach«, der Verprügelte kommt mit dem Leben davon. Meistens. Allerdings beunruhigt mich, dass der vierte aus der Gruppe mit einen Baseballschläger bewaffnet ist.

Der Anführer rammt mir seine Faust in den Magen. Wieder sacken mir die Knie weg und ich möchte mich dauerhaft in die Horizontale begeben, doch die beiden Typen halten mich auf den Beinen. Dann zieht der Anführer, der mich an den Schauspieler John Turturro erinnert, meinen Kopf an den Haaren nach oben, damit ich ihn ansehe.

»Du lässt unsere Schwester in Ruhe! Wenn ich dich noch einmal dabei erwische, wie du versuchst, in ihre Nähe zu kommen, mache ich dich fertig. Aber richtig. So, dass du dich nicht mehr an deinen Namen erinnerst. Hast du das verstanden?«

Bevor ich antworten kann, kassiere ich einen schweren Leberhaken. Der Schmerz raubt mir Luft und Verstand. Mein Magen reagiert, ich übergebe mich auf den Boden.

»Hast du das verstanden, du Stück Scheiße?«

Ich versuche gar nicht mehr zu antworten, weil ich auf den nächsten Schlag warte und meine Bauchmuskeln, so gut es noch geht, anspanne. Da kein Hieb in meinen Körper fährt, blicke ich Johnnie an und nicke. Der gibt seinem Bruder mit dem Baseballschläger ein Zeichen, was mir überhaupt nicht gefällt.

Will er mir den Schädel zertrümmern? Mein Adrenalinspiegel schießt zur Decke.

Er zielt tief. Die Kniescheiben!

Ich drehe mich mit aller Kraft zur Seite und mache mich rasch ganz locker. Es gelingt mir, ein Stück seitwärts zu fallen, wodurch der Schläger mit Wucht auf meinem Oberschenkel landet. Es fühlt sich an, als ramme mir jemand eine glühende Stange ins Bein. Ich falle

auf den Boden und hoffe, dass der Knochen heil geblieben ist. Die Kerle lachen über den Typen, der in seiner Kotze liegt.
Zumindest die drei mit den Handtüchern. Der vierte blickt eher betrübt, weil sein Schlag nicht das gewünschte Ziel fand. Er hebt den Schläger nun senkrecht über den Kopf. Wohin auch immer er zielt, diesen Schlag darf ich nicht kassieren.
Das Sideboard steht keine zwei Meter entfernt. Ich sammle meine gesamte Energie und krabble wie eine verwundete Ameise zum Board. Die vier glucksen. Ein nackter, kriechender Kerl amüsiert sie.
In weniger als zwei Sekunden ziehe ich meinen Revolver aus der Schublade und richte ihn auf den Anführer. Unbekleidet und mit Erbrochenem am Leib wirke ich wenig respekteinflößend, doch das tödliche Stück Stahl in meiner Hand macht das wett. Das Quartett friert in seiner Bewegung ein, allerdings ohne irgendwelche Zeichen der Aufgabe. Diese Jungs sind solche Situationen gewöhnt und taxieren nun ihre Chancen, falls ich für einen Moment die Aufmerksamkeit verlieren sollte. Johnnie hebt gemächlich seine Hände und öffnet sie in meine Richtung.
»Mach keinen Scheiß mit dem Ding. Wir wollten dich nur warnen, mehr nicht. Also bleib schön cool.«
»Ob ich cool bleibe oder nicht, hängt von euch ab. Zuerst lässt du mal den Schläger fallen«, sage ich zum Schlagmann. Er wechselt einen Blick mit Johnnie, dann fällt das schwere Holz klappernd auf den Boden.
»Ihr verschwindet jetzt.«
Johnnie versteht das eher als Wunsch denn als Befehl. Er grinst, ohne sich auch nur einen Millimeter in Richtung Tür zu bewegen.
»Du willst uns alle vier erledigen? Wer bist du, Jesse James?«
»Guter Punkt. Du vergisst nur eins dabei. Die anderen drei sind mir egal. Aber dir blase ich auf jeden Fall das Licht aus. Und noch was: Ich mag deine Schwester wirklich.«
Die Beleidigungen über beschissene, gewalttätige Control Freaks von Brüdern, die mir auf der Zunge liegen, schlucke ich hinunter. Wer weiß, was die Zukunft noch bringt, vielleicht werden wir irgendwann sogar Verwandte. Dann sollte ich nicht alle Brücken einreißen.

Der Schimmer in Johnnies Augen verblasst und seine Mundwinkel bewegen sich leicht nach unten. Noch immer bewegt sich keiner der Typen. Meine Hand mit dem Revolver zittert wie eine Pappel im Wind. Die Schläge haben meinem Körper ordentlich zugesetzt, dabei wurden die Nerven wohl überstrapaziert und beschlossen beleidigt, mir ständig irgendwelche Alarmmeldungen durchzugeben. Ich fixiere die wackelnde, rechte Schusshand mit meiner Linken und ziele genau auf die Nasenwurzel von Johnnie.

»Wenn ihr euch jetzt bewegt, dann nur in Richtung Tür. Sonst können wir dein Gehirn von der Wand kratzen.«

Johnnie nickt seinen Brüdern zu. Wie in Zeitlupe gehen sie zur Tür, bleiben dabei immer in Sichtkontakt mit mir, wie ein Rudel Wölfe, das auf seine Chance wartet. Johnnie zeigt auf seine und dann auf meine Augen. Ja ja, wir sehen uns wieder, erzähl mir was Neues.

Ich bewege mich langsam und stets auf Johnnie zielend auf die Gruppe zu. Als der Letzte die Wohnung verlässt, schließe ich die Tür zweimal ab. Das verdammte Schloss muss ich nachrüsten.

Ich stelle mich wieder unter die Dusche, weil ich meinen Magen ungern nach außen trage und den ekligen Gestank loswerden möchte. Diesmal lasse ich die Badezimmertür offen und blicke Richtung Wohnzimmer. Wenn die Typen einen zweiten Versuch wagen, bin ich vorbereitet.

Selbst unter der Brause halte ich den Revolver in meiner rechten Hand.

Fünf Minuten später ziehe ich mich an. Zittrig wie ein alter Mann steige ich in Jeans und T-Shirt, während meine Muskeln glühen und die Organe schmerzen.

Im Wohnzimmer versuche ich erneut, Suna anzurufen. Sie geht nicht ran. Ich pfeffere das Handy auf mein Pseudosofa.

Wenn ich eins nicht ausstehen kann, sind es Drohungen. Und noch weniger kann ich es leiden, wenn man mir vorschreiben möchte, was ich tun, oder, schlimmer noch, was ich lassen soll. Das führt bei mir zum gegenteiligen Verhalten. Immer.

Erst mal frühstücken. Ich haue das uralte Brot in den Toaster. Immerhin ist der Kaffee heiß und schwarz. Während ich mir die Brühe einverleibe, überlege ich mir einen Plan für den heutigen Tag. Es fällt mir schwer, mich auf etwas anderes als Suna zu konzentrieren, daran ändert auch der schlagende Auftritt ihrer Brüder wenig. Ich muss sie unbedingt sprechen, danach kann man das Familienthema angehen.

Jetzt muss ich aber erst mal an meine Hausaufgaben denken, schließlich kann ich die Jungs nicht hängen lassen. First things first.

Die Waffen. Einziger konkreter Anhaltspunkt bleibt unser Hausmeister und Mädchen für alles, Werner. Ob er die Knarren beschaffen kann, steht in den Sternen. Egal, ich kann Werner auf alle Fälle fragen, selbst, wenn ich keine Kohle habe. Er wird ja kein Arsenal in seinem Wohnzimmer haben, das man gleich bezahlen muss.

Der Toast, den ich zwischenzeitlich vergessen habe, riecht wie er aussieht: verbrannt und schwarz. Ich tunke das spröde Teil in meinen Kaffee.

Nach dem Besuch bei Werner muss ich dringend Geld besorgen. Mir bleiben zwei, nein drei mögliche Wege. Ich könnte bei meiner alten Produktionsfirma um einen Job als Stuntman betteln, aber schon beim Gedanken daran bekomme ich das Kotzen. Schließlich haben sie mich wegen eines läppischen gebrochenen Beins für diese Null von Will Taiger ohne Federlesens rausgeworfen, nachdem ich mehr als sechs Jahre lang meine Knochen hingehalten hatte. Oder ich pumpe meine Eltern an. Was mir verdammt unangenehm wäre, insbesondere weil es die beiden auch nicht so dick haben – vor allem aber, weil ich ihnen die Sorgenfalten ersparen möchte.

Damit bleibt nur noch die goldene Uhr. Mein Vater erhielt sie von seinem Patenonkel als Erbstück und schenkte sie mir zum Diplom. Ein handwerklich präzise gearbeitetes Uhrwerk aus den dreißiger Jahren mit Gravur und dicker Goldschicht. In einem guten Antiquitätenladen wäre sie mehrere tausend Euro wert, aber damit kann ich beim Pfandleiher nicht rechnen. Schweren Herzens hole ich sie aus der Schublade, fahre mit dem Zeigefinger über die hübsche Gravur und ziehe die Uhr auf. Das perfekte Ticken einer handgearbeiteten Taschenuhr weckt Erinnerungen an meinen alten Herrn, den ich unbedingt wieder einmal besuchen muss. Ich stecke die Uhr sowie das beiliegende Echtheitszertifikat ein.

Bevor ich die Wohnung verlasse, klingelt das Telefon. Auf dem Display blinkt »Eltern«. Ich greife zum Hörer.

»Hallo Mama.«
»Hallo Gero! Woher wusstest du, dass ich es bin?«
»Das steht doch auf dem Display, Mama.«
»Ich bin nicht von gestern, das weiß ich auch. Aber es hätte doch Papa sein können.«
»Wer ruft mich denn in zehn von zehn Fällen an, hm?«
Eine kurze Pause, in der ich förmlich sehe, wie sich die Nase meiner Mutter kräuselt.
»Ist ja auch egal. Wie geht's euch denn? Ihr habt jetzt lange Nächte, oder?«
»Ach, Gero, das ist so schön. Im Winter ist es manchmal schwer, aber die Mitternachtssonne im Juni dafür einfach ein Traum. Du hast sie auch immer gemocht. Und wenn es lange hell ist, fühlt sich Papa besser.«
»Ich weiß. Bis zum nächsten Juni dauert es leider noch ein bisschen. Hol ihn doch mal ans Telefon!«
»Er ist gerade spazieren. Wenn wir Glück haben, kommt er rechtzeitig zurück.«
Ich kenne den Euphemismus des angeblichen »Spazierengehens«. Dabei handelt es sich um eine Geheimformel wie unter den Royals, wenn man nicht aussprechen darf, dass der König betrunken ist. Bei Papa bedeutet es, dass er auf der Terrasse sitzt, aufs Meer blickt und kein Wort spricht. Manchmal tagelang. Die Vorstellung schlägt mir auf die Stimmung.
»Ach, Mama …!«
»Was soll denn der schwermütige Ton? Wir kommen zurecht, mach dir da ma' keene Platte drum, Junior!«
Wenn meine Mutter berlinert, könnte ich sie knutschen.
»Jetzt erzähl mal von dir. Was macht denn deine Freundin? Ist alles noch im Lot? Na los, ich bin neugierig!«
Nichts liebt meine Mutter mehr als romantische Schnulzen, von ihrem Mann und Sohn mal abgesehen, obwohl ich an dieser Reihenfolge zweifeln könnte, wenn ich sehe, mit welcher Inbrunst sie Schmachtfetzen konsumiert. Ich wuchs mit großen Melodramen wie »Vom Winde verweht« auf und erinnere mich an entsprechende Fernsehabende auf der Couch, als Mama verschämt ganze Packungen an Papiertaschentüchern verbrauchte. Was wiederum mir einen

Kloß im Hals bescherte. Die Filme selbst interessierten mich dabei weniger, denn schon als Pimpf stand ich mehr auf Action. Doch das gemütliche Beisammensein unter einer Wolldecke, mit einem heißen Tee und Clark Gables Schnauzer vor mir, das waren wundervolle, behütete Momente meiner Kindheit.

»Suna? Der geht's bestens«, lüge ich.

»Ich bin so froh, dass du endlich sesshaft wirst, wenn du verstehst, was ich meine. Sie trägt aber kein Kopftuch, oder?«

»Doch. Und freitags eine Burka. Mama, ich hab dir schon fünfunddreißigmal erzählt, dass ihre Familie modern lebt. Am Wochenende darf Suna sogar strippen und verdient sich so ein paar Euros nebenher.«

Stille am anderen Ende der Leitung. Sie findet das gar nicht lustig. Ich löse den Scherz auf, wir plaudern über Sunas Eltern, ich erläutere, dass ihre Mutter leider schon verstorben ist und auf die Nachfrage nach dem Beruf des Vaters, quäle ich mir ein »irgendwas mit Sportmarketing« heraus, was noch nicht einmal komplett gelogen ist.

Sie fragt mich, ob ich Geld brauche, was ich entrüstet zurückweise, und schließlich verabschieden wir uns, wobei sie mich wie immer ermahnt, doch auch mal anzurufen und nicht auf ihren Anruf zu warten, was ich mit fester Stimme versichere, in der Gewissheit, dass sie das nächste Mal wieder anrufen wird. Sie ist eben meine Mutter.

Ich richte ihr zum Abschied einen Gruß an meinen Vater aus, an den ich mit schwerem Herzen denken muss. Für unsere überragende Physis zahlen wir einen entsprechenden Preis. Fast alle Männer unserer Sippe neigen zu emotionalen Ausnahmezuständen, wobei das Pendel in alle Richtungen ausschlagen kann, vom Depressiven bis zum Psychopathen. Vermutlich ruft Mama mich nicht nur wegen ihrer mütterlichen Zuneigung so häufig an, sondern auch, um abzuchecken, in welche Richtung ich gehen werde. Liegt es an den Genen von Mamas robuster und fröhlicher Psyche, die sie mir mitgegeben hat? Bislang scheine ich von diesen Extremen verschont zu bleiben. Das betrifft natürlich nicht die nächtlichen Ausflüge, die nun mal zu unserem Wesen gehören. Hier regiert weniger die Emotion als der Instinkt.

Ich verlasse die Wohnung und klingle im Erdgeschoss an der Tür des Hausmeisters. Werner öffnet nicht, weshalb ich den Waffendeal auf den Abend verschiebe. Ab zum Pfandleiher meines Vertrauens, der sich nur wenige Fußminuten entfernt am Kotti befindet.
Der Pfandleiher Mahdad ist für viele hier im Kiez die letzte Station, um zu Bargeld zu kommen. Spieler, Junkies und andere arme Teufel versetzen ihre letzte Habe, um ein paar Euros dafür einzustreichen und anschließend beschämt den Laden zu verlassen, ohne sich umzudrehen, als kämen sie aus einem stadtbekannten Puff. Ihre Handys, Konsolen und Schmuckstücke bleiben dann eine Weile im Lager des Pfandleihers – werden sie nach einer Frist nicht mit Aufpreis ausgelöst, kommen sie in den Verkaufsraum, wo sie von Schnäppchenjägern, Touristen oder Studenten erworben werden.
Die Pfandleihe ist nur eine offizielle Fassade für das sehr viel einträglichere Geschäft mit Hehlerware, das Mahdad reich gemacht hat. Wie so viele Iraner ist er gepflegt und gut aussehend. Hakennase und Kinnbart fügen sich in das Styling des gewieften Geschäftsmannes ein, der seine Partner mit Eleganz und Würde übers Ohr haut. Wir begrüßen uns und tauschen den üblichen Smalltalk aus, dann komme ich zur Sache. Ich lege die Uhr und eine Kopie des Echtheitszertifikates auf den verglasten Tresen.
»Was gibst du mir dafür?«
Er lächelt mich an wie ein gütiger Priester.
»Was glaubst du, was sie wert ist?«
Ich seufze. »Was sie wert ist, weiß ich, Mahdad«, lüge ich. »Ich habe aber gefragt, was du mir dafür gibst.«
Er nimmt sie in die Hand, betrachtet Gravur und Vergoldung und öffnet mit dem Fingernagel den hinteren Deckel. Wir sehen gemeinsam dem Meisterwerk aus Zahnrädern und Hebeln bei der Arbeit zu. Mahdad krault seinen Kinnbart.
»Schau dich in meinem Laden um, Gero. Was siehst du hier?«
»Nicht mehr taufrische Nokias, alte Playstations, mittelprächtigen Familienschmuck …«
»Schon gut, schon gut. So brutal musst du nicht sein.«
»Warum fragst du dann?«
»Nichts davon kostet mehr als zweihundert Euro, das meiste nicht mal hundert. Wir beide wissen, dass die Uhr wertvoller ist.«

Er zieht die Augenbrauen nach oben, zuckt die Schultern. So blicken Automechaniker, wenn sie einem mitteilen, dass der heißgeliebte, aber dreißig Jahre alte VW Käfer leider verschrottet werden muss.
»Wie geht's eigentlich den Kindern, Mahdad?«, frage ich so beiläufig wie möglich.
Er strahlt. Der fruchtbare Perser schenkte unserer Welt vier Töchter, die außer der familientypischen Hakennase Schönheit und Intelligenz der Mutter sowie den Geschäftssinn ihres Vaters geerbt haben. Die beiden jüngsten gehen noch zur Schule.
»Ich bin so stolz, wie ein Vater nur sein kann!«
»Dazu hast du alles Recht der Welt. Prächtige Kinder!«
Er gießt uns beiden schwarzen Tee in kleine Gläser ein. Die Saat des Zweifels an meinen guten Absichten keimt in seinem Gehirn, als wir beide einen Schluck nehmen.
»Warum fragst du?«
»Reines Mitgefühl für einen Mann mit deiner Verantwortung. Es ist nicht leicht, vier Töchter großzuziehen. Nicht wahr?«
Er nippt am Tee. Ich fahre fort.
»Die Klamotten. Die Sorgen. Die teure Ausbildung.«
Mahdad nickt schwermütig. Ich bin voller Anteilnahme für den armen Kerl.
»Was allein die Privatschulen im Grunewald kosten!«
»Wem sagst du das, Gero?«
»Der Mercedes CLS deiner Frau. Dein Audi Q7. Der Benzinverbrauch frisst einem die Haare vom Kopf.«
»Unmengen. Dein Mustang auch, hm?«
»Frag nicht. Aber die Familie ist das Wichtigste, stimmt's? Da muss man Opfer bringen.«
»Nichts geht über die Familie. Gar nichts.«
Er gießt mir nach. Ich verbrenne mir die Zunge, stelle das Glas ab und lege los.
»Eben, Mahdad. Was meinst du, was es mich an Überwindung gekostet hat, dir diese Uhr anzubieten? Das ist ein Erbstück meines Vaters, das er mir anvertraut hat – im Glauben, dass ich es würdige und mich darüber freue. Allein der Gedanke, dass er erfahren könnte, was ich hier tue, beschämt mich mehr, als du dir vorstellen kannst! Aber ich brauche dringend Geld und wenn wir hier nicht ins Ge-

schäft kommen, weiß ich nicht, was ich noch machen soll. Dann werde ich das Ding an irgendeinen beschissenen Händler am beschissenen Ostbahnhof verticken müssen. Aber ich will lieber mit dir Geschäfte machen. Weil ich weiß, dass dir Familie etwas bedeutet und dass du einschätzen kannst, warum ich das hier tue. Und weil ich weiß, dass ich dir vertrauen kann.«
Mahdad schürzt die Lippen. Ich bin von meiner Schleimerei etwas erschöpft.
»Es gibt doch immer mal Kunden, die etwas Besonderes erwerben wollen ... Das vielleicht vom Laster gefallen ist.«
Mahdad schließt die Tür ab, klopft mir auf die Schulter und geht wieder hinter den Tresen. Er öffnet seine Kasse und holt die Fünfziger aus dem Fach, zählt fünfzehn davon ab und schiebt sie zu mir rüber.
»Ich gebe dir siebenhundertfünfzig. Dafür bleibt die Uhr zwei Wochen bei mir. Du kannst sie danach für eintausendfünfhundert wieder auslösen. Sonst geht sie in meinen Besitz über.«
Meine Versuche, über die Frist oder den Zins zu verhandeln, scheitern bereits im Ansatz. Ich schnappe mir die Kohle, Mahdad schließt die Ladentür wieder auf. Wir verabschieden uns.
»Zwei Wochen, Gero.«

Mit den siebenhundertfünfzig Mücken in der Tasche schlendere ich über den Kotti, sehe den Junkies beim Diskutieren zu und verspüre das mulmige Gefühl, dass sich zwischen ihrer und meiner Existenz nur ein dünnes Blatt Löschpapier befindet. Ich habe die Uhr meines Vaters versetzt. Wenigstens nicht für einen Schuss Angel Dust. Das unterscheidet mich noch von den hageren Gestalten mit den fettigen Haaren.
Ich höre mein Handy klingeln. Pierre ist am Apparat.
»Dude?«, frage ich.
»Na, Meister, wie geht's?«, krächzt es fröhlich aus dem Handy.
»Du fragst doch nie, wie es mir geht! Also, worum geht's, Dude?«
Er eiert zuerst etwas herum, kommt dann aber auf den Punkt.
»Lena hat mich eingeladen und will mich ihren Freunden vorstellen. Heute! Um vier Uhr im Club. Da ich nicht motorisiert bin, habe ich ein kleines Problem ...«

»Moment!«, unterbreche ich ihn. »Club? Das heißt doch in diesem Fall Golfclub, wenn ich mich recht erinnere, oder? Wo gibt's denn hier einen Golfclub?«
»Hier nicht, das ist ja das Problem! Der Platz ist in Brandenburg, nur knapp fünfzig Kilometer von hier.«
»Brandenburg? Das ist da draußen, oder? Außerhalb Berlins.«
»Ja, Gero. Und ich habe gehört, dass wir inzwischen auch keine Passierscheine mehr brauchen. Also was ist? Könnte ich mir deinen, äh …?«
»Dude, du willst nicht etwa andeuten, den Mustang fahren zu wollen? Kommt nicht in die Tüte, bei aller Freundschaft. No way!«
Ich höre ihn seufzen. Wer kann den Dude schon leiden sehen oder hören.
»Jetzt heul nicht gleich. Ich fahr dich hin.«
»Danke, Digga!« jubelt er.

Tag 4, Donnerstag, 15.00 Uhr

Mit der Kohle in der Gesäßtasche fühle ich mich wieder wie ein Mensch. Ich tanke den Mustang voll und nehme mir in der Euphorie ein paar Dosen Red Bull, drei Päckchen Zigaretten und für den Dude ein paar Duplo mit. Steht er drauf, längste Praline und so. Auf dem Weg zu ihm grinse ich vor mich hin. Der Dude und Golf. Großes Kino. Aber wo die Liebe hinfällt.

Er schwärmt seit Langem für die Schwester seines besten Freundes, mit dem er schon in der Schule durch Dick und Dünn gegangen ist. Der hat das irgendwann spitz gekriegt und machte gleich eine Ansage, so eine Großer-Bruder-Nummer mit »Finger weg von meiner Schwester!«. Das schüchterte den Dude ein. Obwohl seitdem eine Menge Jahre vergangen sind, hat er keinen Annäherungsversuch mehr gestartet. Hin und wieder unternehmen die beiden etwas miteinander, aber das war's dann. Worin soll auch die Zukunft liegen? Sie ist ein hübsches, aber verwöhntes Mädel aus großbürgerlicher Familie, das man häufig auf Tenniscourts und Golfanlagen antrifft. Der Dude kennt die Plätze zwar auch – aber nur von der Xbox.

Man muss doch zusammenpassen. So wie Suna und ich! Als ich den Gedanken weiterspinne und mich an die gestrige Nacht erinnere, bekomme ich schlechte Laune.

Die hält nicht lange an, denn ich biege in die Sackgasse zum Haus des Dude ein, der bereits auf der Straße wartet. Meine Zigarette fällt mir erst vor Schreck und dann vor Lachen fast aus dem Mundwinkel. Er trägt einen hellen, quergestreiften Pulli, eine weiße Bundfaltenhose und beigefarbene Schuhe. Als er einsteigt, hält er den Zeigefinger an den Mund.

»Sag nichts!«

»Du siehst aus wie ein gottverdammter BWL-Student. Aus den Achtzigern!«

»Mann, das ist ein Golfclub. Lena hat mir ein paar Anweisungen gegeben: Keine Jeans, keine Turnschuhe, zieh dir was Feines an, ich will dich dem Präsidenten des Clubs vorstellen. Da hab ich mir vom Freund meiner Mutter diese beschissene Hose und diese beschissenen Schuhe und diesen beschissenen Pullover geliehen. Fahr los!«

Ich lasse die Reifen quietschen. Der Dude futtert seine Duplo. In der ersten Kurve knarzt laut vernehmlich die Lenkung.
»Hast du das gehört?«, fragt der Dude mit Schokolade im Mund.
»Ja«, brumme ich.
»Was war denn das?«
»Ich glaube, der Querlenker ist futsch.«
»Du hast aber auch ein Pech mit der Kiste.«
»Sag nichts gegen den Mustang«, erwidere ich schwach und pflichte ihm im Geiste bei. Was habe ich schon Geld für Ersatzteile und Reparaturen versenkt. Aber man verstößt sein Kind ja auch nicht, wenn es dreimal im Jahr die Grippe hat, nicht wahr? Ich nehme mir vor, den Wagen morgen zu Mehmet in die Werkstatt zu bringen.
Nach zwanzig Minuten haben wir die Stadt hinter uns gelassen. Mit jedem Meter wird es ländlicher, was meine Nase noch vor meinen Augen bemerkt. Ich lege die Blues Brothers ein. Nicht lange und ich bringe das unvermeidliche Zitat, das Pierre vollendet: »Es sind 106 Meilen bis Chicago, wir haben genug Benzin im Tank, ein halbes Päckchen Zigaretten, es ist dunkel und wir tragen Sonnenbrillen!«
»Tritt drauf!«
Ob er das zweite auch noch parat hat? Ich lege nach: »Es hat ein Bullenmotor auf 350 PS aufgeblasen, es hat Bullenreifen, Bullengetriebe und Bullenstoßdämpfer. Das ist ein Modell das von katalytischen Konvertern gemacht worden ist, läuft also mit Normal-Benzin. Was sagst du jetzt? Ist das das neue Blues Mobil, oder was?!«
»Der Zigarettenanzünder ist im Arsch!«
Wir zünden neue Camels an, deren Rauch ins Brandenburgische flattert. Es ist ein altes Spiel zwischen uns, dem anderen Zitate aus unseren beiden Lieblingsfilmen vor den Latz zu knallen: The Big Lebowski und die Blues Brothers. Wir können das den ganzen Tag exerzieren und nie wird uns langweilig. Allen anderen um uns herum geht das inzwischen erheblich auf die Nüsse, aber: a man's gotta do what a man's gotta do.
»Mann, ist das viel Natur hier!«, fällt mir auf.
»Das Grüne da sind Wiesen, oder?«, fragt Pierre interessiert.
»Ich glaube schon. Mit Gras.« Ich blicke zum Himmel.
»Und bald regnet's. Das ist gut für die Landwirtschaft!«, doziere ich.

»Da freut sich der Bauer!«
Wir sind wahre Experten fürs Landleben, das nach unserer Meinung auch genau dort, nämlich auf dem Land, am besten aufgehoben ist. Ich persönlich hasse zum Beispiel Insekten aller Art, insbesondere Stechmücken. Unsere kürzlich auf einer Party geäußerten Vorschläge, die Stadt mit Kunstrasen (meine Idee) oder Fliesen (Pierres) auszulegen, stieß bei den jungen Damen und Herren von der grünen Front auf Unverständnis. Wir haben die Erde von unseren Kindern nur geliehen – my ass!
Da Pierre ordentlich einen gezwitschert hatte, warf er ungefragt seine Meinung über die männliche Fraktion in die Runde, titulierte die konsternierten Ökos als »ihr seid doch alle Homos!«, was uns einen Rausschmiss bescherte. Den nahmen wir ohne Murren hin, denn auf dieser trüben Veranstaltung mussten wir zum Rauchen auf den Balkon, wo wir die Blumenkästen mit unserer Asche beehrten.
»Wie weit isses noch?«, frage ich Pierre, der die Karte studiert.
»Sind gleich da. Da oben auf dem kleinen Hügel ist das Clubhaus. Lena steht davor.«
Er liest eine SMS, die soeben eingegangen ist. Ich blicke nochmal auf sein helles Outfit, das mich blendet.
»Du siehst sehr undude aus.«
Pierre rollt mit den Augen. Ich fahre die Kieseinfahrt hoch und halte vor einem Clubhaus, das aus jedem Stein nach Geld riecht. Vor allem Range Rovers und Jaguare stehen Spalier auf dem Parkplatz. Ich komme mir vor wie beim englischen Pferderennen und erwarte, dass wir im Inneren Damen mit wagenradgroßen Hüten begegnen. Automatisch nehme ich etwas Haltung an und übe eine steife Oberlippe.
Lena wartet vor dem Clubhaus. Sie sieht wie immer perfekt aus. Wie aus dem Ei gepellt. Die Sorte Frau, die man in der BILD sieht, wenn sie mit irgendeinem Star aus irgendeinem trendigen Club stöckelt und in eine Stretchlimo steigt. Immer ganz weit vorn. Sieht erstklassig aus, ist eine der besten Golferinnen ihres Jahrgangs und parkt grundsätzlich auf der Sonnenseite des Lebens.
Unsere gegenseitige Abneigung war schon beim ersten Treffen spürbar. Dem Dude gegenüber halte ich mich mit Äußerungen allerdings zurück. Das wäre nicht fair und gehört zu den Spielregeln einer Männerfreundschaft: Man macht die Süße seines Freundes nicht madig.

»Du kommst aber mit rein, es könnte schon ein Weilchen dauern«, meint Pierre.
»Kein Problem, Dude. Ich habe schließlich das hier!« Ich prahle mit dem neuesten Kicker-Sonderheft zur Bundesliga. Lesestoff ohne Ende.
»Nee, du bleibst jetzt nicht im Auto, komm mit!«
Ich stöhne und steige ebenfalls aus. Wir nähern uns Lena, die empfangsbereit die Arme ausstreckt. Der Kies knirscht, die Sonne lacht und ich habe den Kicker dabei. Der Tag nimmt Struktur an.
Pierre und Lena umarmen sich. Sie küsst ihn nach Heidi Klum-Art mit lautem Schmatz auf die Wangen. Warum erinnert mich das an einen Goldfisch? Ich strecke die Hand aus und grummle ein »Mahlzeit!«. Lena lacht mich an, weshalb ich mich wegen meiner schlechten Vibes ihr gegenüber ein bisschen schuldig fühle.
Wir betreten das Clubhaus. Der Innenraum empfängt uns mit einer teuren und gleichwohl gediegenen Einrichtung, aber letztlich handelt es sich auch nur um ein etwas besseres Restaurant für die High Society. Ringsum an den Wänden finden sich Pokale und Bilder von Herren in Karohose mit Golfschlägern und mürrischen Caddies an ihrer Seite. Die Fotos gefallen mir. Ich hätte auch gerne einen Caddie für alle Lebenslagen.
»Winthrop, was soll ich heute nur anziehen?«
»Regen zieht auf, Sir. Ich empfehle den Südwester.«
Lena erzählt irgendwas davon, dass sie mir Pierre entführen müsse. Er schätzt seine Abwesenheit auf zwei bis drei Stunden und blickt zerknirscht, weil ich so lange warten muss. Ich beruhige ihn, indem ich mit dem Kicker-Sonderheft wedle. Die beiden ziehen ab, verlassen das Clubhaus auf der anderen Seite und ich suche mir einen Tisch.
Ich bestelle mir ein Bier und beginne mit dem Kicker brav auf Seite eins, als am Tisch neben mir eine ältere Dame Platz nimmt. Sie ist bestimmt Ende sechzig, der in die Jahre gekommene Natalie Wood-Typ mit dunklen Haaren, dunklen Augen. Man sieht ihr an, dass sie früher eine sehr schöne Frau war – was auch an den sympathischen Lachfalten um ihre Augen liegt.
Sie prostet mir vergnügt zu. »Mein Partner hat mich versetzt!«
»Dann sollten Sie das Fünfer Eisen nehmen, wenn Sie ihn das nächste Mal treffen!«, werfe ich ihr lässig über den Tisch zu. Sie lacht, es ent-

spannt sich ein Gespräch, bis ich schließlich Farbe bekennen muss, als sie mir eine Frage stellt.
»Hätten Sie nicht Lust, einzuspringen?«
Ich sehe die teuren Klunker an ihren Fingern und einige verwerfliche Gedanken nisten sich in meinem Kopf ein. Die verscheuche ich umgehend und bin ausnahmsweise ehrlich.
»In der Welt der Karten bin ich zu Hause, da könnten wir gerne ein Spielchen wagen. Aber Golf? Ich würde mich nur blamieren!«
»Sie haben noch nie?«
»Ich habe noch nie.«
»Was sollte dann die Bemerkung mit dem Fünfer Eisen?«
»Substanzlose Prahlerei? Mein Steckenpferd.«
Sie lacht.
»Über Karten reden wir später, junger Mann. Darin bin ich auch sehr gut! Aber jetzt wird erst einmal Golf gespielt. Die Tasche meines Partners ist im Wagen, an der Ausrüstung sollte es nicht mangeln. Allenfalls …«, sie blickt auf meine Cowboystiefel.
»Tja, was wird der Präsident dieses schönen Clubs dazu sagen? Mit den Klamotten und Schuhen kann ich doch schlecht spielen.«
Sie beugt sich nach vorn. »Machen Sie sich um Morty keine Sorgen. Der hat mich schließlich versetzt.«
Wir beginnen in einem großen, nach hinten vergitterten Halbrund, Abschläge zu üben. Greta drückt mir einen Driver in die Hand, ein edles Teil mit großem Schlägerkopf aus dunklem Holz. Ich hole mit aller Kraft aus, schwinge elegant durch und zertrümmere die Luft um mich herum. Der Ball liegt noch immer an seinem Platz. Schwieriger, als ich dachte. Greta zeigt mir die richtige Bein- und Armhaltung und klärt mich dann über den wichtigsten Punkt beim Golfen auf: Eine gute Hand-Eye-Coordination, wie sie es ausdrückt. Nach einer Viertelstunde treffe ich zwar noch immer nicht jeden Ball, einige fliegen allerdings weit über die Hundert-Meter-Linie hinaus. Dann gehen wir auf den Kurs.
Wir ziehen die kleinen Wagen mit den Golftaschen durch das Grün, als hätten wir nie etwas anderes getan. Nach einigen Bemerkungen zum Wetter, zur Beschaffenheit des Bodens und der besten Ausrüstung beim Golfen, geht Greta nach einer Frage von mir zum Persönlichen über.

Sie musste drei teure Scheidungen verkraften, was sie ohne großes Bedauern berichtet. Trotzdem waren die Trennungen kein Verlustgeschäft, wenn man den Start mit ihrem ersten Mann berücksichtigt. Der schwerreiche Unternehmer hatte die mittellose und schöne Greta nach wenigen Wochen geheiratet, starb unerklärlicherweise schon in der Hochzeitsnacht und machte damit Greta zur Milliardärin. Das war irgendwann nach dem Krieg. All das und noch viel mehr erzählt sie mir zwischen den Schlägen.

Ich hätte nie gedacht, wie herrlich und entspannt dieser Sport sein kann. Wir wandern, plaudern und hin und wieder konzentrieren wir uns auf die Schläge. Ich fühle mich wie ein Chefarzt. Zwar pflüge ich beim Abschlag einige Male den Rasen um und benötige für jedes Loch fast doppelt so viele Schläge wie Greta, aber sie bescheinigt mir Talent. Vermutlich aus purer Höflichkeit, doch das stört mich nicht.

Am sechsten Loch sehe ich von Weitem den Dude mit Lena. Wir winken uns zu. Seine Lippen formen »What the fuck?«.

Ich grinse schulterzuckend, schnappe mir ein Eisen und ballere den Golfball mit Schmackes in einen Teich.

Als wir uns gegen sieben Uhr dem Clubhaus nähern, bedankt sich Greta für den vergnüglichen Nachmittag.

»Ich habe meinen Preis noch gar nicht gefordert«, meint sie lächelnd.

Oh Gott! Vor meinem geistigen Auge spielen sich Szenen ab, die ich nüchtern sicher nicht durchstehen würde. Ich schlucke.

»Wie meinen?«

»Für das Spiel und den Einsteigerkurs. Was glauben Sie, was das normalerweise kostet? Sie sind Zocker, ich bin es ebenfalls, also tragen wir es angemessen aus. Diesen Samstag in einer Spielbank Ihrer Wahl und wir sind quitt. Keine Widerrede!« Sie drückt mir ihre Karte in die Hand und küsst mich auf die Wange. Dann ist sie rascher verschwunden als eine nordische Fee in der Mittsommernacht.

Pierre sitzt mit Lena und einigen ihrer Freunde an der Bar. Sie tragen Pullunder und einige haben einen Schmiss an der Wange. Genau die Sorte, die ich gerne im Morgengrauen an die Wand stellen würde.

Ich will kein Spielverderber sein, mahne aber zum Aufbruch. Immerhin habe ich hier den Chauffeur gegeben! Pierre nickt, verabschiedet sich von Lena und drei Minuten später sitzen wir im Pony-Express auf dem Weg zurück nach Berlin.

Tag 4, Donnerstag, 20.00 Uhr

»Du magst sie nicht«, nölt Pierre.

»Wie kommst du denn darauf?«, spiele ich den Überraschten.

»Ich sehe es dir an! Schon, wie du ihr die Hand gibst. Als hätte sie Herpes! Und du bist scheiß maulfaul in ihrer Gesellschaft.«

»Unsinn, Dude. Ich habe nichts gegen Lena. Wirklich. Ich bin heute einfach ein bisschen zerstreut. Wenn ich nicht genug geschlafen habe, fahre ich immer neben der Spur.«

Ich versuche, das Thema zu wechseln, aber er lässt sich nicht davon abbringen und erzählt mir zum gefühlt fünfzigsten Mal, dass bei Lena hinter der Fassade der Berufstochter ein Mädchen steckt, mit dem man Pferde stehlen kann. Dass sie ihm all ihre Sorgen erzähle, dass sie eine junge Frau mit vielen Ängsten sei, dazu existiere noch eine ziemlich hammerharte Familiengeschichte und er sei der Einzige, dem sie sich anvertrauen könne – und so weiter und so fort. Er hat vielleicht Recht, aber selbst wenn, dann ist das eine verdammte Einbahnstraße. Sobald sie ihn anruft, springt er sogar nachts um drei aus den Federn, fährt zu ihr und reicht Taschentücher gegen ihren Liebeskummer. Was bekommt er im Gegenzug? Wenn es ihm dreckig geht, ist Madame unterwegs oder sonst irgendwie unpässlich. In meinem Universum lebt Freundschaft von einem Geben und Nehmen.

Egal. Wenn ihn das glücklich macht – wer bin ich, ihn zu richten? Mein alter Herr meint immer: Jedem Tierchen sein Plaisirchen. Der Spruch passt auf viele Lebenslagen. Auch auf diese.

Ich reiche Pierre eine Camel. Wir rauchen schweigend, während der Mustang Meter um Meter Landstraße frisst. Außerhalb des Lichtkegels ist nichts zu erkennen. Ob sich links neben uns eine Kolonie überdimensionaler Grillen befindet oder rechts blubbernde Sümpfe, aus denen die Gliedmaßen versinkender armer Teufel ragen – ich könnte mir beides vorstellen. Vor allem, weil mein Gehör soeben wieder aufdreht und ich da draußen jede Menge Getier höre. Großes und kleines. Erstaunlich, wie dunkel es hier bereits um acht Uhr abends ist. Brandenburg, du Hort des Teufels!

Ich schalte das Radio ein und höre die heisere Stimme von Fortesquieue, der gerade ein Interview gibt. Er berichtet von großen Fortschritten, vor allem durch eine am letzten Tatort sichergestellte

DNA-Probe. Auf die Nachfrage des Reporters antwortet er mit Genugtuung in der Stimme, dass es sich um ein Stück Zahn handle. Instinktiv lange ich in meinen Mund und, tatsächlich, ein kleines Stück meines Eckzahns ist abgesplittert. Dunkel erinnere ich mich an die Stahlplatte, die Fettkopf irgendwo am, genauer gesagt: im Kopf trug. Wer kann auch mit so etwas rechnen? Ich konzentriere mich wieder auf das Interview, in dem der Franzose groß angelegte DNA-Tests aller männlichen Bewohner in der Nähe der Tatorte ankündigt. Pierre lauscht ebenso gespannt wie ich.

Meine Nervosität steigt bis zum Ende des Interviews, danach ergreift Pierre das Wort.

»Du solltest aus Berlin verschwinden! Wenn die jeden Einzelnen überprüfen …«

»Ich kann hier nicht weg, Dude!«

»Du musst! Der Typ ist gefährlich!«

»Ich weiß. Aber ich muss erst noch etwas mit Suna klären.«

»Was denn? Hat sie es etwa herausgefunden?«

Ich erzähle ihm von letzter Nacht. Sunas merkwürdiger Abschied, dem ich nicht so recht traue. Auch Pierre vermutet, dass ihre Familie dahinter steckt. Den Zettel oder die SMS kann jeder geschrieben haben. Andererseits: Es kann ihre freie Entscheidung gewesen sein. Vielleicht ist die Wahrheit viel banaler und ich will sie nur nicht wahrhaben. Der Dude unterbricht meine Gedanken.

»Ich verstehe es nicht. Ihr habt euch zwar immer in der Wolle, aber das ist ein Spiel. Jeder weiß, dass ihr bombig zusammenpasst. Gestern war doch noch alles in Ordnung, das habe ich selbst gesehen. Oder … hast du etwa … du hast doch anderen Frauen abgeschworen, seit du mit ihr zusammen bist, stimmt's?«

Mit gewisser Zerknirschung erzähle ich ihm den Rest von letzter Nacht: Eva. Der Dude sinkt in den Sitz.

»Du bist so ein Idiot, Gero!«

»Erzähl mir was Neues.«

Er stöhnt laut.

»Und jetzt?«

»Das ist noch nicht alles, Dude.«

Ich berichte ihm von dem denkwürdigen Treffen mit Sunas Brüdern, der Nummer mit den Handtüchern, dem Baseballschläger und mei-

ner Rettung durch den Revolver. Kein guter Start für eine enge familiäre Beziehung mit Zigarren und Herrenwitzen auf Sommerfesten. Pierre bläst die Backen auf.
»Hast du Scheiße am Fuß …«, beginnt er das Andy Brehme-Zitat, das ich beende: »… hast du Scheiße am Fuß.«
Ich ringe Pierre einen Gefallen ab. Da es keinen elektronischen Zugang zu Suna gibt, keinen Anruf, keine SMS, keine Mail, muss man von Angesicht zu Angesicht mit ihr sprechen. Sunas Brüder kennen mich, Pierre aber nicht. Er soll herausfinden, ob es ihr eigener Wunsch ist, mich nicht mehr zu sehen. Ich brauche Gewissheit.
Pierre sagt zu, sich darum zu kümmern.
»Und die Brüder?«, fragt er besorgt nach. Ich zucke mit den Schultern.
»Eins nach dem anderen. Sind eben Südländer, die beruhigen sich schon wieder.«
»Da bin ich mir nicht so sicher, das ging ja schon ziemlich zur Sache bei euch. Wo hast du überhaupt den Revolver her?«
»Den habe ich mir damals in den Staaten besorgt, als ich den Mustang gekauft habe. Der Wagen kam mit dem Schiff nach Deutschland und ich habe den Revolver in der Verkleidung versteckt. Ist hier natürlich nicht registriert, aber trotzdem will ich ihn für unser Ding nicht benutzen. Sicher ist sicher.«
Pierre greift nach dem Zigarettenanzünder.
»Hast du bei den Knarren schon was erreicht?«, bleibt er beim Thema, während ich irgendeinem dunklen Getier ausweiche. Der Mustang schlingert, fängt sich.
»Werner war nicht da. Er müsste aber zuhause sein und nicht im Urlaub. Das wird funktionieren. Ich habe da ein gutes Gefühl.«
»Nur bei Werner oder auch bei unserem Ding? Du weißt schon, der Tag X.«
»Klar, du nicht?«
Er zuckt mit den Schultern, ich zünde mir eine neue Camel an und rede dann weiter: »Nenn mich einen sentimentalen Idioten, aber ich habe bisher keine Sekunde daran gedacht, dass das schief gehen könnte.«
»Du bist ein sentimentaler Idiot!«, grinst er.
»Jetzt mal Butter bei die Fische. Was macht dir Sorgen, Dude?«

»Sorgen ist das falsche Wort. Ich will das unbedingt, kein Thema! Nicht, dass du mich da falsch verstehst. Das wird ’ne geile Sache. Aber was passiert, wenn einer richtig Stress macht? Darüber denke ich nach. Ich weiß, Matte und du, ihr seid einen Zacken härter drauf, aber ehrlich, ich weiß nicht, ob ich auf einen schießen könnte.«
»Du hast diesem Studenten auf der Party einen Finger gebrochen!«
»Ich war betrunken. Außerdem hat der Penner Valentina an den Arsch gefasst.«
»Also. Geht doch.«
»Aufs Maul hauen, kein Problem, ’ne Kniescheibe polieren, gern, aber jemandem eine Kugel verpassen?«
Wir nehmen einige Züge, schweigen. Dann fährt er fort.
»Du denkst jetzt, dass auf mich kein Verlass ist, oder?«
»Bullshit! Wenn ich einen kenne, auf den Verlass ist, bist du das.«
»Du meinst, immer dann, wenn …?«
»Nein, nicht nur die Nummer bei Vollmond. Da hast du mich nie im Stich gelassen. Aber zwing mich jetzt nicht, alles andere aufzuzählen, sonst fühle ich mich schwul und das nehme ich dir dann wirklich krumm!«
Er lacht. Ich drehe mich kurz zu ihm.
»Solange die anderen im Wettbüro nichts davon wissen, bekommen wir kein Problem. Ich bezweifle, dass wir schießen müssen. Bisher habe ich noch keinen getroffen, der in den Lauf einer Uzi sah und anschließend den Helden markierte. Sollte der worst case trotzdem eintreten, kümmern sich Matte oder ich darum.«
Meine Hoffnung, das Thema nun erledigt zu haben, wird enttäuscht. Pierre ist in Plauderlaune.
»Nur eins noch, wenn wir schon über das Team sprechen.«
»Mann, wir reden schon eine Viertelstunde und bisher ist noch kein einziges Wort über Fußball gefallen. Jetzt fange ich langsam doch an, mir Sorgen zu machen.«
»Das bequatschen wir im Anschluss, obwohl du von diesem Sport bedauerlicherweise keine Ahnung hast. Na gut, ich komme gleich zum Punkt. Du musst es endlich den Jungs sagen.«
»Was denn?«
»Du weißt genau, was!«
Ich stöhne.

Anschließend folgt ein längerer Vortrag über Freundschaft, Loyalität, Aufrichtigkeit und fünfundzwanzig weitere edle Eigenschaften. So sehr ich mich auch bemühe, das zynische Arschloch heraushängen zu lassen – er hat verdammt noch mal Recht. Der Dude lässt nicht locker, bis ich mitten auf der Straße anhalte.

»Okay, okay. Ich mach's.« Die beiden Worte kommen mir schwer über die Lippen.

»Du sagst es den Jungs?«

»Ja.«

»Tritt drauf!«, johlt er, wir fahren weiter und endlich reden wir über elementar Wichtiges, nämlich Fußball. Kurt Cobain schreit sich seinen Schmerz von der Seele, als wir uns der Silhouette von Berlin nähern. Wir tauchen in das geliebte, große B ein.

Als ich Pierre absetze, zeigt mein Handy eine SMS an. »Ich möchte dich sehen. Heute Nacht bei mir. Eva«

Tag 4, Donnerstag, 21.00 Uhr

Kurz vor neun parke ich den Mustang ein und betrete meinen Wohnbunker am Kotti. Ich versuche mein Glück bei Werner und klingle an der Tür des Hausmeisters. Seine thailändische Frau Weena öffnet. Zersägt man eine Trompete, hört sich das schöner an als ihre Rufe. Ich erwarte, dass die Wände jeden Moment Risse bekommen, als ihr Organ durch den Flur schallt: »Weeerner! Du hatt Besuch!«

Für einige Momente verliere ich mein Gehör. So muss sich Odysseus gefühlt haben, als er am Schiffsmast angebunden dem Gesang der Sirenen lauschen musste. Nur ein hohes Sirren bleibt in meinem Kopf zurück, während die thailändische Trillerpfeife erneut nach Werner ruft und mir dabei ihr makelloses Zäpfchen präsentiert.

Werner erscheint in der Tür und trägt die Kluft, die man von einem Hausmeister erwartet, der in der Fremdenlegion gedient hat. Ein geripptes Unterhemd, das seine Muskeln kaum bändigen kann, und eine Fallschirmjägerhose in Tarnfarben. Dass er an Armen und Oberkörper allerhand geheimnisvolle Tätowierungen trägt, versteht sich von selbst. Der kahle Schädel und die mahlenden Kiefermuskeln runden das Bild eines Zeitgenossen ab, mit dem man ungern streitet, selbst wenn Werner inzwischen auf die sechzig zugeht. Wir lagen noch nie im Clinch miteinander, denn wir teilen zwei wesentliche Vorlieben: Fußball und guten Wodka. Ich korrigiere: Fußball und Wodka.

Glücklicherweise gehen meine Ohren wieder auf. Werner winkt mich herein, ich folge ihm in die Wohnung.

»Wat makt du denn da? Du trägt den ganze Dreck 'ein!«, schimpft Weena mit mir und setzt einen Blick auf, als käme ich von der Schule zu spät zum Mittagessen nach Hause: »Zieh Schuhe aus!«, fordert sie und bemerkt im nächsten Moment ihren unfreundlichen Tonfall. Sie lächelt breit.

»'Ab schöne 'Ausschuhe für dich«, winkt sie mich zu sich und greift in einen schmalen Schuhschrank an der Wand. Zwar trenne ich mich ungern von meinen Cowboystiefeln, aber when in Rome, do as the Romans do, das hat mir mein Vater beigebracht. Einen Moment später schlurfe ich in zwei gigantischen Fellpuschen in das Wohnzimmer.

Werner sitzt auf einer abgewetzten Couch, über ihm hängt ein großes, gerahmtes Foto. Das Bild zeigt einige gut gelaunte, europäisch aussehende Soldaten mit Zigaretten in den Mundwinkeln, Bierflaschen in den Händen und ihren Gewehren über der Schulter. Die Frisuren und Uniformen deuten auf die achtziger Jahre hin, das hohe Gras und die Affenbrotbäume auf Afrika. Dieses wohl in einer Kampfpause geschossene Bild könnte einem das Herz erwärmen, wenn im Hintergrund nicht die Leichen einiger schwarzer Soldaten zu sehen wären.

Weena setzt sich neben Werner auf die Couch. Er liest aus meinen Blicken, dass wir eine etwas vertraulichere Atmosphäre benötigen.

»Meine Lotosblüte, der Kamerad hat sicher Durst«, meint er zu seiner Gemahlin.

»Wir 'aben lecker Lichi-Saft in Kühlschrank. Will du?«, fragt sie mich und steht auf. Bevor ich antworten kann, klatscht ihr Werner auf das ansehnliche Hinterteil. Sie wischt ihm mit der flachen Hand kräftig über die Stirn. Beide lachen. Gefällt mir, das Spiel. Ob ich da auch einsteigen soll?

Werner räuspert sich und spricht mit seiner Frau.

»Gute Idee. Aber der alte Werner braucht erst mal eine Haubitze voll Koffein. Wie sieht's mit dir aus, Kamerad?«

»Wenn es keine Umstände macht, gerne.«

Weena nickt.

»Du hatt Recht! Ich macke euch Kaffee. Kuchen auch noch da. Magt du Kuchen?«, fragt sie mich.

Ich recke zustimmend den Daumen meiner rechten Hand und hoffe, dass wir nun einige Minuten für uns haben. Zu meiner Überraschung geht Weena nicht in die Küche, sondern ins Bad. Von dort hören wir die vertrauten Geräusche eines Putzeimers, der mit Wasser gefüllt wird. Kurz darauf durchquert Weena in einer Kittelschürze den Flur und klatscht einen Lappen auf den Küchenboden, der nun offensichtlich gewischt wird, während ich außerdem die Geräusche der Kaffeemaschine höre. Werners patente Frau ist ausgesprochen fleißig, ein Glücksgriff für den alten Kämpfer, der mit dem Haushalt auf Kriegsfuß steht. Auch sonst scheinen die beiden gut zusammenzupassen, obwohl sie sich den ganzen Tag kabbeln. Oder vielleicht genau deswegen, weil es die Spannung aufrechthält.

Weena befindet sich zwar außer Sicht-, nicht aber außer Hörweite. Um auf Nummer sicher zu gehen, steht Werner auf und schließt die Wohnzimmertür. Er öffnet eine Vitrine, holt zwei Schnapsgläser und eine Flasche Korn heraus.
Als vertrauensbildende Maßnahme zische ich ein paar Kurze mit ihm. Das Wohnzimmer könnte als kleines Militärmuseum durchgehen angesichts der vielen Erinnerungsstücke aus Werners Vergangenheit.
Von der kleinen P1 bis zur großen Stinger hat Werner fast alles geschossen, was Infanteristen dieser Welt abfeuern können. Im Kongo überlebte er als Einziger seiner Einheit einen Hinterhalt der Katanga-Rebellen, die anschließend eine Kiste mit Händen und Füßen seiner Kameraden ins Hauptquartier seiner Einheit nach Korsika schickten. Das war für Werner der Point of no Return – für einen lächerlichen Sold im Dschungel verrecken? Und das, nachdem er sich schon einige Tropenkrankheiten zugezogen hatte, die er nie ganz auskurieren konnte, wie die Malaria? Eine vorgetäuschte psychische Erkrankung brachte die Entlassung aus dem Armeedienst.
Als junger Kerl suchte er das Abenteuer. Panzerputzen bei der friedlichen Bundeswehr schien ihm zu öde und ein Freund brachte ihn zur Legion. Die Truppe wurde zu seiner Familie und er sah mehr von Afrika als Peter Scholl-Latour. Seine wichtigsten Kenntnisse nach mehr als zwanzig Jahren: Waffen, Waffen, Waffen. Was konnte er nach seinem Abschied von der Fremdenlegion mit diesem Knowhow anfangen? Er bewarb sich zigmal bei allen möglichen Security Firmen, aber keiner wollte einen alten Kerl mit angeschlagener Gesundheit. Als der frühere Hausmeister hier im Gebäude entnervt aufgab, riss sich Werner die entsprechende Notiz vom Schwarzen Brett im Eingangsbereich und marschierte damit zur Hausverwaltung. Die Bürohengste dort erkannten seinen durchsetzungsfähigen Charakter, gaben ihm ohne Umschweife den Job und seitdem hat dieser Block einen neuen Chef.
Ich mag den Kerl, weil er sich trotz eines nicht gerade amüsanten Jobs, einer stahlharten Vergangenheit und einigen Kriegsverletzungen nie unterkriegen lässt. Als Hausmeister ist er kein Champion, aber hier haben alle Respekt vor ihm. Selbst mit Ende fünfzig schafft der knorrige Werner zwei Dutzend Klimmzüge an der Teppichstange. Beim »Wie lange halte ich meinen Arm über eine Feuer-

zeugflamme« schlägt ihn keiner. Sollte es in naher Zukunft in Berlin zu bewaffneten Auseinandersetzungen, beispielsweise im Rahmen eines Atomkriegs, kommen, werde ich Werners Nähe suchen.
Nach einigem Geplänkel komme ich zur Sache und nenne ihm die gewünschte Bestellung. Bevor er antworten kann, wird die Wohnzimmertür geöffnet und Weena tritt ein, inzwischen mit einer Küchenschürze bekleidet. Sie stellt eine Platte mit Marmorkuchen auf den Tisch. Ihre Hände glänzen seifig vom Wischwasser, was sie nicht daran hindert, mir zwei Stück Kuchen mit genau diesen Händen auf einen Teller zu legen.
Währenddessen erhält sie wieder einen freundlichen Klaps auf den Allerwertesten und erneut kassiert Werner dafür eine angedeutete Ohrfeige inklusive gespielter Entrüstung. Man sieht den beiden an, dass sie dieses Spiel genießen.
Seife tötet Bakterien, sage ich mir und beiße herzhaft in das Stück Kuchen, das so feucht schmeckt wie eine Handvoll Sand. Wir brauchen dringend etwas zum Nachspülen. Werner verbindet das Nützliche mit dem Angenehmen und bittet Weena, Bier zu besorgen, was uns ein Augenrollen der Frau Gemahlin und nun endlich etwas Ruhe beschert, da sich keins mehr im Haus befindet. Weena verlässt die Wohnung, die Tür fällt ins Schloss.
»Ein schönes Arsenal, Kamerad!«, schnarrt Werner. »Zwei Uzi, zwei Walter PPK und einen Revolver von Colt. Frage: Welche Muni dazu?«
»Standard reicht aus. 7,65 Millimeter für die Walter, 9 Millimeter mit einem 20er Magazin für die Uzi und für den Colt 357er. Klingt das vernünftig für dich?«
»Gute Wahl, Kamerad. Frage: Wofür brauchst du den Revolver? Ist doch überflüssiger Schnickschnack für Offiziere.«
»Die sind einfach zuverlässig«, antworte ich und Werner klopft mir anerkennend auf den Schenkel.
»Jawoll! Die haben nie Ladehemmung. Wie die Kalaschnikow. Eine AK-47 lässt dich nie im Stich! Das Einzige, was der Iwan richtig hinbekommen hat«, kommentiert Werner grimmig.
»Außer Wodka?«
Er schenkt mir ein Grinsen aus Stahl: »Außer Wodka. Nastrovje!« Wir prosten uns zu. Werner rückt näher.

»Du hast doch gedient, Kamerad. Den ganzen Tag als Obergefreiter den Hof gefegt, wie?«
»Nicht ganz, Werner. Die wollten mich länger da behalten.«
»Verstehe. Ein Unteroffizier wie ich, wie? Ich war Sergeant bei der Legion, das ist auf Deutsch … wie sagt man bei eurem Verein?«
»Ich schätze Zugführer oder Gruppenführer, Werner.«
In seinen Augen glimmt ein Funken Respekt auf.
»Du kennst dich aus, Kamerad. Sprich, was hast du gemacht?«
»Nichts, was mit dem vergleichbar wäre, was du gemacht hast, Werner. Aber wenn du es wissen willst … Den Verein habe ich als Hauptmann verlassen.«
Er steht auf, knallt die Hacken zusammen und salutiert.
»Aaachtung! Ein Offizier im Haus! Sergeant Werner meldet sich zum Dienst!«
Nun bin ich dran mit Hackenknallen und Salutieren.
»Rühren, Sergeant!«
Wir setzen uns. Zwei Kurze finden den Weg in unsere Kehlen, als Werner wieder auf das Thema Waffen zu sprechen kommt.
»Frage eins: Wofür brauchst du die Artillerie? Frage zwo: Gibt's in eurem Kommando noch einen Platz für ein altes Frontschwein?«
Bevor ich mich um eine Antwort drücken kann, antwortet Werner selbst: »Geheime Kommandosache. Verstehe. Der Erfolg der Mission darf nicht gefährdet werden. Guter Mann.«
»Du nimmst es mir nicht übel, wenn ich es für mich behalte?«
»Kinderkram. Der alte Werner ist manchmal zu neugierig für einen einfachen Soldaten«, antwortet er. »Frage: Die Schießeisen nicht registriert?«
Ich nicke. Werner überlegt kurz.
»Dauert ein paar Tage.«
»Bis Montag, Werner?«
»Spätestens. Eine Frage noch, Herr Hauptmann.«
Er salutiert, steht auf, trinkt einen Schnaps auf ex. Ich mache es nach.
»Jawoll, Herr Sergeant! Frage erlaubt! Stellen Sie!«
Wir setzen uns beide wieder. Er blickt sich nach links und rechts um, als säßen Spione hinter der Schrankwand.
»Was ist für einen alten Legionär dabei drin?«

Für wertvolle Dienste wie diesen bezahlt man nicht in festen Beträgen, sondern in Anteilen. Noch dazu wird Werner erst einmal der Einzige bleiben, der nach dem Überfall genau weiß, dass wir es waren. Vertrauen ist gut, noch besser ist bezahltes Vertrauen. Zehn Prozent scheint mir übertrieben, dann blieben für jeden von uns vier nur noch etwas mehr als zwanzig übrig.

»Fünf Prozent«, biete ich ihm an.

»Hört sich gut an, Kamerad. Aber manche Mission scheitert. Dann schaut Werner in die Röhre.«

»Die Waffen bezahle ich in bar. Als Bonus lege ich vier Prozent drauf. Später dann.«

Ohne eine Sekunde nachzudenken streckt er die Hand aus.

»Einverstanden!«

Ich schüttle seine ledrige Hand. Er drückt so fest zu, dass man danach die Ambulanz rufen möchte. Gut gelaunt hebt er sein Glas.

»Darauf trinken wir einen. Hoch die Tassen, Kamerad!«

Während des Absingens einiger Soldatenlieder, die ich meist nur mitsumme, weil ich nicht so textfest wie Werner bin, trinken wir weitere Wodkas. Wir einigen uns in bester Stimmung auf den Preis für die Waffen und darauf, dass ich die Kohle in zwei Raten berappen kann, eine bei Lieferung, eine zwei Wochen später. Werner ist nicht dumm und ahnt, dass ein Teil des Preises erst mit den Knarren selbst erwirtschaftet wird.

Als ich seine Wohnung mit Gleichgewichtsproblemen verlasse, kommt mir im Hausflur Weena mit zwei Sixpacks Berliner Kindl entgegen.

»Geht du schon? Was ist mit Bier?«, fragt sie mit Enttäuschung im Blick.

Ich entschuldige mich, verweise auf einen baldigen Wiederholungsbesuch und preise noch einmal den leckeren Marmorkuchen. Ihre Mundwinkel bewegen sich weit nach oben und sie drückt ihre Freude zusätzlich durch eine leichte Umarmung aus, bei der ich ihren Atem an meinem Nacken spüre.

»Gern gesche'n, Gelo!«, trällert sie mit hoher Frequenz direkt in mein Ohr.

Unbedingt merken: Vor dem nächsten Besuch Watte ins Ohr stopfen.

Ich betrete meine Wohnung. Die Uhr zeigt kurz vor zehn. Ich schalte den Fernseher ein, die Tagesthemen beginnen. Jan Hofer begrüßt mich, aber ich kann mich schlecht konzentrieren. Ich grüble noch immer, was genau passiert ist. Wieso Suna verschwand, nur ein paar lapidare Worte zurücklassend.

Per Handy ist einfach kein Durchkommen bei ihr, selbst mit unterdrückter Nummer.

Wie ein Tiger im Käfig wandere ich durch die Wohnung und trage sinnlos ein Glas zum Kühlschrank und zurück. Ich esse irgendwas, rauche und habe vergessen, was ich vor einer halben Minute in der Glotze gesehen habe.

Hier fällt mir die Decke auf den Kopf. Ich muss raus.

Tag 5, Freitag, 00.45 Uhr

Die Wirkung des Alkohols ist inzwischen verflogen und mein Wagen gleitet seit zwei Stunden über die breiten Straßen Berlins. Neonreklamen und Internetshops ziehen an mir vorbei. Mehr als drei Millionen Menschen wohnen in dieser Stadt, aber im Moment befindet sich kaum einer davon auf der Straße. Leider.

Ich erinnere mich an den so banalen wie richtigen Spruch: Manches lernt man erst zu schätzen, wenn man es nicht mehr hat. In meinem Leben habe ich das einige Male erfahren müssen. Das Gemeine an diesem Gefühl: Man gewöhnt sich nie daran. Das Alleinsein lässt sich betäuben, verdrängen, man kann sich davon ablenken, aber die Einsamkeit kehrt immer wieder zurück.

Dabei schien es diesmal das Richtige zu sein. Die Richtige. Aber im Mistbauen habe ich verdammte Übung.

Ob ich zu Eva fahren soll? Sich die Zeit in Gesellschaft vertreiben? Was käme dabei anderes heraus als ein Fick, nach dem ich mich wieder mies fühlen würde?

Ich erinnere mich an alabasterfarbene, seidenweiche Schenkel.

Pierre hat Recht. Ich bin ein Idiot. Trotzdem ziehe ich das Handy aus der Hosentasche und blättere zu Evas Nummer. Ich halte den Daumen auf der Wahltaste und drücke drauf. Die Ziffern zeigen den Wahlvorgang an. Kurz vor dem ersten Ton lege ich auf und platziere das Handy auf dem Beifahrersitz. Herr, gib mir Stärke!

Der Mustang bringt mich Richtung Westen zum Großen Stern. Die goldene Viktoria auf der Spitze blickt spöttisch nach Frankreich. Ich umkurve die Siegessäule einige Male und lasse mich weiter zur Bismarckstraße treiben. Eine mehrspurige, kilometerlange Magistrale, so breit, dass drei Leopard-Panzer bequem nebeneinander fahren könnten. Welche Stadt hat das schon zu bieten?

Was mich an neun von zehn Tagen begeistert, lässt mich heute kalt. Ich rauche eine nach der anderen. Schließlich schickt meine letzte Camel ihren Dunst in die Nacht. Um Nachschub zu besorgen, parke ich den Wagen am U-Bahnhof Deutsche Oper. Ich gehe die Treppe nach unten und kaufe mir an dem kleinen Kiosk eine Packung Camel, als ich scheppernden Lärm vom Bahnsteig höre. Ich laufe neugierig um die Ecke und sehe ein Paar auf einer Bank sowie zwei Ty-

pen in ihrer Nähe. Ansonsten ist der Bahnsteig menschenleer. Einer der beiden Kerle steht direkt neben dem Paar, der zweite befindet sich triumphierend unter einer zerstörten Überwachungskamera. Neben ihm liegt ein aus der Halterung gerissener Mülleimer, der wohl gegen die Kamera geschleudert wurde.
Das Paar dürfte Ende vierzig sein und befindet sich anscheinend auf dem Nachhauseweg von einem Opernbesuch, obwohl es dafür eigentlich zu spät ist. Wieso haben die kein Taxi genommen? Sie sind gut gekleidet. Er trägt einen Trenchcoat, teure Schuhe, eine Designerbrille und schütteres Haar. Insgesamt verkörpert er die typische Erscheinung des gehobenen Bürohengstes. Abteilungsleiter bei der Krankenkasse mit einem Opernabo. Sie ist in einen Kaschmirmantel gehüllt, aus dem unten Seidenstrümpfe und edle Pumps ragen. Dazu passend ist sie dezent geschminkt, was im Moment aber wenig zur besseren Stimmung beiträgt, denn sowohl sie als auch ihr Begleiter kauern verängstigt auf der Bank.
Vor ihnen stehen zwei Jungs, von denen es in Berlin leider viel zu viele gibt. Der Typus brutaler Prolet, der sich dem prolligen Chic hingibt, den seine Vorbilder 50 Cent oder Bushido gerne in Musikvideos tragen. Basecaps, Hosen, Schuhe, alles in Weiß. Beide sind um die zwanzig und haben diesen dumpfen Blick wie viele gewalttätige Verlierer ihrer Generation.
Das Gesicht des Kleineren, der die Kamera zertrümmert, ähnelt dem einer Spitzmaus. Er feixt unaufhörlich und ist so was wie der schleimige Knappe des Größeren. Die Maus trägt eine Basecap, der Lange eine Wollmütze. Er ist fast zwei Meter groß, mit schwammigem Körperbau und Händen so groß wie Klodeckel. Alles in allem die Sorte, die cool sein möchte, aber nichts kann, nichts hat und ihren Frust an denen auslässt, die mehr haben und mehr können.
Wie auch immer das »Gespräch« begann, es verläuft recht einseitig. Der Lange fordert Zigaretten und Geld, das Paar versucht, ihn zu ignorieren. Schließlich setzt sich die Wollmütze neben die Frau, legt ihr eine Hand aufs Bein und spricht ihren Begleiter an.
»Du gibst mir jetzt Geld oder wir nehmen deine Alte mit. Für ’ne kleine Privatparty, weißt du! Und glaub nicht, dass dir einer hilft.« Er zeigt auf die Kamera, die kopfüber und zerbeult an ihrem Sockel hängt.

Sie schiebt die Hand angeekelt von sich, Wollmütze und Mäusegesicht grölen. Die Frau setzt sich auf die andere Seite zu ihrem Begleiter, der kleinlaut wirkt, während er von ihr aufgefordert wird, doch etwas zu tun.
Das sollte er beherzigen, denn sonst wird das Verhältnis zu seiner Frau nie mehr dasselbe sein wie früher.
Ich zünde mir eine Zigarette an, Rauchverbot hin oder her, und habe keine Lust, mich einzumischen. Mich plagen genügend eigene Probleme, sage ich mir, schaffe es aber dennoch nicht, die Szenerie zu verlassen. Wehr dich, Mann!
In diesem Moment erhebt sich der Mann mit dem Trenchcoat, um dem Langen in den Arm zu fallen, als der seine Frau befummeln möchte. Der Lange steht ebenfalls auf und sein Kopf saust mit Wucht auf das Nasenbein des Bürohengstes. Dem sacken die Beine weg, er fällt auf den Beton, der sein tropfendes Blut empfängt.
Jeder auf den Boden fallende Tropfen löst in meinem Kopf eine kleine Explosion aus. Das pulsierende Rauschen meines Blutes vermischt sich damit. Adrenalin befreit sich aus seinem Gefängnis und sucht seinen Weg durch meinen Körper.
Zu spät, um sich nicht mehr einzumischen. Wut erwacht.
Ich merke, wie meine Arme bereits schmerzen – die Adern schwellen, mein Herz pumpt auf der Überholspur. Die Knochen glühen, die Zähne werden schärfer. Ich könnte schreien. Meine Zunge wird zu einem schweren, großen Lappen. Wie immer verliere ich die Farbsicht. Blau, gelb, rot, alles verblasst. Ich sehe schärfer und fokussierter, aber nur noch in Grautönen.
Der Lange beugt sich zum Operngänger, als dieser sich mühsam aufrappelt. Seine Frau hilft ihm dabei und zieht ihn wieder auf die Bank.
»Hab ich dir gesagt, dass du dich einmischen sollst, du Opfer? Du hast verkackt, Alter! Jetzt nehm ich mir die Kohle und deine Alte, sonst mach ich dich …«
»Lass … den Mann … in Ruhe!« Ich trete näher.
Während sich Mister Trenchcoat die blutende Nase hält und dabei von seiner Frau getröstet wird, dreht sich der Lange zu mir um. Ich gehe ihm entgegen und stelle mich zwischen ihn und das Paar.
»Wer bist du denn?«, fragt Mäusegesicht.

»Ist doch egal, wer er ist. Noch ein Opfer!« Jetzt versucht der Lange bei mir die Kopfstoßnummer, aber ich weiche aus, was ihn verärgert.
»Ihr … verschwindet … besser!«, sage ich zu dem Paar. Das Sprechen funktioniert kaum noch. Jedes einzelne Wort bereitet mir größte Mühe. Die beiden Herrschaften machen Anstalten, sich vorsichtig hinter meinem Rücken zu erheben. Der Lange greift nach mir, ich stoße ihn weg.
»Lass dir das nicht gefallen, Mario!«, blökt das Mäusegesicht. Ich blicke zu ihm, bin für einen Moment nicht aufmerksam genug und verpasse das Messer in der Hand des Großen. Ich weiß nicht, ob mir dieser Schwachkopf tatsächlich den Hals durchschneiden wollte oder ob er einfach nur schlecht gezielt hat. Er trifft eine Ader an meinem Hals und umgehend schießt Blut aus der Wunde, läuft mir auf Brust und Schlüsselbein.
»Was sagst du jetzt, Scheißkerl?«, fährt mich der Lange an.
Meine rechte Hand liegt auf der stark blutenden Wunde. Ich wechsle und presse die linke Hand drauf, betrachte das Blut an meiner Rechten. Irgendwo in meinem Inneren wird der entscheidende letzte Schalter umgelegt und wie in Zeitlupe sehe ich meinem Spiegelbild im Plexiglas der radioeins-Werbung am Bahnsteig zu.
Alles an mir wird härter, sehniger, eckiger, der Kiefer verformt sich, ebenso wie meine Schultern und Hände. Das Hemd platzt, als sich mein Oberkörper nach vorne wölbt. Mich durchfährt ein heißer Schmerz, aber ein Schmerz, der sein muss, denn er wird von einer durch nichts zu besänftigenden Wut gespeist.
»Mario, lass uns abhauen!«, kräht Mäusegesicht. Mario ist paralysiert, hat erkannt, mit wem er es zu tun hat. Er sticht nochmal zu.

Reflexe auf Maximum. Gehirn auf Reserve.
Ich greife in Klinge. Halte sie fest. Dickes Blut tropft. Mein Blut. Er kann das Messer nicht herausziehen. Mit der anderen Hand zerre ich ihn. Zu mir. Schreie ihm Wut ins Gesicht.
Fletschendes Gebiss. Zähne wie Rasiermesser. Angst? Seine Augen werden groß. Seine Hose nass. Senke meinen Kopf. Marios Hals ist nah. Er bekommt seinen Arm dazwischen. Meine Kiefer pressen fest zusammen. Klingt wie Nüsse knacken. Ist aber Marios Arm. Er heult auf. Lerne Schmerz kennen!

Paar wendet sich ab. Sehen entsetzt aus. Ich spüre Stich im Rücken. Mäusegesicht. Hat mir Messer ins Schulterblatt gerammt. Kleiner Scheißkerl will spielen! Wende mich vom Langen ab. Der sinkt auf Bahnsteig. Hält sich den zerfleischten Arm. Verdammt, komme nicht an Messer ran. Bastard, hast es gut platziert! In seiner Hand ein Nunchaku. Zwei Hölzer mit Kette verbunden. Zu viel Hongkong-Filme, Kleiner? Sein Gesicht ist weiß. Fast wie Blatt Papier. Er zittert, schwingt das Teil in Richtung Kopf. Meinen Kopf. Ich greife zu. Er staunt. Wieso kann der einen Nunchaku fangen? Ja, wieso?

Wird letzte Frage sein. Dann hat dein kleiner Schädel Ruhe! Ich schlinge die Kette. Um dünnen Hals. Mach dich bereit, Kleiner!

Plötzlich knallt es. Schlimm für mich. Hab empfindliche Ohren! Lärm ist eine Waffe. Kann mir weh tun. Der Lange hat geschossen. Liegt auf dem Boden. Hält in der Linken eine Knarre. Ist nicht seine Schusshand, hätte mich treffen müssen. Keine Übung? Mit einem Satz bin ich bei ihm. Mein Fuß auf seiner Hand mit der Pistole. Schuss löst sich, pfeift in Richtung Gleise. Erst rammst du mir Messer in Hals. Jetzt schießt du auf mich? Wut, Wut, Wut! Zeit, zu sterben!

Packe ihn an Brust, reiße Mensch nach oben. Blicke treffen sich. Sehe nichts in seinen Augen. Sind hohl. Schleudere ihn den Bahnsteig entlang. Er schliddert, fällt auf die Gleise. Aufprall. Dumpf. Sehe nichts. Liegt im toten Winkel.

»Maik, hilf mir. Ich glaub, ich hab mir was gebrochen!« Stöhnen aus dem Gleis.

Blicke auf Maik. So heißt Mäusegesicht. Schaut zu Freund im Gleis. Stehe zwischen ihm und Freund. Traut sich nicht. Tafel oben blinkt. U-Bahn kommt gleich. Mäusegesicht überlegt.

U-Bahnlichter blenden mich aus Ferne. Maik schaut zu Freund. Wirft Nunchaku weg, rennt zum Ausgang. Toller Freund!

Grelles Licht. Bremsen quietschen laut. Schmerzt in Ohren.

U-Bahn überrollt den Langen. Macht böses Geräusch.

Ich setze Maik nach. Mäusegesicht flitzt über hintere Treppe. Ist schon raus. Hat einen Vorsprung. Bin in langen Sätzen oben. Sehe ihn nicht mehr. Augen zu und Witterung aufnehmen. Ich schnüffle. Wo bist du, Feigling?

Da! Er rennt. Panisch über die Bismarckstraße. Wie ein Slalomläufer. Zwischen vorbeifahrenden Autos. Er will zum Getränkeladen. Andere

Seite. Dort ist Licht. Menschen. Spanne meine Muskeln. Gute, starke, gewaltige Muskeln! Langer Satz. Bin an ihm dran, erwische seine Jacke. Aufsprung auf den Beton schmerzt. Merke, wie Kiefer sich zurückbildet. Kräfte lassen nach. Gehirn springt wieder an. Gefühle dringen ein. Zu früh!
Mäusegesicht stolpert vor mir, fällt flennend hin. Ziehe ihn am Kragen hoch. Er heult laut auf. Bringt die Arme vor Gesicht. Sprechen fällt schwer. Habe Zunge an meinen Zähnen aufgerissen. Muss es versuchen, trotzdem.
Lege Finger an Lippen. Machen Menschen so. Würge mir ein Wort raus.
»Schnauze!«
Blick aus Angst. Mäusegesicht zittert.
Ich rüttle ihn.
»Schnauze! Schnauze … halten!«
Er begreift. Nickt. Rotz läuft aus Nase. Erbärmlich.
Reiße Stück von T-Shirt ab. Maik schreit. Angst, Kleiner? Rieche am Stoff.
Noch ein Satz. Zunge, versuch's.
»Ich … finde … dich.«
Zeige Stoff. Stecke ihn ein.
Jetzt antwortet er. Dauert. Weil kleines Gehirn.
»Nichts, ich sage nichts. Gar nichts. Ich schwör!«
Lasse ihn los. Er rennt weg. Wie Hase im Feld. Dank den Göttern, Kleiner!
Suche ruhigen Platz. Überquere Bismarckstraße. Stoppe am Mittelstreifen. Viele parkende Autos hier. Gehe zwischen zwei Limousinen in Hocke. Verflucht, das tut weh. Es knackt an hundert Stellen. Mein Körper holt Gero heraus. Packt Lupus ein. Zu viel für Leib und Gehirn.
Strudel im Kopf.

Der Inhalt meines Magens landet neben einem Benz. Ich fühle mich schwach wie ein neugeborenes Gnu.
Nach ein paar Minuten ist alles vorbei. Inzwischen stehen ein Wagen der Feuerwehr und zwei Polizeiautos in voller Festbeleuchtung vor dem Eingang der U-Bahn. Ich sehe wieder Farben. Gut. Zittrig zünde ich mir eine Zigarette an.

Vorsichtig gehe ich geduckt in großer Distanz vorbei. Selbst der dümmste Streifenpolizist kann eins und eins zusammenzählen, wenn er einen Mann mit zerrissenen Klamotten und blutigem Hemdkragen in der Nähe eines Tatorts sieht.
Kurz bevor ich den Mustang erreiche, sehe ich das Opernpaar. Am Bordstein stehend winken sie einem Taxi, das sich blinkend nähert. Der gelbe Wagen hält neben ihnen, doch sie steigen nicht ein, drehen sich um. Ein Polizist hat sie gerufen. Der Fahrer wartet kurz, wechselt ein paar Worte mit dem Polizisten, dann fährt das Taxi leer davon. Der Bulle zückt einen Notizblock und spricht mit dem Paar. Scheiße!

Tag 5, Freitag, 10.00 Uhr

Ich durchlebe diese Verwandlungen bereits viele Jahre – und noch immer plagt mich am nächsten Morgen ein schlechtes Gefühl. Ich vermeide den Begriff Gewissen, denn er wäre unehrlich. Menschen, die ihre Familie ernähren, täglich ins Büro gehen und nach Jahren in eine Affäre stolpern, leiden unter schlechtem Gewissen. Das stellt sich dann beim Frühstück mit der Gattin und den Kinder ein, vergeht aber irgendwann wie eine verblassende Erinnerung. Ich dagegen handle regelmäßig gegen fundamentale moralische Werte, das kann ich nicht kleinreden.

In den ersten Jahren meines Daseins als Lupus tröstete ich mich im inneren Zwiegespräch damit, dass ich nichts für meine Aktionen kann, was bis zu einem gewissen Punkt auch zutrifft. Bin ich nicht nur der Spross einer Sippe, die so handeln muss, weil es ihrer Bestimmung entspricht? Ein verfluchter Genpool, was kann ich schon dafür?

Nach einigen Whiskys färbte ich mir das Bild rosarot ein: Der Eine raucht Joints, der Zweite betrinkt sich, ich reiße Herzen aus dem Brustkorb. Wurde ich nüchtern, klang das alles weniger lustig.

Irgendwann legte ich mir eine pragmatische Haltung zu, schon als Selbstschutz. Instinkt lässt sich einfach nicht komplett beherrschen. Würde ich täglich mit mir hadern, wäre es nur noch eine Frage der Zeit, bis ich meinem Vater in Depressionen nachfolge.

Mach das Beste daraus, riet mir meine Mutter.

Das habe ich beherzigt, auf meine Art. Wenn ich meinen Trieb schon ausleben muss, dann suche ich mir wenigstens diejenigen aus, die es verdient haben. Zugegeben, auch der Scheißkerl von gestern hat eine Freundin, eine Mutter oder ein Kind, das ihn vermissen wird.

Die Selbstzweifel konnte ich inzwischen eindämmen, was ich zu meiner Schande gestehen muss. Die größten Probleme liegen eher im ganz normalen Alltag.

Wie bewältige ich dieses Leben, ohne erwischt zu werden? Ohne Pierre zu schaden, falls etwas schiefgeht?

Und kann man solche Taten, sein sinisteres Wesen der Liebsten gestehen? Keine Chance. Nicht einmal meinen Freunden wollte ich es bisher sagen. Nur Pierre weiß um mein Geheimnis.

Ich verscheuche meine Gedanken, blicke auf die Uhr, es ist halb elf. Ich stehe auf. Wie immer nach solchen Nächten bin ich hungrig nach einer ordentlichen Mahlzeit. Erstaunlicherweise finde ich im Kühlschrank noch ein paar von den Eiern, die Pierre kürzlich besorgt hat.

Wieder besser gelaunt haue ich drei Eier in die Pfanne, werfe die Kaffeemaschine an und stecke mir eine Camel an, während ich aufpasse, dass die Spiegeleier nicht anbraten.

Moment, da war noch was …

Siedend heiß fällt mir ein, dass ich vermutlich gesucht werde. Das Opernpaar! Sie haben mich bestimmt längst beschrieben! Wie kann ich das in Erfahrung bringen?

Ich fahre den Rechner hoch, haste zurück in die Küche. Ordentlich Pfeffer auf die Eier, sunny side up, bestens sehen sie aus. Raus auf den Teller, zwei Scheiben Brot dazu, eine Winzigkeit Zucker in den Kaffee und schon trage ich den Teller und den Pott Kaffee an meinen Schreibtisch.

Wer hat gute Lokalnachrichten? Ich surfe durchs Netz. Mit pochendem Herzen durchforste ich die Seiten der Berliner Zeitungen. Nichts über einen Mord, merkwürdig. Dann entdecke ich eine vierzeilige Kurznotiz in der B.Z. Sie spricht von einem grauenhaften Selbstmord im U-Bahnhof Deutsche Oper.

Selbstmord?

Ich brauche ein paar Sekunden, dann dämmert's mir. Außer dem Paar hatte niemand die Geschehnisse verfolgt und wenn ein Mensch von der U-Bahn überrollt wird, erkennt man danach nicht mehr allzu viel an ihm – Spuren eines Kampfes zum Beispiel. Das Paar muss geschwiegen haben. Aus Angst vor mir? Oder aus Dankbarkeit? Egal. Die Akte wurde mit dem Vermerk »Selbstmord« geschlossen und wenn das Mäusegesicht die Füße stillhält, wovon ich ausgehe, bin ich aus dem Schneider.

Die Eier schmecken bestens. Ich tunke den Dotter mit dem Brot auf und nehme einen heißen Schluck Kaffee. Dann stehe ich auf und gehe auf den Balkon. Ein Südbalkon im obersten Stock, was will man mehr?

Von hier aus blicke ich direkt auf die Hochbahn und ihre Haltestelle Kottbusser Tor, auf den Kreisel mit den Autos, die Bushaltestellen,

die Gemüseläden, Köftebuden, die Apotheke links, die Junkies rechts, das Gewusel aus Passanten und Fahrzeugen, das bis tief in die Nacht immer in Bewegung ist. Am schönsten aber ist für mich die Hochbahn. Ich kann's kaum beschreiben, wie sehr ich diese orangefarbenen Würmer aus Metall mag. Das vertraute Quietschen, wenn sie sich ein letztes Mal in die Kurve legen, bevor sie in den Bahnhof einfahren. Manch einsame Nacht wurde mir versüßt, weil mich das Rumpeln der Bahn daran erinnerte, dass Menschen unterwegs sind. Dass ich nicht der Einzige bin, der den Göttern der Nacht huldigt.
In derselben Liga wie die U-Bahn-Geräusche spielt auch das sonore Brummen der Doppeldeckerbusse. Bestimmt werden irgendwann grüne Schwachmaten der Stadtregierung Elektrobusse durchsetzen, aber bis dahin genieße ich den Klang der schweren Dieselmotoren. Det is mein Berlin, dieses lebendige Kreuz und Quer.
Ich gebe mich einigen Minuten der süßen Melancholie hin, als mich Pierre anruft und Neuigkeiten verkündet.
»Wir müssen uns sehen, ich habe Suna getroffen!«
»Erzähl, was war?«
Meine Ungeduld ist physisch greifbar, doch der Dude muss zuerst einen Pflichtbesuch bei seinem Onkel im Krankenhaus erledigen. Wir vereinbaren ein Treffen um zwei Uhr im »Elefant« am Heinrichplatz. Er legt auf, ohne auch nur ein Detail zu verraten. Sackgesicht!
Ich beschließe, die Zeit bis dahin zu nutzen, um mich mal wieder verwöhnen zu lassen. Schließlich befinde ich mich seit gestern in der für mich seltenen Situation, über ausreichend Bargeld zu verfügen. Was liegt da näher, als sich wieder einmal eine gute Rasur beim Barbier zu gönnen? Hamids Laden befindet sich nur wenige Fußminuten entfernt auf der Oranienstraße.

Tag 5, Freitag, 12.00 Uhr

Als ich das Haus verlasse, höre ich vom Hof einen lauten Knall. Schritte entfernen sich, anschließend klatscht es. Ich öffne die Haustür, gehe ins Freie und sehe eine qualmende Mülltonne. Einige Meter weiter steht Werner. Er hält einen jammernden, etwa vierzehnjährigen Jugendlichen am Ohr und verteilt mit der anderen Hand Maulschellen an den Kumpel des Jungen. Antiautoritäre Erziehung hat unseren Kiez nie erreicht. Zum Glück. Aus den Gesprächsfetzen erfahre ich, dass die Jungs Silvesterböller in den Container geworfen haben. Der Nachmittag dürfte für die beiden gelaufen sein. Wie ich Werner kenne, wird er sie für Putz- und Aufräumarbeiten einspannen. Wenn sie Glück haben, geht das ohne Arschtritte vonstatten.
Bevor ich nach links in Richtung Oranienstraße abbiege, werfe ich einen Blick auf den Laden des Pfandleihers und erinnere mich an die Uhr meines Vaters, die ich gestern dort versetzt habe. Es verschafft mir ein verdammt schlechtes Gefühl, als hätte ich meinen alten Herrn hintergangen. Ich kann einfach nicht zulassen, dass sie in andere Hände gerät, und muss sie so bald wie möglich auslösen. Die Nummer bei Yildiray darf nicht in die Hose gehen! Immer noch in Gedanken drehe ich mich um und renne fast ein Kind über den Haufen – Sammy.
Sammy, der kleine Nepalese, der auf meinen Wagen aufpasst. Ein Straßenkind, wie man es sonst nur aus Reportagen ferner Länder wie Brasilien oder Peru kennt.
Seine Eltern in Nepal gaben ihn zur Adoption frei, weil sie ihm dadurch ein besseres Leben als das ihre in bitterer Armut ermöglichen wollten. Etwas weniger freundlich interpretiert könnte man auch behaupten, dass sie ihr Kind verkauft haben, und das ist die Version, an die ich glaube. Whatever. Sammy sollte als kleines Kind zu einer Akademikerfamilie nach Zehlendorf kommen. Doch man bringt einem Zebra schneller das Reiten bei als Sammy ein geregeltes Leben. Nach unzähligen Schulschwänzereien und Sitzungen beim Psychologen, begannen die neuen Eltern zu resignieren. Diese Schwächephase nutzte Sammy, um auszubüchsen. All das erzählte er mir während der letzten Silvesterfeier, als das halbe Glas Sekt seine Zunge lockerte.

Wie es ihm gelingt, sich vor dem Jugendamt und der Polizei zu verstecken, oder ob er einen Deal mit seinen Adoptiveltern hat, weiß ich nicht. Dazu schweigt er sich beharrlich aus oder stellt sich dumm. Oft habe ich mir die Frage gestellt, ob ich nicht irgendeinen Sozialarbeiter informieren sollte, aber das käme mir wie Verrat vor. Schließlich erscheint mir Sammy nicht nur robuster, sondern auch glücklicher als viele seiner Altersgenossen. Oder rede ich mir das ein, weil ich mich vor einer Entscheidung drücke? Vielleicht.

Was ich an Sammy so schätze, ist nicht nur die für einen Zehnjährigen beachtliche Straßenschläue, sondern auch seine durch nichts zu erschütternde gute Laune. Ob es hagelt oder schneit, ob er zwei Tage nichts gegessen hat, in seinen Augen blitzt der Himalaya. Wenn dort alle so tough und fröhlich sind wie Sammy, dann muss es in puncto Seelenheil das Paradies sein. Vielleicht mit der Ausnahme von Sammys Eltern. Warum sonst pilgern so viele Westler auf das Dach der Welt? Sie suchen etwas, das die Jungs dort mit der Muttermilch aufsaugen. Innere Stabilität? Das Bewusstsein, sich am richtigen Platz zu befinden? Ich weiß nicht genau, was es ist, aber ich hätte es auch gern. Er strahlt mich an und macht eine Faust, die ich mit meiner berühre, und legt los.

»Alter, ich seh dich gar nicht mehr, was is los? Ich bin pleite ohne dich!«

Er spielt auf seine Tätigkeit als mein PSO an, ein Titel, den ich ihm feierlich verliehen habe und für den ich sogar eine Visitenkarte im Copyshop anfertigen ließ: »Sammy Tensing, Personal Security Officer, Headquarters: Kottbusser Tor«. In den Zuständigkeitsbereich von PSO Sammy fällt insbesondere das Bewachen meines auf der Straße geparkten Ford Mustangs, damit kein linker Anarchopisser einen Brandsatz darunter legt.

Um seine Worte zu untermalen, zieht er seine Hosentaschen nach außen und macht große Äuglein wie ein Kaninchen beim Tierarzt. Ich grinse zu seinem dramatischen Auftritt, dann fällt mir auf, dass er auf Socken unterwegs ist.

»Sag mal, hast du deine Schuhe versetzt?«

Er schüttelt den Kopf.

»Haben mir irgendwelche Wichser heute Nacht geklaut!«

»Sammy, benutz nicht solche Ausdrücke, okay?«

»Aber wenn's doch Wichser sind!«
Er macht Wichsbewegungen, schaukelt das Becken und rollt entrückt die Augen. Ich muss lachen, er gackert.
Welches Arschloch beklaut einen obdachlosen Jungen, der auf den Stahlträgern eines U-Bahnhofs schläft? Es scheint in seinen Nepalesen-Genen zu liegen, nicht wie andere Menschen einfach in einem Bett oder doch wenigstens auf solidem Beton zu schlafen, nein, er muss sich ganz oben unter der Hochbahn auf einen Stahlträger legen, als wäre er eine gottverdammte Schwalbe.
Ich drücke ihm einen Zehner in die Hand und beschreibe ihm den Standort eines Schuhdiscounters in der Reichenberger Straße auf dieser Seite des Kottis. Dort bekommt man Schuhe ab 9,99 Euro. Er soll sich ein paar feste Stiefel von der Kohle kaufen. Ich könnte ihm mehr Geld mitgeben, aber das wäre unklug. Sammy würde sich die billigsten Latschen holen und den Rest in Zigaretten anlegen. Der Zwerg raucht mehr als ich. Ich drücke ihm den Zeigefinger auf die Brust.
»Ich bin jetzt bei Hamid zur Rasur. Da kommst du in einer Viertelstunde hin und zeigst mir die Stiefel, die du gekauft hast. Sonst hole ich mir die Kohle wieder. Comprende?«
»Ja, alter Mann!«
Er küsst den Schein, salutiert und düst ab. Mein Versuch, ihm spielerisch in den Hintern zu treten, missglückt. Er ist schneller und schlägt lachend einen Haken. Ich werde alt.
Hamids Laden brummt wie immer, alle Frisierstühle sind belegt. Ich setze mich auf einen Stuhl am Fenster und suche nach Zeitungen, um das Warten zu verkürzen. Es liegt nur eine Hürriyet und irgendwas Arabisches aus. Und sie haben natürlich kein hübsches Mädel auf Seite Drei. Spitzenmäßig.
Dabei brauche ich eigentlich keine Zeitung, denn es gibt genug zu sehen. Die meisten türkischen oder arabischen Salons in Kreuzberg wurden von denselben Handwerkern eingerichtet, die auch für die Bahnhofsklos und Internetcafés zuständig sind. Schmucklose Buden ohne Atmosphäre. Hamids Laden dagegen verströmt den Charme eines alternden, orientalischen Salons mit dunklem Holz und dem süßen Geruch einer Shisha in der Luft. Ich fühle mich in einen Indiana Jones-Film versetzt, teils durch das Mobiliar, teils durch Ha-

mid und seine Kollegen. Die souveräne Kunstfertigkeit, mit der sich die betagten Barbiere um ihre Kunden kümmern, ist bewundernswert. Ein halbes Dutzend Angestellte verrichten schweigend ihre Kunst, aus dem Radio jammert eine dicke Sängerin. Sie sind immer dick, ich weiß das einfach. Mit Inbrunst und Schmerz singt sie von den Problemen mit ihrem Liebsten und ihrer Familie und vielleicht auch von ihrem beachtlichen Übergewicht.
Hamid stammt aus Syrien und geht stramm auf die sechzig zu. Er verfügt über eine kleine Schar Haare, die sich der Glatze nicht ergeben wollen, und trägt ein klassisches Römerprofil zur Schau, das jedem Sandalenfilm zur Ehre gereichen würde. Eine Nase, unter die man sich bei Regen stellen kann, ohne nass zu werden. Als Meister seines Fachs hat er nur eine mir bekannte Schwäche: Er regt sich schnell auf. Sehr schnell.
Als ich auf dem Frisierstuhl Platz nehme und kurz darauf das heiße Handtuch auf meinem Gesicht spüre, setzt die Kontemplation ein – jenes Gefühl der Ausgeglichenheit, das ich hier stets finde: im schweren, durchgewetzten Ledersessel ruhend, während ich mit höchster Präzision und feinster Profession rasiert werde. Vollkommene Entspannung ist vorteilhaft, wenn sich am eigenen Hals ein Rasiermesser zu schaffen macht, das problemlos Haare spalten kann.
Meine Ohren filtern störende Geräusche aus der Luft und leiten nur das beruhigende Klappern der Scheren und das Scharren des Rasiermessers an mein Bewusstsein weiter. Die kosmische Ordnung ist im Gleichgewicht und Hamid der Schwellenhüter im Paradies meiner Gedanken. Dort tanze, nein, schwebe ich mit der beleibten Sängerin über das Parkett eines Nachtclubs im Kairo der zwanziger Jahre. Die Operndiva trägt ein enges Paillettenkleid, das ihre füllige Pracht nur mühsam kaschiert, ich brilliere in einem weißen Dinner-Jacket.
Scheren klappern. Rasiermesser scharren. Schuhe rutschen über den gefliesten Boden. Ein Handtuch wird über den Nacken geschlagen. Ich genieße den schweren Duft des parfümierten Rasierschaums.
Ich werde gleichmütig und schwer. Das leichte Tuch auf mir fühlt sich an wie Mamas Wolldecke. Ich möchte schlafen.
Nichts könnte diese Harmonie stören, in deren Mitte ich ruhe wie Buddha beim abendlichen Fußbad.

Doch plötzlich höre ich einen unangenehmen Klang in der Stimme eines Kollegen von Hamid, der mich aus dieser herrlichen Illusion reißt.
Der Kollege schneidet auf Arabisch irgendein Naher Osten-Thema an. Kurden? Palästina? Israel? Ich verstehe es nicht, sehe aber mit einer gewissen Besorgnis, wie diese dicke Ader an Hamids Schläfe anschwillt als wäre ein Regenwurm unter seiner Haut gefangen.
Die beiden streiten sich. Werden lauter. Hamids Worte werden noch rachenbetonter und ich spüre seinen heißen Atem auf meinem Ohr, während die Klinge über meinen Hals scharrt. Der andere gibt nicht nach, wird ebenfalls lauter. Er schneidet einem Opa die Haare. Der hat's gut, im Gegensatz zu mir. Im schlimmsten Fall glaubt sein Ohrläppchen dran. Ich dagegen hänge sehr an meinem Hals.
Nun glaube ich, »George Bush« verstanden zu haben. Ich lasse meine Pupillen wandern, denn ich wage nicht, meinen Kopf zu bewegen. Wie immer bin ich der einzige Blonde im Laden und damit der einzige Westler und Vertreter des George Bush-Lagers. Leute, der Mann ist schon lange kein Präsident mehr! Das denke ich allerdings nur, ohne es zu sagen, denn ich wage nicht, auch nur einen Ton zu krächzen, während die Klinge meine Kehle streichelt. Ich höre nur noch Rachenlaute, die feindlich aufeinanderprallen. Mit geschlossenen Augen warte ich auf das Ende. Angeblich soll es ja schnell gehen, so ein fachmännischer Schnitt am Hals. Ratzfatz fließt das Blut literweise heraus, nach wenigen Sekunden wird man ohnmächtig und schläft friedlich ein.
Eigentlich wollte ich anders abtreten, als beim Friseur geschächtet zu werden.
Die Türglocke schellt und ein Junge betritt den Laden. Sammy! Er fragt nach mir, da er mich mit eingeschäumten Gesicht nicht sofort erkennt. Hamid zeigt auf mich und Sammy setzt sich brav auf einen Stuhl. Ich erkenne seine neuen Stiefel und gebe mich dem Rest der Rasur hin, die seit Sammys Ankunft wieder in ruhigeres Fahrwasser geraten ist. Alle arbeiten friedlich und schweigend. Hamid lächelt mich gütig an, ich lächle gütig zurück und genieße die Kontemplation.

Tag 5, Freitag, 14.00 Uhr

Sammy begleitet mich noch einige Meter, während ich zum »Elefant« gehe, um Pierre zu treffen. Auf dem Weg dorthin kommen wir bei einem türkischen Händler für allerlei Gewürze vorbei, den Suna und ich immer aufgesucht haben. Verdammt, ich rede schon in der Vergangenheit – aufsuchen, meine ich! Ich kaufe zwei Packungen gesalzene Sonnenblumenkerne und gebe eine davon Sammy. Wie eine Katze, die sich mit ihrer Beute an einen ruhigen Ort verzieht, schnappt sich Sammy die Packung Kerne und düst ab Richtung Hochbahnhof Kottbusser Tor, seinem stählernen Wohnzimmer.

Suna brachte mir bei, wie man das längliche Gehäuse der Kerne knackt. Am breiten Ende greifen, dann an zwei verschiedenen Stellen mit den Zähnen aufknacken und den Kern mit der Zunge rausziehen. Nach einem Vormittag harten Trainings beherrschte ich die Übung, zur Freude Sunas.

Während ich im Gehen die Kerne spalte, denke ich an sie und betrete kurz darauf den »Elefant«. Seit einem Jahrhundert behauptet sich die urige Kneipe als Fels in der Berliner Multikultibrandung. Die kräftigen Damen hinter dem Tresen servieren keine ökologisch korrekten Biohäppchen und wer hier ein Becks mit Maracujageschmack bestellt, erntet im günstigsten Fall abschätzige Blicke. Hier trinkt man Bier. Oder Kaffee. Oder futtert eine Stulle. Punkt.

Um kurz nach zwei verlieren sich nur wenige Gäste in der Kneipe. Ein paar Rocker hängen am Tresen ab und tauschen Heldensagen aus. Drei spanische Touristen plappern irgendwas und kämpfen bei der Bestellung mit der Speisekarte. Die Bedienung tut so, als verstünde sie kein Wort. Vielleicht mag sie keinen Stierkampf, wer weiß.

Ich setze ich mich ans Fenster, bestelle einen Kaffee und hole mein Handy aus der Tasche. Mit dem Daumen blättere ich durch Sunas Fotos, bis ich mein Lieblingsbild gefunden habe: meine Süße morgens am Kaffeetisch, mit ins Gesicht fallenden Haaren. Selbst um diese Uhrzeit sieht sie umwerfend aus. Ich klappe das Handy zu und lasse etwas Wasser in die Badewanne meines Selbstmitleids ein. Schließlich schnappe ich mir die Zeitung und beginne mit dem Sportteil des Tagesspiegels, mein tägliches Ritual zum Kaffee.

Als ich die Neuigkeiten aus der Bundesliga studiere, trifft Pierre ein und setzt sich mir schräg gegenüber. Ich würge den aufkommenden Smalltalk ab und bitte ihn, zur Sache zu kommen.
»Dein Tipp war goldrichtig, Gero. Sie kauft für die Familie bei Eurogida ein. Dummerweise wird sie von zwei Brüdern begleitet. Die haben draußen gewartet. Aber irgendwas ist faul an der Sache, denn als ich in den Laden ging, hat sie so getan, als würde sie mich nicht kennen. Erst, als wir zwischen den Regalen und außer Sichtweite der Typen standen, hat sie mir zugeflüstert, dass du sie in Ruhe lassen sollst. Das wäre besser für euch beide.«
Diese Bemerkung versetzt mir einen Stich.
Pierre fischt sich eine Camel aus meiner Packung.
»Zieh mal kein Gesicht, du interpretierst das falsch. Sie schützt dich damit.«
»Wie meinst du das?« Ich bin heute begriffsstutzig.
»Wenn sie dir schreibt, dass sie nichts mehr von dir wissen will, dann macht sie das doch, während man ihr über die Schulter sieht. Damit Yildiray und seine Brut keinen Verdacht schöpfen und dich nachts in irgendeiner Kühlhalle zum Boxtraining aufhängen. Sie ist in einer miesen Situation, die noch viel beschissener ist als deine!«
Dazu fällt mir nichts Kluges ein. Hat mir Hamid alle Neuronen aus dem Gehirn rasiert? Wir blasen Kringel in die Luft und ich merke, wie mir ein lähmendes Gefühl die Beine hochkriecht: Hilflosigkeit. Pierre tritt mich.
»Jetzt lass dich nicht hängen, du Wurst!«
»Ist sie morgen wieder da?«
Er hebt abwehrend die Hände.
»Sag bloß nicht, dass ich wieder hierherkommen soll!«
Ich überrede den lustlosen Dude zu einem zweiten und letzten Versuch morgen früh bei Eurogida. Pierre wird vor dem Laden abhängen, um die Typen abzulenken, ich versuche, über den Hintereingang reinzukommen, um mir Suna zu schnappen.
Ich habe einen Plan. Immerhin. Und in wenigen Stunden steht der nächste, mindestens ebenso wichtige Plan an. Unsere zweite Sitzung zum Thema »Wie überfallen wir Yildiray?«, bei der jeder seine Hausaufgaben vorlegen muss. Dann fällt mir ein, dass ich die Zeit bis heute Abend nutzen könnte.

»Ich müsste zu Mehmet. Hast du Lust, mich zu begleiten?«, frage ich Pierre.
»Macht der Mustang wieder Probleme?«
»Das Knarren an der Lenkung, erinnerst du dich? Ich glaube, da muss ein Querlenker ersetzt werden. Bevor uns der Wagen ausgerechnet nächste Woche im Stich lässt, lasse ich das lieber reparieren. Also?«
Er zuckt die Schultern, nickt dann.
»Besser, als vor einem blöden Supermarkt zu warten. Lass uns fahren.«
Wir gehen zur Tiefgarage und steigen in den Ponyexpress.

Wenige Minuten später halten wir in einem Hinterhof der Manteuffelstraße vor Mehmets Werkstatt.
In meiner Hitparade wichtiger Menschen belegt Mehmet einen vorderen Platz als »Autogott«. Nicht nur, weil er jede gottverdammte Schraube oder Muffe, jedes noch so exotische Relais mit allen Schwachstellen kennt, sondern auch, weil er sehr unkompliziert arbeitet. Im Gegensatz zu deutschen Vertragswerkstätten brauche ich bei ihm selten einen Termin und selbst schwierige Reparaturen werden in maximal drei Tagen erledigt. Woher er seine Ersatzteile bezieht, will ich nicht wissen. Oft schickt er einen Hiwi los, der am Abend mit dem richtigen Teil zurückkommt. Ob das von einem Laster fiel, vom Schrottplatz oder aus dem Zubehörhandel stammt, ist mir latte.
Dazu kommt, dass der gewitzte und sympathische Mehmet trotz des gut laufenden Ladens immer Zeit für einen Plausch findet. Dabei geht es stets um Autos oder seine Werkstatt, die mit jedem Jahr wächst, weil auch gutbetuchte Kunden Mehmets zuverlässige und preiswerte Arbeit schätzen. Wenn er sich weiterhin in diesem Tempo ausbreitet, wird Kreuzberg in zehn Jahren zu Mehmet City werden. Seine Stärke ist gleichzeitig auch die Schwäche des Ladens: Ohne Mehmet läuft gar nichts. Ständig ruft ein Mechaniker nach ihm und kurz darauf taucht er ellenbogentief in ein Getriebe ab. Die tägliche Überlastung merkt man ihm inzwischen an, sein fröhliches Gesicht erhielt einige Falten, weshalb ich Mehmet zu häufigeren Urlauben rate. Angesichts der Kohle, die ich ständig in meinen Mustang ver-

senke, müsste er sich allein durch mich eine Kur in Acapulco leisten können.

Wir gehen die Auffahrt zur Werkstatt hoch.

»Hast du da drin deine eigene Hebebühne?«, fragt Pierre. »So oft, wie du die Kiste hierher bringen musst.«

Ich stöhne genervt. Immer die alte Leier.

In der Werkstatt herrscht wie üblich Hochbetrieb, Mehmet kann ich momentan nicht entdecken. Wir zünden uns gelangweilt Zigaretten an, als ein tiefer gelegter, schwarzer BMW in den Hof einbiegt, mit abgedunkelten Scheiben und dieser trendigen Stealth-Lackierung, als würde das Teil morgen in den Krieg ziehen. Der teure Schlitten bremst einen halben Meter vor uns, dann ploppen die Türen auf. King und Kong, die beiden Schläger von neulich, verlassen breitbeinig ihren Wagen. Warum soll man sein Auto spießig auf dem Hof parken und sich anschließend vor dem Büro anstellen, bis man dran ist? Die beiden gehören zu jener Sorte, die es als persönliche Kränkung empfindet, wenn man nicht sofort bedient wird. Vermutlich platzt dieser Kong beim Zahnarzt in die Praxis, zerrt eine Patientin vom Behandlungsstuhl, legt sich in denselben und drückt dem Dentisten einen Bohrer in die Hand. Leg los, Alter!

Wir erkennen uns auf Anhieb. Die beiden wirken wenig amüsiert.

»Wen haben wir denn da?«, zischt mir Kong zu und kommt näher. Sein Kumpel hält ihn an der Jacke fest, als er Mehmet am Hallenende erkennt und in unsere Richtung kommen sieht.

»Du hast schon wieder Glück, Arschloch! Aber wie heißt es bei euch Kartoffeln? Die guten Dinge sind alle drei. Wir sehen uns noch.«

Pierre schüttelt den Kopf.

»Du musst die Sprüche aus dem Kinderkalender schon richtig lernen. Es heißt korrekterweise: Aller guten Dinge sind drei.«

Kong tippt mir mit dem Finger aufs Brustbein und zeigt auf Pierre.

»Wer ist denn der Clown?«

Ich zucke die Schulter.

»Ist mir vorhin zugelaufen. Und nimm deinen Finger da weg.«

Kong fixiert Pierre.

»Ich merke mir dein Gesicht.«

Seine Kiefermuskeln arbeiten, als würden sie Diamanten mahlen. Dabei bewegt sich auch die Tätowierung, die von seiner Schulter

kommend über den Hals bis zum Ohr reicht. Die Spannung in der Luft ist fast greifbar.
Als Mehmet zu unserer kleinen Gruppe stößt, unterhalten sich die drei. Schließlich wird der Autoschlüssel übergeben und King plus Kong verlassen breitbeinig den Hof, im typischen Schaukelgang aller Pumper. Der Größere dreht sich einmal im Gehen um, blickt zu mir und fährt sich mit dem Zeigefinger über den Hals. Dieselbe Geste, die er mir kürzlich schon zeigte. Er sollte sich etwas Neues einfallen lassen.
Mehmet schüttelt mir die Hand. Ich schildere ihm das Problem, er tippt ebenso wie ich auf den vorderen Querlenker und schlägt vor, dass ich den Wagen am Montag oder Dienstag frühmorgens vorbeibringe, dann könnte ich ihn abends wieder abholen. Da er das Ersatzteil erst ordern muss, wäre es sinnlos, den Mustang jetzt hier zu lassen, dann würde er das ganze Wochenende über in der Werkstatt stehen.
Ein Kunde betritt die Werkstatt, Mehmet entschuldigt sich kurz bei uns, die beiden reden auf Türkisch miteinander, Mehmet wird immer lauter, schließlich streiten sie sich, bis der Kunde fluchend von dannen zieht. Mehmet bringt uns Kaffee und erklärt, worum es ging.
»Der lässt seinen Motor woanders machen, weil es billiger ist. Die Arbeit ist Pfusch und danach kommt er zu mir, damit ich das wieder hinkriege. So sind meine Landsleute! Aber nicht mit mir, so was mache ich nicht. Soll er zu seinem Pfuscher gehen!«
Wir verfluchen gemeinsam solche Geizkrägen, singen das Hohe Lied der Qualitätsarbeit und verabschieden uns. Auf dem Weg zurück in meine Bude spricht mich Pierre auf das Schlägerduo an. Ich erzähle ihm von dem kürzlichen Scharmützel und rate ihm, den beiden möglichst aus dem Weg zu gehen. Während ich das sage, beschleicht mich die dunkle Vorahnung, dass wir uns noch einmal begegnen werden.
Bis zur Besprechung mit Matte und Josch haben wir noch etwas Zeit, die wir mit dem Konsum von einem Dutzend Seinfeld-Folgen totschlagen, der besten aller Sitcoms, die jemals ausgestrahlt wurden. George, Jerry, Elaine & Kramer sind noch ein Stück abgefahrener als Matte, Josch, Pierre und Gero. Die New Yorker Egoisten lenken mich von den Gedanken an Suna ab und mitten in der U-Bahn-Episode schlafe ich ein.

Tag 5, Freitag, 21.00 Uhr

Wenn sich Gruppen von Menschen treffen, dann tun sie das typischerweise in Konferenzräumen, Hinterzimmern von Kneipen oder sonstigen Orten, an denen man Bedeutendes in Ruhe besprechen kann.

Wir treffen uns zu wichtigen Besprechungen gerne beim Bowling. Unter kommunikativen Gesichtspunkten ist das natürlich ausgesprochen kontraproduktiv, einfacher gesagt: vollrohr behämmert. Ständig muss einer aufstehen und bowlen und wir können selten länger als drei Minuten am Stück über eine Sache reden – insbesondere über eine sensible Angelegenheit wie einen bewaffneten Raubüberfall. Aber vor ein paar Jahren haben wir damit begonnen und inzwischen mag keiner mehr diese Gewohnheit missen. Lassen der Vatikan oder der FC Bayern München von bewährten Traditionen?

Der Chef des Bowling-Centers am Hermannplatz drückt die Augen zu und gewährt uns längere Pausenzeiten ohne rollende Kugel. Wir sind Stammgäste, die regelmäßig bowlen und dabei ausreichend Weizenbiere zischen.

Auf den anderen Bahnen wird ein Turnier ausgetragen. Schlangen älterer Herren in gleichfarbigen Polohemden stehen eng hintereinander, um mit hoher Schlagzahl Bowlingkugeln auf die Reise zu schicken. Das lässt Freude auf mein Rentnerdasein aufkommen. Die eine Hälfte des Tages werde ich bowlen, die andere mit einem Kissen unter den Armen aus dem Fenster im Hochparterre blicken und rauchen. Vor mir steht eine Kaffeetasse, nicht mit brauner Brühe gefüllt, sondern mit Wodka von Kaiser's.

Unsere Bowlingkünste sind auch nach all den Jahren von höchst unterschiedlicher Qualität. Der Mann, der seine Kugel besonders stylish auf die Bahn schickt, ist Pierre »der Schwan«. Nachdem er die Kugel Richtung Pins befördert hat, stellt er seine Arme und Beine aus wie ein großer weißer Vogel mit Arthritis. Das sieht schön bizarr aus, hilft aber nicht bei der Wertung, denn er ist der Schlechteste, ebenso wie Matte stets der Beste ist. Keine Ahnung, woher der Spargeltarzan die Kraft nimmt, aber er zimmert die Kugel mit Schmackes zwischen die Pins und erzielt die meisten Strikes. Josch und ich kämpfen um den Platz hinter ihm.

Nach einer Viertelstunde kommen wir zur Überfallplanung, die wir in normaler Lautstärke besprechen können, denn angesichts des Höllenlärms hier kann uns niemand belauschen, der mehr als drei Meter entfernt steht.
Als Erstes ist Matte dran, den ich frage, was es Neues zum Thema Sprengstoff gibt. Er nickt kurz, geht an seine Sporttasche, greift ein Päckchen aus Alufolie und hält es in die Höhe.
»Ist das Dynamit?«, fragt Josch.
»Quatsch, das ist 'ne Frühstücksstulle«, entgegnet Matte lakonisch.
»Echt jetzt?«
»Nein, natürlich nicht! Das ist C4, Josch.«
Auf dem kurzen Weg zu uns jongliert Matte spielerisch mit dem Päckchen. Als wir uns fragen, was der Scheiß soll, ist es schon zu spät, Matte verliert den Rhythmus. Er versucht, das durch die Luft segelnde Paket mit einem langen Schritt zu erwischen, streckt sich vergebens, kann das Teil aber mit den Fingerspitzen nochmal nach oben befördern. Matte springt mit einem langen Satz ab, um den Sprengstoff kurz vor dem Aufprall zu fangen. Was in jedem drittklassigen Film funktioniert, scheitert hier grandios. Er legt sich auf den Bauch und das Päckchen fällt auf den Boden der Bowlingbahn.
Ich frage mich in den letzten Sekunden meiner Existenz, ob es ein angemessener Abgang ist, in einem namenlosen Bowlingcenter zerrissen zu werden, Josch springt zur Sitzgruppe der nächsten Bahn, gerät ins Stolpern und plumpst direkt auf den Schoß einer entzückten Rentnerin, Pierre erbleicht mit offenem Mund.
Matte rappelt sich auf, grinst und schnappt sich das Päckchen.
»Ihr könnt wieder ausatmen, Mädels. Das ist nämlich das Schöne an Plastiksprengstoff. Das Zeug ist völlig ungefährlich, bis man es mit reichlich Energie zündet. Ich habe von meinem Kumpel auch eine Zündvorrichtung bekommen, mit Zeitschaltuhr. Die knackt jeden Safe. Was sagt ihr?«
Er entblößt sein Arsenal gelber Zähne und wartet auf Applaus. Wir beruhigen uns und verzichten darauf, ihn in die Pins zu schleudern.
Nachdem er wieder zu Atem gekommen ist, hakt Josch an einem Punkt nach: »Und das funktioniert, ohne den ganzen Raum in die Luft zu jagen?«
»Sehr wahrscheinlich.«

»Sehr wahrscheinlich?«
Wir einigen uns auf einen Testlauf für den Sprengstoff und die Knarren. Sollte die Sprengung klappen, wäre das eine sehr gute Nachricht. Wir müssen uns dann nicht nur mit dem Kleingeld aus der Kasse begnügen, sondern können die ganz große Kohle einsacken.
Joschs Aufgabe bestand im Ausspionieren des Personals während des Freitagsgebets. Er berichtet.
»Ihr glaubt nicht, wie groß der Unterschied ist. Total krass, sage ich euch! Vorher ist das Ding knüppelvoll, aber wenn Yildiray zum Gebet abzieht, verschwinden auch die meisten Wetter. Vielleicht wollen die bei ihm nicht im Ansehen sinken, vielleicht wollen die auch in die Moschee, wer weiß? Zurück bleiben nur zwei Angestellte. Ein debiler Vollhonk, der nichts checkt, am Eingang. Der ist der Ersatz für den Türsteher. Und innen am Schalter sitzt so ein Buchhaltertyp. Dann gibt's vielleicht noch zwei, höchstens drei Kunden vor den Bildschirmen. Ich habe einen von ihnen beiläufig befragt, der hat bestätigt, dass es am Freitagnachmittag immer so leer ist.«
Ich rolle mit den Augen.
»Du solltest doch nicht auffallen!«
Zur Antwort rollt er jetzt mit den Augen.
»Un wie soll isch rausfinne, ob des immer so is, Kluchscheißer? Wenn wir das nächste Woche abziehen und ich bis dahin alles nur einmal abchecken kann, sollten wir wissen, ob das heute nicht ein Zufall war. Wäre doch scheiße, wenn es an den anderen Freitagen voller ist und Yildiray einen Haufen Aufpasser drin hat, ausgerechnet dann, wenn wir anrücken, oder? Da muss ich mir doch eine zweite Meinung einholen! Außerdem habe ich mir eine Perücke und 'ne Schiebermütze aufgesetzt.«
Pierre klopft ihm auf die Schulter und übernimmt den Punkt Geldtransport: »Chill out, Josch. Zum Geldtransport. Der Wagen kommt jeden Freitagmittag pünktlich um halb eins.«
Josch hakt ein, bevor Pierre loslegen kann: »Warum kommt eigentlich ein Geldtransport, wenn Yildiray das Geld von Kunden einnimmt?«
Pierre erläutert es: »Er muss vorsorgen. Für den unwahrscheinlichen Fall, dass die meisten Wetter gewinnen. Oder für den Fall, dass er zwar viele kleine Wetten gewinnt, aber ein paar große verliert. Vielleicht

braucht er die Kohle zur Geldwäsche. Jedenfalls kommt der Transport immer am Freitagmittag und ein zweites Mal am Samstagabend.«
»Wieso ein zweites Mal?«, frage ich neugierig nach.
»Ist doch logisch. Er macht natürlich immer Gewinn, sonst gäbe es keine Wettbüros und für uns auch nichts zu holen. Der Gewinn geht mit dem zweiten Transport raus. Ich liege morgen Abend auf der Lauer und schreibe mir die genaue Zeit auf, aber es müsste gegen zehn Uhr abends sein, weil dann die meisten Spiele beendet sind. In der SüperLig und der Bundesliga.«
»Sollten wir nicht besser diesen Transport überfallen?«, fragt Josch.
Ich schüttle den Kopf.
»Die Wachleute sind mindestens zu zweit, wenn nicht zu dritt. Und bewaffnet. Das ist viel zu gefährlich. Lieber verzichten wir auf die zusätzliche Kohle vom Samstag und sacken dafür die kompletten Einnahmen zwischen dem letzten Wochenende und Freitag ein. Das Geld vom Freitagstransport und von den Wetten dieses Superwochenendes reicht aus …»
»… und wir haben es nur mit einer Handvoll Typen im Wettbüro zu tun, während die schweren Jungs beim Gebet sind«, ergänzt Matte.
Dann bin ich dran. Punkt vier, Waffen.
»Ich habe etwas Kohle organisiert und bei Werner ein paar Knarren bestellt. Die müssten übermorgen oder spätestens am Montag geliefert werden. Für das bisschen Kohle habe ich natürlich keine zwei Waffen pro Mann bekommen. Es gibt insgesamt zwei Uzis, das sind die Maschinenpistolen, zwei Automatik-Pistolen, entweder Walter PPK oder Beretta, und einen 357er Colt, der ist für mich.«
Die endgültige Waffenverteilung vertagen wir auf nächste Woche, wenn wir ein paar Schießübungen im Grunewald veranstalten. Wir gehen den Ablauf des Überfalls durch und einigen uns auf ein paar notwendige Besorgungen, vor allem Skimützen, Farbsprühdosen, ausreichend Klebeband sowie ein anzufertigendes »Wegen Inventur geschlossen!«-Schild. Zum Abschluss bestimmen wir den Sprecher bei der Aktion. Klarer Fall, dass hierfür nur Josch in Frage kommt. Er kann wie kein Zweiter seine Stimme verstellen und unzählige Dialekte imitieren.
Wir heben die Gläser und trinken den Rest des Biers in einem Zug aus. Auf die neuen Könige des Kotti!

Tag 6, Samstag, 11.30 Uhr

Seit fast zwei Stunden stehe ich auf der anderen Straßenseite des Eurogida und warte auf Suna. War ich anfangs voll aufgeregter Hoffnung, plagt mich inzwischen die Langeweile. Ich trete von einem Bein auf das andere und zähle die Pflastersteine. Schließlich ziehe ich frustriert ab. Was bleibt mir jetzt noch, um sie zu treffen? Morgen ist Sonntag, da ist der große Supermarkt geschlossen.

Zurück nach Hause. Vielleicht hat Werner Neuigkeiten zu den Waffen. Ich fahre die Skalitzer Straße entlang und muss am Görlitzer Bahnhof halten. Ein Motorradpolizist hat seine BMW quer auf die Straße gestellt und sperrt so die Kreuzung ab. Einen Moment später rauscht eine Armada von Polizeitransportern mit Blaulicht über die Kreuzung und nimmt Kurs auf den Kotti. Mich beschleicht ein ungutes Gefühl. Ich schere nach rechts aus, fahre halb über den Bürgersteig und biege in die Oranienstraße, wo ich ordentlich Gas gebe. Der Mustang beschleunigt mit grollendem Auspuff.

In hohem Tempo fahre ich von Norden an den Kotti heran und erreiche die Adalbertstraße. Mein Wohnblock ist so nah und doch unerreichbar. Ich bin zu spät. Überall parken die grün-weißen Wannen der Polizei. Vor meinem Wohnblock wird eine Sperre aufgebaut, hinter mir staut sich der Verkehr. Ich erspähe eine Parklücke bei Hasir, dem größten türkischen Lokal in dieser Ecke, und stelle den Wagen gegen die Fahrtrichtung hinein. Um auf Nummer sicher zu gehen, klemme ich mir die Sonnenbrille auf die Nase und ziehe meine Armymütze tief ins Gesicht. Dann steige ich aus und gehe einige Schritte Richtung Absperrung, wo zwei Polizisten Gitter auf den Gehweg und rot-weiße Pylone auf die Straße stellen. Davor hat sich bereits eine kleine Menschenmenge gebildet und ich geselle mich dazu, um zu erspähen, was los ist. Ich mache einen langen Hals und blicke auf die Ladenzeile am Fuß meines Wohnblocks.

Die letzte Wanne, wie die Polizeitransporter hier genannt werden, hat nun ihren Platz gefunden, insgesamt dürften es an die zwei Dutzend sein. Wie auf Kommando spucken alle ihre Ladung aus. Aus den Türen am Heck steigen nicht die üblichen Oberförster der Polizei mit ihren Schirmmützen und schlecht sitzenden Hosen, sondern die athletischen Jungs in ihren Kampfoveralls. Aus der vordersten

Wanne quillt ein Trupp, der direkt aus dem Fitnessstudio zu kommen scheint. Stiernackige Kerle mit Bürstenschnitt, die sich aufstellen und ebenso schweigend wie geübt ihre Ausrüstung richten. Sie scheinen auf etwas zu warten.
»Gestern warnse im Wrangelkiez und ham da Proben genommen. In jedem einzelnen Haus!«, krächzt ein hohlwangiger Junkie in unserer Gruppe.
»Proben?«, frage ich so beiläufig, als würde ich mich nach dem Wetter erkundigen.
»DNA-Proben!«, bellt eine Mittfünfzigerin. »Find ick jut! Dit sollten sie bei allen Männern machen. Dann schnappen sie jeden Kinderschänder!«
»Schalt doch mal den Kopp ein, Alte! Die suchen keen Kinderschänder, die suchen 'nen Mörder!«
Der Junkie schüttelt seinen dünnen Hals und für einen Moment befürchte ich, dass sein Kopf herunterfällt und mir auf die Füße dotzt. Er erzählt weiter, was ihm ein Streetworker geflüstert hat. Der Justizsenator hat eine Sondergenehmigung für die Jagd nach dem Serienmörder erteilt, ein in Deutschland bisher einmaliger Vorgang: DNA-Proben werden in großem Stil in ganzen Stadtteilen vor Ort genommen. Würde man wie bisher alle Männer zwischen zwanzig und fünfundvierzig aufs Revier bestellen, könnte das Wochen oder Monate dauern. Die Zeit hat der Senat aber nicht, denn niemand weiß, wie viele Morde bis dahin noch passieren. Also geht man seit gestern in den »Verdachtshochburgen« von Tür zu Tür, prüft die Ausweise und nimmt an Ort und Stelle eine Probe mit. Das erklärt die Herren in den weißen und orangefarbenen Westen mit dem roten Kreuz in der Mitte, die ebenfalls aus den Wannen steigen.
Die Köpfe der Polizisten drehen sich zum Kotti. Ein dunkler Mercedes mit großer, blauer Lampe auf dem Dach prescht heran und hält mit quietschenden Reifen. Fortesquieue steigt aus dem Fonds und streckt sich.
Obwohl ich ihn in Irland aus der Nähe gesehen habe, bin ich von seiner Statur erneut beeindruckt. Hager und kantig zugleich, überragt er die Umstehenden um einen halben Kopf. Alles an ihm fällt auf: der silberne, lange Schopf, der mich an Doc Brown aus »Zurück in die Zukunft« erinnert, der skurrile Klamottenmix aus Western-

held und Priester. Er trägt einen langen Ledermantel und Stiefel, als wäre er ein Viehtreiber aus Wyoming, kontrastiert das aber mit einer schwarzen Weste und darunter liegendem weißen Hemd mit Priesterkragen, aus dem ein großes silbernes Kreuz herausbaumelt. Sein Humpeln wirkt nicht schwächlich, sondern ist Teil seiner eigentümlichen Persönlichkeit. Ich kann mich einer gewissen Faszination nicht erwehren, was den Umstehenden ähnlich zu gehen scheint, denn die Gespräche werden leiser oder verstummen ganz. Wir beäugen ihn wie einen Jäger, der in unser Revier eingedrungen ist. Ob sich die Eingeborenen auf Skull Island ähnlich fühlten, als Fremde kamen, um den Riesenaffen zu entführen?
Fortesquieue streckt sich noch immer. Dabei gibt der aufgeklappte Mantel einen Blick auf seinen Revolvergurt frei, in dessen Halfter eine Knarre mit langem silbernen Lauf steckt. Der Franzose wird vom Einsatzleiter begrüßt, der auf meinen Wohnblock zeigt und dabei Ekel in sein Gesicht packt. Er wird vermutlich nie mein Nachbar werden.
Dank meines empfindlichen Gehörs verstehe ich das ergebene Gesülze des Einsatzleiters, das mich allerdings weniger interessiert als Fortesquieues Stimme, die kratzig und tief klingt. Er spricht in einer Mischung aus Deutsch und Französisch mit dem Chefbullen. Fragt, ob alles abgeriegelt sei, und fordert mit »Allons!« zum Start auf. Als beide sich in Gang setzen, recken sich plötzlich die Hälse vieler Polizisten in Richtung Wohnblock.
Ein Typ mit mächtigem Schnauzer, der als Öcalan-Double durchgehen könnte, rennt mit hohem Tempo und im Zickzack aus einer Haustür kommend in Richtung Oranienstraße auf uns zu. Schreie aus Polizistenkehlen gellen in seine Richtung. Der Flüchtende stoppt und langt in seine Jacke. Er hat keine Zeit mehr, seine falsche Entscheidung zu bereuen, denn zwei der Stiernacken feuern auf ihn. Nicht einmal oder zweimal, sondern bis die Magazine leer sind.
Der Schnauzbart taumelt, dreht sich mit dem Gesicht zu uns und geht wenige Meter vor der Absperrung auf die Knie. Sein Pulli färbt sich in Brusthöhe dunkelrot. Er murmelt etwas und kippt direkt vor den entsetzten Menschen um, fällt aufs Gesicht. Jetzt erkennen wir, was er aus der Jacke gezogen hat. Der Schwerverletzte hält seinen Ausweis in der Hand und murmelt Unverständliches.

Inzwischen ist Fortesquieue bei dem Mann angelangt und kniet sich neben ihn, während die Polizisten aufgeregt um Entschuldigungen ringen. Fortesquieue herrscht die Polizisten an, sich zu entfernen, und hält einen herbeigeeilten Arzt auf Distanz, bittet »une minute!« um einen Moment mit dem Angeschossenen. Der Arzt streitet mit Fortesquieue, weil er dem Verletzten helfen will, geht schließlich einige Schritte zurück und spricht mit dem Einsatzleiter. Der Chefbulle verweist auf den Franzosen, der offensichtlich besondere Rechte genießt.

Ich konzentriere mich und richte mein Gehör auf den leise sprechenden Fortesquieue aus. Zwar verstehe ich, was der Franzose sagt, die Bedeutung seiner Worte bleibt mir allerdings verborgen, denn meine Lateinkenntnisse sind begrenzt: »Ecce ego mitto vos sicut oves in medio luporum.« Er spricht sehr leise, die Worte sind nur für den am Boden Liegenden bestimmt. Der stöhnt Unverständliches, danach spricht der Franzose lauter: »Ego te absolvo.«

Dabei legt er ihm ein Kreuz in die Hände. Dann langt er in seine Innentasche und bestreicht Stirn und Nase des Mannes. Gibt er ihm etwa eine letzte Ölung? Der Sterbende tritt seinen letzten Gang an, dann verstummt sein Murmeln. Der Arzt springt zu ihm und setzt zu Herzmassagen an. Vergeblich.

Meine Nackenhaare stellen sich auf. Ich erfasse einen ganz speziellen Geruch, den Fortesquieue verströmt. Neben dem üblichen Konglomerat eines Großstadtmenschen nehme ich Weihrauch auf und etwas, das mir sehr bekannt vorkommt. Ein Geruch, als wäre es meiner! Hat er sich ein Kleidungsstück von mir besorgt und schickt nun Hunde, um mich zu finden? Aber was soll dann die Aktion hier und warum sehe ich keinen einzigen Köter?

Fortesquieue steht auf und widmet dem Geschehen um den Toten keine Aufmerksamkeit mehr. Er hält inne, schließt die Augen und dreht sich in unsere Richtung. Dabei hebt er mit noch immer geschlossenen Lidern leicht den Kopf, als würde er Witterung aufnehmen. Schließlich grinst der französische Teufel und öffnet die Augen, richtet dabei seinen Blick auf unsere Gruppe. Er humpelt mir entgegen. Gut, dass sich einige Dutzend Menschen zwischen uns befinden, was seine Fortbewegung erheblich einschränkt. Dennoch kämpft er sich rücksichtslos durch die aufgebrachte Menge. Wie schafft er das mit seinem Hinkebein? Ich bewege mich ans hintere Ende des Pulks und komme dabei ebenso langsam voran wie der Franzose. Fortesquieue spricht mich über die Köpfe der Menschen an und sucht den Augenkontakt, selbst durch meine Sonnenbrille hindurch.

»Monsieur!«

Im Weggehen drehe ich mich zu ihm um und unsere Blicke treffen sich. Die Zeit scheint stillzustehen, als ich in die grauen Augen des Jägers sehe. Dieser Moment reicht, damit mir endgültig klar wird, mit welchem Gegner ich es zu tun habe. Der Kerl besitzt irgendeine Art Radar. Weg hier!

»Monsieur! Arrêtez-vous!«

Er kämpft sich durch die Menschen. Wenn er den Pulk durchqueren und mich stellen sollte, käme es zu einer unguten Konfrontation. Doch das Schicksal ist auf meiner Seite. Der Pulk schließt sich um Fortesquieue, die Wut der Menge über den Todesfall wird für den Franzosen zu einer Bedrohung. Der Einsatzleiter und einige Stiernacken sind zur Stelle und drücken die aufgebrachten Menschen zur Seite, während der von zwei bulligen Polizisten begleitete Fortesquieue in meine Richtung zeigt. Er wirkt konzentriert und entschlossen.

Ich tue so, als würde ich ihn weder hören noch seine Zeichen verstehen, und entferne mich so schnell es geht, wobei ich versuche, möglichst wenig aufzufallen. In diesem Moment biegen an der Kreuzung hinter mir zwei Wannen ein. Scheiße! Fortesquieue fuchtelt mit den Armen, der Einsatzleiter greift zum Funkgerät. Sie werden die beiden Wannen jeden Moment zum Stoppen bringen und eine Menge Bullen ausladen, die sich auf mich stürzen werden.

Ich betrete ein kleines Restaurant zu meiner Linken und sehe aus den Augenwinkeln, dass sich der Franzose und die beiden Schränke aus der Menge gekämpft haben. Mein Vorsprung ist gering, ich haste durch das Lokal nach hinten, öffne die Schwingtür zur Küche, die mich mit dem üblichen Mix aus Dampf und Gerüchen empfängt. Der türkische Koch blickt verwundert, schneidet aber weiter seine Zwiebeln, während ich die Tür zum Ausgang finde und auf den Hof gelange, wo ein Küchenjunge seine Pausenzigarette raucht. Der Hof ist eine Sackgasse, ich sehe nur eine Tür zum Wohngebäude gegenüber, ziehe an ihr, sie bleibt verschlossen. Wohin jetzt? Zum Balkon im Hochparterre mit der geöffneten Tür? Der Balkonboden hängt etwa drei Meter über dem Boden. Ob ich das schaffe? Aus der Küche höre ich schon das Scheppern von Töpfen und Kellen, die durch den Raum purzeln. Ich springe hoch zum Balkongeländer, bekomme es zu fassen und schwinge mich über Kopf nach oben, lande mit dem Oberkörper hart auf dem Balkonboden und bleibe hinter der Balkonverkleidung in Deckung. Von unten dürften sie mich nicht sehen.

Aus dem Hof dringt das Keuchen der Verfolger. Mit pumpendem Herzen linse ich vorsichtig um das Geländer herum und sehe, wie der Küchenjunge zu mir zeigt.

»Il est là!«, schreit der Franzose. Er zieht seine langläufige Knarre aus dem Holster und zielt auf mich.

Ich ducke mich, ziehe mir nochmal Mütze, Sonnenbrille und Jackenkragen tief ins Gesicht und betrete das Wohnzimmer. Ein Rentnerehepaar sitzt wie in der S-Bahn nebeneinander auf dem Sofa, vor sich einen mit Kaffee und Kuchen gedeckten Tisch, begleitet von einer Flasche Kirschwasser. Rhabarberkuchen, mein Favorit. Im Fernsehen läuft irgendeine Gerichtsshow. Ich hebe die Hände zum Zeichen, dass alles in Ordnung ist und sie sich nicht aufregen sollen, was die alte Dame mit einem gellenden Hilfeschrei beantwortet.

Schon schwingt sich der erste Bulle auf den Balkon und landet wie ein Bodenturner perfekt auf den Beinen. Scheiße, wo lernen die so was? Er fummelt an seinem Holster herum, ich entscheide mich gegen die Flucht und, bevor er seine Waffe ziehen kann, für das Naheliegende. Ich entreiße der alten Dame ihre Kaffeetasse und schütte dem Bullen die heiße Brühe ins Gesicht. Er jault auf, reibt sich seine lädierten Augen und ich nutze den Moment seiner Hilflosigkeit, um ihm mit aller Kraft zwischen die Beine zu treten. Er sackt stöhnend auf die Knie, dann kassiert er noch einen Tritt von mir in den Magen, was ihn zur Seite kippen lässt wie einen gefällten Baum. Die behandschuhten Hände des zweiten Bullen greifen von unten ans Geländer, ich schnappe mir einen schweren Blumenkasten und knalle ihn auf die Handschuhe. Der Typ stürzt auf den Hof, aber ich weiß, dass ihn das nicht lange aufhalten wird. Ich höre weitere Schritte und die aufgeregte Stimme des Franzosen. Jetzt aber weg hier!

Opi hat leider etwas dagegen. Der alte Knabe hat die Zeit genutzt, um eine Schublade seiner Eichenschrankwand aufzuziehen. Als Waffenexperte erkenne ich sofort, welches Schießeisen er in der Hand hält. Eine Luger, die berühmte Offizierswaffe der Nazis, die wohl so alt sein dürfte wie ihr Halter.
»Tun Sie das nicht!«, versuche ich, ihn zu beruhigen, während ich höre, wie der nächste Bulle den Balkon nach oben klettert.
Opis Hand zittert wie ein Kuhschwanz im Hochsommer.
»Schieß, Erwin!«, schreit seine Holde. »Erschieß die Sau! Mach ihn tot!« Ihr Gesicht glüht wie ein Feuermelder.
Es knallt ohrenbetäubend. Ich spüre den Luftzug an meiner Schläfe und erwarte Schmerzen, Blut und all den anderen Mist, der mit einer Schusswunde einhergeht. Nichts davon tritt ein. Dafür rieselt Putz von der Decke auf die Dauerwelle und das rosige Gesicht der Gemahlin. Ich nehme dem paralysierten Opa die Knarre ab und schleudere den Alten in Richtung Balkon, wo er wie ein Brummkreisel in die Bullen fegt, die das Geländer hochklettern. Vom Tisch greife ich mir die Pulle Kirschwasser und renne aus dem Wohnzimmer. Im Flur schiebe ich ein massives Sideboard vor die Wohnzimmertür, schütte die Pulle über den Teppich, das Sideboard und den Vorhang an der Garderobe, den ich mit dem Zippo anzünde. Die Rechnung geht auf, der Vorhang brennt rasch, das Feuer greift auf den Teppich über, während die Bullen bereits das Sideboard zur Seite schieben. Ich reiße die Wohnungstür auf, haste nach unten, öffne die Haustür und betrete die Oranienstraße. An der nächsten Straßenecke nach rechts sehe ich einige Bullen stehen, die mich aber offensichtlich nicht suchen. Die Typen vom Hof müssten gleich hier sein, der Franzmann jede Sekunde mit seinen Männern von links eintreffen.
In diesem Moment entdecke ich den Reisebus auf der Straßenseite gegenüber. Seine Tür ist geöffnet, der Fahrersitz verwaist und alle Plätze sind mit lächelnden Chinesen, Japanern oder Koreanern, wasweißich, belegt.
Flugs betrete ich den Bus, streife mir Mütze, Sonnenbrille und Jacke ab, lächle der Reiseleiterin auf dem Sitz neben mir zu und pflanze mich auf den Fahrersitz. Die Schlüssel stecken. Der Fahrer musste wohl dringend aufs Klo. Egal. Ich starte den Bus und sehe den ersten Bullen aus dem Hausflur kommen.

»Guten Tag. Wo ist Busfahrer, bitteschön?«, fragt mich die winzige Person auf dem Sitz neben mir, vermutlich die Reiseleiterin und kaum größer als ein Opossum.
»Schichtwechsel«, brumme ich und fahre schwitzend und mit offener Bustür an den aus dem Hausflur strömenden Bullen vorbei. Der Bus fährt sich mit seinem Automatikgetriebe kaum anders als eine große Limousine. Nur den verdammten Schalter für die Bustür finde ich nicht.
Ohne Brille und Mütze und mit einem blauen Hemd statt einer schwarzen Jacke, noch dazu am Steuer eines Busses, erkennen die Bullen mich nicht. Gut, dass sich Fortesquieue nicht unter ihnen befindet, die Balkontour war wohl zu schwer für ihn. Ihn hätte ich nicht täuschen können. Die Bullen laufen in kleinen Gruppen in verschiedene Richtungen, während ich den Bus durch den dichten Verkehr über die nächste Kreuzung steuere. Im Rückspiegel sehe ich den wehenden Mantel von Fortesquieue, der mit den Bullen streitet. Er wirft vor Wut seine Handschuhe auf den Boden und gibt mit hektischer Geste Kommandos. Die Bullen setzen sich in Bewegung, einige Wannen brausen mit Blaulicht davon.
»Wieso so viel Polizei?«, fragt mich die Reiseleiterin mit nervöser Stimme.
»Das sind keine Polizisten. Die drehen wieder mal einen Film. Wir haben das leider jede Woche hier in Kreuzberg.« Ich rolle mit den Augen, um meine genervte Haltung zu unterstreichen, und ihre Miene entspannt sich merklich. Sie übersetzt meine Worte, die Passagiere nicken und fotografieren in Richtung der »Filmaufnahmen«.
Noch einmal blicke ich in den linksseitigen Außenspiegel. Fortesquieues Bild wird kleiner, mein Puls beruhigt sich langsam.
Aus der Ferne höre ich die Sirenen der Feuerwehrautos.
Da der Fahrer des Busses wohl bald die Polizei alarmieren dürfte, verzichte ich darauf, der Gruppe eine kleine Tour rund um die Friedrichstraße zu spendieren, und parke den Bus am Checkpoint Charlie. Die Asiaten steigen neugierig aus, ich werfe ein paar Worte zur Berliner Teilung in die Runde und male dramatisch aus, wie sich hier an dieser Stelle die Panzer gegenüberstanden, danach verabschiede ich mich. Dutzendfaches Lächeln und Winkewinke begleiten mich auf meinem Weg zur nächsten U-Bahnstation.

In meine Wohnung kann ich erst mal nicht zurück. Gleichzeitig muss ich rasch eine DNA-Probe abgeben, sonst mache ich mich verdächtig. Die prüfen schließlich Wohnung für Wohnung und kommen so lange wieder, bis sie die Probe haben. Und sie gleichen den Ausweis mit den Angaben über den Mieter ab.
Noch bevor ich am U-Bahnhof bin, habe ich die rettende Idee, wie ich zwei, nein, sogar drei Fliegen mit einer Klappe schlagen kann. Ich rufe Josch an und bitte ihn, zu Matte zu kommen, wo wir uns treffen. Als er hört, dass ich zu Fuß bin und ihn nicht mit dem Wagen chauffieren kann, beginnt der leidenschaftliche Hypochonder zu nölen. Die Vorstellung, mit der U-Bahn zu fahren, bedeutet für ihn, mit zwei Dutzend Bazillenträgern und Infektionsherden eingepfercht zu sein. Als ich ihm die Rückgabe von drei seit Langem ausgeliehenen Xbox-Spielen verspreche, willigt er ein.

Tag 6, Samstag, 14.00 Uhr

Mit der U-Bahn zu fahren, ist für mich im Gegensatz zu Josch eher spannend. Ich mag die rumpelnden, gelben Briketts, die die untere Hälfte der Berliner Gesellschaft befördern, zu der ich auch mich zähle. Kürzlich einigte ich mich mit Pierre bei ein paar Bieren darauf, dass wir nicht zum Bodensatz der Gesellschaft gehören, wie ein Politiker neulich formulierte. Nein, wir gehören zu einer sehr viel hartnäckigeren Spezies und betrachten uns eher als den festgebackenen Rand in einem Suppentopf, dem man selbst mit Kratzen oder Scheuern nicht beikommt.

Die Fahrgäste in unserem Wagen spiegeln die Mischung wider, mit der man in einer Berliner U-Bahn typischerweise unterwegs ist. Ein paar stark geschminkte türkische Mädchen, die sich laut gackernd Videos auf ihren Handys vorführen; zwei Maler, die die erste Schicht hinter sich haben, ein Bier in ihren weißgefärbten Händen halten und erschöpft wirken; eine verschwitzte Studentin in Pluderhosen, die hektisch ihren iPod bedient; ein freundliches, altes Ehepaar, das Händchen hält und sich die Werbevideos ansieht; drei Skateboarder mit übergroßen Hosen; ein Sänger, der entsetzliche Töne aus seiner bemitleidenswerten Gitarre hervorholt und dafür auch noch Geld haben will; der unvermeidliche Verkäufer der Straßenzeitung MOTZ, der seinen Monolog emotionslos herunterbetet und von niemandem auch nur einen Cent erhält; zwei Araber, die sich über Halskrankheiten austauschen – oder ist das einfach nur ihre Sprache? –, und natürlich ich.

Spannende Fahrt hin oder her, ich fühle mich ohne meinen Schlitten wie amputiert. Ich bestehe nicht nur aus Fleisch, Blut und Wasser. Benzin, Leder und Stahl gehören genauso zu mir.

Matte wohnt in Pankow, das ist von mir aus gesehen am anderen Ende der Stadt. In einer Wohnsiedlung mit erhöhtem Anteil an Kampfhundbesitzern und Hauswänden, von denen der Putz blättert, wenn ein Fußball dagegenfliegt. Er musste seine hübsche Wohnung in Friedrichshain aufgeben, nachdem er die Miete nicht mehr aufbringen konnte. Das liegt an seiner Nemesis, die ihm regelmäßig Klagen und den Gerichtsvollzieher ins Haus schickt: seine Ex-Frau, das Abziehbild einer verlassenen und verbitterten Alleinerziehenden.

Als Matte nach dem dritten Klingeln nicht aufmacht, ahne ich, was los ist. Ich klingle bei einer Nachbarin, die mich ins Haus lässt. Unter seiner Fußmatte finde ich den Zweitschlüssel und betrete die Wohnung.
Schon im Flur höre ich ihn schnarchen. Ich folge dem Geräusch bis ins Schlafzimmer, wo mich ein übler Geruch empfängt. Matte liegt auf dem Rücken im Bett, in den gefalteten Händen hält er sein Baby. Was bei den einen ein Kätzchen wäre und bei den anderen ein Säugling, ist bei Matte eine liebevoll umarmte Flasche Ballantine's Whisky, in der sich noch ein Fingerhut Flüssigkeit befindet.
Ich versuche vergeblich, ihn wach zu bekommen. Rüttle ihn, schüttle ihn. Flüstere in sein Ohr, spreche, schreie hinein. Kneife ihn. Ich ziehe ihm die Bettdecke weg, was keine Reaktion bei ihm hervorruft.
Als ich ihn aus dem Bett zerren will, schreckt er auf und wirft die Flasche nach mir. Sie zerschellt an der Wand.
So schläfrig bist du ja doch nicht, mein Freund.
Also die harte Tour.
Mit einer Mischung aus gutem Zureden und dreistem Anlügen – »hab ein gutes Stöffchen dabei!« – bringe ich ihn dazu, sich aufzurichten. Ich setze mich neben ihn, lege mir seinen Arm über die Schulter und stehe mit ihm auf. Dabei fährt mir ein Blitz in den Rücken. Wenn ich mir jetzt einen Hexenschuss hole, kotze ich!
Wir wanken ins Bad. Matte bemerkt zu spät, was ich vorhabe. Der Promillegehalt in seinem Blut verhindert, dass er sich ernsthaft wehren kann. Er fleht und bettelt, dann wehrt er sich mehr oder weniger erfolglos. Drei Schubser später liegt er in der Badewanne. Jetzt nicht nachdenken und mitleiden.
Das eiskalte Wasser der Brause wirkt sofort – es weckt seine Lebensgeister von null auf zehntausend in fünf Sekunden. Matte krakeelt, schreit, beschimpft mich, gibt mir Tiernamen.
Nicht zum ersten Mal.
But a man's gotta do what a man's gotta do.

Eine halbe Stunde später sitzen wir am Küchentisch, rauchen und trinken Kaffee. Den habe ich so stark gemacht, dass der Löffel beim Umrühren fast steckenbleibt.

Matte schiebt einen Brief über den Tisch, den ich lese. Irgendeine Nachzahlung, die von einer Rechtsanwältin mit Doppelnamen eingefordert wird. Natürlich im Auftrag seiner Ex.

Er besitzt ein Abonnement auf Pechsträhnen. Vor einigen Jahren hat er seinen Job bei einer Elektronikfirma gekündigt, um eine kleine Künstleragentur zu gründen. Anfangs lief es gut und die dritte Künstlerin vermarktete er als die erste arabische Rapperin, die in den deutschen Charts einschlug wie eine Bombe. Matte plante ihre Karriere sorgfältig, wählte die kleinen, coolen Clubs aus, die ihr die sogenannte Street Credibility verschafften und die angesagten Radiostationen spielten ihre Tracks. Visitenkarten wurden gedruckt, das Büro vergrößert, Matte stellte Mitarbeiter ein, kaufte glänzende Hemden.

Der Erfolg der Kleinen weckt die Großen. Ein namhaftes Plattenlabel unterbreitete Matte ein Angebot. Sie wollten bei ihm einsteigen und für die Anteile, die er abgibt, eine große Tournee organisieren. Da ging die Euphorie mit ihm durch und überdeckte sein sonst übliches Misstrauen. In Sektlaune unterzeichnete Matte einen Vertrag. Auf einer der unzähligen Vertragsseiten wurde verschachtelt formuliert, dass Matte praktisch alle Verwertungsrechte wie CD-Verkäufe an die Plattenheinis abtrat, nur die Einnahmen aus dieser Tournee sollten ihm zu einem entsprechenden Anteil zufließen. Der Vorverkauf verlief katastrophal, die Hallen waren viel zu groß und Matte sah seine Felle davonschwimmen.

Seine Kreditschulden wuchsen täglich und der Ärger über das eigene Unvermögen mischte sich mit der Wut über die Plattenheinis, die ihn über den Tisch gezogen hatten. Er ließ sich einen beträchtlichen Vorschuss für die Tournee überweisen, den er in Form von vielen kleinen Scheinen in einen seiner Reisekoffer packte, welcher kurz darauf im Bauch einer Boeing verschwand, die ihn nach Indien brachte.

Viele Hähnchencurry und Joints später reiste er zurück nach Deutschland. Bereits am Frankfurter Flughafen klickten die Handschellen. Achtzehn Monate ohne Bewährung, so lautete das Urteil, und sein neues Zuhause wurde eine Doppelzelle im Moabiter Knast.

Das Gefängnis macht alles Mögliche aus Menschen, selten bewirkt es Gutes. Matte wurde jedenfalls nicht weicher oder sentimentaler,

sondern sie schnitzten einen abgehärteten Typen aus ihm, der sich vom Leben wieder das zurückholen möchte, was es ihm gestohlen hat.
Seine Ex interessiert natürlich wenig, dass sein Konto dauerhaft in den Miesen liegt. Sie fordert unverdrossen Unterhalt für sich und die Kinder, er sei ja schließlich selbst schuld an seiner Misere. Die geforderten Summen kann er nicht aufbringen, was sie mit schmallippigen Anwältinnen und dem Entzug des Kontaktes zu den Kindern beantwortet, sobald eine Zahlung ausbleibt. Seit er Sohn und Tochter kaum noch sieht, baut er ab. Man kann regelrecht zusehen, wie er sich immer mehr gehen lässt. Ein Teufelskreis.
Matte musste schon viel einstecken. Sein Vater lag Jahre im Koma, bevor er starb. Seine Mutter folgte ihrem Gatten letztes Jahr und Mattes Bruder im Fränkischen leidet unter Schizophrenie, weshalb er sich um ihn kümmern muss, trotz der Entfernung. Die Krankheit kann dazu führen, dass er in der Sportabteilung von Karstadt steht und sich nicht mehr vom Fleck rühren kann, bis Matte kommt und ihn abholt. Bei Karstadt in Nürnberg, drei Autostunden von hier.
Er hat nie den Mut verloren, auch nicht, als Arthrose bei ihm festgestellt wurde und er das Fußballspielen aufgeben musste. Altherrengekicke auf hohem Niveau, denn als junger Kerl hätte er es beinahe in die Zweite Liga geschafft. Trotz all dieser Schicksalsschläge besitzt Matte eine zähe Ader und lässt sich nicht unterkriegen. Das scheint bei Frauen anzukommen, denn wir sehen Matte immer wieder in attraktiver Begleitung. Oft handelt es sich um junge Dinger, die aus Castrop-Rauxel oder Babenhausen ausbüxten, um in Berlin eine Künstlerkarriere zu starten. Matte beherrscht die »Ich bringe dich groß raus«-Nummer. Zuletzt konnten wir eine bekannte argentinische Klavierspielerin und eine russische Messerwerferin begrüßen.
All das scheint Schnee von gestern zu sein. Seit einigen Monaten wirkt er angeschlagen. Das blonde Ex-Gift kennt seinen wunden Punkt am besten: die Kinder. Um das Lange kurz zu machen: Er braucht die Kohle noch dringender als der Rest von uns.
»Achtzehnhundert Euro Nachzahlungsforderung!« Er zeigt auf die Passage im Brief. »Bis Mittwoch. Sonst pfänden sie mir den Rest, den ich noch habe.«

Wir rauchen weiter Kringel in die Küchenluft. Er blickt mich müde an.
»Wieso bist du überhaupt hier? Du kommst doch selten so tief in den Osten.«
»Das stimmt. Hier renne ich entweder in schluffige Medienfuzzis oder in Glatzen. Ist beides nicht so mein Ding. Was deine Frage betrifft: Ich bin die Lösung für dein Problem, Matte.«
»Du meinst das Ding bei Yildiray? Das steigt doch erst nächsten Freitag! Ich brauche die achtzehnhundert aber in vier Tagen. Spätestens.«
»Du bekommst die Kohle rechtzeitig. Aber du musst mir auch einen Gefallen tun. Nein, zwei.«
Er rollt sich eine neue Zigarette.
»Wen soll ich um die Ecke bringen?«
Es klingelt. Ich springe auf und lasse Josch rein, der sich zu uns an den Küchentisch setzt. Ich fackel nicht lange und erläutere meinen Vorschlag: Josch erstellt einen neuen Personalausweis, der Mattes Bild, aber meine Daten enthält. Matte wird solange in meiner Bude wohnen – und ich in seiner –, bis die Polizisten eine DNA-Probe von ihm genommen haben. Sie werden meinen Namen in ihre Liste eintragen. Matte versteht nur Bahnhof, kapiert gar nichts. Josch ebenso, aber der quirlige Zwerg findet rasch seine Fassung wieder.
»Moooment. Irgendwas ist mir Einfaltspinsel im Mittelteil entgangen. Ich bin ja nicht so ein Blitzmerker wie ihr. Wieso musst du eine DNA-Probe fälschen? Die suchen doch einen Serienmörder. Und du bist kein Serienmörder.«
Er wartet auf meinen Protest. Der bleibt aus. Leicht irritiert fährt er fort.
»Also haste noch was anderes auf dem Kerbholz, bei dem du DNA verloren hast? Eine Jungfrau geschwängert oder irgendwen vergewaltigt oder so was? Ich rühre keinen Finger, bevor du mir das nicht erzählst. Ach was, ich rühre so oder so keinen Finger, du weißt, dass ich das mit den Pässen ein für allemal aufgegeben habe.«
Josch ist ein begabter Zeichner und Illustrator, der wie wir anderen drei dieselben Zutaten kombiniert: großes Talent, geringes Einkommen, mangelnde Moral. Schon als Schüler sorgte er dafür, dass seine Kumpels per Ausweis volljährig wurden und den Alkohol für die Par-

tys besorgen konnten. Vor zwei Jahren wäre er fast aufgeflogen, als er einem Freund eine Bahncard erster Klasse angefertigt hatte. Nach diesem Vorfall und einer Standpauke seiner Frau Svenja gab er seine Karriere als Passfälscher auf. Offiziell jedenfalls.

Matte und Josch blicken mich voller Neugier an. Es fällt mir schwer, mit der großen Beichte zu beginnen, und ich zünde mir eine neue Camel an. Ich nehme einen tiefen Zug und lege los. Ohne Pausen zu machen erzähle ich ihnen in gestraffter Form meine Story als Lupus.

Ich beginne mit der Geschichte meiner Eltern. Wie meine Mutter meinen Vater im hohen Norden kennenlernte, bald erkannte, dass er anders war, was sie, so ist eben meine abenteuerlustige Mutter, eher noch anspornte als sie von einer engeren Bindung abzuhalten. Bald fand sie alles über sein Dasein als Lupus heraus, inklusive seiner Depressionen, was meiner Mutter im Lauf der Jahre sehr viel mehr Kummer bereitete als sein spezielles Wesen. Als ich die kleine Familie vergrößerte, schienen alle Sorgen unbegründet, ich entwickelte mich wie ein ganz normaler Junge, hatte keinen Hang zum Düsteren und heulte auch nicht den Mond an.

Als sich meine Eltern trennten und wir in die Heimatstadt meiner Mutter zogen, zeigte sich, dass das Schicksal wohl einfach nur ein langes Mittagsschläfchen gehalten hatte. Meine Pubertät platzte nicht mit Pickeln und Stimmbruch ins Haus, sondern mit Krallen und behaarten Handrücken. Das erschwerte Verabredungen mit Klassenkameradinnen, weil ich mir ausmalen konnte, wie sie wohl reagieren würde, wenn sie mich am Nacken küssen und plötzlich ein Büschel Fell zwischen ihre Lippen geraten würde. Das zählte zu den wenigen Nachteilen, die Vorteile überwogen bei Weitem. Im Sport blieb ich unschlagbar, denn selbst im Normalzustand sind meine Muskeln und Sehnen in Topform. Noch besser verhielt es sich mit meinen Sinnen, besonders Geruch und Ohren.

Wünscht sich das nicht jeder Junge? Der stärkste Mann der Welt zu sein? Es hätte alles rosarot sein können, doch es wurde blutrot. Ich war noch nicht volljährig, als … diesen Teil überspringe ich zur Enttäuschung der Jungs und komme dann direkt zu meinem Leben in den letzten Jahren, in dem ich gelernt habe, damit umzugehen. Ich führe aus, wie ich die Verwandlungen mit Pierres Hilfe so weit in den

Griff bekommen hatte, dass ich möglichst wenigen Menschen schadete. Und wenn, dann nur solchen, die es verdient hatten. Bis es zuletzt aus dem Ruder lief.
Joschs Kinnlade klappt sprichwörtlich nach unten. Matte atmet laut aus. Dann steht er auf und holt eine angebrochene Flasche Ballantine's sowie drei Tumbler aus dem Schrank. Normalerweise hätte ich die Getränkeauswahl des verkaterten Matte moniert, aber jetzt schlägt nicht die Stunde für erhobene Zeigefinger. Josch, der meist nur Mineralwasser trinkt, setzt den Tumbler an und kippt ihn auf Ex. Er schüttelt sich wie ein nasser Hund. Matte und ich folgen ihm, exen den Tumbler. Josch ringt um Fassung.
»Wir sind jetzt mehr als fünf Jahre befreundet, ihr beiden gefühlte hundert, glaube ich. Warum hast du uns nie davon erzählt?«
Ich fühle mich schlecht bei dieser Frage. Josch wirkt aufgeregt, aber auch interessiert, Matte recht entspannt. Vermutlich überlegt er, wie ich sein Künstlermanagement wieder nach oben ziehen könnte. Ein leibhaftiger Lupus! Zerfleischen live auf der Bühne! Ich versuche, den beiden zu erklären, warum ich dieses Geheimnis für mich behalten habe. Dass man so etwas Existenzielles und Bedrohliches am besten niemandem erzählt, weil man jeden seiner Freunde oder Liebsten damit in schwere Gewissenskonflikte stürzt. Kann man als Mitwisser solcher Taten schweigen? Pierre blieb die einzige Ausnahme, weil ich wenigstens eine Vertrauensperson brauchte.
Matte schenkt nach, wir widmen uns dem zweiten Glas Whisky. Er will die Nummer durchziehen und sich für mich ausgeben.
»Das tue ich, um es den Bullen zu zeigen. Und aus Freundschaft. Obwohl ich beleidigt sein müsste.«
»Beleidigt sein ist doch was für Mädchen!«, erwidere ich und nehme den letzten Schluck aus meinem Glas.
So läuft das immer bei uns, niemand bleibt dem anderen lange etwas schuldig oder spielt die beleidigte Leberwurst. Wobei mir klar ist, dass unsere Freundschaft noch nie einer solchen Belastungsprobe unterzogen wurde. Aber was gibt es auf diesem Planeten Verlässlicheres als Männerfreundschaften? Josch scheint meine Gedanken zu teilen, verwandelt seinen Frust in Neugier.
Er löchert mich im Tempo eines Maschinengewehrs. Ob ich mein Tun bereuen würde, wenn ich wieder »bei Verstand« sei. Wann ich

mich verwandeln würde, nur bei Vollmond, wie man es aus Filmen kennt? Ob das mit den übernatürlichen Kräften stimme und so weiter und so fort.
Ich gebe ihm die Kurzfassung. Dass ich mir die Frage der Reue immer wieder stelle, aber mit mir selbst einen Pakt geschlossen habe, es nicht mehr zu diskutieren, da es einfach meine Natur ist. Menschen leben vor allem von Moralvorstellungen, die meist stärker als ihre Triebe sind. Bei einem Lupus verhält es sich genau umgekehrt.
In Vollmondnächten verwandle ich mich grundsätzlich immer, nur der Zeitpunkt variiert, was wahrscheinlich vom Grad der Dunkelheit abhängt. Aber auch in allen anderen Nächten ist eine Verwandlung möglich. Angst, Wut, Hass, jede extreme Emotion kann den Zeigefinger am Abzug krümmen.
Nächte, in denen eine Verwandlung droht, verbringe ich normalerweise in der von Pierre und mir angemieteten Kellerzelle unter dem Tempelhofer Flughafen. Da wir beide leider keine zuverlässigen Zeitgenossen sind, verpassen wir manchmal den Zeitpunkt, um den Kerker rechtzeitig aufzusuchen, wie neulich bei unserem späten Ausflug zu Reichelt. Eine Konstante gibt es allerdings: Tagsüber findet niemals eine Verwandlung statt.
Die Kräfte sind, wie ich schon anlässlich meiner Pubertät ausführte, außerordentlich, stehen mir in vollem Umfang aber nur nach meiner Verwandlung zum Lupus zur Verfügung – im Gegensatz zu meinen hochempfindlichen Ohren, meiner Nase und meinem Tastsinn. Die sind selbst in dieser Sekunde besser als alles, was ein normaler Mensch empfinden kann.
Dann fallen sich Josch und Matte ins Wort, stellen jeweils eine Frage. Josch möchte wissen, ob ich mich im Fall des Falles in eine langhaarige, vierbeinige, mit pechschwarzem Fell überzogene Bestie verwandle, was ich leicht amüsiert verneine. Ich antworte ihm, dass sich zwar mein Knochen- und Muskelaufbau ändert, ich aber ein Zweibeiner bleibe, allerdings ein extrem athletischer mit einer Reihe messerscharfer Reißzähne und ebensolcher Klauen. Mattes Frage, ob sie, also Josch, Pierre und er nach einer meiner Verwandlungen in Gefahr seien, trifft einen heiklen Punkt.
»Bisher bin ich noch nicht in Versuchung gekommen … aber wenn ich ehrlich sein soll, ist das ein Ritt auf der Rasierklinge.«

Ich erläutere, dass Blut wie ein Trigger funktioniert. Bereits wenige Tropfen können ausreichen, um etwas in Gang zu setzen, das sich nicht mehr stoppen lässt. Glücklicherweise blutete noch nie ein mir nahestehender Mensch während meines Daseins als Lupus, aber ich weiß von Verwandten, dass der Blutrausch schon Opfer unter Freunden forderte.

»So ein Mist, ausgerechnet jetzt bekomme ich Nasenbluten!«, ruft Matte und greift sich ins Gesicht.

Josch erbleicht in Zehntelsekunden, bis er den Scherz erkennt. Matte und ich grinsen uns an, während Josch langsam zu einer normalen Gesichtsfarbe zurückkehrt und mich zu dem merkwürdigen Franzosen befragt. Ich zünde mir eine neue Zigarette an und hole zur Antwort aus. Das meiste, was ich weiß, gebe ich weiter, insbesondere die tragische Attacke auf Fortesquieues Frau, seine schwere Verletzung und anschließende Wandlung zum Jäger im Auftrag des Vatikans und natürlich, wie verflucht erfolgreich er bei meinen Angehörigen in Irland war.

»Das dreht die Verhältnisse um, nicht wahr?«, fragt mich Matte. Ich nicke.

»Was meinst du damit?«, hakt Josch nach.

»Jäger und Gejagter«, antwortet Matte lakonisch. Wieder nicke ich und fahre fort: »Als Kind habe ich das Dschungelbuch geliebt. Kennt ihr sicher, die Story mit dem indischen Jungen, der Schlange Kaa und so weiter.«

»Natürlich!«, antwortet Matte.

Er singt das berühmte Lied von Baloo: »Probier's mal mit Gemütlichkeit …«

Ich stimme ein, Josch schnippt mit den Fingern dazu. Dann fahre ich fort.

»Wisst ihr, wer mein Held war? Nicht Mowgli, diese Lusche, auch nicht sein Freund Baloo, der Bär oder Bagheera, der Panther. Nein, der Tiger hatte es mir angetan, Shere Khan. Für die anderen verkörperte er den Bösewicht, aber ich fand ihn obercool. Trotzdem war ich immer auch traurig, wenn ich ihn sah. Weil ich ahnte, was am Ende mit dem König des Dschungels passieren wird. Er ist der mit Abstand Stärkste und das können die Menschen nicht leiden. Sie dulden keine Götter neben sich. Also werden sie ihn jagen.«

Ich ziehe an der Zigarette.
»Das ist das Schicksal meiner Sippe. Wir sind stärker als der beste Zehnkämpfer, wir hauen jeden Martial-Arts-Champion aus den Schuhen und genau das macht uns zum Ziel. Wir leben im Untergrund, einige von uns in ständiger Furcht vor Jägern wie Fortesquieue, die nur eine Mission haben: uns zu töten. Zugegeben, es trifft keine Unschuldsengel.«
»Und du willst dich jetzt verstecken, bis er wieder weg ist?«, fragt Matte.
Ich schüttle den Kopf.
»Ich will nicht, dass wir auffliegen. Darum geht's mir im Moment.«
»Und wenn der Franzmann nicht mehr abreist, bis er dich gefunden hat?«, fragt Josch.
»Ich bin nicht geboren worden, um wegzulaufen. Eins ist sicher, ich werde nicht warten, bis dasselbe wie in Irland passiert.«
Bevor Josch nachhaken kann, hebe ich die Hand.
»Ich erzähle euch alles nochmal ausführlich. Aber später, okay? Ich muss heute Abend dafür sorgen, dass Matte an die Kohle kommt – und ihr müsst euch ans Projekt Ausweis und DNA-Probe machen.«
»Schade, dass Pierre in so einem bedeutenden Moment nicht da ist. De ald Sprichklobber«, meint Josch.
Er wird stets sentimental in solchen Freundschaftsmomenten. Wir heben die Gläser und stoßen an.
Die beiden machen sich danach auf den Weg, während ich in Mattes Wohnung warte und mich durch die Programme zappe. Als ich mich in einer Werbepause umsehe, fällt mir auf, dass die Wohnung selbst für Mattes Verhältnisse ziemlich heruntergekommen ist. Überall tummeln sich Flaschen mit Alkoholika, im Regal, neben dem Sofa, selbst auf dem Computer. Sie werden begleitet von zahlreichen Aschenbechern, jeder einzelne davon überfüllt bis zur Kante. Auf dem Tisch stapelt sich ungeöffnete Post. Greift man danach, darf man die Hand nicht zu lange auf der Platte lassen, weil sie sonst an irgendeinem undefinierbaren Belag festklebt. So sieht es mehr oder weniger in allen Räumen aus.
Dabei zählt Matte nicht zu den Messis wie Pierre, sondern eher zu den gutorganisierten Menschen.
Ich muss meinem Freund helfen, so viel steht fest.

Zwei Stunden später kehrt Matte mit einem großen Koffer voller Klamotten inklusive meines besten Anzugs zurück. Matte wirft mir meinen Autoschlüssel zu. Er erzählt mir, dass Josch bereits an dem Ausweis sitze und in einer Stunde fertig sei. Irgendwas Geklebtes müsse noch austrocknen.

»Dein Mustang steht unten Richtung Bahnhof, nur ein paar Meter vom Haus entfernt. Wozu brauchst du denn einen Nadelstreifenanzug?«

»Mein Geheimnis.«

»Deine Geheimnisse!«

»Mhm.«

Wir tauschen die Schlüsselbunde aus. Dann packt Matte ein paar Klamotten zusammen, wir verabschieden uns und er rauscht ab, erst zu Josch, um den Ausweis zu holen, dann zu meinem Wohnblock. Für etwas längere Zeit. Ich blicke auf die Uhr. Bestens! In einer halben Stunde beginnt die Sportschau und ich werde mir den aktuellen Spieltag der Bundesliga reinziehen.

Damit ich ungestört Fußball schauen kann, erledige ich das fällige Telefonat am besten jetzt gleich. Ich schnappe mir das Handy und wähle ihre Nummer. Es klingelt dreimal, dann hebt Greta ab. Ich kann sie ab neun Uhr abholen.

Eines beschäftigt mich allerdings seit heute Mittag. Fortesquieues Worte. Ich fahre Mattes Rechner hoch, gehe ins Netz und gebe zuerst den laut gesprochenen Satz ein, den er zu dem Sterbenden gesagt hat, als er ihm die Ölung gab und das Kreuz in die Hand legte. Ego te absolvo. Die Lateinseite liefert mir die Übersetzung: Ich spreche dich frei von deinen Sünden.

Wie lauteten genau die Worte, die er davor so leise sprach, dass sie niemand außer dem Sterbenden hören sollte? Der Rhythmus der Worte hat sich bei mir eingebrannt: Ecce ego mitto vos sicut oves in medio luporum.

Der Rechner spuckt die deutsche Version aus:

Siehe, ich sende euch wie die Schafe mitten unter die Wölfe.

Tag 6, Samstag, 21.00 Uhr

Ich kurve einige Zeit herum, bis ich Gretas Domizil finde. Das Grundstück ihrer alten Villa schmiegt sich an das Ufer des Griebnitzsees, in enger Nachbarschaft zu den berühmten Domizilen von Truman, Churchill und Stalin, die während der Potsdamer Konferenz hier wohnten. In der Luft liegt ein etwas angejahrter Geruch aus Geld, Macht und Wohlstand.

Nur die Hausnummer verrät mir die korrekte Adresse, denn statt eines Klingelschildes finde ich am verschlossenen, schmiedeeisernen Tor ein modernes Teil, das aus einem Tastenfeld besteht, in das man einen Code eintippen muss.

Trotz der offensichtlichen Sinnlosigkeit tippe ich Kombinationen ein, ohne irgendeine Reaktion durch die Sprechanlage oder das Tor zu bekommen. Meine Laune verschlechtert sich, bis ich die Kamera schräg über mir entdecke. Ich winke wie ein Schiffbrüchiger, nichts passiert. Dann schreie ich. Wieder nix. Da hilft nur noch die gute alte Nummer mit den Steinchen, die gegen die Fensterscheibe fliegen.

Kurz darauf summt es, das Tor klackt auf und ich fahre den Schlitten vor die Haustür, wo mich die nächste Kamera erwartet. Hätte ich doch nur eine Knarre, dann könnte ich das Scheißteil zerblastern. Die Tür öffnet sich mit einem Summen und ich gehe hinein.

Aus einem langen Flur, in dem man problemlos bowlen könnte, kommt mir Greta mit einem Lächeln entgegen. Sie trägt ein Coco Chanel-Kleid und hohe Schuhe im Zwanziger-Jahre-Stil. Ich verkneife mir die Frage, ob das Originale aus ihrer Jugend sind. Sie sieht blendend aus. Eine gute Partie für Walter Matthau oder Jack Lemmon.

»Entschuldigen sie das Brimborium am Tor. Mein Ex-Mann römisch drei installierte die Kameras und Bewegungsmelder. Er hatte Angst, ich könnte beraubt werden. Genauer gesagt hatte er Angst, dass ihm ein anderer zuvorkommen könnte.«

Sie hält mir ihre rechte Gesichtshälfte hin und ich gebe ihr die Andeutung eines Wangenkusses. Danach legt sie sich eine Stola um die schmalen Schultern und blickt mich vergnügt an.

»Wollen wir?« Ich reiche ihr meinen Arm.

Berlin hat viel zu bieten, stilvolle Spielbanken gehören nicht dazu. Ein Teil des Berliner Selbstverständnisses speist sich aus der Attitüde, Eleganz oder auch nur geschmackvolle Kleidung als bonzenhaft zu denunzieren. Entsprechend gekleidet zeigt sich ein größerer Teil des Publikums in der Spielbank am Potsdamer Platz: als gingen sie zu ihrem Arbeitsplatz in der Markthalle oder zum Stammtisch in der Eckkneipe. Der optische Gesamteindruck wird gerettet durch die zahlreichen Ausländer, deren Mischung in vielen Spielbanken dieselbe ist: Asiaten aus fernöstlichen Ländern wie Vietnam und China, denen das Zocken wohl im Blut liegt, sowie amerikanische Touristen und Soldaten, die einer Nation von Gamblern entstammen. Viva Las Vegas!

Greta und ich fallen auf wie Heringe auf einer Buttercremetorte. Meine Begleitung sieht aus wie eine Grand Dame der Modeszene und ich vermutlich wie ihr verzweifelter Gigolo. Wir stellen fest, dass wir unterschiedliche Spiele bevorzugen. Wie die meisten Frauen zieht es Greta zum Roulette, während ich das aktivere Blackjack bevorzuge. Wir vereinbaren, unser Glück erst einmal getrennt voneinander zu versuchen und uns nach spätestens einer Stunde wieder zusammenzutun.

Am überfüllten Blackjacktisch signalisiere ich dem Croupier meinen Wunsch nach einem freien Platz und nach einer Viertelstunde räumt ein frustrierter Spieler seinen Stuhl. Ich setze mich zwischen einen älteren Herrn mit Pfeife und einen angetrunkenen, amerikanischen Soldaten, dessen Rangabzeichen ihn als Colonel ausweisen. Er prostet mir zur Begrüßung zu, was ich mit einem »howdy?« beantworte. Unser weiblicher Croupier steht auf kräftigen Beinen, trägt einen karmesinroten Lippenstift und verfügt trotz ihrer korpulenten Figur über erstaunlich schlanke Hände. Ich ziehe sechs Hunderter aus der Tasche und tausche sie in Chips. Damit liegt fast mein gesamtes Vermögen vor mir. Der Auftrag lautet: den Einsatz verdreifachen.

Das Spiel geht los, der Schlitten, aus dem die Karten gezogen werden, hält gute Blätter für uns bereit. Meine Strategie für den heutigen Abend ist so klar definiert wie ein Trizeps am Arm des Terminator: Ich spiele emotionslos mit einem Minimum an Risiko. Das heißt, ich ziehe wie die Bank stets bis auf 17 heran, es sei denn, sie hat zu Beginn eine 4, 5 oder 6 auf dem Tisch. Dann höre ich selbst bei nied-

rigem Blatt, wie einer 12 oder 13, auf und spekuliere, dass sich die Bank überkauft. Es läuft wie am Schnürchen. Aus meinen sechshundert mache ich bald neunhundert.
Mein guter Lauf führt dazu, dass inzwischen zwei Typen hinter mir auf meiner Box mitspielen. Sie setzen auf mich, ohne mitentscheiden zu dürfen. Als ich nach einem verlorenen Spiel an der Schulter berührt werde, will ich dem Jungen klar machen, dass er nur zu setzen und ansonsten zu schweigen hat, aber es ist Greta, die hinter mir steht. Mir fällt auf, wie lange ich schon spiele.
»Da habe ich wohl die Zeit vergessen. Tut mir leid.«
»Wir haben es nicht eilig, oder? Ich beobachte Sie schon eine Weile. Sie machen das sehr gut! Und Sie gewinnen.«
Ich freue mich über das Kompliment und bemerke die drei großen und eckigen Chips in ihrer Hand. Drei Tausender.
»Da war ich wohl nicht der Einzige. Gratuliere!«
Sie blickt auf die Chips und lächelt.
»Sie irren. Das ist noch übrig. Ich hatte zehn davon! Dann verlor ich die Lust und wollte mal nach Ihnen sehen.«
Nur gut, dass ich mich auf das Spiel konzentrieren muss, sonst könnte ich schreien. Sie hat soeben siebentausend verzockt, ohne mit der Wimper zu zucken? Während ich meine allerletzte Kohle einsetze, um die benötigten zwei Riesen zu gewinnen? Ich kann alte Frauen nicht leiden.
Mit Biss und Konzentration schaffe ich es bis zu einem sagenhaften Stand von fünfzehnhundert Euro, dann wechselt der Croupier. Ein kleiner Glatzkopf mit flinken Fingern nimmt Platz, begrüßt uns mit den üblichen Sprüchen, mischt und befüllt den Schlitten neu. Eine ältere Chinesin erhält den roten Trenner, überlegt als hinge ihr Leben davon ab und steckt den Trenner in den Schlitten. Die zweite Runde beginnt. Ich brauche nur noch drei- bis vierhundert, bis ich die Kohle für Matte gewonnen habe.
Ich kämpfe wie ein Löwe, aber nun geht es bergab. Auf ein gewonnenes kommen zwei bis drei verlorene Spiele. Der Glatzencroupier wird mir immer unsympathischer. Ich könnte wetten, dass er seine Kinder schlägt und mit der Frau seines Kollegen schläft. In einer halben Stunde verliere ich fünfhundert und habe jetzt noch genau tausend, die Hälfte dessen, was ich brauche. Ich gehe aufs Ganze und

setze fünfhundert. Wie bestellt kommt eine Kombo, die traumhafter nicht sein könnte. Der Croupier legt sich eine 5, die für ihn schlechteste Karte überhaupt. Da am häufigsten Bildkarten im Schlitten sind, die als 10 zählen, ist die Wahrscheinlichkeit groß, dass er sich mit zwei weiteren Karten überkauft.

Vor mir liegen eine 8 und eine 3, das ergibt 11. Damit kann ich nach den Blackjack-Regeln den Einsatz verdoppeln und erhalte anschließend noch genau eine Karte. Ich ringe mit mir. Soll ich die restlichen fünfhundert und damit meine kompletten tausend einsetzen? Die Chance kommt so schnell nicht wieder. Matte wird strahlen, der Abend endet mit perfekten Cocktails in der Victoria Bar und ich habe alles richtig gemacht. Ich bin am Zug, der ganze Tisch wartet auf meine Entscheidung.

Mir wird heiß, als ich die beiden kleinen Türmchen vor mir auf meine Box schiebe. Sekt oder Selters. Ich erhalte meine Karte vom Croupier. Er legt mir eine 5 hin, das ergibt insgesamt 16. Beschissene 16! Der Ami neben mir zieht eine mitleidige Grimasse. Mein Puls legt zu, aber ich beruhige mich mit der Hoffnung, dass sich der Croupier so oder so überkauft. Dann spielt mein mieses Blatt keine Rolle mehr.

Alle am Tisch spielen defensiv, niemand geht über die 21. Schließlich zieht der Glatzkopf das Blatt der Bank. Zur 5 zieht er eine 7, das macht 12. Nun fehlt nur noch ein Bild und er hat sich überkauft. Die Anspannung hängt über dem Tisch wie alter Rauch. Ich kann kaum hinsehen, als er die dritte Karte zieht, eine 8. Damit erreicht die Bank 20 und gewinnt gegen alle am Tisch. Mit routiniert gesprochenen Worten des Trostes sackt der Croupier die Einsätze der Spieler ein, die im Schnitt zwanzig bis fünfzig Euro gesetzt haben. Bis auf den Idioten an der zweiten Box von links. Das bin ich. Er räumt meine tausend Euro ab.

Eine Hand streichelt mir über den Kopf. Greta murmelt etwas, das ich nicht verstehe, weil mein Ohr rauscht. Ich fühle mich paralysiert. Der Croupier bittet um die Einsätze fürs nächste Spiel. Ich stehe auf, ziehe mir mit zittrigen Fingern eine Zigarette aus der Camel-Packung und lächle Greta schief an: »Der Zocker lächelt und zahlt.«

»Hier darf man nicht rauchen!«, meint Greta. »Gott, Sie sind ganz blass.«

Ich habe das Gefühl, als wäre alles Blut aus meinem Körper gewichen. Mein großes Maul hat mich im Stich gelassen. Ich werde Matte nicht helfen können. Und ich habe keinen Euro mehr für die Waffen, ganz zu schweigen von der Uhr meines Vaters. Wie war das früher nach so einem Desaster, bekam man vom Casino eine Pistole mit einer Kugel zur Verfügung gestellt?
»Sie brauchen etwas zu trinken!«, meint Greta.
»Allerdings. Ich habe nur ein Problem«, erwidere ich und reibe Daumen und Zeigefinger aneinander.
»Ich dachte nicht an eine Bar.«
Sie blickt mir lange in die Augen und trotz meiner angeschlagenen Psyche funktioniert mein Oberstübchen gut genug, um das Signal zu verstehen. Wenn ich beim Blackjack versage, muss ich wohl in die Verlängerung, um an das Preisgeld zu kommen. Wir sparen uns den Umweg über die Kasse und gehen direkt ins Parkhaus. Eine Dreiviertelstunde später stehe ich an Gretas kleiner Hausbar. Die ist exzellent bestückt, gute Aussichten also, um mir den Abend von der Seele zu trinken. Ich mixe Margaritas für Greta und New Yorker für mich.
Mit jedem Drink scheint Greta attraktiver und jünger zu werden. Sie trägt nun nicht mehr hundert, sondern höchstens siebzig Jahresringe um den schlanken Leib. Ich rauche und trinke größere Mengen. Schließlich verschwindet Greta im Schlafzimmer.
A man's gotta do what a man's gotta do.
Ich betrete die Höhle der Löwin. Wäre ich frommer Christ, würde ich mich jetzt bekreuzigen.
Alkohol trägt dummerweise nicht zur Standfestigkeit bei. Doch Gretas im Dreißigjährigen Krieg erworbenes Geschick bringt den Liebeskrieger in Form. Das allein reicht aber nicht aus, um in die Schlacht zu ziehen und die Kanone abzufeuern. Obwohl ich ordentlich betrunken bin, ist mir nämlich bewusst, mit wem ich zwischen den Kissen liege. Der gute alte Gero verfügt allerdings über die Gabe, zu verdrängen. Ich behelfe mir mit einem bewährten Kniff und denke an Pamela Anderson in ihrem Baywatch-Badeanzug.
Feuer frei!

Tag 7, Sonntag, 8.00 Uhr

Ich wache durch ein leises Ticken auf und öffne die Augen. Auf Gretas Nachttisch steht eine antike Uhr, die »7.45« Uhr anzeigt und daneben ein Glas Wasser. Mit einer gewissen Erleichterung bemerke ich, dass keine dritten Zähne darin liegen. Greta schlummert neben mir. Ich schleiche mich vorsichtig aus dem Bett und nehme meine Klamotten mit ins Wohnzimmer, wo ich mich leise anziehe.

So ähnlich muss es sich anfühlen, wenn man unter einen 38-Tonner gerät, jeder Muskel begrüßt mich mit einem Stechen. Warum speziell meine Oberschenkel schmerzen, will ich gar nicht erst wissen, weshalb ich mich auf das Schädelbrummen konzentriere. Gibt es hier irgendwo Aspirin?

Im Bad finde ich nichts außer einer Armada von Cremes, Salben und anderen Kosmetika. Zurück im Wohnzimmer fällt mir Gretas Handtasche auf dem Sideboard ins Auge.

Ich öffne die Tasche und entdecke zwar kein Aspirin, dafür aber etwas sehr Erfreuliches: Drei eckige Tausender-Spielchips. Sie glänzen im Licht und suchen meine Nähe. Ich stecke sie in meine Hosentasche.

Danach ziehe ich einige Schubladen des Sekretärs auf, bis ich ein Stück Papier und einen Füller finde. Ich schreibe Greta einige Zeilen, mit denen ich mich für den schönen Abend bedanke und ihr mitteile, mir etwas leihen zu müssen, das sie in spätestens zehn Tagen von mir zurückbekomme.

Als ich das Haus verlasse, blendet mich der gelbe Stern. Ich ziehe meine Sonnenbrille auf, streichle die Chips und spüre die Kopfschmerzen schwinden.

Tag 7, Sonntag, 15.00 Uhr

Pierre kommt vorbei und bringt ein Sixpack mit.
»Hier müffelt's.«
Er verzieht das Gesicht. Ich zeige nach draußen.
»Lass uns auf den Balkon gehen.«
Auf Mattes Balkon lümmeln zwei alte Campingstühle und ein Tisch in der Ecke, als würden sie sich schämen. Auf dem kleinen Tisch drängeln sich gebrauchte Saft- und Whiskygläser, die von Wespen umkreist werden. Wir stellen sie wegen der Insekten umgedreht auf den Boden, wo sich eine leere Flasche Jägermeister über Gesellschaft freut.
Müde fläzen wir uns in die gestreiften Stühle und schnappen uns jeder ein Bier. Ich erzähle ihm vom gestrigen Tag, von Fortesquieue und meiner Beichte, die ich bei Matte und Josch abgelegt habe, sowie von der Nummer mit dem Ausweis. Pierre lobt mich, als hätte ich eine Eins im Aufsatz geschrieben. Danach komme ich zu Teil zwei des Abends – von der Spielbank bis zum Finale bei Greta.
»Habe ich im Mittelteil was verpasst?«, fragt Pierre. »Wolltest du deine Frauengeschichten nicht beenden? Wegen Suna und so?«
»Das war kein Vergnügen, sondern ein Opfer, du Scherzkeks! Und zwar für Matte.«
Ich stehe auf und kehre mit den drei großen Chips zurück, die ich auf den Tisch lege. Pierre grinst von einem Ohr zum anderen.
»Du vögelst die Omi und dann beklaust du sie? Respekt, Alter!«
»Meinst du, dass ich dafür zur Hölle fahre?«
Pierre hebt eine Bierflasche, wir stoßen an. Er rülpst nach dem ersten Schluck.
»Du bringst Menschen um. Du beklaust alte Damen, nachdem du sie flachgelegt hast.«
Er macht eine Pause und schaut mich neugierig an. Ich zucke mit den Schultern, er schüttelt den Kopf.
»Denkst du, dass du da oben neben Petrus auf der Haupttribüne sitzen wirst? No way.«
Nun rülpse ich.
»Dude, jetzt schwing mal keine großen Reden. Du bist auch nicht besser. Du hast erst neulich bei Stadt, Land, Fluss beschissen!«

»Helgoland ist ein Land!«
»Nein, ist es nicht.«
»Aber es war mal eins.«
»Nein, war es nie.«
»Echt nicht?«
»Echt nicht.«
»Scheiße.«
Wir prosten uns wieder zu. Nächster Schluck. Dann schnüffelt Pierre in der Luft.
»Riechst du das?«
»Schon die ganze Zeit, Dude. Das sind …«
»Steaks!«
Wir beugen uns über den Balkon. Gegenüber von Mattes Wohnblock erstreckt sich eine der vielen Laubenkolonien, wie die Schrebergärten in Berlin heißen. In einer Parzelle findet eine kleine Grillparty mit gut einem Dutzend Menschen statt. Ein Grill qualmt friedlich vor sich hin und schickt uns den leckeren Duft von Buletten und Rindersteaks in den zweiten Stock. Die Deutschlandfahne in der Mitte der Parzelle flattert unschlüssig im Wind, während die Männer mit Fleisch und Getränken beschäftigt sind und die Frauen den Tisch decken. Pierre fährt sich mit der Zunge über die Lippen. Ein hungriger Dackel könnte das nicht besser.
»Siehst du, was ich sehe, Gero?«
»Ja. Kartoffelsalat. Buletten …»
»… Würstchen und Steaks, Gero, Steaks!«
Wir blicken uns bedeutungsschwanger an, dann stehen wir auf. Zwei Minuten später stehen wir vor dem Gartentor der Steak-Parzelle und halten zur Begrüßung das angebrochene Sixpack in die Höhe. Das wird als Eintrittskarte akzeptiert.
Taxifahrer, Krankenschwestern und BVG-Kontrolleure bevölkern die Laubengrillparty. Dauerwelle und Schnauzer werden mit Stolz getragen. Die als Spießer verschrienen Kleingärtner sind gastfreundlich und geraderaus. Die Männer interessieren sich für Fußball und Formel Eins, wie es sich gehört. Bei einem Bier fachsimpeln wir über Vettel, Schumi und die Perspektiven der Hertha, während es sich Buletten in meinem Magen bequem machen. Als ich mir ein letztes Steak vom Grill stibitze, werde ich von Doreen angeflirtet, einer

drallen Kassiererin bei Kaiser's. Sie knufft mich so heftig in die Seite, dass ich aus dem Gleichgewicht gerate und das Steak fast an den Rasen verliere. Eine coole Masche, wie ich finde. Rasch kommen wir ins Gespräch. Die wichtigste Schnittmenge stellt sich nach fünf Minuten heraus: Wir sind beide große Fans des Boxsports.

Was mich bei Doreen nicht wundert. Ihre Oberarme sehen aus, als könnte sie damit einen liegengebliebenen Güterzug anschieben. Sie kämpft eindeutig ein bis zwei Gewichtsklassen über mir.

Ich gestehe ihr meine Bewunderung für den unbestritten Größten aller Zeiten: Cassius Clay alias Muhammad Ali. Float like a butterfly, sting like a bee! Wenn ich über Ali ins Schwärmen gerate, kann ich mich schwer zügeln, aber die Zuneigung zu ihm bleibt in unserer Konversation einseitig. Vielleicht liegt es an Doreens Herkunft aus dem Osten, dass sie mit schwarzen Boxern aus den Sechzigern und Siebzigern wenig anfangen kann.

Die anfangs gute Stimmung kippt ins Schimmelige, als sie mir verkündet, dass sie die Klitschkos verehrt.

Die Biere haben meine Zunge gelockert und Doreen erhält gratis mein Kampfurteil.

»Die Klitschkos? My ass! Überschätzte, hässliche Weicheier, die nix drauf haben außer einer guten Reichweite. Die boxen doch nur Fallobst!«

Doreen wird wortkarg, als ich erzähle, wie gern ich mir den Kampf von Corrie Sanders gegen Wladimir Klitschko auf YouTube immer wieder ansehe. Vier Mal schickte der südafrikanische Kneipenschläger den jüngeren der beiden Klitschkos auf die Bretter.

»Der krabbelte wie eine behinderte Ameise durch den Ring!«

Doreens Augen werden zu kleinen, bösen Punkten.

»Corrie besitzt Fäuste aus Eisen und die Klitschko-Lusche ein Kinn aus Glas.«

Ich ahme Sanders' Schläge nach, dabei entfährt mir ein lautes Rülpsen. Für einen Moment befürchte ich, einen Fehler begangen zu haben. Doreens Oberarm zuckt, ihre Lippen werden zu einem schmalen Strich und ich bin nur eine Millisekunde davon entfernt, mir eine ordentliche Schelle von ihr zu fangen.

Was ich verdient hätte. Wenn man Steaks schnorrt, brüskiert man nicht die Gastgeber. Aber ich kann die Klitschkos einfach nicht ab!

Tag 7, Sonntag, 17.30 Uhr

Mit gefülltem Bauch rollen wir zurück in Mattes Wohnung. Bis zu den Sonntagsspielen der Bundesliga auf DSF ist noch etwas Zeit, also stöbern wir in Mattes DVD-Sammlung. Wir finden die »Best of Sportstudio« und legen sie ein. Als wir sehen, wie der Kaiser fünf von sechs Bällen in der Torwand versenkt, meldet sich mein Handy. Die Nummer sagt mir nichts, aber die Stimme erkenne ich sofort. Es ist Suna! Mein Herz hüpft wie ein gelber Flummi auf dem Schulhof.

»Askim!«

»Hey, Süße! Wo bist du? Wie geht's dir? Seit Tagen versuche ich …«

»Ich weiß, askim. Bitte hör mir zu. Ich kann nicht lange reden, weil ich gleich zur Bahn muss und das ist nicht mein Handy.«

»Wieso zur Bahn? Wo fährst du denn hin?«

»Nach Hamburg, zu Conny. Ich muss mich wirklich, wirklich beeilen, weil sie mich suchen.«

Conny war Sunas beste Freundin in Berlin, zog aber vor zwei Jahren nach Hamburg.

»Die glauben, ich würde nach Istanbul fliegen. Ich habe mir zur Tarnung ein Flugticket aus dem Internet ausgedruckt und auf dem Schreibtisch liegen lassen, damit sie es finden. Zu dir konnte ich nicht, askim, weil sie dort zuerst suchen würden. Und ich will nicht, dass du Schwierigkeiten bekommst.«

»Damit werde ich schon fertig. Du …«

»Askim, hör mir zu! Ich weiß, dass du es mit denen aufnehmen würdest. Aber ich will das nicht. Ich will keinen Stress zwischen dir und meiner Familie, okay? Bei Conny überlege ich mir in Ruhe, wie das weitergehen kann. Ich rufe dich nur an, damit du dir keine Sorgen machst und weißt, wo ich bin. Aber wenn wir uns jetzt sehen und die uns dabei erwischen, dann schicken sie mich für immer in die Türkei, das haben sie mir schon angedroht.«

»Wann geht dein Zug?«

»Wieso fragst du? In zwanzig Minuten … du willst doch wohl nicht etwa … lass das sein, das reicht nicht mehr!«

»Du bewegst dich nicht vom Fleck. Auf welchem Bahnsteig bist du?«

»Kannst du ein einziges Mal auf mich hören, Gero?«

Sie klingt wütend und legt auf. Ich schnappe meinen Autoschlüssel und springe in die Cowboystiefel.
»Sag einen Gruß«, gibt mir Pierre auf den Weg mit.

Der Mustang jagt mit Hochgeschwindigkeit über die Skalitzer, ich fahre Spurenslalom und lasse die Gänge aufjaulen. Als ich bei Rot über die Ampel vor dem Tiergartentunnel fahre, ziehe ich mit aller Kraft an der Handbremse, um die Rechtskurve zu schaffen. Ich schlittere gerade noch an der Mauer vorbei, verliere dabei mindestens einen Millimeter Reifenprofil und rase in den Tunnel. Dort ziehe ich auf der gesperrten rechten Spur an den Autos vorbei und schere knapp vor einem DHL-Lieferwagen ein, der mir mit seiner Lichthupe signalisiert, was er von diesem Fahrstil hält. Zwei Minuten später stelle ich den Mustang in der Tiefgarage unter dem Hauptbahnhof ab und hetze nach oben.
Meine Finger und Augen suchen auf dem Fahrplan nach Zügen Richtung Hamburg. Da! Hoch auf Gleis 13, ich nehme zwei Stufen auf einmal auf der Rolltreppe. Ich scanne abgehetzt den Bahnsteig und sehe Suna mit einem kleinen Rollkoffer am vorderen Ende. Schließlich stehe ich vor ihr und nehme sie in den Arm. Sie erwidert meine Umarmung freundlich, aber wenig leidenschaftlich.
»Was ist eigentlich los, sag mal? Dieser Brief von dir, ich verstehe gar nichts«, beklage ich mich und ärgere mich sofort über mich selbst. Was ist denn das für ein jämmerlicher Start in ein Gespräch?
»Das kann ich dir in einem Satz gar nicht erklären.«
»Dann nimm zwei Sätze. Oder drei!«, antworte ich.
Sie lächelt.
»Ich brauche einen Tapetenwechsel. Meine Familie, die machen so viel Druck. Und du, du bist …«
»Was denn? Sprich's aus!«, bitte ich, weil ich nicht verstehe, worauf sie hinaus will. Ich bin der Letzte, der Druck ausübt.
»Ich weiß gar nichts über dich, Gero. Das ist mir klargeworden.«
»Wie bitte?«
»Ich habe … ich bin da … auf etwas gestoßen, Gero. Aber ich möchte, dass du es mir selbst erzählst.«
Mir wird heiß und kalt. Für einen Mann mit meinen Geheimnissen klingt das gar nicht gut. Hat sie etwas über Eva herausgefunden?

Oder noch viel fundamentaler, über mich und meine nächtlichen Ausflüge?
Wenn ich jetzt das falsche Geheimnis ausplaudere, habe ich ein doppeltes Problem. Ich fasse sie an den Schultern.
»Wovon sprichst du?«
Sie wartet mit einer Antwort, weil die lärmende Lautsprecherdurchsage die Einfahrt des Zuges nach Hamburg verkündet.
»Sag's mir, bitte, Gero. Es wäre sehr wichtig für mich. Sei einmal ehrlich.«
»Ich bin immer ehrlich zu dir«, lüge ich.
Der Zug hält an, wir stehen direkt neben einer Tür des ICE. Passagiere verlassen den Zug. Ich nehme ihr Gesicht in die Hände. Sie reagiert nicht, blickt mich ernst an.
Ich küsse sie und spüre den sanften Druck ihrer Lippen. Dann löst sie sich von mir und betritt den Zug. Sie bleibt an der Tür stehen und sieht mich an. Aus ihrem Blick spricht Enttäuschung.
»Wie lange bleibst du? Und melde dich!«, rufe ich ihr zu.
Die Tür schließt sich. Ich erkenne durch das Glas, wie sie etwas aus der kleinen Fronttasche ihres Rollkoffers holt. Sie faltet ein Blatt Papier auseinander, während sich der Zug in Bewegung setzt. Ich laufe noch ein Stück mit, als Suna das Papierstück gegen die Scheibe drückt.
Nun ist der Groschen gefallen. Sie hat den Brief gefunden.
Scheiße!
Ich renne dem Zug nach und rufe: »Das ist ganz anders, als du denkst! Suna!«
Der ICE verschwindet hinter der Kurve. Ich rufe sie an, doch sie drückt das Gespräch weg.

Als ich die Wohnung betrete und den fernsehenden Pierre begrüße, klingelt das Handy. Ich fummle es nervös aus der Hose und freue mich auf ihre Stimme.
»Schatz?«, begrüße ich sie.
»Nett von dir, aber ich bevorzuge Matte.«
Matte. Toll.
»Sorry, aber ich dachte, es ist Suna.«
»Und jetzt bist du enttäuscht! Aber ich kann deine Stimmung heben.«

Das bezweifle ich, frage aber nach: »Hat alles geklappt?«
»Es war einfacher, als ich dachte. Die Bullen haben mit einem Megaphon Stockwerk für Stockwerk nach draußen gerufen. Dann bin ich runter auf den Platz gegangen, habe im Krankenwagen eine Speichelprobe abgegeben und meinen Ausweis vorgezeigt. Hinter Gerolf von Sarnaus Namen steht jetzt ein Häkchen in der Liste!«
Mir fällt ein Gebirge vom Herzen. Er hatte doch Recht, meine Laune bessert sich ein wenig.
»Hast du eine Ahnung, wie erleichtert ich bin?«
»Ich glaube nicht. Aber sag mal, wie lange soll ich noch in der Wohnung bleiben?«
»Solange die Bullen in der Gegend herumschnüffeln. Sorry, Matte, du musst noch ein, zwei Tage dort aushalten, falls die erneut kontrollieren. Aber dafür habe ich auch gute Neuigkeiten für dich.«
»Meine Ex hatte einen Unfall?«
»Du bist böööse. Nein, ich habe die Achtzehnhundert für dich.«
»Du verscheißerst mich.«
»Nope. Also, ich habe sie nicht in der richtigen, äh, Form hier, aber das regle ich heute Abend noch. Morgen gibt's Cash auf die Kralle.«
Matte seufzt laut durchs Telefon.
»Wie soll ich das jemals zurückzahlen?«
»Mach dir da mal keene Platte drum, Digga.«
»Mensch, Gero …«
»Schon gut.«
»Wenn ich sonst noch was für dich abgeben kann, eine Stuhlprobe vielleicht?«
Ich lache und will auflegen, als er ins Telefon spricht.
»Ach so, stopp. Noch etwas. Der Junge, der immer auf deinen Wagen aufpasst …«
»Sammy?«
»… der war auch am Kotti. Irgendwie viel zu leicht bekleidet, total abgerissen.«
»Das ist sein Stil. Sammy ist aus Nepal, der kann das ab. Das Einzige, was er brauchte, sind Stiefel und die hat er bekommen. Wieso erwähnst du ihn?«
»Bevor ich runterging, hab ich mir ein Kapuzenshirt gegriffen. Auf dem Platz zieht es ja wie Hechtsuppe und du kennst mich alte Frost-

beule. Also, das war dein Kapuzenshirt. Das habe ich ihm geliehen. Geliehen! Ausdrücklich! Hättest du auch gemacht, dachte ich jedenfalls.«

Irgendwas stört mich an der Geschichte und dann fällt es mir ein. Der Moment von gestern, als Fortesquieue auf mich zusteuerte. Mir wird plötzlich heiß.

»Matte, du musst das Teil wieder zurückholen. Sofort! Dieser Franzose hat irgendeine Art von Radar oder Sensor, um mich zu finden. Dem reicht vielleicht ein Kleidungsstück dafür. Wenn er sich jetzt Sammy schnappt …«

»Ich gehe gleich los!«

Matte legt auf. Pierre erkennt meine besorgte Miene und versucht, die Stimmung aufzulockern.

»Das ist doch alles bestens gelaufen. Du bist DNA-technisch aus dem Schneider, hältst den Kopf schön in der Deckung und wir ziehen das Ding am Freitag lässig durch. Entspann dich wegen Sammy. Da passiert bestimmt nix.«

Wir schauen uns Fußball auf DSF an, doch es fällt mir schwer, mich zu konzentrieren. Ich warte nervös auf Mattes Anruf, der mir ganz fröhlich berichten wird, wie er mit meinem Kapuzenshirt in der Wohnung sitzt.

Das Handy klingelt nach einer halben Ewigkeit. Matte spricht hastig ins Telefon. Was er berichtet, nehme ich mit steigendem Puls auf.

Als er zu Sammys Versteck an der Hochbahn gehen wollte, traf er auf eine grüne Mauer aus Polizisten. Kurz darauf hörte er Schüsse. Voller Sorge versuchte er, näher an den Ort der Schüsse zu gelangen, aber es gab kein Durchkommen.

Fortesquieue kam von der Schießerei zurück und steckte seine rauchende Knarre ein. Wenige Sekunden später erschienen Sanitäter und trugen jemanden weg. Weil die Bullen Decken vor die Bahre hielten, konnte Matte nichts erkennen außer einem Kinderstiefel. Die Bullen redeten aufgeregt durcheinander. Der Einzige, der keinen Ton sagte und beschissen cool wirkte, war der Franzose! Matte konnte aus einem der vielen Sanitäter herausquetschen, dass der Krankenwagen zum Vivantes Klinikum am Urban gehört, einem Krankenhaus am Kanal, ganz in der Nähe. Matte fuhr hinterher und von dort

telefoniert er gerade. Was er denn jetzt tun soll, fragt er mich und seine Stimme klingt brüchig.
»Bleib da. Wir kommen hin. Ich kaufe mir das Schwein.«
Dann lege ich auf. Pierre merkt, wie aufgebracht ich bin.
»Das geht jetzt aber nicht los mit dir, oder? Diese Sache mit dem behaarten Handrücken, Zähnefletschen und so weiter.«
»Wenn ich mich weiter so aufrege … gut möglich. Aber noch scheint die Sonne.«
»Beruhig dich. Ich habe zwar nur die Hälfte von dem mitgehört, was Matte erzählt hat, aber wer weiß, was Sammy passiert ist. Und ob er es überhaupt war.«
»Dieser Scheißkerl hat auf ihn geschossen. Auf ein Kind! Ich weiß das. Wir fahren!«

Tag 7, Sonntag, 19.00 Uhr

Im Wagen erzähle ich Pierre noch einmal ausführlich vom Telefonat mit Matte. Er sinkt in einer Mischung aus Sorge um meinen Zustand und Wut über Fortesquieue in den Sitz. Dann richtet er sich auf, benutzt den Zigarettenanzünder und fragt mich nach Suna.
»Was gab's denn am Bahnhof? Ist alles wieder gut zwischen euch?«
Mir ist klar, dass Pierre seine Frage nicht nur aus Neugier stellt, sondern auch, um mich abzulenken und zu beruhigen. Zwar habe ich gerade keine Lust, darüber zu reden, aber da er sich in den letzten Tagen einige Stunden wegen mir und Suna um die Ohren schlagen musste, verdient er eine Antwort.
»Ich weiß es nicht, Dude.«
»Verstehe ich nicht.«
»Eigentlich war die Stimmung ganz gut, aber Suna glaubt, dass ich ihr etwas verheimliche. Das kränkt sie.«
»Und das wundert dich?«
»Nein, natürlich nicht.«
»Wo ist sie denn hingefahren?«
»Zu einer Freundin nach Hamburg, hat sie gesagt.«
»Wie lange bleibt sie dort?«
»Dude, gibst du mir das nächste Mal eine Liste mit Fragen mit? Das erleichtert mir den Bericht.«
»Arsch!«, grinst er.
Vom Brief erzähle ich nichts, weil ich mir einerseits selbst keinen Reim darauf machen kann, wieso er für Suna so wichtig zu sein scheint. Vor allem aber will ich meine Gedanken und meine Wut auf Fortesquieue fokussieren.
Ich klappe die Blende wegen der tiefstehenden Sonne herunter. Wir rasen nach Kreuzberg, während ich von dem Gedanken beherrscht werde, den Franzosen zu töten. Mein Puls beschleunigt im Gleichklang mit dem Wagen. Bald wird der gelbe Stern hinter dem Horizont verschwinden und nichts wird mich mehr aufhalten. Dann rechne ich mit ihm ab.
»Gero!« Der Dude blickt mich gequält vom Beifahrersitz aus an.
»Was?«
»Ich weiß genau, was du vorhast!«

»Ja. Und?«
»Und? UND? Ich sage dir, was und …! Wir fahren zum Klinikum, du verwandelst dich, es gibt ein riesen Blutbad. Wir gehen alle drauf, du ganz bestimmt, denn ich wette, dass der Franzmann auf dich wartet. Und was hilft das Sammy? Gar nichts! Und unser Ding am Freitag bei Yildiray können wir auch vergessen.«
»Was willst du mir damit sagen? Dass dieses Schwein damit durchkommen soll?«
»Scheiße, nein. Aber lass uns den Kopf einschalten. Wir schmieden einen Plan. Und falls Sammy tatsächlich etwas zugestoßen ist, will ich sogar zusehen, wie du Fortesquieue fertigmachst. Aber lass uns erst mal checken, was los ist, okay?«
»Und wie stellst du dir das vor?«
»Rate mal, wo ich meinen Zivildienst gemacht habe.«
»Am Urban?«
»Bingo. Deshalb fahren wir erst mal zu mir. Nur für ein paar Minuten, danach geht's weiter zu Sammy.«

Eine halbe Stunde später sitzen wir wieder im Wagen. Nun sehen wir allerdings wie Krankenpfleger aus. Pierre hat die Klamotten nie weggeworfen, weil er damit leichter an Antidepressiva aus dem Krankenhaus herankommt, die er in seinen schwächeren Momenten benötigt.
Die Sonne sägt bereits am Horizont, was Pierre sichtbar nervös macht. Wir blicken beide stur nach vorn und schweigen, während der Mustang über die Gneisenaustraße Richtung Urban Klinikum rast. Pierre stellt das Klassik Radio ein.
»Wirkt Valium bei dir? Hätte ich dabei.«
Ich schüttle den Kopf und bemerke, wie der Innenraum des Autos langsam seine Farben verliert.
Wir parken in Sichtweite zum Klinikum und werden von Matte empfangen. Er steckt einen Flachmann in die Jackentasche. Sein Gesicht zeigt sich voller Sorge und noch grauer als sonst.
»Gero, das mit dem Shirt tut mir leid. Wenn ich gewusst hätte …«
»Konntest du ja nicht.«
Ich habe jetzt keine Zeit für Trost, blicke mich um. Dort ist der Eingang.

»Trotzdem. Dass die den Jungen erwischen, schreibe ich mir zu.«
»Vergiss es, Matte, okay? Am besten bleibst du beim Wagen. Wir gehen rein.«
Rund um das Krankenhaus schieben eine Menge Bullen Wache. Zwei Krankenpfleger fallen nicht auf, selbst mit ihren veralteten Uniformen. Die allerletzten Sonnenstrahlen kratzen unsere Rücken. Schon spüre ich die minimale Abkühlung, als das Licht bläulich wird.
Pierre findet heraus, dass Sammy im dritten Stock liegt. Wir überlegen, wie wir zu ihm gelangen können. Einfach hingehen, erscheint uns trotz der Pflegerklamotten zu riskant. Ich schlage vor, dass wir uns ein leeres Bett schnappen und damit zu Sammy gehen, um es angeblich auszutauschen. Auch das verwerfen wir – es wirkt merkwürdig, wenn man zwei Pfleger braucht, um ein Bett zu verlegen. Dann fällt Pierre eine bessere Idee ein.

Es ist beschissen eng unter dem Servierwagen, den wir uns im fünften Stock besorgt haben. Oben befinden sich einige Nachtische mit Obst und Joghurt. Die Getränke aus der unteren Etage des Wagens haben wir ausgeräumt, damit ich mich reinquetschen konnte. Über dem Wagen liegt ein langes Tischtuch. Aus meiner Embryonalstellung muss mich Pierre nachher mit einem Schuhlöffel herausschälen. Ich bete, dass die Reise im Servierwagen nicht zu lange geht, denn entweder faulen mir meine Gliedmaßen ab oder ich springe verwandelt heraus und sorge für eine Menge frischer Blutkonserven.
Meine Wut füllt sich auf wie ein Wasserspeicher. Nicht mehr lange, dann läuft das Becken über. Das charakteristische Ziehen in meinem Kiefer meldet sich bereits, während Pierre den Wagen über die Flure des Klinikums schiebt. Wir rumpeln in den Aufzug, wo ich höre, wie Pierre Smalltalk mit einer Ärztin macht. Meine Adern beginnen zu glühen. Ich konzentriere mich und versuche, ruhig zu bleiben. Ich denke an die idiotischsten und langweiligsten Dinge, nur, um den Prozess aufzuhalten.
Pierre spricht mit einem Bullen. Da mein Sichtfeld an der Tischdecke vor mir endet, kann ich nur vermuten, dass wir uns vor Sammys Tür befinden. Der Polizist wundert sich, dass es schon wieder Essen gibt, doch Pierre meistert die Situation souverän.

»Das ist der Diabetiker-Nachtisch. Aber wenn Sie wollen, dass der zuckerkranke Junge darauf verzichtet, bitteschön, auf Ihre Verantwortung! Dürfte ich Ihren Namen und die Dienstnummer erfahren?«

Eine Tür geht auf. Im Zimmer empfangen mich Fernsehgeräusche und leises Gelächter. Ich bereite mich auf einen Anblick voller Bandagen und Schläuche vor und ahne, dass ich in wenigen Sekunden nicht mehr ich selbst sein werde. Ich beiße mir in die geschwollene Faust, um das Adrenalin noch einige Sekunden aufzuhalten.

Pierre schlägt die Decke des Servierwagens hoch und blickt mich vergnügt an.

»Müssen wir dich da rausschneiden?«

Ich quäle mich mit seiner Hilfe aus dem Untergeschoss des Wagens und weiß nicht, was mich mehr schmerzt – die beginnende Verwandlung mit erhöhtem Blutfluss oder die eingeklemmten Nerven durch die Kauerstellung. Mit Anspannung richte ich meinen Blick zum einzigen Bett in diesem Zimmer.

Dort sitzt Sammy im Pyjama, in der Hand ein Konsolenpad. Er daddelt irgendetwas, sieht pumperlg'sund aus und hält mir eine Hand zum High Five entgegen. Ich humple mit eingeschlafenem Bein zu ihm und schlage ein. Dabei blicke ich wie ein Mondkalb vor der Fütterung. Allerdings ein Mondkalb, das sich gerade beruhigt. Mein Adrenalin verflüchtigt sich wie durch ein Ventil. Sammy ist zu sehr mit dem Spiel beschäftigt, wodurch ihm weder auffällt, dass wir Pflegerklamotten tragen, noch, dass ich gerade in einer wölfischen Verwandlung steckte. »Call of Duty« ist eben wichtiger als lykanische Metamorphosen oder Freunde, die in weißen Kitteln herumlaufen. Für mich gibt es allerdings ein, zwei Fragen zu klären.

»Wie jetzt? Keine Schusswunde?« Ich nehme ihm das Pad ab, er verzieht das Gesicht.

»Wieso Schusswunde? Spinnst du, Alter?«

Er will das Pad zurück, ich behalte es.

»Mann, Sammy, wir haben uns Sorgen gemacht!«

»Um mich?« Er grinst, dann fällt ihm unsere Bekleidung auf.

»Wieso seht ihr aus wie Krankenschwestern? Ist schon wieder Love Parade?«

Jetzt grinsen wir. Dann setze ich meinen Erwachsenenblick auf.

»Blablubb, Sammy. Also, was war los?«
Sammy begreift rasch, dass er das Pad erst zurückbekommt, wenn er uns erzählt, was passiert ist. Er plaudert.
Als er die Polizisten zu seinem Versteck kommen sah, wollte er über die Gleise der Hochbahn flüchten und kletterte die Träger nach oben. Fortesquieue gab einen Warnschuss ab, wahrscheinlich sogar, um ihn vor der heranfahrenden U-Bahn zu warnen. Sammy stürzte vor Schreck ab und knallte sechs Meter tiefer auf den Beton. Zäh wie eine Katze erlitt er zwar nur Prellungen, aber Fortesquieue bestand auf ein kleines Schauspiel mit Blaulicht und viel Tamtam.
Pierre sieht mich an, ich nicke.
»Denkst du, was ich denke?«
Grimmig antworte ich.
»Ja. Und wir Idioten sind in die Falle getappt. Wir müssen hier weg.«
Pierre geht auf Samtpfoten zur Tür und zieht sie vorsichtig einen Spalt auf.
»Scheiße. Da hinten am Aufzug tut sich was. Ein Haufen Bullen.«
»Wenn die wüssten, dass wir hier sind, wären sie längst da«, erwidere ich.
Im selben Moment sehe ich unten vor dem Haupteingang einen dunklen Mercedes mit Blaulicht vorfahren. Fortesquieue steigt aus und begrüßt im Vorbeigehen eine Gruppe von Reha-Patienten, die im Freien ihre Trampoline aufgestellt haben, um unter Flutlicht ihre Übungen abzuhalten. Sie machen noch Gymnastikübungen auf dem Rasen und winken Fortesquieue zu. Der humpelt ins Innere, begleitet von drei Polizisten.
»Der Franzose ist in zwei Minuten hier!«, meine ich zu Pierre.
»Der Flur ist voller Bullen.«
Wir können das Zimmer nicht mehr durch die Tür verlassen. Pierre sucht fieberhaft nach einem Versteck, reißt die Schranktüren auf, betritt das Bad, findet aber keinen Notausgang oder Lüftungsschacht. Ich öffne das Fenster und blicke auf die Außenfassade, sehe aber weder eine Feuerleiter noch einen schmalen Sims, der uns helfen könnte, sondern nur eine glatte Außenwand in die Tiefe.
Pierre zuckt ratlos mit den Schultern.
Schon hören wir das »Ding!« des Aufzugs.

Mir kommt eine Idee: »Sag mal, Pierre, wann bist du das letzte Mal auf ein Trampolin gehüpft?«
Geschätzte zehn Meter liegen zwischen dem Trampolin und mir, geschätzte fünfzig sind es zu Fortesquieue. Die Wahl fällt mir nicht schwer. Es kostet allerdings Überwindung, wenn ich nach unten sehe. In Filmen sieht das einfacher aus und als Stuntman weiß ich auch warum: Man fällt auf Luftkissen oder Pappkartons, die den Sturz perfekt bremsen, ohne sich die Knochen zu brechen. Ein Trampolin gibt dagegen die gesamte kinetische Energie nach einer kurzen Verzögerung mit voller Wucht wieder zurück.
Die Reha-Patienten stehen in einem Kreis einige Meter entfernt, das Trampolin unter mir ist verwaist. Einmal tief durchatmen, dann geht's los, ich stoße mich vom Fensterbrett ab.
Ich kann die Senkrechte nicht halten, falle schräg nach unten und dotze mit der Hüfte auf das Trampolin, das mich mit Schmackes herausschleudert. Leider mitten in die Dornenbüsche am Fußweg, die zwar für eine weiche Federung sorgen, mich aber an Gesicht, Hals und den Händen böse erwischen, bis ich wie eine Fliege im Spinnennetz hängen bleibe.
Damit habe ich es immer noch besser getroffen als Pierre. Wie eine Glocke, die vom Kirchturm fällt, saust er steil nach unten auf das Trampolin, dreht sich leicht, kommt mit dem Hintern auf und verabschiedet sich nach kurzem Kontakt mit doppelter Geschwindigkeit Richtung Parkplatz, wo er mit der Schulter gegen einen alten Ford knallt und liegen bleibt.
Erstaunlicherweise haben die Reha-Leute nichts mitbekommen. Die beiden Stürze verliefen schnell und zumindest meiner weitgehend lautlos. Nun liegen wir wie abgeschossene Piloten außerhalb des Sichtfelds der Gymnastikgruppe. Ich schaue nach oben zu Sammys Krankenzimmer. Er blickt mir lachend entgegen und hebt den Daumen. Ich gebe ihm ein Zeichen, das Fenster zu schließen, und befreie mich mühsam aus dem Gestrüpp.

Im Mustang sitzt Matte auf der engen Rückbank und raucht, ebenso wie wir beiden lädierten Bruchpiloten vorne.
»Da muss Eis drauf!«, meint er zu Pierres Knöchel, dessen Umfang auf das Doppelte der Normalgröße angeschwollen ist und der uns

in purpurnen Farben anlacht. Viel souveräner sehe ich mit meinen gefühlten zweihundert Schnittwunden im Gesicht allerdings auch nicht aus.
Wir setzen Matte am Kotti ab und fahren weiter Richtung Pankow, mit dem festen Ziel, uns ordentlich zu betrinken.

Tag 8, Montag, 15.00 Uhr

Pierres Knöchel sieht übel aus. Obwohl wir regelmäßig Eis draufpacken, präsentiert sich sein Fuß als blau-violettes Gebirge aus Fleisch und Blutergüssen. Hoffentlich hat er keinen Bänderriss, sonst können wir ihn für den Überfall abschreiben. Auf dem Sofa liegend, liest er mein Kicker-Sonderheft und leidet sicher unter erheblichen Schmerzen, aber Pierre ist ein tapferer Bastard. Er vernichtet Mattes Salzstangen, statt zu lamentieren.

Ich ziehe mir für den Trip zur Spielbank bessere Klamotten an. Dreitausend Euro sollte man in stilvollem Outfit abholen.

Der Buchhaltertyp an der Kasse der Spielbank verzieht das Gesicht, als ich ihm die drei eckigen Chips über den Filz schiebe. Sie mögen es nicht, wenn man Chips mit nach Hause nimmt, statt sie am selben Abend umzutauschen. Ich lasse seine Predigt an mir abperlen wie frischen Landregen und stecke die dreißig Hunderter ein. Es gibt nur wenig, was sich besser anfühlt als druckfrische Scheine. Sunas Haut zum Beispiel.

Auf dem Weg ins Parkhaus überlege ich, was ich mir mit der Kohle Schönes anschaffen könnte – dunkle Folie für die Scheiben meines Schlittens zum Beispiel. Flammen-Graffiti über den Radkästen! Oder die Uhr meines Vaters auslösen. Geht aber alles nicht. Zuerst muss Mattes dringendes Problem mit seiner Ex gelöst werden und Werner bekommt eine Anzahlung für die Waffen.

Als ob er meine Gedanken empfangen könnte, ruft Werner mich an, während ich über eine steile Rampe das Parkhaus verlasse. Ich klemme mir das Handy ans Ohr und biege in die Potsdamer ein. Der Drehzahlmesser tanzt nach oben.

»Zwei Dumme, ein Kühlschrank!«, begrüße ich ihn.

»Was?«, bellt er zurück.

»Ich wollte dich gerade anrufen. Sind die … ich meine, ist die Lieferung eingetroffen?«

»Deshalb rufe ich an, Kamerad.«

Ich treffe mich mit Werner in einer Hinterhof-Tischlerei in Neukölln. Er begrüßt mich salutierend, ich erwidere und lege die Hand an die Schläfe.

»Haben Herr Hauptmann mit einer Katze gekämpft?«, fragt er mit Blick auf mein zerschundenes Gesicht.
Ich nicke, er grinst und zeigt auf die Ecke des Hofes. Wir betreten einen kleinen Schuppen voller Werkzeug und Holz in allen Größen und Formen. Durch das verstaubte Fenster fällt diffuses Licht.
Werner knallt eine schwere Kunstledertasche auf die Werkbank am Fenster. Dann breitet er einen großen, fleckigen Lappen aus und legt eine Waffe nach der anderen darauf. Sie wirken gepflegt und sind gut eingeölt. Auf Werner ist Verlass. Nach den Waffen platziert er einige Boxen mit Munition verschiedenen Kalibers auf dem Tisch. Er macht das so routiniert, als würde es sich um Obstkisten aus dem Großmarkt handeln.
Für die Uzis legte er jeweils zweihundert Schuss bei, für den Colt zwanzig Patronen. Der Elefantentöter braucht kein großes Arsenal. Jede Kugel mit Kaliber .357 reißt ein faustgroßes Loch in eine Wand, von einem menschlichen Körper ganz zu schweigen. Ich nehme den Revolver in die Hand und erfreue mich am spürbaren Gewicht. Werner lächelt milde, als ich die Trommel rausklappe und sirrend drehe.
»Schau dir alles gründlich an, Kamerad.«
Ich befolge Werners Ratschlag. Auch die besten Waffen bestehen nur aus wenigen präzise gefertigten Einzelteilen. Ich nehme jedes einzelne Schießeisen in Nullkommanichts auseinander und baue es ebenso schnell wieder zusammen. Dabei überprüfe ich den Mechanismus des Schlittens, der über den Lauf gleiten muss wie ein geölter Blitz.
Werner nickt zustimmend wie ein Handwerksmeister, der seinem Lehrling über die Schulter blickt.
»Zufrieden mit der Artillerie?«, schnarrt er.
Ich streichle den Lauf des Colts. Eine Antwort, die Werner versteht.
Während der Zeit beim Bund wurde meine Leidenschaft für Waffen geboren. Das Gefühl, eine Schusswaffe abzufeuern, ist unvergleichlich. Immense Gewalt, die sich in einem Augenblick entlädt und auf einen einzigen Punkt konzentriert. Es gibt kaum etwas Kraftvolleres – es sei denn, man ist ein Lupus. Die Kombination aus Werwolf und Waffe ist unschlagbar.

Nachdem ich alles überprüft habe, nicke ich Werner zu und drücke ihm sieben Hunderter als erste Rate in die Hand. Er spuckt auf die Scheine, küsst sie und steckt sie ein. Ein Geschäft unter Kameraden.
»Die Tasche ist inklu!«, ruft er mir zu und verlässt den Schuppen. Bevor die Tür ins Schloss fällt, salutiert er mir zu.
Ich packe alles ein und schleppe die Waffen in meinen Wagen.

Tag 8, Montag, 19.00 Uhr

Auf dem Rückweg von Kreuzberg rufe ich Matte an und teile ihm mit, dass wir uns zur Geldübergabe in der Ankerklause treffen. Das Lokal befindet sich am Paul-Lincke-Ufer, einige Hundert Meter vom Kottbusser Tor entfernt. Näher ranzugehen oder sich gar in meiner Wohnung zu treffen, erscheint mir zu riskant. In der gesamten Gegend sieht man mehr Bullen als Mücken an einem schwülen Sommerabend.

Ein schwuchteliger Kellner stemmt die Hand in die Hüfte, als Matte eintrifft und wir über die Bestellung diskutieren. Wir ordern zwei Kaffee und im Anschluss erzähle ich Matte von meinem Treffen mit Werner. Wir einigen uns darauf, die Waffen auszuprobieren und ein paar Schießübungen mit den Jungs abzuhalten. Matte wird außerdem den Sprengstoff testen. Da Pierre im Moment kaum stehen kann, setzen wir den Mittwoch für unser Schießtraining fest. Matte kennt ein abgelegenes Plätzchen im südlichen Grunewald, das sich gut eignet.

Schließlich schneide ich den eigentlichen Grund unseres Treffens an und schiebe ihm, verdeckt im gefalteten Tagesspiegel, achtzehn Hunderter über den Tisch. Selbst gelbe Zähne können entzücken, wenn sie zu einem Lachen gehören. Matte lacht selten, umso erfreulicher ist es, ihm dabei zuzusehen. Er bedankt sich, will mich umarmen, ich verbitte mir die Schwulitäten und wir kippen ein Pils zur Feier des Tages. Matte will noch ein zweites bestellen und ruft das menschliche Kaffeekännchen, aber ich bremse ihn. Ein kurzer Wortwechsel, ob ich jetzt eine spießige Bekehrungspredigt halten wolle, und schon gebe ich nach. Wir stürzen ein zweites in die Kehlen. Auf einem Bein kann man schließlich nicht stehen.

Als ich später im Auto sitze, freue ich mich noch immer über Mattes Reaktion. Gut gelaunt lege ich Limp Bizkit ein und fahre das Seitenfenster herunter, um Berlin an meiner Songauswahl teilhaben zu lassen.

An einer roten Ampel in der Prinzenstraße warten zwei vermutlich schwedische Touristinnen, deren Blicke durch die laute Musik auf meinen Wagen gelenkt werden. Mir fällt die gut sitzende Hot Pants

der linken Blondine auf, was sie bemerkt und mit einem Lächeln quittiert. Was soll ich machen? Im Körper eines Lupus befindet sich mehr Testosteron als im Footballteam der Green Bay Packers.
Ich denke an Suna und ihr Verschwinden. Grundsätzlich ist es kein guter Plan, jemanden wie mich zu lange allein zu lassen. Das funktioniert nicht. Man geht auch nicht aus dem Zimmer und stellt einem Ex-Alkoholiker einen Tumbler mit Whisky vor die Nase.

Ich kreuze durch die Stadt, bis ich vor Evas Haus stehe. Der Wagen wird in zweiter Reihe geparkt, dann steige ich aus und blicke nach oben zu ihrer Wohnung im Dachgeschoss. Meine Nase wittert ihr Parfum, sie ist zu Hause.
Während ich überlege, streift mein Auge über die Auslage der Videothek im Erdgeschoss. Sie bieten eine Sonderedition von »The Big Lebowski« an. Eine Sonderedition vom Dude! Und wie es der Zufall will, habe ich noch ein paar Scheine im Geldbeutel.
Eva verfügt über seidige Schenkel und einige spektakuläre Techniken im Bett. Dem stehen der Bademantel und die lässigen Sprüche des großen Dude Lebowski gegenüber. Schwierige Entscheidung. Ich blicke auf die Uhr. Wie sagte der Pfarrer meiner Kindheit immer – das Eine tun, ohne das Andere zu lassen! Und wer könnte einem Mann der Kirche widersprechen? Ich kaufe die DVD und klingele danach bei Eva.

Sie empfängt mich mit einem Glas Wein in der Hand und trägt noch immer ihre Bürouniform aus Bluse, Rock und Pumps, sie muss also erst kürzlich nach Hause gekommen sein. Was bei den meisten langweilig wirkt, steht ihr gut und bringt den knackigen Hintern formvollendet zur Geltung. Eva bemerkt nicht nur den Glanz in meinen Augen, sondern auch die Kratzer in meinem Gesicht. Wundheilung funktioniert bei einem Lupus im Zeitraffer, aber von den mehreren Dutzend Striemen, die ich mir beim Fall in die Dornenbüsche zugezogen hatte, sind noch immer einige zu sehen.
»Hattest du einen Unfall?«
»Man sollte sich nur rasieren, wenn man nüchtern ist«, entgegne ich so beiläufig wie möglich und folge ihr in die Küche zum Regal mit den Alkoholika.

»Darf ich dir einen zwölf Jahre alten Glenfiddich anbieten? Mit sehr feinem, rauchigem Aroma. Oder magst du einfach ein Bier? Ich bin heute ganz unkompliziert«, lächelt sie.
»Bourbon, bitte. Jack Daniel's oder Jim Beam, falls du da hast.«
Eva rümpft die Nase. Kulturbeflissene Frauen wie sie besuchen Kurse, um zu lernen, in welchen Fässern welcher Whisky reift. Die feinen Damen und Herren trinken ausschließlich Britisches. Im Gegensatz zu mir. Eva findet tatsächlich eine angebrochene Flasche Jim Beam. Geht doch. Meinem Wunsch nach zwei Eiswürfeln kommt sie mit rollenden Augen nach, auch das ein No Go in ihrer Welt der Gourmets. Ich nehme einen Schluck und ergötze mich an der Lava, die meine Speiseröhre hinabfließt.
Eva nippt lasziv an ihrem Wein und rührt mit ihrem Zeigefinger kleine Kreise ins Glas.
»You know how to dial, don't you?«, fragt sie mich.
Ich zucke die Schultern. Sie liefert die Antwort und untermalt sie mit Bewegungen ihres Zeigefingers.
»Just put a finger in the hole and make tiny, little circles.«
Eva schickt mir ein Lächeln mit Augenaufschlag und offenbart dabei zwei reizende Grübchen auf ihren Wangen. Dieser erhabene Moment wird von einer Perserkatze gestört, die mir beim letzten Treffen gar nicht aufgefallen ist und die sich nun in die Küche schleicht. Sie macht einen großen Bogen um mich herum und versteckt sich hinter Evas Beinen. Ich hasse Katzen und sie hassen mich. Eva blickt verwundert zu ihrem Haustier.
»Felix? Was ist denn mit dir? Sonst ist er ganz zutraulich. Nur bei manchen Hundehaltern verhält er sich so abweisend. Hast du einen Hund?«
Ich schüttle den Kopf und ziehe Eva an mich heran, bewundere ihre rot leuchtenden Lippen. Ihre Hand zerrt an meinem Gürtel, während ich ihre Bluse aufknöpfe. Mit dem Stiefel trete ich hinter Evas Rücken nach der Katze. Doch das Biest weicht nicht vom Fleck.
Wie die anderen Räume dient auch die Küche als Demonstration von Evas Weltläufigkeit. An den Wänden und auf den Regalen drängeln sich allerlei Bilder und Erinnerungsstücke von ihren Fernreisen. Auf mich wirkt das wie ein Hinweis, dass Eva etwas sucht, was sie in Deutschland nicht findet.

Unter ihrem Kulturpanzer steckt jedoch eine ansprechende und wohlriechende Frau. Und eine verdammt hungrige noch dazu. Wir bringen das Arrangement in der Küche durcheinander, als ich sie auf den langen Tresen hebe und wir uns dabei in Windeseile ausziehen. Töpfe scheppern, Tassen purzeln, ein Schneebesen fällt auf den Boden, bis wir die richtige Position gefunden haben. Sie geht ab wie Nachbars Lumpi und schlingt ihre Beine um mich.

Die verdammte Katze fixiert mich mit ihren grünen Augen, die sich zu schmalen Schlitzen verengen. Da Katzen zu unseren natürlichen Gegnern zählen, setzt ihre Anwesenheit automatisch meinen Jagdtrieb in Gang. Dabei spielt es auch keine Rolle, dass ich mich zwischen den Schenkeln einer vor Lust stöhnenden Frau befinde. Jagen geht vor vögeln. Schon weiten sich meine Adern, mein Brustkorb steht vorm Platzen und Haare schießen mir überall aus der Haut. Ich rücke kurz von Eva ab und werfe sie in einer heftigen Bewegung mit dem Bauch auf die Küchenplatte, nehme sie a tergo und bewundere dabei ihren perfekten Hintern: Rund und fest wie ein frisch gepflückter Apfel. Mein Kiefer knackt und Reißzähne wachsen aus den Knochen, während ich Eva mit festem Griff an den Hüften zu mir ziehe.

Geht schnell diesmal. Farbe löst sich auf. Geilheit steigt. Verstand fährt Karussell.

Katzenvieh macht Buckel. Stellt Haare, faucht mich an. Jetzt ist Frauchen dran. Hau ab, sonst schlachte ich dich!

Hat Botschaft verstanden. Trollt sich, verkriecht sich in Ecke. Blick bleibt auf mich gerichtet. Hört nicht auf, zu fauchen. Würde am liebsten zurückbrüllen.

Eva merkt nichts. Wird wilder. Gut! Schlägt um sich, räumt Geschirr ab. Wird immer lauter. Spornt mich an. Laut ist geil. Laut ist geil! Und wie! Aber sie ist viel zu laut, schreit wie Verrückte. Verdammt. Nachbarn holen vielleicht Polizei. Sehe einen Topflappen. Ihr in Mund stopfen? Egal jetzt. Weiter, weiter. Kann nicht mehr gestoppt werden. Wie Zug. Ohne Bremsen.

»Du Tier!«, stöhnt Eva. Hast Recht, Blondie! Bin hart zu ihr. Macht ihr nichts aus. Im Gegenteil. Bitch! Gut, dass du keine Augen hast. Im Hinterkopf.

Dann ist es so weit. Fliege in andere Welt. Erfülle meine Bestimmung. Verteile Wolfsgene. An gutes Weibchen im Rudel. Evas Rücken glänzt. Geiler Schweiß. Ihr Körper pulsiert. Atmet schwer. Hat sich gut bewegt. Will sich umdrehen. Besser nicht! Drücke ihren Kopf nach vorn. Schnappe Hose.

Ein großer Satz, raus aus Wohnung. Rein in Hose.

Dunkler Hausflur, lasse Licht aus. Besser so. Hetze rasch nach unten. Eva reißt Tür auf. Ruft mir nach.

»Was war das denn, du Scheißkerl!?«

Wirft wütend etwas in Hausflur. Warum wütend, Eva? War nicht gut? Höre, wie Tür knallt. Schleiche im Dunkeln Stufen wieder nach oben. Schnappe meine Stiefel. Danke, Eva. Passe kaum rein in Stiefel. Schwierig, aber geht. Spähe aus großer Eingangstür. Niemand da. Sehe nichts, rieche nichts. Drücke mich an Wand entlang. Klettere nächste Fassade nach oben. Jagen geht vor vögeln.

Zeit für Fortesquieue.

Konzentriere mich. Franzosengeruch. Wie war der? Mischung. Schweiß, Weihrauch, Schwarzpulver. Am Kotti erwische ich sie. Seine Witterung. Verfolge sie über Hausdächer. Ganze Weile lang. Bis zu Villa. In Steglitz, Botanischer Garten. Rieche viele Blumen. Überwinde eine Mauer. Gras empfängt mich bei Sprung nach unten. Großer Garten. Liegt auf Rückseite der Villa. Zwei Stockwerke. Büsche geben Deckung. Schleiche mich näher.

Muss ihn töten. Will ihn töten. Sonst tut er es. Mit mir.

Was höre ich? Lupus hat Radar. Empfängt Klaviermusik. Kommt aus dem Haus. Er muss … im ersten Stock sein. Erdgeschoss liegt im Dunkeln. Oben Licht in den Zimmern. Reingehen und ihn zerfetzen? Nicht fragen. Machen.

Musik stoppt. Knarrend öffnet sich was. Flügeltür zum großen Balkon! Fortesquieue kommt heraus. Was Langes in der Hand. Zigarettenspitze. Humpelt zum Geländer, stützt sich darauf.

Der Franzose denkt. Denkt nach. Wirkt nicht mehr so stark. Nicht kampfeslustig. Gute Gelegenheit für mich. Gegner schwach, Lupus stark! Stützt seinen Kopf auf die Hand. Murmelt auf Französisch. Verstehe kein Französisch! Mann! Kerzengerade steht er jetzt. Der Franzose. Was macht er? Hält Nase nach oben. Bewege mich näher zu Busch vor mir. Deckung für mich. Er kann mich unmöglich sehen. Ist kein Licht hier.

Nur ich kann das. Trotzdem blickt er … in meine Richtung. Ahnt was? Kann nicht sein. Und wenn? Egal. Muss es zu Ende bringen.
Hier.
Jetzt.
Spanne Muskeln. Vorbereitung für den Angriff. Ducke mich zum Sprung. Plötzlich quietscht was. Die Balkontür. Höre erst Schritte, dann Stimme. Ein Mädchen. Klein. Vielleicht zehn Jahre alt.
»Papa!«
Französischer Akzent. Trippelt zu ihrem Vater. Kleine Arme. Legen sich um seinen Hals. Verstehe ihre Worte nicht. Aber verstehe, was sie will: Dass er wieder reinkommt. Sich mit ihr beschäftigt. Mit ihr spielt. Mit seiner Tochter.
Tochter war dabei damals. Als Mutter starb. Durch meinen Cousin. Kein Lupus soll so was tun. Eigentlich. Schlimm für Kind. Schlimm.
Weg mit den Gedanken!
Franzose flüstert in ihr Ohr. Klingt beruhigend. Dann ruft er ins Innere. Verstehe wieder nichts. Bastard spricht nur Französisch! Eine Haushälterin erscheint. Geht mit der Kleinen wieder hinein. Über Treppe nach unten.
Fortesquieue bleibt auf Veranda. Die ganze Zeit. Sieht in meine Richtung. Nun zieht er was. Eine Waffe! Aus dem Schenkelholster. Hatte es vorher nicht bemerkt. Franzose trägt immer Mantel. Auch im Haus. Glänzender Revolverlauf. Sieht schön aus. Aber aus Silber. Silber! Gefährlich für mich.
Trotzdem. Revolver hilft dir nicht, alter Mann.
Höre wieder das Kind. Sie spielen irgendwas. Vergnügen sich. Sei still! Ich denke nach. Schlecht. Lupus denkt nicht. Stört.
Und sie lacht.
Nicht böse sein, wenn ich ihn töte. Mädchen! Dein Vater hat viele getötet. Viele meiner Art! Verstehst du? Er hört nicht auf. Hört nie auf. Bis er dran ist. Ist er besser als ich? Mehr Recht auf Leben als ich? Nur weil er … dein Vater ist?
Wieder Kinderlachen. Auch Haushälterin gackert. Verdammt!
Ich kann es nicht. Nicht … solange sie da ist.
Hat gesehen, wie Mutter starb. Vater auch? Geht nicht.
Ziehe mich zurück. Springe über Mauer. Kauere dort. Warte.
Rückverwandlung setzt ein.

Tut weh. Nicht so weh wie die Erkenntnis. Versagt zu haben. Werde es bereuen. Franzose verzeiht nicht.
Magen möchte in die Freiheit. Gestatte es.
Hecheln verwandelt sich in schweres Atmen. Gero kehrt zurück.

Ich fühle mich wie ein Fußballer, der den entscheidenden Elfmeter im Finale der Weltmeisterschaft verschossen hat.
Mich fröstelt.
Im Schutz der Dunkelheit laufe ich zur nächsten U-Bahnstation und freue mich über das blau-weiße Schild mit dem großen U. Die Welt ist eine andere mit Farben.

Tag 10, Mittwoch, 11.00 Uhr

Wir treffen uns auf einem Parkplatz im südlichen Grunewald. Pierre war bei mir im Wagen, Josch bei Matte. Ich hole die Tasche mit den Waffen und der Munition sowie zwei Rucksäcke mit Dosen, Flaschen und allerlei Kram, auf den wir schießen wollen, aus dem Wagen.

Nach rund zwei Kilometern zu Fuß durch den Wald erreichen wir das Ziel. Wir befinden uns auf einer Lichtung, die früher militärisch genutzt wurde. Aus dem Boden ragen Betonteile und an zwei Stellen Metalldeckel. Das müssen die Bunkeranlagen sein.

Unser Kleeblatt besteht mit Pierre und Josch aus zwei ehemaligen Zivis, denen zwei Waffennarren, nämlich Matte und ich, gegenüberstehen. Pierre machte einmal eine Erfahrung mit einer Gaspistole, als sie ihm an die Schläfe gehalten wurde. Josch kennt Knarren nur aus Konsolenspielen. Wir geben den beiden eine kurze Einweisung, schließlich sind Schusswaffen keine sonderlich komplizierten Geräte. Ich breite die Uzis, die Walter und den Colt auf einer Decke aus und erkläre die Technik am Beispiel der Walter PPK Automatik. Sicherungshebel, Magazin, Munition.

»Das geht alles ganz easy mit dem Laden und Entsichern. Zielen und treffen ist schon schwerer. Wenn ihr ein neues Magazin einsetzt, müsst ihr darauf achten, dass ihr danach den Schlitten nach hinten zieht. Sonst ist keine Kugel im Lauf und ihr zieht völlig umsonst den Abzug. Das könnte euer letzter Fehler sein.«

Pierre und Josch bekommen eine Walter in die Hand, um sich damit vertraut zu machen.

»Die Walter PPK ist so was wie der Volkswagen der deutschen Polizeiwaffen. In großen Stückzahlen gebaut, sehr zuverlässig, präzise und leicht in der Handhabung«, erläutere ich.

»Was sind das für Dinger?«, fragt Josch und zeigt auf die beiden Uzis und den Colt.

Ich nehme eine Uzi in die Hand.

»Das sind Maschinenpistolen. Ein israelisches Fabrikat, Uzi genannt. Ein Klassiker auf der Welt wie die Kalaschnikow. Dass die Israelis so was gut bauen können, ist wenig überraschend, was? Die Uzi ist sehr zuverlässig, verfügt über eine hohe Schussrate und kombiniert das

Ganze noch mit einem geringen Rückstoß. Maschinenpistolen sind allerdings nur auf kurze Distanz sinnvoll.«
Josch schnappt sich eine Uzi.
»Geiles Teil. Gar nicht schwer.«
Ich nicke und fahre fort.
»Die Uzis sind für Matte und mich. Nichts gegen euch, aber mit den Dingern muss man umgehen können. Die rotzen in sehr kurzer Zeit zehn bis zwanzig Schuss raus. Da schießt man mit einem nervösen Zeigefinger auch mal den eigenen Kumpel über den Haufen. Der Revolver ist von Colt, ein amerikanischer Klassiker. Revolver heißt er wegen der sich drehenden Trommel. Das ist im Vergleich zu den Pistolen und der Uzi, deren Patronen über einen Schlitten geladen werden, eine veraltete Technik. Trotzdem vertrauen viele Cops in den Staaten darauf, weil die Dinger selten Ladehemmung haben. Bei einem Schlitten, also der Technik eurer Pistolen, kann das passieren. Doch im Grunde ist der Colt für den Überfall gar nicht nötig.«
Matte fällt mir ins Wort.
»Aber für einen Clint Eastwood-Fan wie Gero ein Muss!«
»Wie war das mit dem Schlitten? Wieso gibt's da manchmal Ladehemmungen?«, fragt Josch. Ich nehme eine Walter und ziehe den Schlitten langsam nach hinten, dadurch öffnet sich am Lauf die Patronenkammer.
»Diese Technik haben alle modernen Waffen. Wenn ein Schuss ausgelöst wird, drückt die Explosionskraft den Schlitten am Pistolenlauf nach hinten. Dann gibt's oben und unten jeweils eine Lücke. Aus der oberen fliegt die Patronenhülse heraus, in die untere Lücke rutscht eine Patrone aus dem Magazin nach. Nur die erste Patrone jedes Magazins muss sozusagen von Hand eingelegt werden, indem du hier am Schlitten ziehst. Nach dem ersten Schuss läuft alles automatisch. Wie jede Mechanik hat auch diese hin und wieder ihre Macken und wenn der Schlitten blockiert, gibt es eine Ladehemmung. Das kommt aber bei neueren Knarren sehr selten vor. Bei Revolvern praktisch nie.«
»Du machst mir ein bisschen Angst, Digger«, grinst Pierre.
»Das habe ich alles verstanden. Aber hier zum Üben können wir doch alles schießen, oder?«, fragt Josch.
Ich will ihm nicht den Spaß verderben.

»Klar. Aber fangt erst mal mit den Pistolen an. Wenn wir fertig sind, kommt Sprengmeister Matte zum Zug.«

Matte und ich stellen Dosen und Flaschen auf Baumstümpfe und Bunkerdeckel. Josch beginnt und zielt mit der Walter lässig aus der Hüfte wie ein Cowboy. Er trifft überhaupt nichts. Matte geht zu ihm und erklärt, wie man über Kimme und Korn zielt. Und dass man, so affig das beim ersten Mal wirken mag, die Waffenhand in die andere legt und beide Arme streckt.

»Der Arm bleibt viel ruhiger und du kannst besser zielen. Durch die feste Lagerung verreißt du den Schuss nicht beim Abzug.«

Das Geballere verursacht einigen Lärm und ich mache mir Sorgen, dass hier bald irgendwer aufkreuzt, doch Matte wiegelt ab. Die leichte Senke, in der wir uns befinden, schirmt akustisch von der Umgebung ab. Allerdings wird die Sprengung so laut werden, dass wir uns danach besser auf die Socken machen sollten.

Die Jungs treffen bald die Hälfte ihrer Ziele, was für das erste Mal recht gut ist. Matte zeigt, was er an der Uzi kann. Ich kenne ihn sonst eher als Mann mit der Zitterhand, aber an der Knarre ist er so zielsicher wie Lucky Luke. Er trifft drei Büchsen mit einer einzigen Salve. Dann bekommen die beiden Anfänger eine Uzi und dürfen ein Magazin verballern, was ihnen großen Spaß macht.

Ich beende unser Schießen mit dem Colt. Schon allein das Gefühl des geschwungenen Knaufes in der Hand setzt mein Testosteron in Gang. Was diesen Revolver mit seinem großen Kaliber von anderen Knarren unterscheidet, ist weniger das Loch beim Eintritt, sondern beim Austritt. Einfacher ausgedrückt ist es vorne so groß wie eine Kirsche, hinten so groß wie eine Orange. Ich schieße eine Trommel leer. Der Rückstoß dieses großen Revolvers ist unglaublich, er reißt mir nach jedem Schuss den Arm nach oben. Von sechs Schuss treffe ich fünf. Die Kugeln zerfetzen die Dosen und befördern sie außerhalb unseres Sichtfeldes.

Bevor wir zu dem Teil mit dem Sprengstoff kommen, bringen wir die lästige Pflicht jeder Schießübung hinter uns und sammeln die Hülsen ein. Besser, wir hinterlassen keine Spuren.

Nun folgt Mattes Auftritt. Er platziert ein faustgroßes Stück Semtex Sprengstoff am Deckel eines Bunkers, knetet ihn sorgfältig zurecht und stöpselt Drähte hinein. Wir gehen hinter einem großen, auf dem

Boden liegenden Baumstamm in Deckung, während er eine Fernbedienung aus der Jacke zieht.
»Zieht die Köpfe ein.«
Wir drücken uns wie Frontsoldaten flach auf den Boden, mit den Händen auf den Ohren. Es rummst gewaltig. Nach einer Weile hebe ich den Kopf und sehe eine dunkelgraue, schmale Rauchsäule. Matte steht auf und geht zum Bunkerdeckel, wir folgen ihm. Er zeigt grinsend auf das Sprengloch.
»Ja, ein Loch. Und wieso freut dich das so?«, fragt Josch.
Matte erklärt es ihm.
»Ist euch irgendwas auf den Kopf gerieselt? Erde, Zweige?«
Pierre zuckt die Schultern. »Nö. Und was heißt das?«
Matte doziert: »Normalerweise gibt es einen Sprengkegel. Der breitet sich radial aus, also kreisförmig. Dann staubt's und alles fliegt durch die Gegend. Hier aber nicht! Schaut euch das Loch an, das führt präzise nach innen – durch einen vier Zentimeter dicken Stahldeckel. Ohne, dass drumherum etwas kaputtgegangen ist.«
Pierre geht ein Licht auf. »Das heißt, dass du den Safe sauber aufbekommst und wir gefahrlos im Raum bleiben können.«
Matte und ich nicken. Dann machen wir uns auf den Rückweg, auf dem ich den Jungs noch mal einbimse, an den Sicherungshebel und die erste Kugel im Lauf zu denken.
Josch läuft neben mir und fragt mich im Flüsterton, ob er die Pistole mit nach Hause nehmen könne. Ich bin dagegen, aber er lässt nicht locker und erklärt leise, weshalb das wichtig für ihn ist. Pierre und Matte, die hinter uns laufen, unterhalten sich, es bleibt also unter uns.
»Svenja kann eine richtige Schnalle sein. Steht auf diese Unterwerfungsnummer. Wir haben schon einiges ausprobiert, aber eine Pistole, das wäre eine neue Dimension in unserem Liebesleben.«
Er sieht mich fragend an und schiebt seine Augenbrauen in die Schräge. Das amüsiert und rührt mich zugleich. Es klappt immer wieder, er weiß das. Ich lange in die Tasche, greife nach einer Walter und entferne die Kugeln aus dem Magazin, ebenso die Patrone im Lauf. Danach schiebe ich das leere Magazin wieder in den Griff und gebe Josch die Pistole. Er steckt sie in seinen Hosenbund.
»Aber jag ihr mit dem Ding keine Angst ein, okay?«
Josch blickt mich verwundert an. »Die Pistole bekommt Svenja.«

Tag 11, Donnerstag, 14.00 Uhr

Wie fühlten sich die ersten Europäer, als sie in Amerika unbekanntes Land betraten und nicht wussten, was sie erwartete? Was ging in Ronald Biggs und seinen Kumpels vor, als sie den größten Postraub der Geschichte durchzogen? Wie aufgeregt waren sie, wie siegesgewiss?
Wir vier befinden uns in Joschs Wohnung. Unsere Nervosität füllt die Luft wie Trockeneis eine Achtzigerjahre-Disco. Fortesquieue, Suna, meine Eltern, das sind nun Gedanken, die ich an den Rand meiner Aufmerksamkeit dränge, weil jedes Neuron um den Überfall auf Yildirays Wettbüro kreist. Der Wolf muss ruhen, ich darf uns das nicht versauen, nur weil mein Durst nach Blut übermächtig wird. Seit Tagen versuche ich, jede negative Emotion, jede Bosheit oder Aggression schon im Keim zu ersticken, höre nur noch erheiternde Musik und halte mich bevorzugt im Hellen auf.
Josch verhält sich heute noch zappeliger als sonst, Matte raucht mehr Zigaretten als ein Bus voller irischer Bauarbeiter und Pierre trippelt so nervös mit den Füßen unter dem Tisch, dass ich sie am liebsten festbinden würde.
Schließlich legen wir los, platzieren die beschafften Utensilien auf dem Tisch und gleichen sie mit unserer To-Do-Liste ab. Klebeband, Kabelbinder, Sprühdosen mit schwarzer Farbe, ein »Wegen Inventur geschlossen!«-Schild, Skimasken mit Sehschlitzen, Handschuhe, Pfefferspray, zwei Taschen, eine für die Utensilien, eine für die Kohle, die Knarren und Munition. Wir einigen uns auf unauffällige Klamotten, also Jeans, Turnschuhe und Sweatshirts, die wir einen Tag später verbrennen.
Nachdem wir alles besprochen haben, gehen wir in die Küche. Josch stemmt einige Kacheln heraus, Matte hämmert dahinter einen Hohlraum aus der Wand. Er wird als Versteck für die Beute dienen, die einige Tage lang erst einmal nicht angerührt wird. Bis dahin verhalten wir uns ruhig und bleiben fein in Deckung wie Murmeltiere im Winterschlaf.

Tag 12, Freitag, 6.00 Uhr

Nach einer Nacht mit unruhigem Schlaf quäle ich mich kurz nach sechs aus dem Bett. Mit Mattes Espressomaschine verbindet mich noch immer ein feindseliges Verhältnis, aber ich schaffe es, der Bestie etwas Koffeinhaltiges zu entringen. Schlichten Kaffee bietet das Teil nicht an, sondern nur Latte wasweißich, Espresso und das ganze moderne Gedöns, aber was soll's, die braune Brühe schmeckt einigermaßen und bringt meinen Organismus auf Trab. Vier Toasts später fühle ich mich stark genug für das, was heute noch vor uns liegt.
Wie verbringe ich nur die Zeit bis heute Nachmittag? Ich gehe zum Kiosk an der Ecke und hole mir einen Tagesspiegel sowie den Kicker von gestern. Auf dem Rückweg überhole ich eine ältere Dame, die ihren Hund ausführt. Eine Übung, die sie vermutlich jeden Tag zur selben Uhrzeit absolviert. Wie der Typ im Trenchcoat, der in hohem Tempo an mir vorbei zum Bahnhof läuft.
Ich blicke auf die Uhr. Kurz nach sieben. In wenigen Stunden ist es so weit. Egal, was heute Nachmittag passieren wird, eines steht fest: Unser Leben wird danach nicht mehr dasselbe sein. Entweder steigen wir groß ins Geschäft der Raubüberfälle ein oder landen im Knast.
Wieder zurück in der Wohnung nehme ich mir den Kicker vor und muss jeden Artikel dreimal lesen, weil ich mich nicht konzentrieren kann. Ich genieße normalerweise Extremsituationen und die damit einhergehende Anspannung, habe in meinem Leben immer den Kick gesucht. Ob bei den Einzelkämpfern, als Stuntman oder beim Sport. Wo andere Bauchschmerzen bekamen, pumpte mein Adrenalin vor Freude.
Doch heute bin ich nervöser als sonst und spüre meinen Magen. Schließlich hängen meine Freunde mit drin.
Wenn es nur endlich losginge!

Tag 12, Freitag, 12.00 Uhr

Um zwölf komplettiert sich unser Kleeblatt, Josch trifft als Letzter ein. Wir gehen die Aufgabenverteilung ein letztes Mal gründlich durch. Außer Josch wird vor Ort keiner einen Ton sagen. Er gibt Anweisungen in einem Mix aus Kanak Sprak und Bayerisch, um eine falsche Fährte zu legen. Pierre und ich sind für die Fesseln zuständig, Matte sprengt den Safe. Sobald wir die Kohle in der Tasche haben, machen wir uns so schnell wie möglich vom Acker.

Wir sind nervöser als Rennpferde vor dem Grand National. Trotzdem verzichte ich darauf, einen Film wie die »Wüstensöhne« mit Laurel & Hardy einzulegen, der uns auflockern könnte. Es verhält sich wie vor einem großen Wettkampf, ein Mindestmaß an Anspannung und Nervosität hält die Konzentration aufrecht.

Die Zeiger der Uhr wollen sich einfach nicht bewegen.

Matte nimmt einen Schluck aus einer Zinn 40-Pulle. Josch lamentiert, dass wir klar im Kopf sein müssten, Matte nölt zurück. Ich rauche noch mehr als sonst.

Obwohl wir gestern schon die Ausrüstung geprüft haben, nehme ich sie mir ein letztes Mal vor. Pierre zeigt sich dankbar für Beschäftigung und hilft mir bei der Kontrolle. Während er nach dem Abgleich mit unserer Liste die Masken, Klebebänder und alle anderen Utensilien wieder verstaut, schnappe ich mir die Waffen. Bei jeder Uzi und jeder Pistole prüfe ich den Lauf des Schlittens, sehe nach, ob sich eine Kugel bereits im Lauf befindet, was nirgendwo der Fall ist, da ich die Waffen schon mehrfach untersucht habe, danach teste ich den Sicherungshebel. Ich drehe die Trommel meines Revolvers, sie sirrt leichtläufig, wie es sein soll.

Tag 12, Freitag, 14.30 Uhr

Die Uhr zeigt halb drei. Das Freitagsgebet beginnt in einer halben Stunde und so lange brauchen wir bis zu unserem Ziel.
Wir verlassen die Wohnung. Vier Mann, zwei Taschen, ein Plan.
Die Sonne scheint, was ich als gutes Omen deute.
Ich fühle jeden einzelnen Muskel.
Auf dem Weg zum Auto sagt niemand von uns ein Wort. Ich habe das Gefühl, als könne uns jeder ansehen, was wir planen. Vier sportliche Kerle in Jeans mit zwei Sporttaschen, die haben doch was vor, da rufen wir besser die Bullen! Ich schaue mich misstrauisch um, sehe aber niemand, der uns zu lange beobachtet.
Die Taschen wandern wortlos in den Kofferraum. Kräftig durchatmen und rein in den Wagen. Pierre sitzt wie immer neben mir.
Der Mustang bewegt sich geschmeidig nach Kreuzberg, durch den dichten Freitagsverkehr auf der Leipziger Straße, der uns nicht stärker aufhält als erwartet.
Während der Fahrt lege ich den Soundtrack zu »French Connection« ein. Mit den Three Degrees auf den Ohren dopen wir uns in die richtige Gangster-Stimmung. Ich parke den Wagen am Halleschen Tor. Wir nehmen die Taschen aus dem Kofferraum und sitzen kurz darauf in der U1. Wir vermeiden Sichtkontakt mit den Mitfahrenden und verhalten uns so unauffällig wie möglich. Zwei Stationen später verlassen wir die Hochbahn am Kottbusser Tor. Von hier aus gehen wir in zwei Gruppen zum Wettbüro, vor dem wir in Sichtweite zueinander warten.

Tag 12, Freitag, 15.00 Uhr

Die gesamte Gegend wirkt leerer als sonst. An den U-Bahneingängen versammelt sich zwar wie immer die übliche Schar an Junkies, Passanten hetzen über den Platz und Gemüsehändler bieten ihre Waren an. Die vierschrötigen, südländischen Typen, die hier täglich abhängen, fehlen allerdings. Sie sprechen gerade auf Knien mit Allah.
Ich steige allein über die Außentreppe nach oben zum Eingang des im ersten Stock gelegenen Wettbüros und ziehe die Tür nur einen Spalt auf, um nicht von einer der Kameras erfasst zu werden. Fünf Personen befinden sich im Inneren, darunter die uns bekannten Wetter Tarkan, Elvir und Murat. Wir müssen unbedingt darauf achten, dass sie uns nicht erkennen. Bei den anderen beiden handelt es sich um einen kleinen, dünnen Kassierer mit feinem Oberlippenbart und runden Brillengläsern sowie einen debil dreinblickenden, gewaltigen Ochsen von Kerl, der aufpasst. Ich habe ihn hier noch nie gesehen. Außerdem liegt Prince, der Monsterköter, innen vor dem Eingang. Er furzt. Vermutlich leidet er unter Verdauungsproblemen, hervorgerufen durch einen Dackel, der sich hierher verlaufen und in Prince' Magen seine Endstation gefunden hat.
Ich trete zurück und gebe den Jungs das Zeichen, forme aus Daumen und Zeigefinger ein O für okay. Eine Minute später betreten wir das Wettbüro mit dem Rücken zuerst, ziehen Handschuhe an und streifen uns die Skimasken über das Gesicht. In einer langen, geschmeidigen Bewegung zieht Josch das Pfefferspray und sprüht es Prince in die monströse Hundefresse. Jaulend trollt er sich in eine Ecke, wo er mit den Pfoten vergeblich versucht, den Pfeffer von der Nase zu bekommen.
Der aufpassende Hüne merkt, was los ist, und langt ins Innere seiner Jacke, aber der Lauf meines Colts befindet sich bereits vor seinem feisten Gesicht. Ich ziehe langsam die Knarre aus seinem Schulterholster und stecke sie mir in den Gürtel. Auch die anderen halten die Waffen in der Hand. Die drei Wetter treten mit erhobenen Händen zurück, wobei ein Stuhl scheppernd auf den Boden fällt. Josch gibt mit verstellter Stimme Anweisungen.
»Ihr haltet Schnauze, dann bleibt ihr am Leben, weissu? Wenn einer muckt, dann gibt Blei in Fresse! Jetzt runter auf Boden, ihr Pisser!«

Die drei Wetter und der Buchhalter befolgen die Anweisungen umgehend, als hätten sie es den ganzen Nachmittag geübt. Nur der Ochse nicht. Er bleibt wie angewurzelt stehen.
Pierre hängt das »Wegen Inventur geschlossen!«-Schild vor die Tür und verriegelt sie mit dem innen steckenden Schlüssel. Matte sprüht Lackfarbe auf die Kameras in den Ecken.
Das Wettbüro besteht aus einem einzigen großen Raum, der durch einen Tresen geteilt wird. Vor dem Tresen erstreckt sich der größere Teil für die Wetter, mit Tischen und Bildschirmen, hinter ihm befindet sich der Kassenraum. Anders als in einer Bank gibt es kein Panzerglas oder ähnlich Abweisendes. Im Kiez vertraut man auf die einschüchternden und bewaffneten Wachen und natürlich auf die Tatsache, dass es niemand wagen würde, Yildiray zu bestehlen.
»Ihr seid alle tot, ihr Wichser!«, blökt der Ochse.
Obwohl selbst unbewaffnet, lässt er sich von unseren Waffen nicht einschüchtern und holt zu einem Schwinger gegen mich aus, dem ich gerade noch ausweichen kann. Pierre tritt ihm in die Kniekehle, worauf der Dicke nach vorn sackt. Ich ziehe ihm den Griff des Revolvers über den Hinterkopf, was ihn kaum zu jucken scheint. Er erwischt mich mit der Faust im Magen, was mir für einen Moment die Luft nimmt. Pierre rammt ihm den Ellenbogen mit Wucht in die Nieren und endlich kippt der Goliath stöhnend auf den Bauch. Josch schreit den Hünen an.
»Hast du Mauljucken, Alter? Lumbesäggel, debbischer! Arschbratz! Butzlumpe!«
»Was quatschst du da?«, stöhnt der Dicke.
Ich schüttle den Kopf, Josch beruhigt sich wieder.
Wir drücken den Ochsen zu zweit fest gegen den Boden, dabei versucht Pierre, die Hände des Dicken mit Kabelbindern zu verschnüren. Von mir erhält er einen weiteren Schlag auf den fleischigen Nacken. Der Ochse wehrt sich weiter, weshalb Matte mithilft, den Dickwanst unten zu halten. Er verschnürt dessen Knöchel mit Kabelbinder. Dabei verrutscht für einen Moment der Ärmel von Mattes Sweatshirt. Seine tätowierten Flammen werden sichtbar, die er sich nach dem ersten lukrativen Vertrag mit der arabischen Rapperin stechen ließ. Sofort schiebt er den Ärmel wieder nach unten, aber einer der drei Wetter blickt in unsere Richtung. Elvir.

Matte und ich sehen uns an, fluchen stumm.
Ich gehe zu Elvir, drücke ihm den Colt ins Genick und spanne langsam den Hahn. Nur wenige Menschen bleiben cool bei diesem metallischen Knacken. Alle im Raum beobachten die Szene. Meine drei Freunde verharren, die beiden anderen Wetter schließen die Augen, der Buchhalter vibriert vor Anspannung. Ich blicke Elvir eindringlich an und lege meinen Zeigefinger auf den Mund. Er zittert wie Espenlaub, nickt ebenso heftig wie er schwitzt und scheint zu verstehen, was ich ihm sagen will. Ich tätschle seinen Kopf und lasse den Hahn des Revolvers vorsichtig wieder einrasten. Ich bemerke, wie Josch erleichtert ausatmet.
Der verschnürte Ochse leidet noch immer unter einem starken Mitteilungsbedürfnis.
»Ihr Scheißer, ihr werdet alle verrecken!«
Pierre reißt einen großen Streifen Klebeband von der Rolle und zieht ihn über das vorlaute Maul des Ochsen. Danach kommen die anderen dran. Als wir beim Letzten, dem Kassierer, angelangt sind, robbt der Ochse Richtung Ausgang. Seine Aufsässigkeit nötigt mir Respekt ab, doch Matte sieht das unromantischer. Er versetzt dem Dicken drei kräftige Tritte in Leber und Niere, danach zerren wir das stöhnende Walross zu dritt ins Innere, weit weg von der Tür.
Keiner spricht mehr etwas, der Raum wird nur noch erfüllt vom Geschrei der Fußball- und Pferdereporter. Auf der Stirn des Kassierers bilden sich dicke Schweißtropfen, die sich noch vermehren, als wir die Schubladen aufbrechen. Die einfachen Schlösser lassen sich leicht mit den Griffen unserer Waffen knacken. Der Kassierer schließt die Augen und fragt sich vermutlich, wie er Yildiray die schlechte Tagesbilanz erklären soll.
In den Schubladen befinden sich rund zwanzigtausend Euro in kleineren Scheinen. Das Wechselgeld. Der Kassierer und der Ochse blicken sich an. Wahrscheinlich hoffen sie, dass wir jetzt abziehen und den Wandsafe an der Stirnseite des Kassenraums in Ruhe lassen. Oder glauben sie, dass wir einen von ihnen foltern, um die Kombination herauszubekommen? Nicht unser Stil.
Matte bringt den Sprengstoff und die Drähte am Wandsafe an. In der Zwischenzeit ziehen wir alle fünf Verschnürten in das entgegengesetzte Ende des Raumes und bauen dort aus den umgekippten Ti-

schen einen kleinen Schutzwall. Der soll nicht nur vor der Detonation schützen, sondern auch vor den Blicken, wenn wir nachher die Skimasken abnehmen.
Matte hebt den Daumen. Ich schnappe mir die Fernbedienungen der Bildschirme und suche einen Sender, der Zusammenfassungen von Fußballspielen überträgt. Ein englischer Kanal liefert das Gewünschte. Matte und ich gehen nun auch in Deckung. Ich drehe den Ton lauter und, als ein Tor fällt, auf das Maximum. In den Jubel der Zuschauer hinein zündet Matte die Sprengladung.
Zumindest war das der Plan. Denn wir hören, sehen und spüren nichts. Matte flucht, geht zum Safe, fummelt an den Drähten herum und kommt dann zurück.
Zweiter Versuch. Tor für Everton! Ich drehe die Lautstärke auf und Matte drückt auf das Knöpfchen seiner selbstgebastelten, kleinen Fernbedienung.
Ein leises Klicken. Mehr nicht.
Der Ochse kichert leise in sich hinein. Josch richtet seine Walter auf ihn.
»Fresse!«
Josch, Pierre und ich blicken Matte nervös an. Er wirkt für einen Moment ratlos, dann erobert ein Lächeln seine Augen. Stumm zeigt er auf die Fernbedienung eines Flachbildschirms, entnimmt die Batterien und tauscht sie mit denen in seiner eigenen Fernbedienung.
Matte gibt Zeichen, dass wir in Deckung gehen sollen.
Verdammt, ist das laut!
Stahlsplitter fliegen durch den Raum. Ein Querschläger erwischt Josch am Hals. Sofort bildet sich ein kreisförmiger Blutfleck unter der Skimaske. Josch stöhnt leise und presst seine Hand auf die Wunde. Dann hebt er den Daumen. Wir recken die Hälse. Am Safe kreiselt ein kleines, bläuliches Rauchwölkchen, die Tür steht offen.
Als wir aufstehen, klopft jemand gegen die Tür und versucht, durch eine der großen, verdunkelten Scheiben ins Innere zu blicken. Da ich das von außen selbst schon versucht habe, weiß ich, dass man durch die mit Folien verklebten Fenster nichts erkennt. Trotzdem sind wir in höchster Alarmbereitschaft. Hat der alte Mann, der sein Gesicht gegen die Scheibe presst, die Explosion gehört? Oder will er einfach nur aus Gewohnheit ins Wettbüro? Wir verhalten uns mucksmäus-

chenstill, doch der Ochse spielt nicht mit. In den Augenwinkeln sehe ich, wie er mit seinen verschnürten Beinen einen Tisch umstoßen will und kann den Fall gerade noch rechtzeitig aufhalten. Wir stürzen uns auf den Kerl und prügeln mit Händen und Füßen auf ihn ein, bis er keinen Ton mehr von sich gibt. Zu guter Letzt jagt ihm Josch noch eine große Ladung Pfefferspray ins Gesicht.
Eine quälende, kleine Ewigkeit später zieht der alte Mann ab. Jetzt nur keine Zeit verlieren!
Während Pierre und Josch die fünf verschnürten Pakete im Auge behalten, räumen Matte und ich den Safe aus. Unfassbar, wie viele Geldbündel wir herausholen, meist Fünfziger und Hunderter. Außerdem finden wir eine Reihe von Unterlagen, vermutlich Schuldscheine, alles in türkischer Sprache. Wir lassen die Papiere drin und stopfen die Bündel in die vorbereitete Sporttasche.
Vorsichtig öffne ich die Tür einen Spalt und erwarte ein vollbewaffnetes SEK-Team, das die Treppen hochstürmt, Tränengas hineinwirft und uns gnadenlos niedermäht. Oder zwei Dutzend zu allem entschlossene Verwandte von Yildiray, die uns schnappen, an ihre BMWs binden und damit johlend durch die Oranienstraße brettern.
Nichts.
Alles ruhig am Kotti.
Ich schließe die Augen und konzentriere mich nur auf mein empfindliches Gehör. Aus der Kakophonie der Gespräche auf dem Platz höre ich nichts Verdächtiges heraus. Allerdings wird es zunehmend lauter. Ist das Freitagsgebet schon beendet?
Ich gebe den Jungs das Zeichen zum Aufbruch. Wir ziehen uns die Skimasken ab, Josch, Pierre und Matte ihre Handschuhe. Verschwitzte Gesichter voller Anspannung blicken zum Ausgang. Die erblindeten Kameras stellen kein Problem mehr dar, ebenso die fünf menschlichen Pakete hinter dem Tisch. Als wir das Wettbüro verlassen, schließe ich ab und entferne ebenfalls meine Handschuhe. Danach gehen wir wieder in zwei Gruppen zur Hochbahn. Der Platz am Kotti zeigt sich nun sehr viel belebter als vorhin. Die drei Minuten Fußweg zur U1 sind die wohl längsten einhundertachtzig Sekunden meines Lebens.
Zwei Stationen trennen uns vom Mustang. Nervös blicken wir am Bahnsteig stehend nach Osten, wo die U-Bahn jeden Moment er-

scheinen sollte. Dann verkündet blechern ein Lautsprecher über uns eine fünfzehnminütige Verspätung der U1 Richtung Wittenbergplatz aufgrund von Gleisbauarbeiten. Scheiße!
Durch die verschmutzten Scheiben des Bahnhofs kann man bis zum Wettbüro blicken. Ich sehe, wie ein halbes Dutzend Kerle an der Tür rütteln und aufgeregt miteinander reden. Zwei von ihnen rennen weg vom Büro, einer in Richtung U-Bahn, ein anderer zur Oranienstraße, der Rest versucht, die Tür aufzubrechen. Meine empfindlichen Ohren verstehen jedes Wort, aber mein Türkisch ist nicht gut genug, um es übersetzen zu können. Doch eins steht fest: Wir müssen sofort hier weg!
Im Dauerlauf hecheln wir unter der Hochbahn Richtung Hallesches Tor, wo mein Wagen steht. Meine Lunge brennt, die Bänder und Gelenke schmerzen. Die Sofa- und Xbox-Sportler Matte, Josch und Pierre keuchen laut, aber die Aussicht, von Yildirays Männern geschnappt zu werde, hält ihre Kreisläufe am Leben.
Schließlich sitzen wir schwer atmend im Mustang. Mit zittriger Hand starte ich den Wagen und kurz darauf fahren wir in Richtung Schöneberg, zu Joschs Wohnung. An jeder Kreuzung erwarten wir eine Straßensperre mit Bullen, aber Berlin zeigt sich lässig und offen wie eh und je. Niemand hält uns auf.
Nach einigen Minuten löst sich die Anspannung bei den vier verschwitzten Kerlen im Mustang. »War das geil!« Pierre findet als Erster zur Sprache zurück und seine Euphorie steckt alle an. Wir reden ebenso glücklich wie sinnfrei durcheinander, geben uns kreuz und quer High Fives. Ich drehe die Musik auf, die »Three Degrees« trällern, während ich mir entspannt eine Camel anzünde und die Packung herumreiche. Selbst der Nichtraucher Josch nimmt sich eine. Die Wunde an seinem Hals hat inzwischen aufgehört zu bluten und bildet eine längliche Kruste. Sie ist weniger tief, als es den Anschein hatte, der Splitter ist nicht bis zu einer Arterie eingedrungen. Alles bestens.
Der Mustang blubbert gen Westen, wir johlen und glucksen im Takt der Musik.

Wie gestern sitzen wir vier wieder an Joschs Wohnzimmertisch. Nur mit dem Unterschied, dass wir erstens schlechter riechen und zweitens ein Haufen Geld vor uns liegt. Wir zählen die Scheine. Wäh-

renddessen lassen wir laut das Radio und stumm den Fernseher laufen, um uns die erste Meldung zum Überfall anzuhören, die aber auf sich warten lässt.
Wir haben 850.000 Euro erbeutet. Acht-hundert-fünfzig-tausend! Uns bleibt die Spucke weg. Etwas mehr als zweihundert Riesen für jeden! Fünfunddreißig Riesen für Werner.
Josch zieht eine vergnügte Grimasse.
»Ich schütte das nachher in die Wanne und bade darin. Wie Dagobert Duck! Härrlisch! Ein Kindheitstraum von mir!«
»Du steigst aber nur mit Hose rein«, fordert Pierre. »Ich will nicht, dass meine Scheine nach deinem Ding riechen.«
»Der purpur behelmte Liebeskrieger? Der riecht gut. Ich hab ihn erst am Sonntag gewaschen!«
Es folgen Gegröle und gemeinsames Einprügeln auf Josch, begleitet von deutlichen Bekundungen des Ekels.
»Wie hält es Svenja nur mit dir aus?«, seufze ich. Er grinst souverän. Ob er ihr von dem Überfall erzählt? Bestimmt. Vermutlich schon heute Abend, wenn sie von der Arbeit kommt. Natürlich wird unseren Herzensdamen früher oder später auffallen, dass wir über Cash in großen Scheinen verfügen. Aber bis dahin ist Schweigen angesagt. Eine Tugend, über die Josch nicht verfügt. Sei's drum.
Leider befinden sich kaum Alkoholika in seiner Wohnung. Wir hatten bei den Vorbereitungen auf den Überfall glatt vergessen, fürs Feiern einzukaufen. So ganz geheuer ist uns ohnehin nicht. Die größten Fahndungserfolge gibt's in den ersten zweiundsiebzig Stunden und bis dahin sollten wir uns nicht zu früh freuen und das Schicksal herausfordern.
Trotzdem sind wir aufgekratzt, kramen die letzten Reste Whisky, Bier und Wein zusammen und trinken alles weg. Meine Fresse, war das einfach in diesem Wettbüro. Wir können immer noch nicht glauben, dass wir dort ohne größere Probleme rein- und vor allem wieder herausspaziert sind. Merkwürdig nur, dass wir weder im Radio noch im Fernseher oder im Netz irgendeine Meldung dazu hören.
Wir sitzen bis zum späten Abend zusammen, werden auch von Svenja nicht gestört, die heute »mit ihren Mädels« den Ku`damm unsicher macht. Als die Anspannung von uns abfällt wie ein schwerer Ruck-

sack nach langer Wanderung, macht sich Müdigkeit breit. Pierre gähnt mich einige Male herzhaft an und wir beschließen, aufzubrechen. Vorher ziehen wir uns um und werfen die Klamotten in einen großen, blauen Müllsack, den wir morgen verbrennen werden. Schließlich ziehen wir ab. Matte in meine Wohnung, Pierre und ich zu Mattes Wohnung in Pankow.

Wir vertreiben uns die nächsten Stunden an der Konsole, dann wird's Zeit für das Sandmännchen.
Pierre nächtigt auf dem Sofa, ich falle ins Bett und schlafe wie ein Stein.

Tag 13, Samstag, 12.00 Uhr

Ich sitze mit Pierre in der Küche. Er gießt sich einen Kaffee ein, ich rauche bereits meine Frühstückszigarette, da ich seit neun Uhr auf den Beinen bin. Keine einzige Radiostation bringt eine Meldung vom Überfall.

»Sag mal, verstehst du das?«, frage ich Pierre, während ich den Sender wechsle.

Der verhält sich maulfaul, wenn er sich vor Mittag aus dem Bett schälen muss.

»Keine Ahnung.«

»Warum kommt das nirgends in den Medien?«

»Vielleicht wollen uns die Bullen in Sicherheit wiegen.«

Er nippt an seinem Kaffee und schlurft müde an den kleinen Tisch, setzt sich und zeigt demonstrativ keine Lust, sein Gehirn zu beschäftigen. Im Gegensatz zu mir.

»Glaube ich nicht. Irgendwer hat immer sein Fotohandy schussbereit und ist scharf auf ein paar Extramäuse der BILD. Dieser Fotoreporterscheiß. Ob die Polizei die Meldung unterdrücken will oder nicht.«

»Heißt was?« Seine Augenlider bewegen sich einen halben Millimeter nach oben.

»Das heißt, dass Yildiray die Sache vertuschen will. Seine Leute waren die Ersten am Wettbüro, falls du dich erinnerst. Trotzdem haben sie nicht die Bullen geholt. Warum?«

Jetzt rattern Pierres Rädchen, die am Ende des Prozesses eine Idee ausspucken: »Falschgeld?«

Ich nicke und führe den Gedanken fort.

»Oder Schwarzgeld. Oder Drogenkohle. Irgendwas stimmt mit den Scheinen nicht.«

Fünf Minuten später telefonieren wir mit Josch. Wir bitten ihn, sich die Kohle anzusehen und mit echten Scheinen zu vergleichen.

»Ihr Glückspilze! Ich habe sogar einen Fünfziger und Hunderter hier. Svenja ist gerade beim Friseur, aber nachher wollten wir uns bei Ikea …«

»Ja, rasend interessant, Josch! Erzähl uns später mehr davon. Jetzt hol die Tasche, bitte!«, fahre ich dazwischen.

Josch nimmt das Telefon mit in die Küche und mosert halblaut vor sich hin. Wir hören, wie er das Versteck aufstemmt und kurz darauf den Reißverschluss der Tasche.
»Nimm verschiedene Bündel, nicht nur eins!«, ruft Pierre in die Muschel.
»Du Iwwergscheider! Da wäre ich von allein nie draufgekommen!«, keift Josch. Wir hören das Rascheln der Bündel und anschließend Joschs Kommentare.
»Erst die Fünfziger. Wasserzeichen … da. Hologramm … vorhanden. Silberstreifen … auch da. Hunderter. Wasserzeichen. Hologramm. Silberstreifen.«
Das Ganze exerziert er vier-, fünf-, sechsmal mit dem immer gleichen Ergebnis. Danach streichen wir das Thema Falschgeld.
Anschließend halten wir eine Telefonkonferenz ab, rufen Matte an und nehmen ihn in die Leitung. Wir machen uns gemeinsam Gedanken, warum unser Überfall medial nicht stattfindet. Einerseits betrachten wir das als einen Grund zur Freude. Keine Straßensperren, keine Fahndungsplakate mit schlecht beleuchteten Passfotos auf den Postämtern, keine Bilder in der Tagesschau. Allerdings dürfte Yildiray alle Hebel in Bewegung setzen, um sein Geld zurückzubekommen.
Pierre legt sich noch mal aufs Ohr. Eine Stunde später gehe ich zum Bäcker, um uns Croissants zum zweiten Frühstück zu holen.
Zu den erschütterndsten Erlebnissen für jeden zugezogenen Berliner gehören die Backwaren der Stadt. Bei Fast Food wie der Currywurst kann uns niemand das Wasser reichen. Diametral entgegengesetzt schmecken Schrippen, wie die Brötchen hier heißen, Brot und Teilchen. Ein fades, teigiges Allerlei, das man nur mit großen Mengen Kaffee in den Hals würgen kann. Aber heute ist mir das egal, gut gelaunt kaufe ich in der kleinen Bäckerei an der Ecke eine Tüte voller Croissants und Schokobrötchen.
Im Hintergrund des Ladens läuft radioeins. Als ich die Tür zum Ausgang öffne, höre ich, wie ein Interview mit Hercule de Fortesquieue angekündigt wird. Ich hole ein Croissant aus der Tüte, beiße hinein und bleibe mit der Hand am Türgriff stehen. Die mollige Bäckereifachgehilfspraktikantin mit ihrer rot gefärbten Strähne auf der Stirn und dem schief sitzenden Namensschild, das sie als Jacqueline aus-

weist, blickt mich missbilligend an. Ja, ja, es zieht! Ich lasse die Tür von innen zuschnappen und lausche dem Interview.
Der Moderator stellt seinen telefonischen Interviewpartner als jemanden vor, dessen hochbezahlte Tätigkeit in die Kritik geriet. Angesichts knapper öffentlicher Kassen und mangelnder Ermittlungserfolge sei aus politischen Kreisen Kritik an der Polizei geübt worden. Eine Anfrage der Opposition im Parlament ziele darauf ab, die Zusammenarbeit mit dem französischen Spezialisten auf Eis zu legen oder die Polizeikräfte abzuziehen. Was denn Herr Fortesquieue auf öffentliche Kritik antworte, insbesondere im Hinblick auf seine mangelnden Ermittlungserfolge und den Tod eines Unbeteiligten.
»De Fortesquieue!«, verbessert der Franzose. »Und non, es gibt keinen Grund, unsere Aktivitäten zu reduzieren!«, fährt er mit seinem typischen Akzent fort, ohne den geringsten Zweifel in der Stimme.
Der Moderator insistiert, dass bisher wenig erreicht wurde. Im Gegenteil, Unschuldige seien belästigt worden, ein Mensch kam bei einer Razzia ums Leben. Und nach fast zwei Wochen intensiver Fahndung könne die Öffentlichkeit erste Ergebnisse erwarten.
»Wenn Sie einen Tiger jagen, dann wissen Sie genau, in welchem Teil des Dschungels er sich versteckt. Aber der Tiger ist schlau, er versucht, sich den Jägern zu entziehen, und geht in Deckung. Deshalb gibt es Phasen der Ruhe, die ahnungslose Menschen als Phasen des Misserfolgs interpretieren.«
»Wir reden hier aber von einem Menschen, Herr Fortes…, äh, de Fortesquieue. Und nicht von einem Dschungel, sondern von Berlin. Finden Sie Ihren Vergleich nicht etwas weit hergeholt?«
»Papperlapapp. Es ist fast dasselbe, das versuche ich doch gerade Ihnen oder wenigstens Ihren weniger bornierten Hörern mitzuteilen. Ich weiß, dass ER da draußen ist. Ist das so schwer zu verstehen? Und ich werde ihn zur Strecke bringen, erst dann ist meine Mission beendet. Ob mit oder ohne Polizei, das spielt für mich keine Rolle. Mon dieu, ich werde Ihre Stadt von dieser Geißel befreien! Hercule de Fortesquieue hat noch nie versagt!«
Der Moderator fragt mit professioneller Ironie nach, wer diese Geißel denn überhaupt sei. Das überhebliche Gesäusel des Medienprofis lockt Fortesquieue nicht aus der Reserve. Vermutlich hat er schon Hunderte dieser Interviews geführt und weiß, wie die Reaktionen

des Publikums auf Begriffe wie Werwolf oder Vampir ausfallen. Hysterisch oder amüsiert, selten aber ernsthaft interessiert. Heute scheint er keine Lust auf das weltliche Geblubber des Journalisten zu haben und legt mitten im Live-Gespräch auf. Irritiert kündigt der Moderator den nächsten Song von Björk an.

Auf dem Weg zu Mattes Wohnung frage ich mich, welche Wendungen dieser Tag noch bereithält. Yildiray verschweigt den Überfall. Fortesquieue verliert seinen Polizeiapparat. Das bedeutet wahrscheinlich keine weiteren Kontrollen mehr am Kotti, Matte kann aus meiner Wohnung abziehen. Er sollte so schnell wie möglich von dort verschwinden. Je mehr Distanz wir zu Yildiray halten, umso besser. Ich werde ihn gleich nach dem zweiten Frühstück anrufen.

Als ich zurückkehre, daddelt Pierre an der Konsole. Er bemerkt die Bäckertüte und legt das Pad zur Seite.

»Ey, wo warst du?«

»Dein Glückstag, Digga. Und meiner.«

»Der feine Herr spricht in Rätseln!«

»Dein Glückstag, weil ich frische Croissants dabei habe. Mein Glückstag, weil Fortesquieue fast schon aus dem Rennen ist.«

»Sehr geil! Woher weißt du das, hat dich der Polizeipräsident angerufen?«

Wir plaudern beim Frühstück weiter: Ich haue mir noch zwei Spiegeleier in die Pfanne, Pierre vertilgt die Croissants. Währenddessen versuche ich, Matte anzurufen, aber er geht weder ans Handy noch an meinen Festnetzanschluss. Pierre bemerkt meinen Blick.

»Was los?«

»Matte geht nicht ans Telefon.«

»Vielleicht pennt er 'ne Runde. Er hält doch immer Mittagsschlaf.«

Stimmt. Eine von Mattes Marotten ist die aus Kindheitstagen überlieferte Gewohnheit, sich jeden Nachmittag aufs Ohr zu legen. Das beruhigt mich. Der zweite Kaffee und die Croissants haben Pierre endgültig geweckt.

»Eigentlich könnten wir zur Feier des Tages einen kippen.«

»Wir wollten doch in Deckung bleiben, Dude.«

»Vor wem denn? Die Bullen sind nicht hinter uns her und der Franzose hat allein überhaupt keine Chance, dich zu finden. Der rauscht bestimmt bald ab nach Fronkreisch!«

»Wir müssen noch in den Grunewald, die Klamotten verbrennen.«
»Das können wir auch morgen machen. Mann, Gero, mach dich geschmeidig.«
Die ganze Anspannung der letzten Tage bei ein paar Drinks zu lockern, klingt nach einem guten Plan. Pierre kennt meine Schwachstellen.
»Und wohin, Dude?«
Pierre überlegt kurz.
»Wie wäre es mit der Bebel Bar im Hotel de Rome? Die ist zwar scheißteuer, aber hey, es trifft keine Armen.« Er grinst.
»Von mir aus. Aber die Kohle aus dem Überfall rühren wir erst mal nicht an, bevor wir nicht wissen, wo der Haken ist.«
Pierre stöhnt, erklärt sich aber einverstanden. Ich besitze noch ein paar Kröten von Greta, immerhin. Josch sagt am Telefon ab. Er kann leider nicht mitkommen. Seit Äonen ist seine Schwiegermutter wieder mal zu Besuch in Berlin und wenn er Svenja keine Gesellschaft bei der Zähmung des Drachen leistet, lässt sie ihn zwei Wochen nicht mehr an ihren schwungvollen Körper. Untragbar für den virilen Josch.
Matte geht noch immer nicht ans Telefon, was mir langsam Sorgen bereitet. Pierre beruhigt mich und verweist auf Mattes langen Schlaf. Außerdem könne er ja nachkommen. Suna nimmt das Telefon ebenfalls nicht ab und ich frage mich, ob ich an schlechtem Telekommunikationskarma leide.
Wir vertreiben uns den Nachmittag mit tiefschürfenden Diskussionen über die Transferpolitik des FC Bayern München und einem kurzen Nickerchen, bis die Sportschau kommt. Der Höhepunkt der Woche. Hertha verliert das Heimspiel. Wir fluchen und brechen zur Bebel Bar auf, während sich die Sonne hinter dem Horizont schlafen legt.
Im Mustang gehen wir die angemessenen Strafen für den Berliner Trainer durch und einigen uns auf »die eingesalzenen Fußsohlen von einer zypriotischen Ziege ablecken lassen«.

Tag 13, Samstag, 20.30 Uhr

Auf der Fahrt zur Bebel Bar erhalte ich einen Anruf. Suna? Ich klemme mir rasch die Red Bull-Dose zwischen die Schenkel, verlagere meine Zigarette in den linken Mundwinkel und fummle das Handy aus der Hose. Bei diesem Manöver gerate ich Unter den Linden leicht auf die linke Spur, was einen Skoda-Fahrer vor Schreck auf den Mittelstreifen fahren und einen Fahrradfahrer fast auf die Hörner nehmen lässt.

»Amateur!«, kommentieren Pierre und ich zeitgleich, während ich auf das Display blicke. Evas Nummer. Ich überlege eine Sekunde, dann lasse ich es weiter klingeln. Als ich ins Parkhaus an der Oper einbiege, höre ich die Mailbox ab.

»Ich habe jetzt schon zigmal versucht, dich zu erreichen. Du willst wohl nicht rangehen! Aber ruf mich jetzt endlich zurück. Ich möchte es dir live ins Ohr schreien, dass ich mich so nicht behandeln lasse! Ich bin doch keine Nutte, die du besteigen kannst, um danach wortlos zu verschwinden! Du wirst mich noch kennenlernen, mein Lieber! Ich sorge dafür, dass du bei keiner Produktion mehr ...«

Ich drücke auf die rote Taste.

»Eva«, teile ich Pierre mit, während ich das Handy zuklappe und die Schranke im Parkhaus passiere.

»Die Anwaltstussi?«

»Die Anwaltstussi.«

»Was wollte sie?«

»Keine Ahnung. War wohl mit unserem Date nicht wirklich zufrieden.«

Fünf Minuten später sitzen wir am Tresen der Bebel Bar, die sich im exklusiven Hotel de Rome befindet, einem Domizil für Menschen, die bevorzugt per Sänfte oder Privatjet anreisen. Im Gegensatz zu Pierre bin ich kein Fan dieses Etablissements. Die Live Musik und die Drinks sind vom Feinsten, keine Frage. Die Getränkepreise bewegen sich allerdings in astronomischer Höhe. Eine Rechnung an einem durchschnittlichen Abend an der Bar übersteigt das Bruttosozialprodukt der meisten afrikanischen Staaten. Dann die Gäste, die einen Mix aus Geschäftsleuten und Touristen bilden, die unbedingt

dort ihren Caipirinha schlürfen wollen, wo auch Til Schweiger oder Quentin Tarantino den Barhocker anwärmten.
Mir fehlt das Lässige und Coole, wie es die Victoria Bar verkörpert. Da der Dude an diesem Laden einen Narren gefressen hat, zicke ich aber nicht herum.
Pierre bestellt einen Cocktail mit einem speziellen Gin, der gleich mal sechs Euro Aufpreis kostet. Ich beginne wie immer mit einem New Yorker. Wir stoßen an. Der New Yorker begrüßt meine Kehle und breitet sich dann wärmend in meinem Magen aus. Ein gutes Gefühl, auch nach dem tausendsten Mal.
Um diese frühe Uhrzeit ist nicht viel los. Die Zahl der Gäste kann man an zwei Händen abzählen und es bleiben immer noch Finger übrig. Ich scanne den Raum. Ein amerikanisches Musikerduo spielt elegante Weisen auf dem Klavier und Schlagzeug, die Lady an den Drums singt rauchig in ein Mikro. Mein Blick bleibt schließlich an einer Sitzecke hängen, in der sich zwei langbeinige Gazellen aufhalten. Die Dunkle wie auch die Blonde verfügen über hohe Wangenknochen und wirken auf mich, als kämen sie frisch von einem Fotoshooting. Die Dunkle trägt einen eng anliegenden Catsuit, die Blonde einen Rock, der fast als Gürtel durchgehen könnte und ihre perfekten Beine präsentiert. Beide verströmen schweres Parfum, was meine Nase mit Genuss erschnüffelt. Sie schnattern leise und lassen dabei Blicke in unsere Richtung fallen als wären es Taschentücher, die wir nur aufheben müssen.
Pierre nuschelt mir verstohlen zu. »Siehst du die?«
»Klar, Dude. Und die sehen uns.«
»Nicht übel. Was meinst du?«
»Nutten. Aber nicht übel, ja.«
Er fällt fast vom Stuhl.
»Was? Nutten? Wieso?«
»Tippe ich einfach mal. Ist nur ein Gefühl. Schau dir die Klamotten an. Und die baggern schon nach zwei Minuten.«
»Scheiße. Ich dachte, die finden uns einfach geil.«
»Tun sie bestimmt auch.«
Wir stoßen an. Während wir trinken und uns bemühen, die Ladys nicht allzu auffällig anzustarren, besteigen sie die beiden Hocker auf Pierres Seite. Die Blondine sitzt direkt neben ihm, einen Platz weiter

die Dunkle. Ich bemerke die fantastische Rundung der Pobacken im Catsuit und frage mich, ob sie auf meinen Oberschenkeln dieselbe Passform hätten. Ich proste ihr zu und zügle mein Verlangen, sie vom Hocker zu zerren.
»Nastrovje!«, prostet sie mit einer Sektflöte in der Hand zurück und entblößt dabei eine Reihe makelloser Zähne, durch die sich eine Zungenspitze schiebt. Nur für eine Hundertstel Sekunde, aber es reicht aus als Weckruf an meine Lenden.
Gazelle dunkel heißt Olga und Gazelle blond Natascha, was wir nach einem kurzen Geplänkel herausfinden. Wir gruppieren die Barhocker zu einem Halbkreis. Pierre widmet sich der Blonden, während ich meinen Hocker näher zu Olga schiebe, die mit ihren offenen High Heels fast an meine Körpergröße heranreicht. Ihre Zehen präsentieren sich ebenso makellos und appetitlich wie der Rest von ihr. Die beiden stellen klar, dass alles unter Champagner eines Damengetränks unwürdig sei, was Pierre und ich umgehend mit der Bestellung zweier Schampusflöten beantworten. Olga und Natascha zollen uns Anerkennung und in aufgeräumter Runde finden die ersten Berührungen statt. Zu Beginn eher kurz und zufällig, doch dann liegen grazile Damenhände dauerhaft auf meinem Oberschenkel sowie an Pierres Hals. Während ich mir die gepflegten und rot lackierten Finger von Olga betrachte, stelle ich mir vor, wo diese Hände noch zugreifen könnten. Und ich sehe den leichten Flaum auf ihrem Unterarm, was meine Begehrlichkeit nicht mindert. Pierre plaudert angeregt mit der Blonden, die soeben sein Ohrläppchen einsaugt und wieder schnalzen lässt. Schließlich stehen die Grazien auf, um sich die Näschen zu pudern.
Pierre beugt sich zu mir: »Meinst du wirklich, dass das Nutten sind?«
»Was denn sonst, Dude? Aber lass mich mal lauschen …«
Mit geschlossenen Augen konzentriere ich mich auf die Geräusche und Gespräche in der Damentoilette. Ich pegle mich auf Natascha und Olga ein und kann sie gut verstehen. Jedes russische Wort. Großartig.
»Sie reden russisch, ich kann dir also nicht sagen, worum es geht. Aber ich bleibe dabei, sie brauchen Taschengeld.«
Er rümpft die Nase.

»Fuck! Und jetzt?«
»Weiß nicht, bin unschlüssig. Auch wenn die Damen ein eher professionelles Interesse haben, sind sie lecker. Was meinst du?«
Pierre nickt mit dem Oh ja-Gesicht und flüstert: »Mein Reden. Wie viel hast du dabei? Kannst du was auslegen? Du bekommst es von meinem Anteil zurück.«
Ich prüfe die Bestände in meinem Geldbeutel. Knappe hundertachtzig Euro warten ängstlich darauf, bald in der Kasse der Bar zu verschwinden.
»Fast zweihundert. Das reicht noch für ein paar Drinks, aber bestimmt nicht für die Mädels. Und du?«
Er prüft sein Bares.
»Sechzig.«
Jetzt wäre genau der richtige Moment, sich einen letzten Drink zu genehmigen, diesen in Gedanken an Suna hinunterzustürzen und einen entspannten DVD-Abend zu Hause zu verbringen. Doch mich befällt eine seltsame Lähmung und Pierre blickt bereits in Richtung Toiletten wie ein Krokodil, das an der Wasserstelle auf Beute lauert. Natascha und Olga kehren zu uns zurück, lachen aufgekratzt und setzen sich nicht mehr auf die Hocker, sondern stellen sich neben uns. Olga schnurrt mich lüstern an. Während sie sich auf meine Schulter stützt, erzählt sie mir von der Ukraine, aus der sie stammt, aber im Moment steht mir der Sinn weniger nach Geografie, außer vielleicht nach den Bergen und Tälern in ihrem Catsuit. Als ich mich selbst ertappe, wie ich auf ihre Brüste starre, stürze ich den Rest meines New Yorkers auf ex hinunter.
Schließlich kommen die Ladys auf den Punkt und erzählen uns, dass sie hier im Hotel wohnen und als Models auf der Fashion Week arbeiten.
Ja, nee, is klar. Lasst euch ruhig eine gute Geschichte einfallen, ob Models oder Testpilotinnen. Hauptsache, ich darf mich diesen langen Beinen widmen.
Ob wir nicht Lust hätten, mit nach oben zu kommen, um dort ein wenig weiter zu feiern? Olga fährt sich mit der Zunge über die Lippe und ich hisse endgültig die weiße Fahne.
Ein beträchtlicher Teil meines Geldes wechselt den Besitzer inklusive eines großzügigen Trinkgelds, für das sich der Barkeeper zu einem

lauen »Danke, der Herr« herablässt. Pierre steht mit den beiden bei ihm untergehakten Grazien am Aufzug.
»Eine Arbeitsteilung nach meinem Geschmack, Meister!«, grinst er mich mit gerecktem Kinn an und richtet seinen Kragen. Olga hakt sich bei ihm aus und bei mir ein. Als kluges Mädchen orientiert sie sich am Alphatier mit dem Geldbeutel. Mir soll's recht sein.

Im vierten Stock steigen wir aus dem Lift und betreten ein geräumiges Doppelzimmer am Ende des Gangs. Pierre setzt sich mit Natascha aufs Bett, die ihr Knie bereits auf seinen Unterleib schiebt. Olga lässt sich auf das Sofa fallen, ohne den Blick von mir zu wenden, und äußert den Wunsch nach Essbarem. Pierre wirft mir den »Worauf wartest du noch, Alter?«-Blick zu, ich greife zum Telefon und wähle die Nummer des Zimmerservices.
Ein öliger Kellner mit zwei Kilo Gel im Haar erscheint eine Viertelstunde später mit einem gefüllten Servierwagen, den er mit bedeutender Geste in den Raum schiebt, als transportiere er die Kronjuwelen.
Ganz falsch liegt er damit nicht, denn er präsentiert uns das kulinarische Äquivalent, Schampus und Gambas. Schließlich verzieht sich der kellnernde Snob.
Wir verhalten uns wie Playboys aus den Sechzigern. Während russische Dancefloor-Tracks aus den Boxen wummern, füttere ich Olga und sie füttert mich, das Ganze begleitet von gutturalen Bekundungen des Wohlgefallens. Pierre veranstaltet einen ganz privaten Wet-T-Shirt-Contest und kippt den teuren Schampus über Nataschas entzückende und perfekt gebräunte Auslage, während sie kubanische Zigarren anzündet.
In diese aufgeräumte Stimmung hinein platzt wieder der Zimmerkellner und fragt nach dem Begleichen der Rechnung. Natascha verweist auf Pierre, der zeigt auf mich und ich entgegne, dass wir das alles auf einmal zahlen, aber noch nicht am Ende der Bestellung angelangt wären. Er soll uns noch eine Flasche Jim Beam bringen. Schmalzlocke rauscht ab, um den Whisky zu besorgen, während Natascha Pierres Unterlippe anknabbert.
Wenige Minuten später gehen die Zärtlichkeiten so weit, dass wir eine Grundsatzentscheidung treffen müssen. Treiben wir es hier zu

viert in Nataschas Zimmer? Bei allem Respekt vor meinem Freund möchte ich lieber auf den Anblick seines behaarten Hinterns verzichten. Olga und ich verziehen uns. Schon auf dem Flur rieche ich schlechtes Rasierwasser, das sich in Olgas Zimmer ausbreitet. Bevor wir eintreten, frage ich, ob wir dort allein sind.

»Hast du siebte Sinn? Ist nur Sergej drin, meine Bruder und Manager.« Wir treten ein.

Sergej ist etwa halb so groß wie das Empire State Building. Ein hässlicher Kinderschreck mit Bürstenschnitt, den ich mir gut in einem sibirischen Zuchthaus vorstellen kann. Olga spricht kurz mit ihrem angeblichen Bruder, der sich brummend nach draußen trollt. Bei mir keimen erste Bedenken auf, wie wir aus der Nummer wieder herauskommen.

Die Klamotten fallen und wir begeben uns auf das King Size-Bett. Während sich Olga mit katzengleichen Bewegungen an mich schmiegt, hören wir nebenan Natascha schreien. Nicht im Sinne von »Nein, nein!«, sondern von »Mehr, mehr!«

Wenn es an die Front geht, kann der Soldat nicht einfach den Rückzug antreten. Und der Feind bietet sein ganzes Arsenal auf, darunter einen perfekten Körper, der unbekleidet noch mal besser aussieht als in einem Catsuit. Olga zeigt sich außerdem derart gelenkig, dass ich das Gefühl habe, mit einer Olympiasiegerin am Stufenbarren im Bett zu liegen. Zielstrebig hält sie sich nicht allzu lange mit dem Vorspiel auf, sondern geht vom Turnen direkt zum Springreiten über.

Als Olga auf mir reitend das halbe Hotel zusammenschreit, befürchte ich, zu ertauben, aber ihre schraubstockartigen Schenkel halten mich bei Bewusstsein. Dann zittert sie plötzlich auf mir, obwohl ich nicht das Gefühl habe, dass sie friert. Im selben Moment zünde ich das Schlussfeuerwerk der Olympischen Spiele.

Olga ermattet und sinkt wie ein Sack Zement auf mich. In diesem Moment weht ein böser, kalter Hauch über meinen schweißnassen Körper: Das schlechte Gewissen. Die fünf Minuten danach sind die schlimmsten. Nur dann sind wir klar in unserer ansonsten von Testosteron vernebelten Birne, Verstand und Moral gewinnen die Überhand. Ich verfluche mich und mein schwaches Fleisch. Zum wiederholten Male schwöre ich mir, dass alles ein Ende haben wird, wenn

Suna und ich verlobt oder verheiratet sind. Sagen wir besser verheiratet.
In diesem Moment klingelt das Zimmertelefon, Pierre ist dran. Ich schubse Olga zur Seite, sie verschwindet ins Bad. Pierre flüstert hastig ins Telefon.
»Gero, ich habe ein verdammt mulmiges Gefühl. Natascha ordert schon wieder Schampus, natürlich vom teuersten, und hier erschien gerade so ein Russe an der Tür …«
»Bürstenkopf, Schweinegesicht, riesig?«
»Genau der. Freund von dir?«
»Angeblich Olgas Bruder. Ich denke eher, der Mann fürs Grobe. Aber erzähl weiter.«
»Jedenfalls sah Schweinegesicht nicht so aus, als würde er Spaß verstehen, wenn man nicht bezahlt. Was sollen wir machen? Schnell, meine ist gerade im Bad.«
»Meine auch. Der Typ ist übrigens nicht Russe, sondern Ukrainer. Was die Sache eher verschlechtert. Es gibt nur zwei Alternativen, Dude. Sich zusammenfalten lassen …«
»… oder abhauen.«

Eine Minute später stehen wir in Unterhose und Klamotten in der Hand vor dem Lift. Die Zimmertüren am Ende des Ganges werden aufgerissen. Aus dem Antlitz von Olga ist jegliche fragile Weiblichkeit entwichen. Sie schleudert mir irgendeine Beleidigung entgegen, was ihrem Gesicht eine unangenehme Note verleiht. Vorhin gefiel sie mir besser. Aus Nataschas Zimmer stürmt sowohl das zornige Mädel als auch der Hüne. In der Hand hält er einen Teleskopschlagstock.
Der verdammte Aufzug will einfach nicht kommen und zwischen dem Ukrainer und uns erstrecken sich nur noch zwanzig Meter. Ab zur Feuertreppe neben den Aufzügen! Pierre reißt im Gehen einen Feuerlöscher von der Wand und wirft ihn in Richtung des Hünen, dem das Teil gegen das Schienbein fliegt. Der Ukrainer stolpert und stürzt. Das verschafft uns einige Sekunden Vorsprung. Barfuß mit einem Klamottenbündel in der Hand heißt das nicht viel, wir müssen also Gas geben.
Wir rasen die Treppe hinunter und hören den Bürstenkopf über uns die Tür zum Treppenhaus öffnen. Das Monster nimmt zwei bis drei

Stufen auf einmal, was uns anspornt, Gas zu geben. Wir haben das Erdgeschoss erreicht, öffnen die Fluchttür nach außen und befinden uns auf dem Platz hinter der Oper. Dort ist das Parkhaus! Mir fällt der halb gefüllte Mond auf, dessen Licht mich wärmt. Pierre bemerkt es und zieht mich am Ellenbogen.

»Nicht jetzt, Gero. Nicht jetzt!«

Wir hetzen über den Platz und sehen den Ukrainer aus der Tür kommen. Er fletscht bereits in Vorfreude die Zähne und nähert sich rasch. In diesem Moment strömt eine Menschenmenge aus der benachbarten Oper zwischen uns und den Bürstenkopf. Er rennt eine Dame im Pelzmantel über den Haufen, entschuldigt sich, wird festgehalten, streitet. Den Rest sehen wir nicht mehr, weil wir ins Parkhaus rennen.

Völlig ausgepumpt sitzen wir im Mustang. Barfuß starte ich das Pony und höre das vertraute Blubbern des 8-Zylinders.

Es geht zurück in den Westteil der Stadt. Bei jeder Ampel ziehe ich mir ein Kleidungsstück an. Ich bringe Pierre zurück zu seiner Wohnung in Steglitz und fahre dann Richtung Pankow. Mir fallen fast die Augen zu, als ich am Hauptbahnhof vorbeirase.

Zwölf Minuten später schließe ich die Tür zu Mattes Wohnung auf. Gähnend schleudere ich im Wohnzimmer die Stiefel von meinen Füßen, leere meine Taschen und bemerke auf dem Handy mehrere Anrufe von Josch.

Während ich überlege, ob ich ihn zurückrufen soll, bemerke ich einen Schatten in der Höhe meines Kopfes. Der Alkohol lähmt meine sonst vorzüglichen Reflexe und so kassiere ich ungebremst eine heftige Ohrfeige.

Tag 14, Sonntag, 1.30 Uhr

Ich hätte mir das Wiedersehen mit meiner Süßen einen Tick zärtlicher vorgestellt.
Sunas geblähte Nasenflügel, ihre Zornesfalte über der Nase, ihre blitzenden Augen und ihre schmalen Lippen äußern Feindseligkeit. Ihre Handfläche zeigt sich noch immer geöffnet und ich hebe meinen rechten Arm zur Abwehr. Nicht, dass ich die Ohrfeige nicht verdient hätte, aber ich wüsste gerne, wofür genau ich sie erhalte.
Der verdammte Alkohol schränkt mein Denkvermögen ein und ich begreife nicht so richtig, was sich hier abspielt.
»Süße, was machst du hier? Und was soll die Ohrfeige? Wieso weißt du überhaupt …?«
»Wieso?«, schreit sie mich auf eine schrille Art an, die ich bei ihr noch nie erlebt habe.
»Du fragst mich, wieso? Hast du noch alle Tassen im Schrank? Du bestiehlst meinen Vater? Meinen Vater! Du verdammtes … Du Arsch! Du Idiot! Ich könnte dich umbringen!«
»Woher …?«, quäle ich heraus und fühle Hitze meine Speiseröhre hinaufsteigen.
»Woher, wieso? Wie viele Fragen stellst du mir noch? Ich will keine Fragen von dir hören, sondern Antworten! Du gibst mir diese Antworten, hast du mich verstanden? Darauf habe ich ein Recht. Danach siehst du mich nie wieder!«
Ihre Worte überschlagen sich. Dann beginnt sie plötzlich zu weinen. Ich berühre sie vorsichtig an der Schulter, sie reißt sich los und geht einen Schritt zurück, dabei wischt sie sich die Tränen aus den Augen. Sie holt tief Luft und spricht mit kalter Stimme zu mir.
»Ich war so blöd und habe nicht gemerkt, dass du mich nur benutzt hast.«
Selbst bei einem besoffenen Idioten wie mir fällt nun der Groschen. Dass ich ihren Vater überfallen habe, war bereits ein schwerer Verstoß. Aber sie benutzt zu haben, um mich ihrem Vater zu nähern, muss ihr unverzeihlich erscheinen.
»Nein, nein, nein, Süße, das stimmt nicht! Ich weiß, das mit dem Überfall, das war nicht korrekt …«, beginne ich, werde aber sofort unterbrochen.

»Nicht korrekt? Was redest du für eine Scheiße, Gero? Nicht korrekt? Wenn ich über eine rote Ampel gehe, ist das nicht korrekt! Aber das ist mein Vater. Mein Vater, Gero! Du hast mich gekränkt.«
»Ich gebe zu, dass ich die Jungs nicht davon abgebracht habe. Das hat mich beschäftigt, weil ich genau das befürchtet habe, was jetzt passiert.«
»Du hast nur Angst gehabt, dass alles rauskommen könnte. Deine ganzen Lügen.«
Schweigen zwischen uns. Ich gehe einen Schritt auf sie zu.
»Aber was meine Gefühle betrifft, liegst du völlig falsch. Ich ... liebe dich.«
Sie reagiert, als hätte ich ihr erzählt, dass ein Löffel zu Boden gefallen ist, nämlich gar nicht.
»Dein Liebesgesäusel kannst du dir sparen. Ich glaube dir kein Wort mehr.«
»Das musst du aber, bitte.«
»Ich muss gar nichts! Für wie blöd hältst du mich? Du erzählst mir groß was von Liebe und rein zufällig bin ich auch die Tochter von dem Mann, den du ausraubst! Und ich dummes Huhn habe nichts gemerkt, ich könnte ... was meinst du, wie sehr ich mich meinem Vater gegenüber schäme?«
»Weiß er von uns?«
»Was glaubst du denn, wer mir davon erzählt hat?«
»Dein Vater?«
Sie schüttelt den Kopf.
»Meine Brüder haben mich angerufen, als ich ... als ich unterwegs war. Ich müsste sofort zurückkommen. Das Arschloch, mit dem ich mich treffe, hätte das Wettbüro unseres Vaters überfallen. Gemeinsam mit drei Freunden. Und sie kennen euch alle.«
Mir wird noch heißer und ich habe Mühe, meine Gedanken zu sortieren. Sie wissen von uns? Suna sprudelt, will mir ihre Wut ins Gesicht klatschen.
»Ich bin gleich hierher gefahren, weil ich das aus deinem eigenen Mund hören wollte. Du hast mich immer von Mattes Telefon aus angerufen und da dachte ich mir schon, dass du hier bist. Das kennst du ja schon. Ist nicht das erste Mal, dass ich einem Geheimnis von dir nachlaufe.«

Sie pausiert, ich blicke sie an, sie schaut zur Seite.
»Ich habe auf der Rückreise einen ganzen Tag Zeit gehabt, mir alles gründlich zu überlegen. Ob sich meine Brüder alles nur ausgedacht haben, um mir und dir zu schaden. Ob du mich wirklich die ganze Zeit angelogen hast.«
»Einen ganzen Tag? Von Hamburg nach Berlin? Das sind doch nur ein paar Stunden. Und wie bist du überhaupt hier reingekommen?«
Das Handy klingelt, im Display lese ich »Josch«.
»Die Haustür unten stand offen und dass ihr die Zweitschlüssel unter die Fußmatte steckt, hast du mir erzählt. Ist das wichtig? Außerdem war ich nicht in Hamburg. Ich war, ach, das ist jetzt egal. Dort war ich in bester Stimmung und dann das. Du bist so ein Arschloch, Gero.«
»Sag das nicht, bitte. Wo warst du denn überhaupt, wenn nicht in Hamburg?«
Sie setzt sich, blickt aus dem Fenster in das nächtliche Pankow.
»Bei deinen Eltern. Da war ich.«
»Moment, Moment. Ich hatte ein paar New Yorker. Da geht bei mir manchmal was durcheinander hier oben. Kannst du das wiederholen? Gerade verstand ich nämlich: Bei deinen Eltern. Das hast du aber nicht gesagt, oder?«
Das Klingeln des Handys verstummt, die Mailbox springt an.
»Doch. Sie waren sehr freundlich zu mir. Ich habe viel erfahren und mich unglaublich wohlgefühlt. Deine Eltern sind wunderbare Menschen. Gastfreundlich, warmherzig.«
Wir schweigen. Mein Puls rast, aber mir fällt nichts Kluges ein.
Sie blickt mir in die Augen.
»Du hast alles zerstört.«
Jetzt weiche ich ihrem Blick aus.
»Wieso bist du zu meinen Eltern gefahren und hast mir nichts davon gesagt? Und warum erzählen die mir nichts?«
»Weil ich sie darum gebeten habe. Aber das ist jetzt egal.«
Suna wirkt erschöpft und nicht mehr angriffslustig. Das Handy klingelt erneut, wieder erscheint Joschs Name auf dem Display.
»Lass mich kurz ans Handy gehen, Suna, okay? Er ruft schon zum zigsten Mal an.«
Sie lehnt sich ans Fenster und zuckt mit den Schultern.

Ich drücke auf die grüne Taste und nehme das Gespräch entgegen.
»Hey, Josch, was ist denn los?«
»Endlich gehst du ans beschissene Telefon! Gero, du musst kommen. Schnell!«
»Das ist gerade schlecht, Josch. Ich muss hier was klären. Außerdem bin ich hundemüde.«
»Das musst du dann später klären! Komm sofort hierher!«
»Worum geht's denn? Nochmal durch die ganze Stadt …«
Ich blicke zu Suna, deren Stimmung sich nicht verbessert hat. Josch schreit ins Telefon.
»Hörst du mir verdammt noch mal zu, Mann? Es interessiert mich nicht, ob du Lust hast, hierherzukommen oder ob du durch die Stadt fahren musst oder ob du irgendeine beschissene Sache regeln musst. Es ist wichtig, Gero, verfluchte Scheiße!«
»Ist ja gut, ist ja gut. Wo soll ich hin, zu dir nach Hause?«
»Nein. Zum Kotti. Mattes … ich meine, deine Wohnung.«
»Ist Matte auch da?«
»Beeil dich!«
Er legt auf.

»Suna, ich muss zu Matte. Josch macht das ziemlich dringend und das hat er um diese Uhrzeit noch nie veranstaltet.«
»Ihr müsst gangstermäßig bestimmt viel besprechen. Ja, fahr nur!«, ätzt sie.
»Ich kann dich ja verstehen. Und ich schwöre dir, dass ich dir alles zu dieser Sache erzähle, wenn ich zurück bin.«
»Zu dieser Sache. Das ist ja dein Problem, Gero. Ich will nicht zu irgendeiner Sache was wissen und drei andere verschweigst du mir. So stelle ich mir das nicht vor zwischen uns.«
Immerhin stellt sie sich etwas vor. Sie benutzt keine Vergangenheitsform.
Es besteht noch ein Funken Hoffnung.
»Und falls du dir jetzt Hoffnungen machst, Gero, kannst du sie gleich begraben. Ich will einfach alles wissen. Das bist du mir schuldig. Nur deshalb bleibe ich, bis du zurück bist. Morgen Vormittag gehe ich zu meiner Familie und bis dahin möchte ich Klarheit, damit ich ihnen wieder unter die Augen treten kann.«

Wenigstens weiß sie nichts von dem ganzen anderen Mist. Think positive.
Ich verabschiede mich von ihr, ohne sie berühren zu dürfen, was mehr schmerzt als alles andere in den Minuten zuvor.

Auf dem Weg zum Wagen nehme ich mir vor, morgen meine Mutter anzurufen. Was hat sie Suna erzählt?
Kurz darauf sitze ich im Mustang und drehe den Zündschlüssel.

Tag 14, Sonntag, 2.00 Uhr

Wie ich Pierre kenne, liegt er bereits im Tiefschlaf. Ob ich ihn wecken soll? Josch klang aufgeregt, fast weinerlich. Oder bilde ich mir das ein? Ich kann mich nicht erinnern, dass er mich jemals um diese Uhrzeit anrief und um meine Hilfe bat.
Wenn ich nur nicht so müde wäre. Ich nehme am Drive-in schnell noch einen Kaffee mit und trinke ihn während der Fahrt nach Kreuzberg. Pierre lasse ich erst mal pennen.
Mit einem unguten Gefühl im Magen biege ich eine Viertelstunde später am Halleschen Tor ab und rase unter der Hochbahn entlang. Ich fahre durch den Kreisel am Kotti und suche eine Lücke zum Parken, will keine Zeit mit der Fahrt in die Tiefgarage verschwenden. Der Platz vor dem großen Gebäude ist auch um diese Uhrzeit belebt, doch nach Mitternacht übernehmen die Junkies die Herrschaft. Jetzt halten sich hier nur noch diejenigen auf, die sich nicht mal ins Obdachlosenasyl trauen, die Ausgestoßenen der Ausgestoßenen, mit krummem Rücken, strähnigen Haaren und grauen Gesichtern jenseits der Altersgrenze.
Während sie sonst grölend und streitend herumlungern, verhalten sie sich im Moment eher unauffällig und klumpen in kleinen Gruppen. Was an den Polizisten liegt, von denen sie gerade befragt werden. Die stammen aus den zwei Streifenwagen, die mit offenen Türen mitten auf dem Platz stehen, sie müssen es also eilig gehabt haben. Das Blaulicht kreist kalt über den Kotti.
Ich parke den Mustang im Halteverbot – gegenüber steht ein Leichenwagen. Mein Herzschlag beschleunigt sich immer, wenn ich diese Boten des Todes sehe, aber jetzt schlägt mir der Puls bis zum Hals. Ich steige aus und bemerke vor mir einen dunklen Citroën mit französischer Nummer. Dann gehe ich über den Platz, der nachts nicht ganz so hässlich wirkt wie bei Tageslicht. Vielleicht, weil man den Müll nicht so gut erkennen kann.
Auf dem Weg zum Wohnblock kommt mir Josch entgegen. Er packt mich am Arm, zieht mich einige Meter weg von den Polizisten. Als er sich mir zuwendet, beleuchtet eine Laterne sein Gesicht. Seine Augen sind rot und geschwollen. Er will mir etwas mitteilen, bringt aber keinen Ton heraus. Stattdessen beginnt er zu schluchzen, was

ich bei ihm noch nie erlebt habe und meine Nervosität weiter steigert. Ich fasse ihn an beiden Schultern.
»Was ist denn los?«
Er schüttelt den Kopf, holt tief Luft, um sich zu beruhigen.
»Matte …«
Eine dunkle Welle schlägt Blasen in meinem Magen. Das Gefühl breitet sich über meine Speiseröhre nach oben hin aus. Josch fingert ein Taschentuch aus seiner Hose, schnäuzt sich, tupft sich die Augen ab. Er spricht so leise, dass ich Mühe habe, ihn zu verstehen.
»Er ist tot, Gero.«
Ich stehe mit offenem Mund am Kotti und fühle Gänsehaut in meinem Gesicht. Ein einfacher Satz, der eine Welt zusammenstürzen lässt. Die Szenerie erscheint mir unwirklich. Als würde ich mich selbst durch eine Kamera betrachten, während die Zeit einfriert. Wer spult den Film endlich vor? Paralysiert stehe ich vor Josch, der in die Knie geht und sich übergibt. Wacklig richtet er sich wieder auf, wischt sich den Mund ab und hält sich an mir fest. Dabei bräuchte ich selbst einen Turm, an den ich mich klammern kann.
»Ich hab's gesehen. Seinen letzten Moment.«
»Wie?«
War das meine Stimme? Ich krächze wie ein alter Vogel. Die lähmende Welle in meinem Magen verwandelt sich in einen heißen, zähen Brei. Ich möchte aufwachen.
»Komm mit.«
Er zieht mich am Ärmel zum Eingang meines Wohnblocks. Von dort kommen uns zwei Männer entgegen, die einen länglichen Gegenstand aus Metall tragen. Einen Sarg. Josch schließt die Augen und weint leise. Ich gehe den Männern einige Meter nach, bis sie den Sarg in den Leichenwagen schieben. Niemand spricht etwas. Pure Routine für die Männer in den schwarzen Anzügen. Einer von ihnen blickt mich an, doch ich bin nicht in der Lage zu irgendeiner Regung, geschweige denn zu einem Satz. Ein Polizist spricht den schwarzen Anzug an, will ein knittriges Formular überreichen, das ihm der Wind aus den Fingern reißt. Der Bulle läuft dem Papier fluchend nach, ergreift es schließlich und übergibt es dem Bestatter. Daraufhin steigen die Todesboten ein, die Türen schließen dumpf und der pechschwarze Wagen fährt nahezu lautlos davon.

Josch blickt gemeinsam mit mir dem Leichenwagen nach, bis er um die Ecke verschwunden ist. Meine Wangen fühlen sich taub an.
»Was genau hast du gesehen?«, höre ich mich fragen.
Josch putzt sich die Nase und geht wieder zur Haustür, ich folge ihm. Wir betreten das Treppenhaus und sehen innen im Eingangsbereich eine Absperrung aus Polizeibändern. Dort, wo normalerweise Räder und Kinderwagen eng aneinandergereiht stehen. Einige davon liegen kreuz und quer, manche arg zerdellt. Ein Bewohner im Trainingsanzug lamentiert über den Schaden und wer dafür aufkomme. Als ich ihm meinen Hass zuwerfe, verschwindet er.
Auf dem Boden zwischen den Rädern bemerke ich die eingezeichneten Umrisse eines Menschen sowie einen großen, angetrockneten Blutfleck. Ich bekomme eine Gänsehaut. Josch blickt mich an, in seinen Augen die pure Verzweiflung.
»Er ist hier runtergefallen. Vor meinen Augen!«
Das Treppenhaus in diesem Wohnbunker galt schon immer als gefährlich, weil es in einer endlosen Spindel nach oben führt und der innere Teil der Spindel dabei offen bleibt. Hier werfen die Bewohner manchmal ihre Schlüssel nach unten, einige auch ihren Müll.
»Wieso fällt Matte hier runter? Was erzählst du da?«
»Er ist vor denen abgehauen! Dabei muss er irgendwie über das Geländer gekommen sein. Die haben noch gerufen, dass er stehenbleiben soll.«
»Von wem sprichst du?«
Josch redet auf mich ein. Fährt sich ins Gesicht, breitet die Arme wieder aus, fuchtelt.
»Weiß ich doch nicht! Weiß nicht, wer die waren … Ich hab mir schon den ganzen Abend Sorgen gemacht, hatte irgendeine blöde Vorahnung, wasweißich. Warum ruft er nie zurück? Geht nicht ans Telefon, nicht ans Handy. Ist doch komisch! Das macht er doch sonst nie!«
»Ja, richtig. Und weiter?«
»Dann … dann bin ich hierhergefahren, hab geklingelt. Wer macht nicht auf? Matte! Am Balkon war aber Licht! Wieso macht er dann nicht auf? Also hab ich gewartet, bis einer zur Tür raus ist. Ich geh rein, stehe an der Treppe und höre was von oben.«
»Und was?«

»Die haben gestritten, das konnte man bis hier runter hören, die standen wohl an der Wohnungstür und Matte im Flur. Er war lauter als die, ich glaub, er war betrunken. Dann hab ich von hier unten gerufen, hat aber keiner drauf reagiert. Er ist denen entwischt und irgendwie an ihnen vorbei aus der Wohnung abgehauen. Einer rief noch ›Bleib hier, Arschloch!‹ Und als ich hochschaue, sehe ich, wie er über das Geländer stürzt … Er ist vor meinen Augen in die Räder gefallen! Direkt vor mir, Gero!«

Er schließt die Augen, ein Weinkrampf schüttelt ihn. Ich umarme ihn und merke, wie sich meine Augen mit Wasser füllen. Ich tupfe sie mit den Knöcheln ab, aber dann kommt noch mehr von der salzigen Flüssigkeit. Ich warte einige Atemzüge, sammle mich dann wieder und löse mich von Josch.

»Wer war das? Haben die ihn übers Geländer geworfen?«

»Nein! Ich weiß nicht. Türken. Araber. Irgendwas, ich hab die kaum verstanden. Aber als Matte … als er … da haben sie selbst irgendwie erschrocken reagiert. Haben noch gerufen, er soll aufpassen oder so. Ich weiß es nicht mehr genau.«

Ich gehe zum Aufzug, ziehe Josch am Ärmel. Der alte Lift rumpelt schier endlos nach oben. Josch hat sich etwas beruhigt, ist aber ganz grau im Gesicht. Wir steigen aus und nähern uns meiner Wohnungstür, die gerade von Werner, dem Hausmeister, abgeschlossen wird. Als er mich sieht, fällt ihm die Zigarette aus dem Mundwinkel.

»Heiliger Strohsack!«

Ich sehe ihn fragend an.

»Ich dachte, der Herr Hauptmann ist tot!«

»Wie kommst du darauf?«

»Der arme Teufel, der in die Räder fiel. Die Bullen fanden deinen Ausweis bei ihm. Kam aus deiner Wohnung. Dachte deshalb, es hätte dich erwischt. Wollte mir die Leiche nicht mehr ansehen.«

Ich mag den Ausdruck Leiche nicht. Ganz besonders jetzt nicht.

Werner erzählt mir, dass ein Bewohner die Polizei holte. Die Bullen hakten das Ganze als Unfall eines Betrunkenen ab. Das Opfer roch nach Alkohol, das Geländer ist niedrig, Ausweis und Wohnung passen zusammen, in letzterer findet sich eine Reihe leerer Whiskyflaschen, Fall abgeschlossen. Werner war mit den Polizisten in der Wohnung, um sich nach Hinweisen auf Verwandte umzusehen, die er

wegen des Nachlasses verständigen muss. Dabei fiel ihm auf, dass ein Bild der vier Freunde zu Bruch gegangen war. Den Polizisten, die vor einer Minute die Wohnung verließen, sagte er nichts davon.
»Die sind euch auf den Fersen«, meint Werner.
»Keine Ahnung, wovon du sprichst, Werner.«
»Nicht von den Bullen. Der alte Werner hat zwar einiges auf den Helm bekommen, aber blöd bin ich nicht, Kamerad. Der Überfall. Die Artillerie.«
Ich unterbreche ihn und will ihn in die Wohnung ziehen, doch am Falz der Wohnungstür prangt ein Siegel der Kriminalpolizei. Eintritt verboten.
»Verstehe. Lagebesprechung abseits vom Feind. Meine Frau ist zu Besuch bei ihrer Schwester. Vorschlag: Wir verziehen uns zu mir.«
Wir folgen Werner in seine Wohnung. Josch setzt sich matt auf das Sofa, während Werner und ich im Stehen weiterreden. Ich knüpfe an seine Bemerkung wegen des Überfalls an.
»Woher weißt du davon?«
»Latrinenparole im gesamten Kiez. Jeder Dreijährige hat davon gehört. Problem für die vom Wettbüro: Mangelnde Aufklärung. Eure Identität unbekannt. Bis jetzt.« Werner blickt mich ernst an.
»Die haben ein Kopfgeld ausgesetzt. Aber wie sie auf deinen Kameraden gekommen sind? Keine Ahnung.«
Dasselbe frage ich mich auch. Werner reibt sich müde die Stirn, dabei zeigt sich eine Tätowierung auf seinem Handgelenk. Ich habe sie schon tausendmal gesehen, aber nun fällt der Groschen.
Die Tätowierungen von Matte. Die Flammen! Ich war früher einige Male mit Matte im Wettbüro und irgendwer hat sich bestimmt die auffällige Tätowierung gemerkt. Elvir plauderte trotz meiner Drohung, die Typen zählen eins und eins zusammen, stehen vor meiner Tür und nehmen Matte in die Mangel. Der hatte einen zu viel im Tee und konnte sich körperlich nicht zur Wehr setzen. Außer abhauen blieb ihm nicht viel übrig. Er rennt raus, verliert an der Ecke die Balance, stürzt über das Geländer …
Als ich meine Theorie erzähle, zuckt Josch niedergeschlagen mit den Schultern. Er bringt keinen Ton mehr heraus, sitzt wie ein Haufen Elend auf der Couch. Werner klopft mir auf die Schulter, nickt zustimmend. Ich verstumme und sacke neben ihm in das Sofa. Matte

starb, weil er sich in meiner Wohnung aufhielt. Weil er mich vor Fortesquieue schützte. Weil er mir einen Gefallen tat. Weil er zur falschen Zeit am falschen Ort war. An meinem Ort!
Wie konnte ich das nur von Matte verlangen, wo ich doch weiß, wie wenig er die Einsamkeit erträgt und dass er, um dagegen anzukämpfen, tief ins Glas blickt? Wenn er nüchtern gewesen wäre, hätte er es vielleicht geschafft gegen die Typen.
»Die ganze Idee mit dem Überfall war einfach nur riesengroße Scheiße.« Josch spricht nach unten, aber es trifft mich ins Herz. »Das geht nicht gegen dich, Gero. Sondern … gegen uns alle. Wir Vollidioten haben … das war … hätten wir es nur gelassen.« Er sinkt wieder zusammen, verschränkt die Arme.
Mir wird flau. Wieder diese heiße Welle im Magen.
»Kamerad, du bist ganz blass. Trink mal was.«
Werner gießt Josch und mir ein Glas kaltes Wasser ein, während ich mich dafür geißele, jemals diesen Vorschlag des Identitätstausches gemacht zu haben. Ich bin schuld. Als mir das Wasserglas gereicht wird, nippe ich daran. Josch trinkt seines in einem Zug aus. Werner blickt mich ernst an.
»Herr Hauptmann muss sich keine Sorgen machen wegen mir. Der alte Werner hält dicht.«
»Danke, Werner.«
»Kokolores. Der Feind hat es verdient. Yildiray kämpft nicht wie ein Soldat. Sind Partisanen, er und seine Bande. Feige und brutal. Wenn du ein Sturmgewehr an deiner Seite brauchst, Werner ist zur Stelle. Habe ein ganzes Arsenal am Hafen, auch Panzerfäuste. Aber wenn ich dem Hauptmann einen Vorschlag machen darf: Die haben den Kameraden vielleicht zum Reden gebracht. Deshalb jetzt den taktischen Rückzug antreten. Später mit vereinten Kräften zurückschlagen.«
Ich nicke apathisch. Er klopft mir auf die Schulter. Sie fühlt sich taub an. Werner setzt sich auf einen Stuhl, rückt ihn vor das Sofa.
»Als ich bei der Legion war, hatte ich einen Kameraden. Wir waren so dick.«
Er legt die beiden Zeigefinger aneinander.
»Wie Blutsbrüder. Du weißt, was ich meine, Herr Hauptmann. Ein Kamerad, auf den man sich auch unter Beschuss immer verlassen

kann. Situation: Angola, Bürgerkrieg, Regierung bezahlt uns. Gefecht im Westen, wir mussten eine Brücke überqueren. Aufklärung meldet: Brücke vermint. Kontrolle über die Brücke strategischer Vorteil, schneidet Rebellen vom Nachschub ab. Also die Sauhunde von der Legion schicken. Mein Kamerad Dominique war ein schlauer Kopf, so wie Herr Hauptmann. Sein Urteil: Selbstmordkommando. Minen plus Hinterhalt.«

Werner macht eine kurze Pause, blickt mich mit grauen, funkelnden Augen an.

»Aber wir anderen wollten nicht kneifen. Jung und unsterblich, so dachten wir. Legionskrankheit. Das größte Maul hatte der Idiot, der vor dir steht, Herr Hauptmann. Überredete Dominique und meinen Trupp, die Brücke einzunehmen.«

Werner bittet um eine Zigarette, ich gebe sie ihm. Mein Zippo klappt auf, er saugt den ersten Zug tief in die Lunge und fährt fort. Ich zünde mir ebenfalls eine an. Auch Josch bittet um eine Camel. Ein leichter Glanz bildet sich auf Werners Augen.

»Die Brücke war vermint«, sage ich.

»Korrekt, Herr Hauptmann. Unser erster Mann starb.«

»Dominique.«

Werner nickt.

»Wollte nicht als Feigling dastehen und ging voran. Hat ihn zerrissen.« Stille. Blicke auf den Boden. Werner holt tief Luft. »Warf mir das ewig vor. Wusste nicht, wie ich das wieder gut machen kann. Wollte Bestrafung. Meldete mich für jedes Höllenkommando. Rein ins Gefecht, an vorderster Front. Aber keine verschissene Kugel wollte mich treffen. Der große Feldmarschall da oben braucht Werner wohl noch. Irgendwann bin ich raus aus der Legion, es war einfach nicht mehr wie vorher. Korrigiere mich, Herr Hauptmann. Ich war nicht mehr wie vorher.«

Er bläst den Rauch durch die Nüstern. Beugt sich dann zu mir nach vorn.

»Geht noch weiter. Besuche Dominiques Witwe, um die Nachricht zu überbringen. Weiß Herr Hauptmann, was sie zu mir sagte? Jeder bestimmt sein Schicksal selbst. Ich soll mir keine Schuld aufladen. So wahr ich hier sitze, das hat sie gesagt, Kamerad! Das schwöre ich beim Augenlicht meiner Mutter.«

Werners Mutter ist schon vor einigen Jahren gestorben, weshalb ich hoffe, dass seine Geschichte authentischer ist als dieser Schwur.
Wir schweigen uns an. Werner nimmt einen Zug und fährt dann fort. Der Schein der Wohnzimmerlampe spiegelt sich im Glanz seiner Augen.
»Güte und Liebe, davon versteht der alte Werner wenig. Sie war so freundlich zu mir, obwohl ich alles erzählte. Wie geht das? Habe geheult wie ein Schlosshund. Das erste Mal nach bestimmt dreißig Jahren, als mir mein alter Herr mit einem Gürtel den Arsch versohlt hat … Hör mir zu, Herr Hauptmann. Dein Kamerad war kein Blödmann. Er wusste, was ihn im Gefecht erwartet. Du hättest dasselbe für ihn getan.«
»Du meinst es gut, Werner. Aber es ändert nichts daran, dass …«
Ich mag es nicht aussprechen … dass er tot ist.
»Denk darüber nach, Kamerad.«
Er steht auf. Eine Frage fällt mir noch ein.
»Was hast du eigentlich gemacht nach der Sache an der Brücke? Also ich meine direkt anschließend?«
Wir qualmen beide, Werner blickt an die Decke.
»Klarer Fall für mich. Bin mit meinen besten Männern zum Lager der Rebellen. Haben keine Gefangenen gemacht, keiner kam lebend raus. Das war ich ihm schuldig.«
»Und was lernen wir jetzt daraus?«
»Ich bin nur ein einfacher Soldat, Herr Hauptmann. Dachte, das hilft dir irgendwie.«
Wir verabschieden uns und verlassen die Wohnung, gehen schweigend über den Kotti zu meinem Wagen. Eine Plastiktüte tanzt über den Boden. Die Junkies drücken sich wegen des kalten Windes an die Hauswände.
Josch vergräbt seine Hände in den Hosentaschen, läuft mit gesenktem Kopf. Plötzlich bleibt er stehen. Ich stoppe ebenfalls.
»Gero. Was ich vorhin bei Werner gesagt habe. Du weißt schon, die Bemerkung, dass das keine gute Idee war mit dem Überfall.«
»Ja.«
»Es tut mir leid. Hab das nicht so gemeint. Isch bin son Laawerkopp.«
»Kein Ding, Josch. Meine Nerven liegen auch blank.«

Ich zeige ihm meine ausgestreckte Hand. Sie zittert. Ich zünde mir zur Beruhigung eine Zigarette an. Josch atmet tief aus.
»Danke, Gero.«
»Vergiss es, okay? Aber wir müssen Pierre Bescheid sagen.«
»Unbedingt. Die suchen uns bestimmt.«
Die suchen uns! Kochendes Wasser könnte mich nicht schmerzhafter treffen, als die plötzliche Erkenntnis, dass Pierre in Gefahr ist. Nervös fummle ich das Handy aus der Hose und erschrecke, als es klingelt. Pierres Nummer. Gedankenübertragung! Gottseidank.
»Dude, gut, dass du anrufst!«, rufe ich ins Telefon. Er antwortet wenig euphorisch und nuschelt so stark, dass ich ihn kaum verstehe.
»Weiß nicht, ob es wirklich so gut ist, Gero. Und sorry, dass ich eure Namen verraten habe. Aber ich hatte schon immer Schiss beim Zahnarzt.«
»Zahnarzt? Was redest du? Unsere Namen verraten? Wie auch immer, erzähl's mir später. Was anderes ist jetzt wichtiger. Mach, dass du aus der Wohnung kommst! Sofort! Und warum redest du überhaupt so undeutlich?«
»Hat ein paar Zähne weniger, das Arschloch, deshalb!«
Die Stimme aus dem Hörer spricht mit türkischem Akzent. Ich bin so perplex, dass ich nichts erwidern kann. Obwohl mir dämmert, was hier passiert.
»Wir ziehen jede halbe Stunde einen Zahn. Und wenn keiner mehr im Maul ist, machen wir ihn kalt.«
»Wer spricht denn da?« Was Klügeres fällt mir nicht ein.
»Wer spricht denn da?« Er äfft mich nach.
»Habt ihr kleinen Pisser gedacht, ihr könnt Yildiray beklauen und euch ein schönes Leben machen? Wie dumm kann man sein? Ihr bringt die Kohle hierher. Jeden Cent! In einer Stunde! Sonst knüpfen wir euren Freund morgen früh am Heinrichplatz auf – als Warnung für alle im Kiez. Danach seid ihr dran. Hast du mich verstanden?«
Er schreit so laut ins Telefon, dass Josch alles mithört. Der Anrufer gibt mir die Beschreibung eines Boxclubs durch, wo die Geldübergabe stattfinden soll. Ich kenne den Club und blicke zu Josch. Er nickt.
»Eine Stunde, Arschloch. Oder er hängt am Baum.«
Dann legt er auf.

Matte tot. Pierre bald auch?
Josch steht mit fahlem Gesicht vor mir, muss das Gehörte verdauen. Meine Bestürzung über den Tod Mattes weicht einem neuen, stärkeren Gefühl.
Heiße Wellen der Wut branden durch meinen Leib. Wut auf mich und meinen Leichtsinn, aber noch mehr Wut auf die! Adrenalin pulst mit Macht durch meine Fasern. Trauer verwandelt sich in Hass! Ich könnte schreien vor Schmerz und damit meine ich nicht die Seelenpein, die mich plagt angesichts des Todes meines Freundes. Physischer Schmerz. Meine Hände drohen zu platzen, meine Arme wollen bersten, mein Kiefer wächst nach vorn. Gleich werde ich nicht mehr reden können, deshalb rüttle ich Josch aus seiner Lethargie. Er blickt mich ebenso müde wie neugierig an.
»Passiert das jetzt? Wirst du …?«
Ich ringe nach Worten, versuche, meine Zunge zu kontrollieren. Krieche, laufe, schleppe mich außer Sichtweite der Junkies in eine Ecke zwischen einem Kiosk und einem Fischladen, zerre dabei Josch am Kragen mit. Muskeln krampfen sich zusammen und weiten sich wieder.
»Musst … keine Angst. Kann … nicht … reden. Hol Geld. Fahr … Boxclub …«
Ich beiße mir in die Faust. Einen Moment noch, warte, warte! Noch nicht!
»Treffen uns … davor. Nicht … geh … nicht allein … rein!«
Josch steht auf. Apathie und Trauer verschwinden. In seinen Augen erkenne ich Zorn. Gut so. Er blickt mich mit einer düsteren Faszination an.
»Einverstanden. Ich hole die Kohle und warte vor dem Boxclub auf dich. Mit dem Auto brauche ich keine fünfzehn Minuten. Aber … die werden uns bestimmt nicht einfach wieder gehen lassen.«
Ich nicke. Er hat Recht, aber der Gedanke scheint ihn nicht aufzuhalten. Josch empfindet dasselbe wie ich: Genug ist genug. Die Trauer wird verschoben, jetzt ist die Zeit für den Kampf gekommen. Josch greift mich an der Schulter.
»Eins musst du mir versprechen, Gero.«
Der schwere Lappen, der mal meine Zunge war, formt mühsam ein Wort.

»Was?«
»Egal, was dort passiert – du machst sie fertig. Versprichst du mir das?«
»Ja. Hau … ab!« nicke ich stöhnend. Er rennt los.
Während der Verwandlung schleppe ich mich an eine Stelle, die vom Schein meines Himmelskörpers erhellt wird. Ich erblicke die gelbe Sichel. Sie entfärbt sich langsam in weißes Licht wie alles um mich herum.
Heute spendet er mir keinen Trost. Mein Freund starb in dieser Nacht. Wo warst du, als er dich brauchte?
Ich jaule meine Wut in die Nacht, während der Lupus in mir zu voller Größe heranwächst. Schmerz und Trauer wecken den finstersten Teil meiner Seele. Der Dämon erwacht. Und er verlangt nach Rache.

Tag 14, Sonntag, 3.00 Uhr

Über Dächern. Mein Revier! Nach Norden. Kann es wittern. Pierres Blut! Hetze zur Spree, zum Industriegebiet. Kreuzberger Seite. Hoch an der Fassade, am Möbelhaus. Stockwerk um Stockwerk. Muskeln sind in Form, wie Sprungfedern. Werde immer stärker.

Ich verharre. Etwas irritiert mich. Schnüffle und lausche. Riecht merkwürdig, was ist das? Ducke mich in Mondschatten einer Garage. Der dunkle Citroën schleicht langsam. Mit Standlicht durch Straße. Mir hinterher? Mit einem Satz auf Garage, bereit zum Sprung. Wo ist Beute? Da – am besten ich springe auf Dach, dann Seitenfenster zertrümmern! Der Citroën beschleunigt. Biegt ab nach Friedrichshain. Besser für dich! Heim zu Mama, bevor du Blutspender wirst.

Gerüche eines Schlachthauses. Blut, Gedärme, Knochen. Verstopfen meine Nase. Ich verliere Pierre. Verdammt! Suche mir höchstes Gebäude, klettere nach oben. Ein Mietshaus, Menschen sitzen vor dem Fernseher. Bin auf Dach. Orientiere mich am Mondlicht. Da ist Spree! Ich bin vom Weg abgekommen. Schließe Augen, halte Nase nach oben. Ja, Pierre, hab dich. Springe, hetze, laufe. Erreiche Industriegebiet. Gute Gerüche. Nach Schwefel, Gummi, Öl und Stahl. Mag ich. Fast so gut wie Blut.

Da, gelbe Neonschrift. Zweistöckiges, abgeranztes Gebäude: Tuncays Boxtempel. Im Hof stehen BMWs. Zwei kleine, ein großer mit schwarzen Scheiben. Schwarz gefällt euch. Ist cool. Am Eingang des Hauses Türsteher. Breitschultriger Kerl. Schwarze Lederjacke. Meinst, ich bemerke deine Knarre nicht? Die Beule unter Jacke. Wird dir nichts nützen.

Direkt vorne rein? Keine gute Idee. Ich höre, wie Wagen vor Hof parkt. An Straße. Dann Schritte. Josch. Wartet an dunkler Stelle auf mich, trägt Sporttasche. Muss runter zu ihm. Bin gleich da.

Dann plötzlich Licht bei Josch. Bewegungsmelder. Lampe geht an, wenn Mensch reinläuft. Schlecht. Schlecht!

Türsteher hat ihn gesehen, zieht Knarre. Geht mit Josch rein ins Gebäude. Sind drin! Mann, Josch! Pass besser auf!

Was jetzt? Keine Zeit verlieren.

Aber ich muss unbemerkt rein. Wer weiß, was drin wartet. Darf es nicht versauen. Wegen Pierre und Josch!

Suche Einstieg. Klettere an Fassade nach oben. Dachrinne, sehr gut. Hangle mich entlang. Fenster, kleine. Gitterstäbe davor. Aus Eisen.

Tuncays Boxtempel. Größter Boxclub im Kiez. Früher. Fairer Sport. Boxen. Früher. Jetzt Ultimate Fighting. Nicht für Sportler. Für Schläger. Kein Boxring. Ultimate Fighting ist Käfig aus Maschendraht. Hölle aus acht Ecken.

Nur bei Tuncay nicht. Hier noch härter. Hier Stacheldraht.

Da ist Josch! Höre und sehe ihn durch Glasscheibe. Muss da rein. Alle Fenster vergittert! Hangle weiter an Dachrinne. Meter um Meter. Ist eins offen?

Josch redet mit einem Kerl. Woher kenne ich den? Jetzt weiß ich. Türsteher vor Yildirays Haus. Nannte ich King und Kong. Die, die Bullentaxi fuhren. Wollten mich wiedersehen. Könnt ihr haben.

King hält Knarre in Hand, redet mit Josch. Daneben steht Kong, etwas größer. Noch mehr Muskeln. Hat Maschinenpistole im Anschlag.

Zwischen Tür und Käfig sitzt Pierre. Sieht nicht gut aus. Kauert auf Stuhl, Arme sind hinter dem Körper gefesselt. Gesicht ist blutverschmiert. Auf seinem Hemd ein breiter, roter Streifen. Von Hals bis Bauch. Auf dem Boden neben ihm ein Teller. Darauf vier, fünf weiße Stückchen. Liegen in kleinen roten Pfützen. Seine Zähne. Scheißkerle!

Heißer Zorn erfüllt mich. Schaue mich um. Yildiray! An Wand. Sitzt, trinkt Tee. Beobachtet, was King und Josch bereden. Neben ihm Koloss. Bestimmt Bodyguard. Oder ältester Sohn. Mein Freund wird gefoltert, du schlürfst Tee. Rechne bald ab mit dir!

Sind also fünf. King, Kong, Türsteher, Yildiray, Bodyguard.

Wo ist Fenster ohne Gitter? Bin an der Rückwand, finde keins. Muss mich beeilen. Oder durch Haupteingang.

King geht mit Tasche Richtung Yildiray. Bodyguard nimmt Tasche entgegen, gibt sie Boss. Der Dicke nickt. Zufrieden, dass er seine Kohle wieder hat. Freu dich. Solange du noch kannst! Yildiray flüstert mit Bodyguard. Bodyguard mit King.

Gitter oder nicht, egal, muss rein jetzt! Ich ziehe an Stab. Mit aller Kraft. Eisen oder Stahl. Ist fest! Schaffe es, biege Stab zur Seite. Jetzt Stab daneben. Andere Richtung. Ziehen …! Schnell!

»Macht ihn los. Ihr habt das Geld. Das war so abgemacht!« Stimme von Josch.

»Ja, das war so abgemacht. Na und?« King zielt mit Pistole auf Josch. Kumpel Kong grinst blöd. Josch wirkt nicht ängstlich. Was Adrenalin schafft! Helfe dir gleich, mein Freund!

Josch redet mit Wut: »Ihr Laberbacken redet den ganzen Tag von Ehre und Stolz. Weil ihr die Scheiße in irgendeinem Mafiafilm gehört habt! Aber wenn es darauf ankommt, wollt ihr davon nichts mehr wissen. Wie erbärmlich!«
»Ihr habt uns beklaut, Alter.«
»Beklaut oder nicht beklaut, wir hatten eine Abmachung. Gilt ein Wort unter Männern nicht mehr? Was bist du für …«
»Fresse jetzt! Du gehst mir auf die Eier.«
Stäbe aufgebogen. Aber Loch ist zu schmal für Körper. Muss Stäbe rausreißen aus Beton. Brauche alle Kraft!
King spannt Hahn der Pistole. Verdammt! Komme zu spät! Stärker ziehen! Stab ist draußen aus Beton, fällt unten auf Straße.
Höre lautes »Halt!«. Der Koloss.
Anweisung von Yildiray. Teilt sie King mit. Der grinst.
»Du hast Glück, Alter. Wenn's nach mir ginge, würden wir jetzt mit euch den Boden aufwischen, aber der Boss ist ein Sportsmann. Und er wettet gern.«
»Ich hab einen Geheimtipp für euch. Horst im dritten Rennen!«, krächzt Pierre. Kommt gerade zu Bewusstsein.
King und Kong lachen.
»Pferde? Nein. Du, Alter!« King gibt Kong Zeichen. Kong zieht Jacke und Hemd aus.
»Yildiray wettet, dass du es nicht schaffst, Ismail im Käfig zu besiegen. Wird nicht einfach, Ismail ist verdammt fix auf den Beinen. Fast wie Ali!«
Kong heißt Ismail. Aha. King tänzelt zum Spaß. Klopft Kong auf die Schulter. Kong geht zum Käfig. Macht Dehnübungen. Schattenboxen. Sehr schnelles Schattenboxen.
»Schaffst du es, seid ihr frei und könnt gehen.«
»Und wenn nicht?«
Er grinst. »Besser, du gewinnst.«
Kong betritt Käfig. Ist stolz auf seinen nackten Oberkörper. Über und über voll mit Tattoos. Benimmt sich wie ein Affe, läuft wie ein Affe. Hat Körper wie kräftiger Affe.
Gefährlich für Josch.
Aber Josch ist stark. Traut man ihm nicht zu. Weil er klein ist. Kräftiger Zwerg! Schafft fünfhundert Situps und zweihundert Liegestütze. Ge-

winnt Wetten auf Partys. Armdrücken. Zwei Frauen heben. Aber kämpfen? Nie gesehen bei Josch.
Beeilung jetzt! Zweiter Stab auch draußen! Loch ist groß genug. Jetzt noch Fenster. Biege es auf wie Joghurtdeckel. Aber leise sein! Wenn ich Lärm mache … erschießen die meine Freunde? Kopf einschalten!
King stößt Josch in den Käfig, schließt die Tür. Josch zieht Hemd aus. Muskeln.
»Komm her, schlag mich, Kleiner!« Kong winkt Josch heran. Lässt die Arme hängen. Tut schläfrig. Trick. Josch versucht, ihn zu treffen. Am Kopf. Drei, vier Schwinger. Kong nimmt Arme nicht hoch. Weicht nur aus. Erfahrener Kämpfer. Lacht dabei. Hässliche Fresse. Goldzähne. Josch will zwischen Beine treten. Kong ist schnell, greift Joschs Fuß, verdreht ihn. Stößt Josch weg. Der fliegt auf Boden. King und Kong lachen.
Josch nimmt wieder Anlauf. Kong weicht aus. Nimmt Schwung von Josch mit, wirft ihn gegen den Draht. Stacheldraht. Reißt sich Arme auf. Blut. Links Wunde, rechts nur Riss.
Blut. Blut! Blut, Blut, Blut. Saft von Leben. Saft von Tod. Will ich jetzt!
Quetsche mich durch Fenster.
Josch macht keinen Mucks. Jammert nicht wegen Verletzung. Geht wieder zu Kong. Deutet Tiefschlag an, Kong macht Deckung. Aber Josch kickt plötzlich mit Bein gegen Kongs Kopf.
»Zu langsam, du Arschbratze!«, zischt Josch.
Hat ihn am Auge erwischt. Kong reibt sich Stelle. Wird dunkelrot. Keiner lacht mehr. Josch setzt nach, verpasst Kong Hieb auf die Ohren mit beiden Armen. Josch, Mann! Gut! Kong stolpert rückwärts, macht Beinschere. Auch Josch fällt. Beide stehen auf, nehmen Fäuste hoch.
Kong ist sauer. Keine Tricks mehr, kein Grinsen. Macht ernst. Josch kämpft gut. Aber hat keine Chance. Tätowierter Affe prügelt Josch durch Ring. Hiebe gegen den Kopf. Beinstoß, Josch fliegt an Stacheldraht, schon wieder. Jetzt blutet Rücken. Josch nimmt Arme nach oben. Hilft nicht viel, Gerade geht dazwischen, bricht Nase, Knorpel knackt. Blut spritzt auf Unterarme. Kong schlägt weiter, ohne Pause. Zehn Hiebe. Zwanzig. Schwere Schläge.
Josch sinkt auf Knie. Kassiert Schlag um Schlag. Blut spritzt aus Augenbrauen und Nase. Gesicht ist rot. Blut überall. Rücken, Arme, Gesicht.

Aber Josch will nicht kippen. Hält Arme müde vors Gesicht. Geschwollen, gequollen. Blutend.
Blut! Bin durch Fenster, springe auf Boden.
Kong hört auf, geht zwei Schritte zurück, blickt zu Yildiray. Der nickt, gibt Erlaubnis zur Hinrichtung. Kong spannt seinen Körper, tänzelt zu Josch. Der ist aufgestanden. Halb bewusstlos, schwankt wie Baum im Wind.
Du brauchst einen Gegner, Affe! Großer, weiter Satz, bin am Käfig. Reiße Tür aus Verankerung, fliegt scheppernd gegen Wand. Kong lässt von Josch ab, der auf Bauch kippt. Nicht mehr bewegt. Kong dreht sich um. Zu mir. Blickt entgeistert. Hinter mir höre ich King.
»Was zur Hölle ist das?«
Greife den Tätowierten an den Schultern. Brülle ihm meine Wut entgegen. Wird weiß im Gesicht. Schlägt mich, trifft mich. Ohne Wirkung. Falscher Gegner, Arschloch! Wie fühlt sich das an? Wenn man keine Chance hat? Schleudere ihn quer durch Käfig. Knallt gegen Stacheldraht. Reißt sich Rücken auf. Rutscht blutend auf Boden. Hat sich irgendwas gebrochen. Bewegt sich wie alter Mann. Bevor er aufsteht, bin ich bei ihm. Breche beide Hände. Lautes Knirschen. Noch lauter sein Schreien. Scheiß Gefühl, oder? Hebe ihn hoch über Kopf. Wie Trophäe. Schmettere ihn auf Zement. Rippen knacken wie Streichhölzer. Stöhnt, macht keinen Mucks mehr. Zittert wie Aal am Strand. Blutet viel aus Stirn. Jaaa! Mehr davon!
Greife mir schlaffen Kong an Arm und Bein, schleudere ihn nochmal durch Ring zu Stacheldraht. Reißt sich Arm und Seite auf. Blutet noch mehr. Ja, dein Blut!
Will mehr! Jetzt töten!
Geschrei draußen. King feuert Pistole ab. Kugeln tun weh. Aber halten mich nicht auf. Kannst du nicht wissen. Besser noch, Schmerz steigert Zorn! Sehe aus den Augenwinkeln, wie Bodyguard Yildiray wegbringt. Zur Hintertür.
Beeilt euch! Bin gleich fertig hier!
Ein großer Sprung. Raus aus Käfig. Kings Pistole macht nur noch Klick, Klick. Magazin leer. Überraschung in seinem Gesicht. Auch Angst. Steckt Pistole in Gürtel. Zieht Kampfsterne aus Jacke. Wirft sie nach mir. Scharfe, kleine Metalldinger. Sirren am Auge vorbei. Aber fies so was. Einer steckt in meinem Hals. Ziehe ihn raus. Blut fließt. Zorn fließt.

»Willst spielen?«, frage ich. Greife Hantelscheiben und werfe sie nach ihm. 20er und 50er Kilos. Fliegen wie Frisbee. Er duckt sich. Aber eine erwischt ihn. Schlüsselbein. Geht jaulend auf die Knie. Holt Pistole aus Gürtel, will nachladen. Bin bei ihm.
»Alter, was bist du?«
Sieh mich an! Dann weißt du! Schnappe Hand mit Pistole. Drehe sie langsam zu ihm um. Er macht große Augen. Nein, erschieße dich nicht. Ist doch keine Kugel mehr drin. Stopfe seine Hand in den Mund. Mitsamt Knarre. Geht nicht so einfach, aber geht. Man muss nur wollen! Pistole ist aus Metall. Zähne sind aus Zahn. Räume auf in seinem Mund.
Grüße von Pierre. Grüße von seinen Zähnen!
Blutet aus Maul. Macht mich rasend! Will deinen Tod!
Bewegung im Augenwinkel. Drehe Kopf. Aus Eingangstür kommt Türsteher. Maschinenpistole im Anschlag. Braucht eine Sekunde. Muss sich orientieren. Kein Yildiray. Überfordert kleines Gehirn im großen Körper. Spüre plötzlich Stich im Fuß. Drehe mich wieder zu King. Hat mir ein Messer in den Fuß gerammt. Kleiner Bastard! Aber du wehrst dich. Sportsgeist, Mann! Respekt! Blutet gewaltig aus dem Mund, aber gibt nicht auf. Fuß schmerzt. Blutet sehr. Schlimmer aber ist Schmerz im Nacken. Schmerz nimmt zu.
Maschinenpistole des Türstehers. Die Kugeln sind nicht aus Silber. Kein Problem für Lupuskörper. Aber viele Kugeln auf einmal lähmen. Für einen Moment. Er feuert das ganze Magazin leer. Schreit dabei wie Irrer. Wie viel Kugeln? Viele, viele. Kann mich kaum bewegen. Knarre hört auf zu schießen, raucht aus Lauf. Alle Kugeln in mir.
Türsteher rennt zu mir, um King zu helfen. Stolpert. Nicht freiwillig. Pierre hat ihm Bein gestellt. Robbt gefesselt auf Stuhl zu mir. Will helfen. Bekommt von Türsteher Ellbogen in Fresse, kippt um mit Stuhl.
Jetzt beide an mir dran. King und Türsteher. Prügeln, was das Zeug hält. Mit Maschinenpistole, Fäusten, Stange, die herumliegt. King zieht Messer aus meinem Fuß, rammt es in meinen Oberschenkel. Sticht böse, tut weh. Türsteher greift nach Hantel auf Boden, schwingt Richtung Kopf. Weiche aus. Du bist zu langsam! Musst mehr trainieren. Mit Lupus!
Was sie nicht wissen. Normale Kugeln schwitze ich als Perlen heraus. Sieht toll aus. Oder macht Angst. Sie bearbeiten mich. Mit allem, was herumliegt. Komme wieder zu Kräften. Keine Kugel mehr im Leib.

Ziehe Messer aus dem Schenkel. Nehme King Stange ab, die er in Hand hält. Du tanzt gerne, hab ich gesehen. Jetzt erst mal Pause. Für lange Zeit. Ziehe ihm Stange über Knie. Mit Wucht. Knie sind empfindlich. Er bricht zusammen.

»Du hast mir die Kniescheiben gebrochen!«, heult er. Verstehe ihn schlecht. Hat ja nur Zahnstummel im Maul. Hohe Frequenz, wenn sie heulen. Hasse ich.

Kann seine Stimme nicht ertragen. Greife nach seinem Hals, drücke zu. Er bettelt, fleht, blickt mich mit großen Augen an. Hör auf! Gleich bist du ruhig.

Sehe Josch vor mir. Pierre. Matte.

Drücke zu. Leben entweicht aus ihm. Aber Türsteher startet Angriff. Meine Nase bemerkt es. Gerade noch.

Lasse Stummelmann fallen. Atmet schwach, würgt, röchelt zahnlos auf Boden. Türsteher greift schweren Werkzeugkoffer neben sich. Hält ihn über dem Kopf. Fast schon Verzweiflung. Ding aus Eisen soll mir Schädel zertrümmern. Aber kein Problem für meine Reflexe. Trete zur Seite. Teil aus Eisen schlägt Macke in Boden. Scheppert.

Steht entgeistert vor mir. Ist ratlos, wie schnell ich bin. Ich biege Eisenstange zu einem U. Blicke ihn drohend an. Das … mache … ich … mit deinem Kopf! Lasse das U fallen. Kling klong.

Er rennt zur Tür. Greife Werkzeugkoffer und werfe ihn. Türsteher duckt sich, Eisenkoffer donnert gegen Stahltür. Höllisch laut. Koffer geht auf, Schrauben, Zangen fallen raus. Kerl wechselt die Richtung. Zum Fenster. Panik im Gesicht.

Ein paar Meter neben mir eine Langhantel. Viele Gewichte dran. Vier Scheiben links und rechts. Ich schleudere sie in seine Richtung. Rufe.

»Fang!«

Er macht Fehler. Dreht sich um. Hantel fliegt auf Brusthöhe. Er bekommt die Arme noch vor Körper. Dann fliegt er. Mit 200 Kilo Eisen vor der Brust durch Fenster. Glas splittert. Fällt aus zweitem Stock auf Parkplatz. Mann, Hantel, Glas.

Wie geht es Freunden? Drehe mich um zu Pierre. Liegt stöhnend auf dem umgekippten Stuhl. Schaue zu Josch. Ist wieder bei Bewusstsein. Im Käfig noch. Krabbelt, versucht aufzustehen. Hält sich die blutende Nase. Sieht übel aus. Matschiges Gesicht. King und Kong geben keinen Ton. Liegen halbtot vor Stuhl und in Käfig.

Blut überall. Auch an Pierre. Blut und Wolf sind Freunde. Blut macht uns rasend. Mehr davon!
Gehe zu Pierre. Noch immer Wut in mir. Viel Wut.
»An deinem Uppercut kannst du noch arbeiten!«, nuschelt Pierre.
Schnüffle das Blut. Puls ist hoch, will mehr. Mehr!
Pierre bemerkt Blick.
»Gero? Gero … Gero, ich bin's, Pierre. Dein Freund. Der Typ im Mustang, der immer am Zigarettenanzünder rumfummelt. Beruhig dich wieder, okay?«
Atme tief, schnell. Schnüffle. Überall Blut. Ich will mehr, mehr, mehr. Er hat mehr.
»Gero, komm runter, Mann. Du hast es geschafft. Die sind alle platt. Jetzt binde mich los, bitte.«
Schaut mich an wie gefesselter Hund. Große Augen, die was wollen. Und ich rieche nur Blut. Überall. Köstlich. Hund ist Freund von Wolf.
»Gero, Gero, Gero. Du bist Gerolf von Sarnau und ich bin Pierre. Der Dude! Erinnere dich, Mann!«
Der Dude? Ja. Der Dude! Und Josch. Und Matte. Die kenne ich.
Puls geht runter. Pierre ist Freund von mir, richtig?
Blut geht aus Verstand. Wieder klar jetzt. Denken, denken!
Bin bei Pierre. Reiße Fesseln auf. Er rutscht von Stuhl. Rappelt sich auf wie Kind, das laufen lernt. Stöhnt. Wischt sich blutigen Mund mit Ärmel ab. Alles ganz rot.
Gehe zu Josch. Sitzt in Käfig wie schlafender Buddha. Blutet stark aus Nase. Gesicht geschwollen. Sieht aus wie Kürbis. Helfe ihm. Greife unter Arme. Schaue nicht auf Blut. Besser so! Josch steht wackelig auf.
Ganz leise in Halle. Friedlich. Freunde leben. Gut.
Yildiray jetzt.

Plötzlich ein Peitschenhieb. Nein, hört sich nur so an. Ist ein Schuss. Tut weh wie Peitsche. Nein, viel, viel, viel schlimmer! Zerreißt mir Rücken. Böse. Greift jemand an meine Wirbelsäule? Zieht sie raus? Höllisch!
»Pardon, Monsieur!« Fortesquieues Stimme.
Erstaunen mischt sich in heißen Schmerz. Wieso lässt Schmerz nicht nach? Schon nach Sekunden heilt es. Normalerweise.
Ein zweiter Schuss kracht. Noch eine Kugel. Bohrt sich tief in meinen Rücken. Dachte ich gerade, Schmerz ist schlimm? Nein, war falsch. Der

hier! Nicht zu ertragen. Tut Lupus weh! Mir bleibt Luft weg. Werde gleich ersticken, wenn sie nicht zurückkommt. Meine Augen flirren. Nicht mehr fokussiert. Schleier setzt ein. Nebelblick.
Ich kippe nach vorn auf Bauch. Kraft entweicht wie Wasser aus Badewanne. Ich kehre langsam zurück. Normalerweise gutes Gefühl. Wieder Mensch. Jetzt ein fieses, gemeines Gefühl. Wie eine Operation. Ohne Betäubungsmittel. Der Körper reagiert langsam. Der Verstand ist schneller. Muss Silber sein. Tödlich für Lupus.
Höre vertraute Stimme. Schlechte Stimme.

»Ich bin leider weniger sportlich veranlagt als Ihr, Sire. Das liegt an einer Behinderung, die ich einem unerfreulichen Zwischenfall mit einem bösartigen Tier verdanke. Aber ich muss Ihnen meinen Respekt zollen. Das war ein grandioser Kampf, der ein größeres Publikum verdient hätte. Formidable.«
Dumpfes, langsames Klatschen. Handschuh auf Handschuh.
»Aber auch die schönste Vorstellung geht einmal zu Ende, n'est-ce pas, Monsieur?«
Ich habe wieder den Geruch in der Nase. Vom Citroën. Vom Kottbusser Tor während der Razzia. Von Fortesquieue.
Nun fügt sich alles zusammen. Der Kreis schließt sich.
Im gleichen Tempo, wie sich mein Leib mit heißer Lava füllt, wird meine Zunge beweglicher. Immer das Positive sehen.
Mein Leben fließt davon. Der Puls verflüchtigt sich. Wo sind meine Freunde? Mein Blick verschwimmt, als würde ich eine Brille mit beschlagenen Gläsern tragen. Eine Gestalt kommt näher. Ich erkenne Fortesquieue wie im Nebel.
Der Franzose steht lässig mit seiner langläufigen Pistole in der rechten Hand direkt vor mir. Die Waffe zielt auf mich. Mit größter Mühe kann ich meinen Arm heben, was auf dem Bauch liegend und aus dem Rücken blutend etwas beschwerlich ist. Ich zeige auf ihn.
»Du bist … einer von uns.«
Fortesquieue lächelt zufrieden, als hätte er ein schweres Sudoku gelöst. Er legt einen Finger an die Lippen und spricht leise zu mir.
»Das bleibt unser kleines Geheimnis. Adieu, mon ami.«
Dieses Mal zielt er besser. Der dritte Schuss trifft mich ins Rückenmark.

Tag 14, Sonntag, 5.00 Uhr

Ich blicke durch das Kellerfenster zum Mond und muss dazu meinen Hals strecken, weil der graue Satellit aus dem Sichtfeld verschwindet. Es erfüllte mich mit Schmerz, als Pierre vorhin dieses Loch betrat, mir die Zigaretten und das Zippo reichte, um danach wieder zu verschwinden. Keine tröstenden Worte des Abschieds von meinem besten Freund?

Suna hätte ich gern noch einmal getroffen. Um ihr schönes Gesicht zu berühren und, wichtiger noch, von ihr berührt zu werden. Und um Verzeihung zu bitten für den Mist, den ich gebaut habe. Alles würde ich nicht erzählen, warum sollte ich sie verletzen, wenn ich keine Chance mehr habe, es wiedergutzumachen? Aber sie soll nicht glauben, dass ich sie nur benutzt habe. Mit diesem schäbigen Eindruck darf ich nicht abtreten.

Verdammt, ich kann den Mond nicht mehr sehen. Es ist schwierig, ins Licht zu robben, wenn man die untere Hälfte des Körpers nicht bewegen kann. Ach, was soll's. Heul doch!

Ich versuche, mich an die Geschehnisse im Boxtempel zu erinnern. Fortesquieue pumpte mir drei Kugeln in den Leib. Dann gab es einen Filmriss bei mir. Und jetzt friere ich in diesem Loch. Angekettet. Mit tödlichem Silber im Körper. Wieso haben sie mich hierher verfrachtet und angekettet? Wollten sie nicht dabei sein, wenn ein Lupus den letzten Gang antritt? Oder hatten sie Angst, dass ich ausraste, mich gegen das Unvermeidliche aufbäume?

Die wichtigste aller Fragen ist aber, warum zur Hölle sie mich ausgerechnet mit dem Franzosen in eine Zelle gesteckt haben?

Ob mir irgendwer die Frage beantwortet, bevor ich das Bewusstsein verliere? Ich kann die Beine nicht mehr aktivieren. Dafür lässt der glühende Schmerz in meinem Rücken nach. Auch meine Energie. Lebenskraft verlässt mich wie Luft die sinkende Titanic.

Gegenüber bewegt sich der amorphe Schatten. Fortesquieue erwacht und richtet sich mühsam und laut stöhnend auf, als müsste er ein Klavier heben. Nachdem er mich bemerkt hat, lacht er heiser.

»Quelle ironie! Wir beide auf derselben Party.«

»Und jetzt die schlechte Nachricht: Die Getränkeauswahl lässt zu wünschen übrig.«

Er gluckst.
»Freu dich nicht zu früh. Und sei froh, dass ich angekettet bin, Franzose.«
»Das bewundere ich an euch. Ihr gebt nie auf. Aber du verkennst die Situation. Angekettet oder nicht, das würde keinen Unterschied machen. Sieh dich an. Du bist keine Gefahr mehr für mich. Oder irgendjemand sonst. Et bientôt …«
»Halt's Maul.«
»Pardon. Ich wollte dich nicht erniedrigen, das war nicht meine Absicht. Ich habe nur das unvermeidliche Schicksal ausgesprochen, das euch droht. Und dir besonders.«
»Euch? Du bist einer von uns! Wir beide wissen das. Warum verrätst du uns?«
»Du hast dabei etwas Elementares vergessen«, antwortet er mit schmalen Augen. Sein freundlicher Blick weicht Gesichtszügen aus Härte und Verbitterung.
»Ich bin das nicht freiwillig geworden! Mon dieu, dieses Wesen in mir ekelt mich an. Trotzdem bin ich immer noch mehr Mensch als du.«
»Du kannst dich nicht verwandeln, stimmt's?«
Er schüttelt den Kopf, ich setze meine Gedanken fort.
»Erstaunlich. Ich hörte von der Schwere deiner Verletzungen. Eigentlich gibt es danach nur zwei Möglichkeiten: Du stirbst oder wirst ein Lupus. Vielleicht waren die Wunden nicht tief genug.«
»Merde! Die waren tief! Schau dir das an!«
Er klopft auf sein steifes Bein und den nicht mehr funktionstüchtigen Arm. Dann lächelt er auf eine Weise, wie es ein mitleidiger Henker tut, der eine möglichst schmerzfreie Exekution anstrebt. Er zeigt nach oben.
»Er stand mir bei. Und ich danke ihm, dass ich nicht zu einem widerlichen, tierischen Monster werde, wenn der volle Mond aufgeht. Aber er hat mir Fähigkeiten verliehen, die mir bei der Jagd helfen. Deshalb finde ich euch. Überall!«
»Hat er dir nicht beigebracht, zu vergeben? Ich dachte, das gehört bei euch Gläubigen zur Grundausstattung.«
»Dein Zynismus ist fehl am Platz.«
Ich nicke.

»Du hast Recht. Ich wollte mich nicht darüber lustig machen. Was euch damals geschah, ist unverzeihlich.«
»Unverzeihlich? Große Worte! Auch das ist typisch für euch, dieser Hang zum Drama. Aber es sind nur Hülsen ohne Inhalt. Was ist mit dem Mörder meiner Frau passiert? Habt ihr ihn etwa angemessen bestraft?«
Was könnte ich antworten, das ihm Trost spendet? Leider trifft jedes seiner Worte zu. Er verlor das Liebste und wir schickten unseren Cousin in die Verbannung – mehr nicht. Die Sippe hält zusammen, egal, was passiert. Selbst in diesem Fall.
»Ich verstehe deinen Hass auf ihn. Aber was haben alle anderen dir getan? Und wieso arbeitest du für diese Priester? Ich habe dich in Irland mit ihnen gesehen. Da steckten mehr Pfaffen die Köpfe zusammen, als bei der Osterpredigt am Petersplatz.«
Fortesquieue lächelt und wiegt milde den Kopf, sein Zorn verraucht so schnell wie er kommt. Ich werde aus diesem Mann nicht schlau und mache eine Pause. Mir fällt das Reden ohnehin schwer.
»Der Monsignore macht sich meine Fähigkeiten zunutze. Die Kardinäle agieren sehr pragmatisch. Die besten Scouts der Amerikaner im Wilden Westen waren Indianer. Das verhält sich ähnlich bei mir.«
»Die Scouts, die halfen ihre eigene Art zu vernichten?«
Er übergeht den Zynismus meiner Bemerkung und setzt seinen Vergleich fort.
»Jedenfalls hilft es mir, dieses Wesen in mir. Ich bin zwar nicht ganz wie du, wofür ich dem Schöpfer danke, aber fast. Ich kann dich riechen, so wie du mich. Ich habe es immer gespürt, wenn du in meiner Nähe warst.«
»Ach, ja?«
»Mais oui. Zum ersten Mal während der Razzia in Kreuzberg, n'estce pas? Und zum zweiten Mal im Garten meines Hauses, was mich schrecklich beunruhigte.«
Ich sammle Energie für meine Worte, er redet weiter.
»Es war äußerst nobel von dir, mich dort nicht zu stören und meine Tochter nicht in Gefahr zu bringen. Ich weiß das durchaus zu würdigen.«
Er beugt seinen Kopf als Geste des Respekts. Ich will mich aber nicht versöhnen.

»Warum tust du es, Fort? Wieso verfolgst du meine Familie? Du hast deine Frau verloren. Aber willst du dich an allen von uns rächen? An jedem Einzelnen?«
Der Franzose blickt mich erstaunt an.
»Rache? Anfangs war es das. Ja, das gebe ich zu. Aber hier geht es um etwas ganz anderes. Haltet ihr euch für eine edle Rasse oder etwas Extravagantes, das die Gesellschaft bewundern soll? Ihr seid Mörder! Wie viele hast du getötet in deinem Leben? Zehn, zwanzig? Vermutlich mehr. Ich befreie die Allgemeinheit von Mördern! Das ist, wie die Amerikaner sagen, mein Job.«
Ich überlege, zähle in Gedanken nach. Wieder liegt der Franzose richtig. Mit seiner Moralpredigt geht er mir allerdings auf die Nerven.
»Mag sein, dass wir das tun. Einige von uns. Aber es gehört … zu unserem Wesen.«
»Das weiß ich, mon ami.«
»Ich bin nicht dein Freund, verdammt noch mal! Freunde jagen sich keine Kugeln in den Leib!«
»Alors, das ist wahr. Ich wollte damit nur zum Ausdruck bringen, dass ich euch verstehe. Es ist euer Instinkt! Das ändert aber nichts daran, dass ihr eine tödliche Gefahr seid. Man lässt auch keinen Tiger in einer Stadt frei herumlaufen.«
»Meine Familie in Irland lebte zurückgezogen und hat niemandem Leid zugefügt!«
Nun schweigt der Franzose.
»Wieso mussten sie sterben?«
»Es gibt in diesem Fall keine Wahl. Tut mir leid.«
»Du machst das aus Überzeugung. Sei in so einem Moment wenigstens ehrlich.«
»Oui.«
Er versteht mich. Ich verstehe ihn. End of discussion. Eines interessiert mich noch.
»Wie bist du eigentlich in die Zelle gekommen?«, frage ich ihn und merke, wie zäh die Worte aus meinem Mund fließen.
Er deutet auf die große Wunde an seiner Stirn.
»Deine Freunde.«
»Hat es weh getan?«, hake ich nach. Fortesquieue nickt.

»Gut. Sehr gut«, kommentiere ich. Er grinst.
»Na, komm, ich will kein schlechter Gastgeber sein«, sage ich und schiebe ihm mit der rechten Hand mein Zippo und die Packung Zigaretten rüber. Es kostet mich erhebliche Mühe.
Er steckt sich eine an. Im Schein des Feuers fallen mir seine lebhaften Augen auf, die einen Gegensatz zum sonst recht alten Erscheinungsbild bieten. Er schiebt mir die Zigaretten und das Feuerzeug zurück.
Nach der kurzen Unterhaltung spüre ich wieder, wie sehr mein Körper nach Ruhe verlangt. Müdigkeit kriecht in meine Glieder.
Auch Fortesquieue wirkt matt, raucht schweigend.
Ich klemme mir eine Zigarette zwischen die Lippen. Schaffe es kaum noch, das Zippo aufzuklappen. Der Deckel fühlt sich so schwer an wie die Motorhaube eines Sattelschleppers. Aber es geht. Göttliche Flamme, erleuchte mich!
Zwei Züge an der Camel, dann senken sich die stählernen Garagentore meiner Augenlider. Rums. Die wollen nicht mehr nach oben.
Ich schlafe ein bisschen. Nur ein Viertelstündchen.
In weiter Ferne höre ich eine Stimme mit französischem Akzent. Sie ruft mir vom Kai aus zu, während mein Schiff ablegt.
»Adieu, mon ami!«

Tag 16, Dienstag, 11.30 Uhr

Ich bin im Paradies gelandet! Muss keine Kohlen in den Kessel schaufeln, angetrieben von dicken, nackten, hässlich lachenden Frauen mit buschigen Achselhaaren.
Nein, ich befinde mich glasklar im Nirwana. Eine Madonna mit Heiligenschein streichelt mit zarter Hand meine Wange. Irgendwo habe ich sie schon einmal gesehen. Aber wo?
Ich wusste immer, dass es einen Gott gibt. Er schickt mir einen Engel mit perfekten B-Körbchen, die ich erfreut zur Kenntnis nehme, als sich die Madonna über mich beugt. Im Himmel ist Anfassen erlaubt, sonst wäre es ja nicht das Paradies, also greife ich beherzt zu.
Lass fühlen, Engelchen.
Sie schlägt mir auf die Hand.
»Autsch!«
Ich spüre irdischen Schmerz.
»Es lebt.« War das Pierres Stimme?
Langsam kehre ich in die Realität zurück. Der helle Kranz um Engelchens Kopf entpuppt sich nicht als Heiligenschein, sondern als gleißendes Gegenlicht aus dem Fenster. Und es handelt sich nicht um eine Madonna, sondern um Suna! Sie steht in Pierres Schlafzimmer, genauer gesagt sitzt sie mir zugewandt auf der Bettkante und strahlt mich an. Sie streichelt meinen Hals.
»Guten Morgen, Herr von Sarnau! Es wird Zeit, dass du nicht weiter im Bett herumtrödelst. Sechsunddreißig Stunden sind genug, du Murmeltier.«
»In seinem fortgeschrittenen Alter braucht man viel Schlaf!«, bemerkt Pierre. Suna lacht.
»Gleich gibt's Frühstück. Beweg mal deinen süßen Arsch. Außerdem haben wir danach noch etwas vor.«
Sie umarmt mich und steht auf. Leben kehrt zurück in meinen geschundenen Körper. Dummerweise nur in die obere Hälfte. Ich richte mich mühsam auf.
Jetzt bemerke ich Pierre, der auf der anderen Seite des Bettes steht. Er sieht lädiert aus. Trägt ein Veilchen über dem linken Auge. Mehrere Pflaster im geschwollenen Gesicht formen ein kurioses Muster. Seine Lippen leuchten violett bläulich. Wenn er grinst, entblößt er

einen Steinbruch von Gebiss. Ich erinnere mich an den kleinen Teller mit den roten Pfützen im Boxtempel.
Neben Pierre befindet sich ein Rollstuhl. Mein Hals verengt sich bei diesem Anblick. Ein gottverdammter, verfluchter Rollstuhl!
Pierre reagiert auf meinen entsetzten Blick.
»Damit schieben wir dich vors Europa Center. Bekommst ein kleines Pappschild auf den Schoß und machst Minimum zwanzig Euro am Tag.«
»Wenn du das tust, lege ich dich um, ich schwör's dir!«
Suna und Pierre lachen. Wieso habe ich mir diese Freunde ausgesucht? Nächsten Monat kaufe ich mir neue.
Pierre blickt einen Tick ernster.
»Mach dich locker, Gero.«
»Scheiß drauf! Wie kann ich mich da locker machen?«
Deprimiert sinke ich ins Bett zurück. Schließe die Augen. Ein Leben im Rollstuhl. Das heißt, ich muss meinen Mustang umrüsten.
Der Dude redet weiter. Was sich ziemlich albern anhört, da jedes Wort von einem Pfeifen begleitet wird, das sich durch die vier, fünf Zahnlücken einstellt.
»Deine Beine werden wieder. Das ist nur ein temporäres Blabla-Syndrom, meinte der Doc. Du musst aber etwas Geduld haben. Es kann einige Wochen oder Monate dauern, bis dein Gestell wieder funktioniert.«
Ich öffne die Augen, er rückt ein Stück näher.
»Also hör auf, rumzuheulen. Wir helfen dir mal raus, Alterchen.«
»Er muss sich doch erst mal anziehen. Ich helfe ihm dabei!«, ruft Suna fröhlich.
Sie hebt die Bettdecke an und stößt ein spitzes »Ah!« aus, begleitet von einem wohlwollenden Grinsen und einem zweiten, lüsternen »Oh!«.
»Noch nie 'ne Morgenlatte gesehen?«, frage ich pikiert und lege die Bettdecke wieder über die Zeltstange. Die nächste gute Nachricht: Der funktioniert noch. Eines muss ich allerdings noch klarstellen: »Und dass mich hier irgendwer anzieht, könnt ihr euch abschminken, das schaffe ich schon selbst.«
Während ich versuche, mich aufzurichten, fährt mir ein heißes Brotmesser zwischen die Schulterblätter. Ich richte mich auf und be-

fummle die Wunden an meinem Rücken. An drei Stellen ragt ein dicker Faden aus dem Fleisch. Es fühlt sich entzündet an.
»Sind die Kugeln draußen?« frage ich Pierre.
Er geht einen Schritt zurück, entfernt sich aus Sunas Gesichtsfeld und legt den Zeigefinger an die Lippe. Sie weiß wohl nicht alles und es dürfte besser sein, wenn es bei diesem Zustand bleibt. Guter Mann, Dude.
»Was ist los, willst du ihm nicht antworten?«, fragt Suna Pierre.
Er bläst die Backen auf und ringt nach einer Erklärung, als ich ihm helfe: »Mein Magen knurrt elendig, können wir das nach dem Frühstück besprechen?« Während ich die Worte ausspreche, fällt mir tatsächlich auf, wie schwach und hungrig ich mich fühle.
»Ach, und ich soll jetzt in die Küche, damit ihr irgendein Männergespräch führen könnt? Nachdem ich hier Stunden gesessen habe? Du bist unmöglich!«
»Nur ganz kurz, das ist so ein unangenehmes Thema. Geht um, du weißt schon, untenrum. Pierre als alter Zivi kennt sich mit allem aus, was mit der Toilette zu tun hat.«
Beide verziehen das Gesicht. Suna steht von der Bettkante auf, ihre Augen funkeln.
»Das ist mir zu eklig. Und ich weiß genau, dass es nicht darum geht. Du hast dich nicht geändert. Und weißt du, was?«
»Was denn, Süße?«
»Süße, ja ja. Ich mache uns tatsächlich Frühstück. Du hast nämlich Glück, dass ich auch noch nichts gegessen habe. Und wir haben einiges zu besprechen. Da solltest du etwas im Magen haben, Herr von Sarnau!«
Ihr strenger Blick löst sich in ein Lächeln auf, dann verlässt sie den Raum.
»Na, prima. Also, Dude, was war mit den Kugeln? Und was weiß sie?«
»Okay, der Reihe nach. Das Silber ist draußen. Aber die Heilung braucht 'ne Weile. Die Kugeln steckten tief drin. Sah fies aus, als er sie rausholte. Und ich wäre dabei fast umgekippt, als ich ihm helfen musste. Du kannst dir die blutige Sauerei nicht vorstellen! Wie auf dem Schlachthof! Gut, dass ich die Plastikschürze anhatte.«
»Plastikschürze?«

»Mhm. War nötig. Die bekam ich von ihm. Er selbst trug so ein Teil aus Leder. Der Doc benutzte ein gewaltig großes Besteck. Alter Schwede! Wie beim ›Marathon-Mann‹, du kennst doch den Film mit Laurence Olivier, in dem er den Zahnarzt spielt und mit diesem Gerät am Zahnfleisch von Dustin Hoffman, wie hieß der nochmal im Film …«
»Ja, wahnsinnig interessant, Dude, kommst du mal zum Punkt?«
»Ich wollte dich nur ein wenig unterhalten, du Mädchen. Gut, zurück zum Doc. Jedenfalls hat er Übung im Rausholen von Gegenständen und schwuppdiwupp …«
»Schwuppdiwupp? Ich verstehe kein Wort.«
»Der alte Mann hatte es eilig, schließlich war er schon die ganze Nacht am Arbeiten. Er kam direkt vom Bauernhof. Da hat er ein Kalb zur Welt gebracht.«
»Ein Tierarzt?«
»Ein Tierarzt.«
Ich reiche Pierre mein Kopfkissen.
»Kannst du mir das bitte aufs Gesicht drücken? So etwa drei Minuten lang?«
Grinsend schüttelt Pierre den Kopf und liefert mir im Anschluss die Kurzfassung der Nacht. Fortesquieue wollte mir eine finale Kugel ins Herz verpassen, aber Josch war rechtzeitig zur Stelle und verpasste dem Franzosen eine Ladung Pfefferspray.
»Schön in die Fresse. Der Knabe hat sich die Lunge aus dem Leib gehustet und wurde erst mal blind wie ein Maulwurf.«
»Cool. Das funktionierte ja schon bei dem Riesenköter im Wettbüro. Aber warum hat er das Spray nicht vorher im Käfig gegen den Gorilla eingesetzt?«, frage ich den Dude, der die Schultern zuckt.
»Habe ich auch gefragt. Das wäre unsportlich gewesen, meint er.«
»Ich glaub's nicht! Gut, weiter im Text.«
Auf dem Nachttisch liegt eine frische Packung Camel, die ich aufreiße. Mein Zippo kommt zum Einsatz. Pierre nimmt sich auch eine Zigarette und setzt die Geschichte fort. Zur Sicherheit donnerte Pierre dem hustenden und erblindeten Franzosen noch eine Hantelscheibe vor die Stirn, der verschwand daraufhin ins Land der Träume. Sie fesselten den bewusstlosen Fortesquieue und verfrachteten uns beide in den Keller am Flughafen Tempelhof. Um selbst in Sicherheit

zu sein und notfalls auch vor Yildiray, falls er die Wohnungen von uns abklappert. Immerhin waren sie nett genug, mir eine Packung Zigaretten in die Zelle zu legen. Als Nächstes mussten sie das Arztproblem lösen und einen Doc finden, der Schusswunden behandelt, ohne es der Polizei zu melden.

Dem Dude fiel der Onkel seiner Mutter ein. Gute 86 Jahre alt, ein Haudegen, der noch an der Ostfront gekämpft und dort als junger Arzt Beine ohne Narkose amputiert hat. Nach dem Krieg wurde er Tierarzt. Glücklicherweise war er vorgestern Nacht auf den Beinen wegen besagter Geburt eines Kalbes auf dem Bauernhof von Freunden in Brandenburg.

Als er in dem Kellerloch eintraf, war die Rückverwandlung fast abgeschlossen und ich als zerbrechlicher Mensch auf dem Weg in die ewigen Jagdgründe. Kaum noch fühlbarer Puls, schwache Atmung, drei silberne Kugeln im Leib. Aber Onkel Wilhelm fischte die Projektile gerade noch rechtzeitig heraus. Bei Mondlicht. Und er half den beiden dabei, mich zu Pierre ins Bett zu schaffen.

»Meinst du, dass er das weitererzählt? Schusswunden müssen gemeldet werden.«

»Wilhelm ist ein klasse Typ. Er war noch nie ein Freund der Obrigkeit, weder unter den Nazis noch unter der Stasi. Den Bullen erzählt er garantiert nichts. Aber beim nächsten Ding will er dabei sein, das war seine Bedingung.«

»Einen versierten Amputierer kann man immer gebrauchen, warum nicht?«

»War exakt mein Gedanke.«

»Okay, weiter. Und Suna?«

»Du lagst schwer verletzt in diesem Kellerloch und der Doc meinte, deine Chancen wären fifty-fifty. Suna hätte mir das nie verziehen, wenn ich es ihr nicht gesagt hätte, also schnappte ich mir dein Handy und rief sie an. Alter, sie saß seit gestern Vormittag ununterbrochen an deinem Bett!«

»Hast du ihr die Details erzählt?«

»Sie weiß nichts von deinem, hm, speziellen Wesen. Jedenfalls nicht von mir. Aber alles andere habe ich ihr etwas geschönt erzählt. Für sie bist du jetzt ein ultrakrasser Nahkämpfer, der mit viel Glück am Leben geblieben ist.«

»Was ist mit Fortesquieue passiert?«
Während Pierre sich um den Arzt kümmerte, fuhr Josch in Windeseile zu Werner und fragte ihn, ob er ihm nicht behilflich sein könnte, einen lästigen Typen verschwinden zu lassen. Einzige Bedingung: Ohne Gewalt, denn davon hatte man in den letzten Stunden eine Überdosis. Wie es Werners Art ist, fackelte er nicht lange und stand fünfzehn Minuten später mit einem großen Teppich bewaffnet in der Tempelhofer Zelle. Den Franzosen rollte er in den Teppich und verfrachtete ihn eigenhändig in seinen Kastenwagen. Josch gab ihm alles, was er noch an Geld hatte. Die Kohle brauchte Werner zum größeren Teil für eine Handvoll Russen am Westhafen, die er mit seiner speziellen Fracht noch in derselben Nacht aufsuchte. Es handelte sich um alte Kumpels aus Militärzeiten, die auf Frachtschiffen Kohle und Öl zwischen Rotterdam und Kiew transportieren und sich ein paar Extradollars mit dem Schmuggel von religiösen Kunstgegenständen verdienen.
Und in diesem Moment unseres Gesprächs dürfte Fortesquieue auf dem russischen Frachter irgendwo zwischen Budapest und Belgrad Kartoffeln schälen. Die Anweisung für Werners russische Freunde war eindeutig: Der Franzose sollte mindestens zwei Wochen an Bord bleiben. Seinen Aufenthalt muss er sich in der Küche und im Maschinenraum mit harter Arbeit verdienen. Die ehemaligen Fallschirmjäger und Einzelkämpfer an Bord verstehen da wenig Spaß.
Nachdem die Geschehnisse jener Nacht durchgekaut sind, schweigen wir für einen Moment. Wir beide denken nach den launigen Einzelheiten anscheinend an dasselbe. An etwas weniger Lustiges. Nicht an das gute Ende, sondern an den bösen Anfang dieser Nacht.
Pierre erzählt mir, wie ihn die Nachricht von Josch erschütterte. Dass Matte ums Leben kam. Und wie es passierte.
Die Stimmung wird schwer und legt sich aufs Gemüt. Um sie aufzulockern, erzählen wir uns Anekdoten, die wir mit Matte erlebt haben. Das Konzert in der Treptower Arena, bei dem wir es durch Mattes Beziehungen in den Backstage Bereich von Nirvana schafften. Das krasse Gelage mit der weltbekannten Band. Die Grillabende auf seinem Balkon. Vier komplette WM-Wochen, in denen wir nichts anderes taten, als Fußball zu schauen und Sixpacks zu vernichten. Freundschaft pur.

Oder wie liebevoll er mit seinen Kindern umging, wenn sie in den Ferien bei ihm waren. Eine andere, weiche Seite an ihm, die er sonst nie zeigte, jedenfalls uns nicht.
Schließlich werden wir still und rauchen schweigend zu Ende.
Draußen zwitschern Vögel. Normalerweise denke ich dann immer an ein Luftgewehr, aber heute finde ich Gefallen an dem Gezirpe der kleinen Biester.

Tag 16, Dienstag, 12.30 Uhr

Pierre lässt Suna und mich beim Frühstück allein und widmet sich geschäftig irgendeinem Schnittprogramm auf seinem PC.
Suna hat sich Mühe gegeben und einiges auf dem runden Küchentisch ausgebreitet. Kochschinken, Schafskäse, schwarze Oliven, Kirschtomaten, die von mir heiß geliebte Sucuk-Wurst, frischen Toast und zwei weichgekochte Eier, alles präsentabel und hübsch auf kleinen Tellern platziert und nicht nur aus der aufgerissenen Packung, wie ich es tun würde.
Ich könnte einen halben Ochsen essen und bin dankbar für das opulente Angebot. Am meisten freue ich mich auf eine heiße Tasse Kaffee und das Frühstücksei. So sitze ich in meinem Rollstuhl und freue mir ein Loch in den Bauch, als Suna die heiße, braune Brühe in meine Tasse gießt.
Ich köpfe mein Ei, sie klopft es auf. Ich benutze Salz, sie nimmt Pfeffer. Wir essen mehr oder weniger schweigend und wenn es nach mir ginge, könnte es auch dabei bleiben.
Die Formel »wir müssen reden« verheißt nichts Gutes, das weiß ich aus Erfahrung.
Seit meiner Schulzeit nutzte ich diese Einleitung einige Male, um mit meiner jeweiligen Freundin einen finalen Spaziergang zu unternehmen. Meist rund um einen See oder an einem anderen, abgelegenen Platz. Spaziergänge fand ich immer günstiger als eine Verabredung im Café, wo man in stundenlange Diskussionen über das »warum nur, warum?« oder über die Steigerung »können wir es nicht nochmal versuchen?« verwickelt wird. Spaziergänge haben dagegen einen Anfang und ein klares Ende, wenn man wieder an der Haustür angelangt ist. Falls zwischendurch die Tränen fließen und jedes weitere Wort deplatziert wäre, kann man den Enten zusehen. Außerdem gerät man in Lokalen in die Gefahr, einer Ex zu begegnen, die diese Situation bereits hinter sich hat und sie nun mit ätzenden Worten kommentiert. Am Schlachtensee, den ich meist für den letzten Gang auswählte, passierte mir das nie.
»Wir müssen reden« ist jedenfalls eine Scheißformel, so viel steht fest. Suna scheint meine Gedanken lesen zu können, was mich bei meiner Süßen nicht überrascht.

»Bevor wir über, du weißt schon was, reden … um drei Uhr ist die Beerdigung«, meint sie mit fester Stimme, als würde sie mich an mein Pausenbrot erinnern.
»Heute schon?«
»Ich glaube, eine Schwester von ihm hat sich darum gekümmert. Sie hatte es irgendwie eilig, warum auch immer.«
»Wir gehen hin.«
»Natürlich tun wir das. Deine Freunde wissen Bescheid. Pierre fährt mit deinem Wagen.«
Ich hasse Beerdigungen. Außerdem warte ich auf Sunas Vorwürfe, was wir für einen Mist gebaut hätten, der Matte das Leben kostete. Eine Erwartungshaltung, die vor allem meinem schlechten Gewissen geschuldet ist, denn Suna wirkt überhaupt nicht angriffslustig. Sie legt ihre Hand auf meine.
»Es ist entsetzlich, einen Menschen zu verlieren, der einem sehr nahesteht.«
Sunas Mutter starb vor einigen Jahren. Ich nehme ihre Hand.
»Ja.«
Stille legt sich über den Tisch. Suna spielt in Momenten der Ruhe oft mit ihren Haaren, dieses Mal ist es jedoch ein dünner Schal, den sie zwischen ihren Fingern bewegt. Ich sehe ihr dabei zu, was sie bemerkt.
»Fällt dir nichts auf?«
»Was soll mir auffallen?«
»Der Schal, Gero.«
Irgendwer steht mir auf dem Schlauch. Was ist an dem Schal so besonders?
»Türkis. Wessen Lieblingsfarbe ist das denn, hm?«
Manchmal brauche ich etwas länger, aber der Zaunpfahl ist nun groß genug. Meine Mutter besitzt eine gefühlte Million Kleidungsstücke, Ringe und Ketten in Türkis. Ich bin mir unsicher, ob ich das Thema anschneiden soll, weil ich Sorge habe, dass sie alles über mich und meine Familie herausgefunden hat und dass das unser Verhältnis unwiderruflich ändert. Aber es lässt sich nicht mehr ungeschehen machen, also springe ich ins kalte Wasser.
»Die meiner Mutter. Ich bin natürlich extrem neugierig, wie es bei meinen Leuten war. Wieso bist du überhaupt dorthin gefahren?«

»Es hat sich einiges aufgestaut bei mir.«
Sie blickt mich ernst an. Ich warte nervös darauf, dass sie mir von der ganzen Wahrheit berichtet, die sie herausgefunden hat. Die Familie der Werwölfe und ich mittendrin.
Ich nicke ihr zu, sie fährt fort.
»Ich wusste, dass du mir etwas verheimlichst. Immer wenn deine Mutter in meinem Beisein anrief, hast du das Gespräch rasch beendet. Über deine Vergangenheit wolltest du nie reden, weder über deine Familie noch über deine Herkunft, gar nichts. Abends warst du oft nicht erreichbar. Das machte mich immer misstrauischer und als ich neulich allein in deiner Wohnung war, habe ich ein bisschen herumgeschnüffelt, um irgendwas zu finden. Was, weiß ich selbst nicht. Ich bin nicht stolz drauf und du weißt, dass so was eigentlich gar nicht meine Art ist. Aber ich brauchte Gewissheit, ob es noch jemand in deinem Leben gibt.«
Ich schlucke.
»Dann fand ich diesen Brief, geschrieben von einem Jugendlichen an seinen Vater.«
Meine Anspannung lässt etwas nach. Sie redet nicht von Eva oder meinen anderen Eskapaden, sondern von diesem ganz besonderen Brief.
»Und du dachtest …?«, beginne ich, doch sie unterbricht mich.
»Lass mich bitte zu Ende erzählen. Ein Jugendlicher schreibt an seinen Vater, dass er ihn vermisst. Dass die Familie wieder zusammenkommen soll, egal, ob auf den Lofoten oder in Berlin. Dein merkwürdiges Verhalten, deine Geheimnistuerei hat sich plötzlich zu einem Bild zusammengefügt.« Sie holt Luft. »Das muss dein Sohn sein, dachte ich.«
Sie nimmt einen Schluck Kaffee, während ich mir ein Grinsen nicht verkneifen kann, obwohl ich nicht weiß, welche unangenehmeren Enthüllungen noch folgen. Die Nummer mit meinem Sohn amüsiert mich.
»Aber jetzt weißt du es besser?«, frage ich sie. Sie nickt und lächelt dabei.
»Deine Mutter war ganz gerührt, als ich ihr den Brief zeigte. Sie erkannte sofort die Handschrift. Dein Vater verzog sich mit dem Brief sogar nach nebenan.«

Ich denke an den Moment vor vielen Jahren, wenige Wochen nachdem meine Mutter und ich nach Berlin gezogen waren. In sentimentaler und einsamer Stimmung schrieb ich den einzigen je an meinen Vater gerichteten Brief. Mitten in der Pubertät kam ich mit mir und dem erwachenden Etwas in mir nicht zurecht und wandte mich, anders als sonst, nicht an meine wichtigste Bezugsperson, nämlich meine Mutter. In dieser ganz speziellen Angelegenheit konnte nur er verstehen, was in mir vorging, weshalb ich mein Herz ausschüttete und mich ganz gegen meine Gewohnheit öffnete. In diesen Stunden der Einsamkeit sprach ich nicht nur über meine körperlichen und seelischen Veränderungen, sondern auch darüber, wie furchtbar er mir fehlte, wie sehr ich mir die komplette Familie an einem Ort wünschte. Und ich sprach den Wunsch aus, dass er zu uns kommen solle, es würde ihm gut tun und wir wären wieder zusammen.
Den Brief habe ich nie abgeschickt. Mein Vater ist ein stolzer und starker Mann, das wollte ich auch immer sein. Kein Weichei, das um Nähe bittet.
»Dann bist du jetzt also beruhigt?«, frage ich.
»Was das betrifft, ja.«
Das klingt nicht nach Friede, Freude, Eierkuchen. Dabei steht mir der Sinn nach einer gelösten Unterhaltung. Außerdem interessieren mich die Einzelheiten zum Treffen mit meinen Eltern. Als ich darauf zu sprechen komme, wirkt Suna entspannt und zufrieden.
Sie berichtet von ihrem Aufenthalt, als käme sie aus einem Ferienlager für Teenager. Meine Eltern verhielten sich anscheinend sehr gastfreundlich und unkompliziert, was mich einerseits überrascht, andererseits erleichtert. Vorsichtige Nachfragen nach Schwierigkeiten oder merkwürdigen Vorkommnissen beantwortet Suna mit Kopfschütteln. Nicht die leiseste Andeutung, dass sie etwas Ungewöhnliches oder gar Unheimliches erlebte.
Sie stellt allerdings auch selbst Fragen. Warum meine Eltern an den Grenzen der Zivilisation leben. Wieso ich bisher so wenig davon erzählt habe. Sie gibt sich mit meinen Antworten zufrieden, bis ihr plötzlich eine spezielle Begebenheit einfällt.
»Dein Cousin ist übrigens ein interessanter Kerl.«
»Welcher denn? Da springen einige herum.«
»Ansgar.«

Meine Stimmung pendelt ins Gereizte. Ausgerechnet mein Psycho-Cousin hat mit Suna gesprochen?

»Was habt ihr gemacht, also, ich meine, wie habt ihr euch kennengelernt?«

»Das klingt, als hätten wir ein Date gehabt. Er kam zum Essen bei deinen Eltern vorbei. Bist du etwa eifersüchtig?«

Statt einer Antwort knirsche ich mit den Zähnen.

»Jedenfalls soll ich dir Grüße ausrichten. Er kommt wohl bald nach Berlin.«

»Großartig.«

»Kannst du ihn nicht leiden? Auf mich wirkte er sehr charmant und lustig.«

Wieder ziehe ich vor, zu schweigen, was ich augenblicklich bereue. Denn Sunas Gesichtsausdruck verwandelt sich deutlich ins Ernsthafte, nachdem wir die allgemeine Plauderei aus ihrer Sicht beendet haben. Nun geht's wohl los. In anderen Situationen habe ich das immer an ihr bewundert: Ihre Klarheit und ihren Willen, Konflikten nicht auszuweichen, sondern sie auszutragen. Und zwar so, dass sie dabei das bessere Ende behält.

»Wie würdest du es denn finden, wenn deine lieben Eltern von meinen Brüdern überfallen und ausgeraubt würden?«

»Da vergleichst du Äpfel mit Schweinehälften, Süße. Dein Vater war doch gar nicht im Wettbüro, als wir es hochnahmen. Darauf habe ich geachtet.«

»Wie rücksichtsvoll! Trotzdem, wie würdest du das finden?«

»Nicht gut, natürlich.«

»Nicht gut? Das ist ein bisschen schwach, oder? Das wäre doch ein wahnsinniger Vertrauensbruch!«

Sie hat Recht. Sie weiß es, ich weiß es.

»Was soll ich darauf antworten? Du hast es mir neulich Nacht schon gesagt. Es tut mir furchtbar leid, Suna. Wir haben auch einen verdammt hohen Preis bezahlt.«

Stille setzt ein. Meine Gedanken beschäftigen sich mit Matte, der in wenigen Stunden zu Grabe getragen wird.

»Gero, ich kann jetzt nicht einfach sagen: ›Schwamm drüber, wir fangen nochmal neu an und vergessen alles‹, obwohl ich weiß, dass du das gerne hättest. Das geht aber nicht. Ich kenne dich, du ver-

drängst Unangenehmes am liebsten. Oder du hoffst, dass ich manches nicht mitbekomme. Aber da irrst du, ich erfahre das meiste, dazu muss ich dir nur in die Augen sehen.«
Unwillkürlich blicke ich zur Seite. Sie findet das aber gar nicht lustig.
»Dieses Machoding von dir, zum Beispiel. Dass du bei Frauen ankommst, ärgert mich, aber irgendwie macht's mich auch stolz. Das kann ich alles wegstecken. Aber nicht, dass du mich dauernd belügst. Das muss ein Ende haben. Und ich kann auch nicht einfach vergessen, was du meinem Vater angetan hast.«
»Wir haben nicht das Waisenhaus überfallen. Und dein Vater ist alles andere als ein Unschuldsengel.«
»Das weiß ich!«, entgegnet sie scharf. »Aber darum geht's jetzt nicht, klar, Gero? Lenk nicht ab! Du hast dich mit mir getroffen, hast mich geküsst und im Kopf bereits diesen Überfall geplant.«
In diesem Stil geht es noch einige Minuten weiter. Ich werde immer defensiver und mit jeder Minute mutloser, denn Suna schreit leider nicht oder wirft mit Porzellan, was mir lieber wäre, sondern schafft in jeder Hinsicht Distanz, indem sie kühl und klar argumentiert. Dass sie ihren Stuhl dabei von mir wegrückt, passt ins Bild.
»Aber wir lieben uns«, verschieße ich die letzte Patrone.
»Ich sollte es nicht sagen, aber es stimmt. Ich liebe dich noch. Aber das reicht manchmal nicht.«
»Das ist mir zu kompliziert.«
»Du weißt, was ich meine. Du hast mein Vertrauen zerstört, Gero, wie oft muss ich das wiederholen? Das muss sich erst mal wieder aufbauen, genauer gesagt, du musst das wieder aufbauen. Vielleicht kommt das von allein irgendwann, ich weiß nicht.«
»Irgendwann? Was heißt das? Dass du eine Auszeit brauchst?«
»Das klingt blöde. Als wäre ich so eine deutsche Lehrerin, die sich von ihrem Lover trennt und erst mal Urlaub auf den Kanaren macht. Eine Auszeit heißt ja automatisch, dass das Spiel danach weitergeht, oder? Verlass dich nicht darauf.«
»Ich hätte nicht so viel Sport mit dir schauen sollen«, antworte ich gequält. Sie lächelt.
»Und jetzt, Suna? Fang bloß nicht mit diesem lass-uns-Freunde-bleiben-Scheiß an.«

»Das sage ich doch gar nicht. Aber ich brauche Stabilität und Sicherheit in meinem Leben. Ein Mann, der mich beschützt, auf den ich mich verlassen kann, einen Fels. Und einen, der sich mit meiner Familie gut versteht.«
Ich denke an die eingedrehten nassen Handtücher und den Baseballschläger. Aber ich verzichte darauf, diese Begegnung zu erwähnen, das würde sie nur in ihrer fatalistischen Haltung bestärken, dass es nicht klappen kann zwischen uns.
»Das wäre ich gern. Glaub's mir.«
»Das warst du auch. Nein, das bist du sogar. In vielem. Mein Beschützer. Aber du musst dir das Vertrauen wieder erarbeiten, wenn es überhaupt nochmal geht. Und außerdem, was würde meine Familie sagen?«
Ich spiele mit dem Salzstreuer. Mir gehen die Antworten aus. Sie rutscht wieder etwas näher.
»Jetzt ist die Gelegenheit, reinen Tisch zu machen, Gero. Willst du mir noch irgendetwas sagen?«
Worauf sie wohl abzielt? Dass ich ein Werwolf bin? Ich frage mich, ob sie es möglicherweise längst weiß und als Zeichen meiner Besserung jetzt ein ehrliches Geständnis erwartet? Weiß sie von Eva?
Ich schüttle den Kopf.
Sie schweigt.
Ein Gedanke hämmert sich in mein Gehirn: Du hast das nicht besser verdient! Betrügst das wundervollste Wesen, das sein Leben mit dir verbringen möchte – und jetzt bekommst du die Strafe für dein Verhalten wie einen nassen Lappen ins Gesicht.
Dennoch bin ich nicht so dämlich und lege alle Karten auf den Tisch. Eva bleibt mein Geheimnis. Die Nutten sowieso. Von Greta ganz zu schweigen. Dann wäre es aus, ein für allemal. Suna gehört nicht zu den Frauen, die so etwas verzeihen.
»Eins noch, Gero.«
»Ja, nur raus damit. Das war ein langweiliger Tag bisher. Ich wache mehr oder weniger im Rollstuhl auf, dann erfahre ich, dass ich vom Pferdedoktor mit Lederschürze verarztet wurde, später muss ich zur Beerdigung meines Freundes und zwischendurch will meine Süße noch verschissenen Abstand. Da geht noch was! Da gibt's noch Laderaum! Für eine ansteckende Krankheit vielleicht?«

Sie lacht. Nichts mache ich lieber, als meine Süße zum Lachen zu bringen. Ich bin eben der geborene Kasper.
»Wo hast du das eigentlich gelernt? Du hast die besten Männer meines Vaters besiegt.«
»Hab ich beim Bund gelernt.«
»Wie du Martial-Arts-Profis bekämpfst? Das trainiert man dort?«
»Halb so wild. Wie alle Pumper haben die zwar eine Menge Muskeln, aber sie waren einfach zu langsam«, gebe ich mich lässig und bemerke, wie ihr diese Haltung gefällt. Das ist eben mein Mädchen.
Sie tötet die aufkommende Euphorie so präzise wie eine Ameise im Küchenbecken und erläutert noch einmal, dass jetzt eine Phase des Abstands käme. Aber erst ab morgen.
Suna schlägt vor, dass wir den heutigen Tag einzig und allein Matte und dem Andenken an ihn widmen und nicht mehr streiten.
Ich würde jetzt gerne nach draußen gehen, einem kleinen Jungen den Fußball wegnehmen und ihn mit Schmackes über eine Mauer kicken.
Wird schwierig, im Rollstuhl.

Tag 16, Dienstag, 15.15 Uhr

Wir sind wie immer spät dran und müssen uns beeilen. Pierre steuert den Mustang und drückt ordentlich auf die Tube. Ich sitze auf dem Platz des Beifahrers, von Kopf bis Fuß in Schwarz gekleidet, inklusive meiner Krawatte. Pierre trägt ein weißes Hemd, der Rest besteht ebenfalls aus dunklen Klamotten. Die dunkle Brille, die er wegen seiner Blessuren trägt, macht ihn damit endgültig zu einem Blues Brothers-Double. Suna zeigt sich in einem halblangen, klassisch geschnittenen schwarzen Kleid. Sie nimmt im Fonds Platz, beugt sich jetzt nach vorn und streckt den Kopf zwischen die Vordersitze, während wir zu Josch fahren.

Josch steht in dunkler Trauerkleidung bereits am Straßenrand, als wir vor seiner Wohnung halten. Er trägt eine fleischfarbene Halskrause, einen Arm in Gips und eine Art Korsett wegen der Rippenbrüche. Beide Augen verstecken sich hinter dunkelroten Schwellungen und seine Nase ist so breit wie die von Mike Tyson. Was ihm alles in allem einen interessanten Look verleiht.

Da der Aussteigeprozess bei mir ewig dauern würde, springt Pierre aus dem Wagen und kippt seinen Sitz nach vorn. Josch quält sich auf den Rücksitz und lässt sich ächzend ins Polster fallen. Er bemerkt unsere mitleidigen Blicke.

»Fresse! Ihr solltet erst mal den anderen sehen.«

Was sonst für Gegluckse sorgt, erzeugt heute keinen Kommentar.

»Hast du es dabei?«, frage ich ihn.

Wir wollen Matte noch einiges mit auf die Reise geben. Josch schlägt sich gegen die Stirn, hat es vergessen. Jetzt stöhnen wir, als er sich aus dem Wagen schält und warten mit laufendem Motor auf ihn.

Eine Frau mit Rucksack und Jesuslatschen bleibt stehen und blickt missbilligend auf den qualmenden Auspuff.

»Is' was?«, fragt Pierre schlecht gelaunt. Sie geht kopfschüttelnd ihres Weges.

Nach gefühlten fünfzehn Minuten kommt er mit einer großen Leinentasche zurück.

»Musste noch mal aufs Klo, sorry.«

Pierre gibt Gas. Als er am Mehringdamm geradeaus fahren will, ruft Josch von hinten, dass Pierre links abbiegen soll.

»Wir müssen kurz zum Kotti, zu deiner Wohnung, Gero.«
»Wieso das denn?«
»Der Hausmeister, dieser Werner, will mitkommen.«
»Werner? Woher weiß der davon?«
Pierre biegt nach links ab, während Josch die Situation erklärt.
»In der Nacht, als ich zu ihm gefahren bin, mit, na ja, du weißt schon …«, er blickt zu Suna, weiß nicht, ob er offen reden darf, ich nicke ihm ermutigend zu.
»Jedenfalls sagte er zu mir, dass er bei der Beerdigung dabei sein will. Ihr beide kennt euch doch gut und so weiter und so fort. Er bestand darauf und ich hab's ihm versprochen.«
»Schon gut, Josch. Aber wir sind verdammt spät dran«, meine ich und blicke auf die Uhr. Zur Sicherheit rufe ich Werner auf dem Handy an. Nach drei Klingeltönen, springt die Mailbox an, eingeleitet von irgendeinem österreichischen Militärmarsch. Ich beuge mich zu Pierre.
»Wir fahren direkt an den Kotti und warten nicht mehr als genau eine Minute, verstanden?«
»Roger«, nickt Pierre und kurz darauf biegen wir in den Kreisel.
Werner steht in aufrechter Haltung an der Bushaltestelle auf der anderen Straßenseite. In seiner Ausgehuniform wirkt er hier am Kottbusser Tor wie ein Alien, der auf den Heimflug wartet. Die sandfarbene Uniform präsentiert kantige Bügelfalten, in der linken Schulterklappe steckt eine Kordel, unter der rechten klemmt ein dunkelgrünes Barett. Vor seinem Bauch trägt er einen kleinen, am Ende gerundeten, schwarzen Koffer.
Als er den Wagen erkennt, winkt er uns zu. Pierre wartet, bis der Verkehr nachlässt, wendet den Mustang und hält direkt neben Werner. Dann steigt er aus und bittet Werner nach hinten, wo es für drei Erwachsene recht eng wird.
»Kameraden!«, nickt er uns zu, als er sich zusammenfaltet und auf die Rückbank quetscht, mit Suna in der Mitte.
Allgemeines Händeschütteln, begleitet von knappen Worten. Werner, Suna und Pierre machen sich bekannt, ich dränge den Dude zur Eile.
Nach dreißig Metern müssen wir anhalten, weil die Fußgängerampel vor dem Kreisel auf Grün springt. Angespannt schaue ich durch den

Knäuel von Menschen, als mir jemand auf den Arm langt, der wie immer auf dem offenen Fenster liegt.
Sammy strahlt mich an. Seine roten Wangen wären der Knaller für jede Apfelsaft- oder Zwiebackwerbung. Die zauseligen Haare flattern im leichten Wind und er verströmt wie stets das pure, glückliche Leben, also genau das Gegenteil von dem, was wir aktuell vorhaben.
»Hey, Alter, hab dich schon ein paar Tage nicht gesehen, wo warst du denn?«
Ich gebe Pierre ein Handzeichen, dass er noch nicht losfahren soll.
»Sammy, das erzähle ich dir ein anderes Mal, okay?«
Er blickt in das Wageninnere.
»Wieso tragt ihr alle schwarze Klamotten? Und warum die langen Gesichter?«
»Für Scherze bin ich heute nicht aufgelegt, Sammy. Die Gesichter haben einen Grund. Wir müssen zu einer Beerdigung.«
»Sorry, Mann. Einer aus dem Kiez? Kenne ich ihn?«
Josch klopft heftig auf seine Armbanduhr, als Zeichen, nun endlich hier wegzukommen. Suna lächelt Sammy freundlich an.
»Nein. Oder doch. Einmal hast du ihn kurz getroffen, als er dir mein Cape geliehen hat.«
Sammys Lachen verschwindet aus dem Gesicht.
»Dieser nette Typ? Scheiße.«
»Ja, Sammy. Er hieß Matte und wir müssen uns beeilen, um ihm die letzte Ehre zu erweisen. Wir reden morgen wieder, einverstanden?«
»Ich will mitkommen. Bitte, nehmt mich mit. Bitte!«
Josch schüttelt müde den Kopf, soweit das mit Halskrause, Gipsarm und Korsett geht. Werner verzieht keine Miene, aber schiebt sich ein großes Stück Kautabak in die Wange.
»Wieso willst du denn mit? Das ist nichts für Kinder, Sammy.«
»Ich habe ihn gemocht. Wirklich. Ich kann mich genau an ihn erinnern. So ein Großer mit langen Haaren.«
Suna rutscht ein Stück nach vorn.
»Warum denn nicht, Gero?«
»Warum denn nicht, Gero?«, wiederholt Sammy.
Ich prüfe nochmal die Uhrzeit, reibe mir die Augen und sehe zu Pierre. Er zuckt die Schultern. Ich strecke meinen Kopf aus dem Seitenfenster und bemerke, dass Sammy nicht nur ein knallbuntes

Hawaiihemd, sondern vor allem keine Schuhe trägt, was mich aus der Fassung bringt.
»Du hast schon wieder keine Schuhe an! Was ist mit dir los, Kleiner? Wir haben doch erst Stiefel gekauft. Und mit dem Hawaiihemd kannst du da unmöglich aufkreuzen.«
»Die Schuhe waren mir zu groß!«
Suna drückt meine Schulter als Zeichen, ihn mitzunehmen und keinen weiteren Stress mehr zu verursachen, der uns nur Zeit kostet. Matte hätte sicher nichts gegen ein Hawaiihemd einzuwenden, denke ich.
Ich ziehe Sammy durch das Seitenfenster ins Wageninnere, er krabbelt über die Mittelkonsole nach hinten und gesellt sich zum schweigenden Trio. Pierre steuert den Mustang über den Kottbusser Damm. Die Sonne begleitet uns auf der Fahrt zum Friedhof an der Hasenheide.

Wir finden einen Parkplatz direkt neben dem Tor. Pierre hilft mir beim Ausstieg aus dem Mustang. Ich plumpse in den von Suna gehaltenen Rollstuhl. Sammys Augen werden so groß wie Billardkugeln, aber Pierre und Suna erläutern ihm den vorübergehenden Charakter meines Zustands. Das beruhigt nicht nur ihn, sondern offensichtlich auch Werner, in dessen Augen ich einen Schimmer Mitgefühl entdecke. Vielleicht war's auch nur Staub, der seine Hornhaut zum Befeuchten anregte. Er speit einen dicken, braunen Strahl neben den Wagen, was mich darin bestärkt, niemals Kautabak anzurühren.
Josch holt seine Tasche und noch einen großen Beutel aus dem Kofferraum. Ich blicke auf die Uhr. Wir haben die Andacht in der Kapelle verpasst.
»Wir müssen jetzt das Grab suchen, haltet mal eure Augen auf«, meine ich zu den Freunden, die sich augenblicklich umsehen.
»Süd-Süd-West!«, schnarrt Werner.
Er zeigt auf eine Gruppe dunkel gekleideter Menschen, wir setzen uns in Bewegung. Suna schiebt mich, Sammy läuft neben meinem Rollstuhl. Ganz gegen seine Gewohnheit wirkt er still und ernst.
Die Gruppe war nicht die richtige und auch bei der nächsten liegen wir verkehrt. Bei der dritten erkenne ich einen Onkel von Matte, der

ihn einmal besuchte. Als wir uns der kleinen Trauergemeinde von etwa fünfzehn Menschen nähern, erregt unsere skurrile Gruppe entsprechendes Aufsehen. Ein Mann im Rollstuhl, zwei weitere erheblich lädiert mit allerlei Blessuren, blauen Flecken und Verbänden, ein alter Soldat in Paradeuniform und ein barfüßiges Kind im Hawaiihemd. Nur Suna hellt das Gesamtbild etwas auf.
Die Zeremonie ist bereits in vollem Gang. Der Pfarrer steht am Rand des Grabes, in das soeben der Sarg hinabgelassen wird.
Direkt neben dem Pfarrer sehe ich Mattes Kinder, die sich von links und rechts an ihre Mutter drängen. Sie drückt die beiden fest an sich, im Schmerz vereint. Der Junge beißt sich auf die Lippen, das Mädchen schluchzt laut. Mattes Ex wirkt tief erschüttert, was mich auf eine seltsame Weise berührt.
Werner öffnet seinen kleinen Koffer und holt eine Trompete heraus. Während der Sarg in der Tiefe verschwindet, spielt Werner »Ich hatt' einen Kameraden«, das klassische Lied bei solchen Anlässen.
War die Stimmung schon vorher schwer beladen, wird sie durch dieses ergreifende und von Werner wunderbar gespielte Lied unerträglich. Nun brechen bei mir die Dämme. Ich sehe fassungslos zu, wie Matte tief in die Erde gelassen wird und beweine diesen Alptraum. Pierre weint still in sich hinein, Josch hält sich die Hände vors Gesicht.
Sammy blickt mich ernst an und drückt fest meine Hand. Suna lehnt sich gegen meine Schulter, atmet tief durch, fasst mich zum Trost am Nacken.
Schließlich werden Erde und Blumen auf den Sarg geworfen. Danach löst sich die Trauergemeinde langsam auf.
Ich trockne mir die Augen und bitte Suna, mich zu Mattes Kindern zu schieben. Wir hatten in den letzten Ferien viel Spaß beim Risiko spielen und auf dem Deutsch-Amerikanischen Volksfest, weshalb mich die beiden auf Anhieb erkennen. Ich gebe ihnen einen Kuss auf die Wange und umarme sie. Seiner Ex schüttle ich die Hand und drücke ihr mein Beileid aus. Sie bedankt sich wortlos und tapfer lächelnd, während eine Träne von ihrer Nase tropft.
Wir warten, bis der letzte Verwandte und schließlich auch der Pfarrer gegangen sind, um unsere eigene, private Zeremonie abzuhalten.
Ich fummle mir eine Zigarette aus der Jacke.

»Rauchen auf dem Friedhof?«, fragt Suna und braucht für diesen Satz dreimal so lang wie sonst, weil sie mehrfach Luft holen muss. Sie tupft sich die Augen ab und verschmiert dabei etwas von ihrem Make-Up.
»Darf man das?«
»Was glaubst du, was Matte dazu gesagt hätte?«, frage ich zurück. Matte rauchte ungefähr so viel wie wir alle zusammen. Am Vormittag.
»Gib mir auch eine!«, bittet Pierre. Werner schließt sich ihm an, Suna ebenfalls. Ich reiche Zigaretten herum, lasse nur Sammy aus. Aus Anerkennung für sein Trompetensolo klopfe ich Werner auf den Oberarm. Aus dem Rollstuhl komme ich nicht an seine Schulter.
»Nichts zu danken, Herr Hauptmann.«
Wir qualmen traurig. Sammy setzt sich auf die Lehne meines Rollstuhls, ich lege meinen Arm um ihn und starre auf das schlichte Holzkreuz, das Mattes Namen und das Datum seines Todes trägt. Drei Kränze mit Widmung liegen an der Seite. Es gab doch mehr Menschen, die an ihm hingen, als ich dachte. Schön, Matte.
Er liebte Musik über alles und sein persönlicher Favorit war der King of Rock 'n' Roll. Josch holt einen Ghettoblaster mit CD-Spieler aus der Tasche und stellt ihn an. Elvis Presley singt mit fester und tiefer Stimme »In the Ghetto«.
Während der König des Beckens singt, denke ich an die Momente mit Matte aus unserer Kindheit. Er war einen Tick älter als ich und schon frühzeitig mit allen Wassern gewaschen. Wir beklauten den türkischen Gemüsehändler, der uns dabei erwischte und Ohrfeigen verpasste. Anschließend schenkte er uns die Äpfel, was wir damals nicht verstanden. Kaum auf der Oberschule, stiegen wir bei Getränke Hoffmann über den Zaun und stahlen Wasserkisten mit leeren Flaschen, um sie am nächsten Tag genau dort wieder abzugeben und das Flaschenpfand zu kassieren. Wenn auch mit schwerem Herzen muss ich bei dem Gedanken an unsere ersten Dinger lächeln.
In the Ghetto.
Meine aufglimmende Erheiterung verpufft, als ich daran denke, wie wenig wir dagegen unternahmen, dass er seine Pechsträhne mit Whisky bekämpfte. Leben und leben lassen, ist unsere Devise. Sterben lassen war nie eingeplant.

Vergib uns, Matte.
Pierre und Josch treten nah ans Grab, Suna schiebt mich direkt an die Kante, Sammy hilft ihr dabei. Wir legen Matte einige Utensilien hinein, die er auf der anderen Seite gut gebrauchen kann.
Zwei Scheiben mit Musik. Natürlich die »Best of« von Elvis und eine weitere von den Stones. Eine Stange Roth Händle ohne, seine Lieblingsmarke. Die müsste für die ersten drei Tage da oben reichen. Einen bezahlten Dauerlottoschein für die nächsten vier Wochen. Er möge dir Glück bringen! Auf eine Flasche Ballantine's, seine Lieblingsmarke, haben wir nach kurzer Diskussion verzichtet.
Lektüre braucht er natürlich auch. Ein FHM Sonderheft mit den aktuellen Sommerschönheiten und das Lustige Taschenbuch Nr. 400 von Walt Disney wandern ins Grab.
Meine Lieblingswürfel aus Elfenbein – du bekommst sie. Ich werfe sie hinein. Mit denen räumst du auch im Himmel ab. Zockst Petrus ab.
»Mach's gut, Matte.« Ich winke nach unten.
Mehr als diesen einen Satz bringe ich nicht heraus.
Wir blicken in das dunkle, erdige Loch. Unfassbar, dass Matte dort liegt. Er wird uns nie mehr die Luft verpesten. Keine schweren Analysen über Spiele der Bundesliga liefern. Kein gelbliches Grinsen mehr nach dem dritten Whisky, wenn er über bizarre Frauengeschichten berichtet. Mann, ich vermisse dich schon jetzt.
Hier liegt er. Vor uns.
Die Mitbringsel auf seinem Sarg trösten mich. Sie bedeuten, dass er sich nur auf einer Zwischenstation befindet. Die Reise geht weiter und auf dem Weg zum Ziel hast du ordentlich was zu rauchen und zu lesen dabei. So, als wärst du noch unter uns.
Und ich bin sicher, dass du auch da oben jede Party sprengst, mein Freund.
Ich falte die Hände.
Elvis singt jetzt »Muss i denn … muss i denn …«, was unfreiwillig komisch wirkt. Josch springt an den Recorder und setzt die CD wieder auf den Anfang mit »In the Ghetto« zurück. Pierre grinst gequält, Suna schnäuzt geräuschvoll ins Taschentuch.
Schließlich brechen wir schweigend auf. Josch schnappt den Ghettoblaster und geht mit Pierre Richtung Auto, in einigem Abstand folgt

Werner. Ich bitte Sammy, vorzugehen, weil ich noch einige Momente mit Suna verbringen möchte.
Er zwinkert ihr wie schon im Auto zu, was ihr ein Lächeln abringt. Sie schiebt meinen Rollstuhl langsam vom Grab weg.

»Fährst du gleich zu deiner Familie zurück?«, frage ich nach hinten.
»Ja.«
»Dachte ich mir.«
Ich seufze und stecke mir die nächste Camel an. Wir nähern uns den anderen vier, die bereits am Ausgangstor stehen und auf uns warten. Josch reibt sich den Magen.
»Nach einer Beerdigung geht man doch immer essen, oder?«
Pierre stimmt zu.
»Hab auch einen Mordshunger.«
Ich bringe den Gedanken zu Ende: »Curry 36?«
Alle nicken. Die Jungs bewegen sich weiter Richtung Mustang. Suna schiebt mich sehr langsam, um etwas Distanz zu ihnen zu schaffen. Dann beugt sie sich über den Rollstuhl nach vorn und flüstert mir ins Ohr.
»Für die Currywurst brauchen wir nicht mehr als eine halbe Stunde. Meine Familie erwartet mich nicht vor sechs Uhr. Hast du einen Vorschlag, wie wir die Zeit bis dahin verbringen könnten?«

Wir verlassen den Friedhof und nähern uns dem Wagen, aus dessen offenen Fenstern die Arme von Josch und Pierre hängen. Sammy lehnt am Wagen, Werner sitzt steif auf der Rückbank.

Elvis singt laut »Love me tender«. Suna und ich summen die Melodie leise mit.

Über den Autor

© Sera Cakal

Rainer Stenzenberger kommt ursprünglich aus dem Reich der Wirtschaft und Politik. Mitte der 1990er Jahre begründete er als Autor und Regisseur die erste deutsche Daily Soap im Internet, die »Kleine Welt«. Danach verfasste er Drehbücher und Werbetexte, bis er sich 2005 selbstständig machte. In diesem Jahr gewann er beim Writing Tournament des Scriptforum Berlin mit »Über den Wolken« den ersten Preis für die beste Dialogszene. »Berlin Werwolf« ist sein Debütroman.